# 当归

愚公◎著

陕西新华出版传媒集团
太白文艺出版社·西安

图书在版编目（CIP）数据

当归／愚公著. —西安：太白文艺出版社，2022.5
ISBN 978-7-5513-2096-2

Ⅰ.①当…　Ⅱ.①愚…　Ⅲ.①长篇小说—中国—当代
Ⅳ.①I247.5

中国版本图书馆 CIP 数据核字（2021）第 233508 号

当归
DANGGUI

出品人　党靖
作　　者　愚公
责任编辑　蒋成龙　刘宇龙
整体设计　新纪元文化传播
出版发行　陕西新华出版传媒集团
　　　　　太白文艺出版社
经　　销　新华书店
印　　刷　西安市建明工贸有限责任公司
开　　本　787mm×1092mm　1/16
字　　数　260 千字
印　　张　21
版　　次　2022 年 5 月第 1 版
印　　次　2022 年 5 月第 1 次印刷
书　　号　ISBN 978-7-5513-2096-2
定　　价　59.80 元


联系电话：029-81206800
出版社地址：西安市曲江新区登高路 1388 号（邮编：710061）
营销中心电话：029-87277748 029-87217872

# 序

曹东义

最近，收到胡君（愚公）先生新作《当归》，这是先生继《青囊》之后又一部描写民间中医现状的力作。开卷之际，浓浓的快意扑面而来，故事情节起伏跌宕。引人入胜，主人公为研究传承祖传中医技法毕生努力的精神感人至深，传承光大民间中医的信念令人赞叹不已。

在读胡君先生前一部小说《青囊》时，我就十分欣喜，欣喜的是居然有一位作家如此热爱中医、关注中医，而且他在小说中所描写的民间中医现状是那么真实，以我这个内行的眼光去挑剔《青囊》这部“外行人”写的小说中的“中医成分”，可以说它是合格的。我当即写了一篇《青囊》读后感，在文章最后说：“希望愚公先生继续挖山不止，不怕智叟耻笑，带领一家老小，从太白山、太行山，再到三山五岳、五湖四海。在治病救人的过程之中，一手紧握《青囊》，一手抓着‘和氏璧’，也许会有一天感动天地，让扁鹊弟子柏、董奉杏林，遍植神州大地，人人健康快乐到天年。”

果然，移山的愚公没有停止，仅隔半年多时间，又挖了一座山，写出了这一部《当归》。更让我吃惊的是，愚公在小说中虚构的民间中医传统技法，竟然和现实中的一项特色传统技法完美重合，我曾一度考察验证的一项民间传统技法，结果如出一辙。而且他把这项技法的医理、药理写得头头是道，与我的研究报告不谋而合。

我读这部小说，与一般读者的感受不一样。我不仅是看故事，更是向小说中的某个角色靠拢，因为我也开过诊所，也曾是中医药管理机构一名管理人员，随着小说的情节发展、情感递进，身临其境难以自拔，时而扼腕叹息，时而感慨万端，时而奇怪愚公先生他一个非中医人士是怎么能够在中医这个江湖里“游刃有余”，让小说人物经历的事情与我的人生经历如此相似的？为什么愚公能有如此传神之笔，把虚构的主人公的经历写得这样细致真切，而我一个“过来人”，一个被人们称为“中医界一支笔”的真医生，却没有能做到这样？因此我揭开了一个中医界的奇怪谜底：经历了非典与新冠肺炎在世界横行，中国抗疫经验因中医而独步天下，但是中医依然继续着“百年失语”状态，连《中国医生》这类讲述抗疫故事的电影都没有中医相关的镜头和台词。

不由想起恩师邓铁涛说过的一句话：如果不让广大群众了解中医，中医这块“和氏壁”就会被当作石头，而和氏悲伤的不是自己被砍掉手又砍掉脚，悲伤的是美玉被人当作顽石！对此我深有体会，中医太需要作家们的关注，太需要文学艺术的形式来宣传普及，因为，文学艺术作品更能展示“和氏壁”的大美内质。

小说中的郭圈圈是一个开诊所的民间中医，经数十年苦苦钻研，创立了一种中医药外治特色疗法——中草药圈疗法，应用于治疗疑难杂症和辅助治疗癌症晚期患者，临床万例效果显著。郭圈圈已年逾古稀，像每一个老中医一样，面临着家族医术传承延续的问题，因而引发了一连串发人深省的故事。

这是小说中的郭圈圈，是虚构的人物，是文学艺术作品中的人物，但现实中有个真实的“郭圈圈”，我与之渊源颇深。

十几年之前，我担任河北省民间医药工作领导小组办公室副主任，接触了很多民间中医，深知他们的甘苦与辛酸，以及他们为传承而奔走呼号的窘境。我也曾努力为他们鼓与呼，却难以见到成效。但我不灰心，认为这些冬天的故事结局不完美，是因为中医药的春天还没到来。

2012 年，我加入了国家中医药传统知识保护项目工作小组，作为分管河北省中医药传统知识保护与研究中心的副院长，一项名叫“圈疗”的特色技法进入了我的视线。这是一位民间中医发明的一项治疗疑难杂症和辅助调理治疗癌症的特色疗法，传承人希望申报成国家的保护项目。我看了申报材料，并进行了调研和走访，了解到圈疗的神奇效果和艰难传承过程。

实际上，我和圈疗在此之前早有渊源。2006 年，我参与整理《朱良春医集》书稿的时候，就看到了有关圈疗的记载，但是我当时并不了解恩师朱良春所记“中医祖传的‘圈药’外治法，疗效很好，颇有特色。我认为这些可以组织有关人员进一步深入了解，经过论证，认为合理的，再加以推广，将是特色优势”所指的是什么，更没想到日后我能有机会深度介入圈疗的传承与推广。

愚公的《青囊》与《当归》都是写中医传承这个主题的，这也是中医宣传工作最重要的板块。恩师邓铁涛、朱良春毕生都在为中医传承光大努力。想当年，邓铁涛振臂一呼，全国名老中医都集中到广州带徒传艺，造就了成千上万的中医人才，邓老直到百岁时还在带徒讲学。朱老在 20 世纪 50 年代挖掘栽培民间中医“三枝花”的故事至今在杏林广为传颂，那是具有多么卓越的眼光多么博大的胸怀啊！把一个连自己名字都不会写的“蛇花子”的家传土药开发成畅销世界的蛇药，让七十多岁的民间土郎中成为国家医师，把埋没在民间的铁脚将军草研制成临床常用药金荞麦片。我认为，没有过人的眼光就发现不了“三枝花”，没有博大的襟怀也容不下“三枝花”，这在当代几乎成了绝唱。因此，我在撰写《走近中医大家朱良春》时，对于朱老培育三枝花的过程，进行了充分描述，希望这种美德发扬光大。没想到，我自己也遇上了这样的事情。但是，来的不是“三枝花”，而是一个“圈”。这个“圈”就像孙悟空头上的紧箍，戴上去不容易，摘下来不可能，只能时刻顶着它。

我在对圈疗进行了详细的了解和调研之后，得知这项技法应用于治疗肿瘤疾病和疑难杂症，已有很多成功案例，应该组织技术力量，对此技法进行系统的研究论证，上报给国家中医药管理局，推广应用造福大众，但凭民间中医个人力量是难以做到的。

圈疗发明人写给传承人的证明书中写道：“药物圈疗法问世五十余年，已得到无数病患者赞叹，但医界对这一独特疗法不重视，至今没有第二人进行研究。同时有些医学院校毕业生做选择时，学生不愿来学此疗法，因为这疗法的大夫须亲自给患者涂药，比较苦，所以不愿来学。”这段话道出了老先生内心的无奈与辛酸，一种报国无门的遗憾，让人唏嘘不已。他希望自己身后，有人能把这项特色疗法传承下去，并发扬光大，否则就会抱憾终生。作为一名中医药传统知识保护项目工作人员，传承和保护中医责无旁贷。

可以说，《当归》小说里的中医药管理局干部王泽桐走访民间追寻“郭圈圈”的甘苦我有过，“郭圈圈”在终南山省医悟道的酸甜苦辣我也体会过。我在《挺起中医脊梁》里说过，中医需要经得起“千万次地问”：“你总问我爱不爱你，我要问你好在哪里？”

作为国医大师邓铁涛、朱良春先生的徒弟，研究生导师、河北省中医师带徒指导老师，一个学习和研究中医几十年的正高职专家，我不断问自己：“圈疗好在哪里？机理是什么？”

因此，我本着“有效就有理，以效求理”的精神，从古至今，纵横探索。吴师机《理瀹骈文》所说的“外治之理，即内治之理”，已经不能满足当代科学“打破砂锅问到底”的要求了，也不能借用西医“透皮吸收”的血清药理学来说明。经过不断探索，在邓铁涛先生973国家重点科研项目“五脏相关”的基础上，我提出“内外相关”的学说：外邪伤内、外病内传、内病外现、内病外诊、内病外治、外治内效（施治于外，神应于中）、外病内治、内治外效等一系列的原理，都是中医独特的原创理论。并且“大而言之”西医的“外科手术不是外治，而是‘内病内治’思想指导下的实用技术”，也就是说，西医重视脏腑解剖虽然有长处，但是，它没有脏腑经络气血理论指导，不能在体表、肢体这些远离病灶的经络腧穴上，治疗内在脏腑的疾病，不会内病外治是西医的短处。

中医这些原理，不仅存在于《黄帝内经》《伤寒杂病论》等经典著作之中，而且在无字天书的《河图》《洛书》图画中就有深厚的根基，这是中医时空自然整体生成的世界观，而不是西医“结构决定功能”所能认识的原理。

有了这些认识，我写的有关调研圈疗的文章陆续发表于《国医年鉴》《中国中医民间疗法杂志》等学术期刊或收录于《杏林寻宝·保护中医》文集里，圈疗成功进入国家中医药传统知识保护数据库，且国家中医药管理局传统医药国际交流中心认定圈疗为“高新适宜技术”推广项目。因此，自2017年开始，我为三十多期圈疗培训班讲座授课，有的学员来自美国、加拿大，国内一些省市三级甲等医院的肿瘤专家也来学习。终于，我可以对发明圈疗的这位“郭圈圈”说：“您放心，圈疗没有被埋没。”

因此，我对小说《当归》的感受不同于一般读者，读的过程绝对不是顺手翻翻，随意谈谈，而是深刻感受其代表中医传承的寒热温凉、酸苦甘辛咸，四气皆有，五味俱全，升降浮沉，重担当前。

为愚公的小说《当归》写序，我不由想起自己2007年出版《回归中医》时，恩师邓铁涛先生为我题写书名，朱良春先生提笔作序，他们当时都是年过九旬的老人，看到有宣传中医的新作问世，都是满心喜悦欣然命笔。如今两位恩师已经驾鹤西去，我感到肩上的担子分量不轻。

恩师邓铁涛生前的呼喊常在耳边回响："中医药学是中华文化的瑰宝，但真正认识中医药学的真价值，对世人，对医学界，甚至对一些中医来说，却不容易！中医之振兴，匹夫有责，责任重大而神圣。必须端正对中医的认识，坚定信心，要树立为振兴中医而拼搏的精神。"

不忘恩师教诲，我不敢有一丝懈怠，一直在为中医复兴而不懈努力着。希望有更多的作家关注中医，有更多的文学艺术作品展示中医这块"和氏璧"，带动更多的民众了解中医、热爱中医，中医就会像《当归》里所说的——华夏盛世，中医当归！

世界中医药学会联合会一技之长专业委员会会长

河北中医学院扁鹊文化研究院院长

河北省中医药科学院主任中医师

曹东义

于"求石得玉"书屋

2021年7月

# 目　录

# 第一章　传 承

古老而遥远，远到华夏文明的源头；其实又很近，一代代医者薪火相传几千年，一直在我们身边。深奥而复杂，让人觉得高不可攀；有时却又很简单，只是一句话、一个偏方，甚至一箪食一瓢饮，像空气和阳光，养育大地，慷慨无疆。虽然被忽略被遗忘，却依然默默维系着我们的生命与健康。

它就是——中医。

——题记

## 1

风起。

枯黄的落叶和一些纸屑、塑料袋什么的在空中飞舞着，顺着街巷迎面刮过来，有点穿堂风的意思。风不是那么凛冽，但终究是进入冬天了，刮在脸上似有无数根细针从一个个毛孔扎进来。

下午 5 点，郭柏川提前下班，骑车从厂里往父亲家赶。

今日小雪。小雪这个节气标志着严冬的来临。父亲一向注重时令节气，喜欢在小雪这天做红焖羊肉或清炖羊肉，并辅以当归、黄芪、红枣之类，说是可御严寒。郭柏川托陕北的同事带了些横山羊肉和洛川苹果，特意请假早走了一会儿，把羊肉和苹果给父亲送去，心里琢磨着回去给父亲好好做顿饭，再看看父亲过冬还缺啥。

郭柏川父亲郭守正是秦西市民间中医，早年是市二院中医部医师，后来在家里开诊所，坐堂应诊治病救人，一辈子不曾停歇过。民间百姓多称他为“郭圈圈”。“郭圈圈”这个名字流传很广，父亲虽年过七旬，还是常有病人找到家里来，这种似永无止境的治病救人便一天天延续着。几年来，自柏川母亲走后，偌大个屋子只剩下父亲自己了，好在病人从没有间断过，父亲总是忙忙碌碌，倒也没显得孤单寂寞。

今天是2010年的小雪，半个月后的大雪就是父亲七十三岁寿辰，郭柏川一直想着要在今年大雪这个节气给父亲好好做个寿，老人们不是常说“七十三八十四”什么的……

才下午5点多，天色就显暗了，街道两旁各家窗户透出暖暖的灯光。巷里行人渐多，这时是人们往家赶的时候了，郭柏川也一路猛蹬快速向巷子南头骑去。

这条巷子叫南关巷，据说是这个古城最长的一条巷子，巷头连着小南门，巷尾通向城外南郊，从巷头到巷尾足有一里多长。巷里有几家老作坊代代相传，比较有名的要数铁锅贴家的锅贴和吴大嘴家的糊辣汤，不光是老街坊老邻居们喜欢，还引得很多巷外人赶到巷里来，还有人专门从城里跑几里路来巷子深处吃这一口呢。父亲的诊所斜对门就是铁锅贴的锅贴铺子，铁锅贴是个热心人，对父亲特别关照，有时父亲忙着看病顾不上吃饭，他就把热锅贴送到家里。铁锅贴做几十年锅贴做出了名堂，人们说他家的锅贴香飘秦西半个城，成了名吃，市上相关单位还来人给挂上“秦西名吃”的牌匾。郭柏川自小就吃铁锅贴家的锅贴，喜欢看铁锅贴做锅贴。

每天天色微明，铁锅贴就开始忙活，先和好面团醒着，这样才可以让面和水充分融合。然后开始忙案头上的活儿，把一大堆洗好晾干的韭黄或韭菜切碎，与剁好的肉馅拌好，当然还有其他各种香料，这个时候巷里人大都还没有起床，所以从来没人知道铁锅贴拌馅的奥秘，也就无法知道铁锅贴的锅贴为啥会这么香。等到他揉好面包锅贴时，巷里已经有人往锅贴铺走来。当买锅贴的人排起队，锅贴也整齐地排在平底锅里了，像列队的士兵一样，一个挨一个，没有一丝空隙，却也不会有一个受挤或是站立不稳。很快，铁锅贴望着大家笑笑，高举铜瓢画一个完美的弧线，给锅贴们均匀地淋了一身面水，随着“吱”的一声响，锅贴们像沐浴一般腾地冒出一团热气，大锅盖随即盖上。排队的人群便响起报数的声音：“一打。”“半打。”“十个。”……

这时，老板娘适时出来了，麻利地收钱，摆盘子。铁锅贴在那边揭开锅，在腾腾热气中，用长长的铲子伸向锅贴队列。一排一排的锅贴铲入盘中，一打的、半打的、十个的，张三的、李四的，顾客要的数量，一个不会错，谁先谁后也不会有差池。入盘的锅贴是翻过身的，金黄的油渍渍的脆壳还“吱吱”响着，香气便在巷里弥漫开来。

就在不远的东头，另一种美味——吴大嘴家的糊辣汤恰好也在这个时候开张了。铁锅贴家的锅贴要吴大嘴家的糊辣汤来配，有人端着锅贴去吴大嘴家，一碗味道正宗的糊辣汤配着锅贴才是完美的早餐。吴大嘴人憨笨些，他做的这锅汤却是透着灵性。巷里人都知道，他多年只用甘肃的土豆、回民街的牛肉，山乡里送来的菜蔬，加上从上一辈传下来的手艺，硬是让一个笨人做出一锅浓郁味纯充满灵气的糊辣汤。

早些年的许多个香气缭绕的清晨，父亲手提公文包走到巷子尽头搭公交车去二院上班，下午再次穿过巷子回到家里。许多个暮色里，父亲那清瘦而挺拔的身躯在长长的街巷里不疾不徐地走过，他不时和邻舍们打着招呼，遇到求医问药的人则停下多说几句。父亲性格刚毅却脾气温和，像这老巷子一样透着朴实与隐忍，包裹着俗世的温暖，承载着许多人挥之不去的记忆。

巷子里的两家诊所更是声名远播，虽没有卖吃喝的红火，却是长年四季有人来。这两户行医人家正好把住巷子两头，巷子北头是唐家，南头巷尾是郭家。郭家是以外治为主，按摩、香灸加圈疗，唐家开方、抓药、针灸，两家各有所长，各有各的病人。进巷子要先过唐家，唐家有门楼子大招牌，来求医的人一般都是先到唐家，有的病人治不上或出不起钱就到巷尾找郭家。巷子里和街道上的老熟人知道两家的不同，以病找医自是明白，外地来的可就不是那么方便了，常常要巷头巷尾地折腾一番。近些年郭圈圈外出行诊多一些，来诊所的病人日渐减少，郭家这个诊所就显得渐渐冷清下来，而唐家却是越来越发达了，去年盖了新楼，换上了金光灿灿的“唐氏国医馆”大牌子，名头越来越大，时常上电视登报纸什么的，成了市里民间中医的标杆。

虽说进出小巷都要从巷头过，从唐氏国医馆过，但郭柏川几乎从不抬头看一眼，唐氏国医馆再怎么发达也与他无关，他从没有想过两家医馆要对比要竞争什么的，因为他从来就没打算接父亲的班，压根儿就不愿做这个中医传承人。父亲一次次说起家族医术传承的事，要求郭柏川辞去公职回家担当郭氏第五代传人，有时苦苦劝说，有时严厉训斥，郭柏川一次次推诿一次次逃避，就是不肯接下郭氏圈疗这面旗。是郭柏川不孝，还是郭柏川学不会郭氏家族医术？不是，都不是！他对父亲是很孝顺的，在生活上总是尽心尽力照顾父亲，尤其是母亲去世后，郭柏川每周都要回来，给父亲买菜做饭洗衣。但是，每当父亲说要给他正式传授郭氏家传的技法时，他都想方设法推托。

其实，对于父亲耗尽一生心血发明的这个圈疗法，郭柏川内心是清楚的，其技法其功效也都明白。几十年耳濡目染，千百次耳提面命，他对父亲这个圈疗法早已烂熟于胸，却不理解也不喜欢。画圈治病，圈疗？中医治病疗法百种千种，用什么方法不好，父亲却搞了个奇奇怪怪的圈疗，那是一个什么样的“圈”？那是个折磨人的魔圈，那是一个跳进去就永远出不来的怪圈！父亲发明那个“圈”没有给他带来荣誉和财富，却像一个奇怪的魔圈，吸引来了各个地方被癌症折磨得人不人鬼不鬼的病壳子，有的来自乡下山坳里，有的来自遥远的异乡，不知怎么竟然能凭着坊间口口相传的信息来到秦西找到这南关巷来。郭柏川自年轻时就见惯那些可怕的癌症患者，有的面黑如漆、气若游丝，有的满身疮痍、脓血糊拉，有的头面变形、如鬼似怪。他们经火车汽车长途跋涉，浑身散发着熏人的臭气，疼痛使他们发出凄惨的号哭，跌跌撞撞来到诊所，一遍遍哀求父亲拯救他们……

既然是人命关天，父亲又怎会有一丝一毫的懈怠呢？他总是从容温和地安顿病人坐下来，让柏川端来茶水，待病人缓过劲儿来才一边诊脉一边询问病情。父亲以圈疗法为病人施治通常是从揉术开始，这个郭氏祖传几代的揉术疏松法不同于普通的按摩，郭氏这套揉术要对人体的经脉、骨关节进行全面的疏松，为下一步的治疗打开门窗。郭柏川无数次目睹父亲施展揉术的过程，心里总是想：为什么要用这么吃力的方法治病？自己累得要死，别人却不以为然，没有几个人愿意相信靠按揉推拿能治好病。但父亲把每一次施展揉术都看得很重，从不曾有一点马虎。当患者在诊榻上躺好之后，父亲像一个技艺精湛的武师，运气发功，舞动双手，指法多变，十指游移于经络腧穴间。从头顶百会穴始，直至脚趾上的隐白穴、大敦穴，从颈椎、肩井穴、手臂、脊椎、腰椎，到膝关节、脚踝直至脚趾的每一个大小关节，由上至下一一进行按、揉、提、捏、推、拿。经揉术之后，病人往往面色红润眼睛发亮，连声说舒服舒服。紧接着，父亲又手持艾香棒开始顺经络施灸，追逐皮下腠理之间的风寒、湿毒，凭着香火跳跃的律动和烟雾的变化，时而重灸，时而透灸，时而温灸。往往这一揉一灸要持续一个多钟头，父亲已经累得气喘吁吁，而对于一些重症病人来说，这还仅仅是前奏，只是开始。当病人经过揉术和香灸，疼痛之苦得以减缓之后，父亲才开始郭氏圈疗最重要的环节——画圈。两个铜盆里放着相似却又不同的两种药液，各为内圈和外圈所用，这个时候，父亲持刷如剑，凝神敛气，双目微合，目光如电扫过患者病体，辨阴阳寻病因，舞动药刷，内圈外圈、上圈下圈、大圈小圈，一围二聚三截四剿五灭，层层包围癌细胞，与之一搏……

父亲多次把圈疗的医理讲给柏川——郭氏圈疗是将特殊配方的中草药汁涂于患者不同病理反射区，反复画平面圈、立体圈、螺旋圈，圈套圈以达祛病除疾之目的。这个圈疗法是专门针对肿瘤疾病的，是在传统中医外科“箍”法的基础上进一步完善和充实，具有外固护正气，中对症治疗，内排除邪气的功效，最终达到扶正祛邪、行气活血、祛寒止痛、化瘀消瘤的作用……

这就是父亲在传承几代的郭氏家族医术基础上发明的“圈疗法”，父亲称为“中草药液画圈疗法”，这就是父亲一生的心血，被人们称为“郭氏圈疗”。父亲用半个世纪的光阴把郭氏家传四代的外治疗法推进了一步，把家族医术的几项绝技配伍组合，使其聚合功力产生叠加效应，形成了一个对抗疑难杂症和肿瘤疾病的神奇的药“圈”。郭柏川千百次目睹了这个“圈”治疗疾病的功效，对病人来讲，这个“圈”是个好“圈”，但对医者来说，却是个“魔圈”，因为画这个“圈”实在是太难了，太苦了……

一想起父亲那忙碌的身影，那清癯疲倦的脸庞，郭柏川心头就像有百虫噬咬，隐隐作痛。

自少时起柏川就常给父亲打个下手，替父亲做一些药材炮制的事情，后来下乡、工作、成家，在父亲身边的时候少了，但还是常常回来帮父亲一把。但是，父亲要他辞职回来接过圈疗，他实在做不到。他从小到大看着父亲被这个“魔圈”折磨了一生，也曾陪着父亲到外地行诊，眼看着父亲救治了成千上万的病人却得不到医界的认可，嘲讽、闲话、是非倒是落下一大堆，甚至被人告上法庭。郭柏川伤透了心，内心暗暗发誓不做这个传承人，自己做好一个中药师不也是为中医药事业做贡献吗?

怕是有十几年了吧，自从姐姐一家人迁往外地，父亲过了六十岁以后，就一次又一次催他辞掉工作回来接过这个诊所，他一次次逃避、一次次拒绝，就这么，一年年过来，如今父亲已经是七十三岁的老人了……

门虚掩着，像往常一样，郭柏川一手推门一手扶车子喊道：“父亲，我回来了!”没有应声，郭柏川把车子支好，把羊肉放进厨房，然后抱着苹果箱一边叫着父亲，一边快步走进诊室。

诊室里没有人，连灯都没亮，他放下苹果箱走进书房，书房里也静寂无声。父亲怕是又在琢磨配方琢磨药液，又在自己身上画圈呢吧？郭柏川边想着边转身向二楼药房走去。父亲把二楼一间最好的屋子做了药房，这不仅是贮存药材的库房，还是配药制药的工作室和父亲研究试验画圈的密室。

走进药房依然没亮灯，依然没有人。咦，父亲能去哪里？郭柏川把所有屋子的灯都打开，书房、卧房都齐齐整整，那两个配药调药的大铜盆干干净净的，亮可鉴人。

不好！郭柏川脑海里突然闪过一个可怕的念头——难道父亲他独自离开家了？郭柏川快步走到大门口向巷子两头张望，没有什么异常，行人像流水一样淙淙流淌，街坊邻居们像平时一样忙着自家的事情。郭柏川陡然一阵心慌，担忧、悔恨的潜流迅速在心里漫开，不久前的情景又一幕幕在脑海里回放……

那是白露后不久的一个黄昏，时间比今天稍晚些，郭柏川下班后回来看望父亲。一进屋就见父亲无力地仰靠在沙发上，双目半合，花白的长发搭在前额上，看上去特别苍老委顿。屋里药味弥漫，醋酸气呛人欲咳。显然，父亲刚给病人调理治疗完，病人刚刚离去，父亲实在是太累了，坐下就不想再起来，晚饭时间已过，家里还是冰锅凉灶的。

郭柏川心中痛楚，忙说道："父亲你先歇会儿，我去做饭。"刚要往厨房去，父亲挥手阻止并站起身说："跟我来。"

郭柏川跟在父亲身后走进书房。父亲行诊之余喜欢写写字，经年不辍，一手颜体相当有功力，心情好的时候会挥墨寄情，也时有书友前来切磋，那是父亲最惬意的时刻。可这会儿父亲饭都没顾上吃，来书房做什么呢？

郭柏川忙备好笔墨，铺上纸张。父亲站在案边沉思良久，落笔写下一个斗大的"孝"字，看看郭柏川不解的神色，又在下方写下手掌大小的两个字"当归"，然后转身落在座椅中。似乎这几个字用尽了气力，他疲惫不堪地微闭着眼睛，自言自语般说道："一天天，一年年，患者成年累月围着我转，我围着病魔转，几十年啦，从未停歇。就连腊月里正月里，四面八方的病人也会追到家里来。病人追我，我追病魔，我一直在跑，在追，我累了，我已是古稀老人，真的是力不从心喽！"

郭柏川不语。他知道，父亲又要说起家业传承一事，父亲要求的其他事他都百般听从，唯独这件事情他坚决不答应。父亲刚刚写下的那个墨迹未干的大字——"孝"，是指责他对父亲不孝吗？显然不是，他虽然不肯传承家族医学，但对父亲的孝心从不懈疏。他对父亲医事的理解，对父亲生活上的关心从没有半点马虎。他的态度父亲早已清楚，父亲看到他决绝不肯当这个传承人，这一段时间已经不再提这个事了。此刻，父亲是要说什么呢？这个重若千钧的"孝"字是什么意思？下方的"当归"二字又是什么意思呢？想必还是说让他传承家族医业的事吧。当归，当归，要他早日归来？

父亲久久不语，郭柏川看着憔悴疲倦满头白发的父亲，看着中堂之上父亲亲手写的"医者仁心"四个大字，心中渐悟，父亲是说要让他做圈疗的传承者才是家族的孝子，为广大患者解病除症才是百姓大众的孝子，这，正是父亲一生的求索，正是郭氏圈疗的精髓啊！

郭柏川自小在父亲身边目睹圈疗的神奇，眼看着一个又一个患者经圈疗医治获得新生，对圈疗是深信不疑的。但郭柏川刚一成年便上山下乡，经历了五年插队知青生活，招工后又在外地工作，多年后才调回秦西，没有上过医科大学也没有系统地学过父亲的医术，如何敢接过那千斤重担啊！郭柏川泪水奔涌而出，跪在父亲膝前，捧着那张墨迹未干的题字顿首连连："柏川不孝，柏川无知愚笨，不能将家传几代的医学传承下去，柏川对不起父亲！"父亲闭上眼睛靠在椅子上，似乎连再说一句话的力气都没有了……

每每想起这一幕，郭柏川就心如刀割。这一段时间里父亲再没提过要他接班传承家业的事，可今天突然不见踪影，难道……

郭柏川站在院里大声喊："父亲！你在哪儿？我回来了！"

屋里屋外都没有一点声息。郭柏川再次到各个屋子察看，没有父亲的踪迹。而后，郭柏川又回到书房，这个时候他全身开始哆嗦起来，像打摆子一样全身颤抖，不好的预感再次涌上心头——他再也找不到父亲了！父亲离开这个家，离开他了！父亲练习书法时常写一句古诗"远志去寻使君子"，因这句诗里包含有"远志"和"使君子"两种本草，身为中药师的郭柏川虽不解诗意却牢牢记住了这句诗。眼下，父亲去了哪里呢？他强迫自己镇定，在书房里仔细察看。书房里过于整洁，以前父亲常在手边翻阅的几本古籍都已放回书柜，纸张、笔墨都已收拾齐整，整洁的桌面上站着那个深红色的紫檀木经络人，经络人旁边放着一束当归，一旁琥珀色的玉镇下压着一封信，信的旁边有一张卡。

一封信！郭柏川急忙抽出信，"柏川儿启"四个字赫然入目。难道父亲又出诊去了？这个时节还去外地？父亲外出行诊留张便条是常有的事，这次怎么还要郑重地写信呢？

抽出信，郭柏川飞快地扫了一眼，不由大吃一惊，瘫坐在椅子上一行行看了下去。

柏川吾儿：

为父要离开家一阵子，时间可能会长一些，也许不再回来了。你成年后虽未正式随父师承家族医术，但自小耳濡目染也得几分真传。郭家祖传疗法乃先祖追随清代外治大家吴师机所得。吴师机一生苦研外治法，追求简、便、廉、验，力求避免口服药物所引起的副作用，以廉价高效的药膏广施于穷苦人家，倡导中医要简单有效便于大众所用。他每研究一个疗法，经临床临证检验后便公之于众，不守秘不藏私，让其他医家或病人都学会使用，郭家几代相传的康宁膏便是吴师机所授。吴师机把医术医德广传于众，我郭氏家族受吴师机恩惠，便要把这份普惠大众的疗法传于大众用于大众，先祖曾说这是我家族使命，不可不为。

我知道，我不离家你是不会接过这副担子的。你知道我一生苦修这个疗法的目的，就是要创立一套简、便、廉、验的适合广大普通百姓应用的疗法，让病人一学就会，一用就灵。眼下的圈疗体系既可预防和辅助治疗癌症及各种慢性病，也可保健养生，可造福于大众，你要把这个疗法传播开去。郭家没有秘籍，没有不可外传的验方，就是那么三招：一揉二灸三画圈。说起来简单，要用好却是要耗尽一生心血。你要把这三种疗法传承下去，还要守好终南山里那一块药田。中医药，一半在医一半在药，郭氏的几种制剂必须用山中药田的药材，你是中药师，这个我放心。还要守好郭氏梅花香和康宁膏，那是祖传几代的家族医方，当初就是为了让郭氏制剂能够正规批量生产并推广到全国各地，我才答应与市二院合作的。

柏川，你自小敦厚有余机敏不足，但宅心仁厚，有悲悯之心，这正是医者所需的秉性。这些年为父忙于治病救人，对你关心不够，尤其是在你青少年时期没能督促你好好读书，没有打下根基。但学习不论早晚，医学也并非复杂到高不可攀，你要用心把家学传承下去。为父这些年全身心钻研圈疗法，而圈疗法主要是针对肿瘤疾病和疑难杂症所用，所诊患者多为贫寒之人或是被沉疴顽疾拖垮的小家小户，所以我素来无意牟利，有时甚至贴钱治病。所幸郭氏梅花香受国家专利保护，常年用量稳定足以维持生计。家里没有多少积蓄，所有家产都在这张卡里了，你用它做好传承推广的事情吧。中医的精髓在民间，在代代相传的特色诊疗技法中。郭氏圈疗虽只是一个小小的简单疗法，但一个个家传，合起来就是国传，就像一条条小溪，汇聚起来就是汪洋大海。还有，你要牢牢记住，一个好的疗法只有广泛用于百姓大众才有意义。

我已与罗医师谈过，她中西兼修医术精良，多年与我一同钻研圈疗之法，是恪守医德的良师益友，她会助你开启传承之路，有她坐堂可弥补你临诊之不足。你要做的就是传播和推广，把郭氏圈疗推广传承下去。郭氏圈疗的传承并不是你想的那么神秘，郭氏几代不藏秘籍，几种制剂的配方也是广传于杏林，因为郭氏从曾祖到现在都遵循着这样一条祖训：家族所研医法要简单易懂，要简、便、廉、验，要让普通百姓用得起。

我知道你一再不肯接班传承的缘由，并不全是因你自认为没有文化功底和医学基础，你也不是怕吃苦怕付出的人，我想主要是多年来你看多了为父一生行医的苦累以及世态炎凉，但不要太在意这些，医者仁心不可改。中医虽历经磨难，但随着国家昌盛，终将回归正途造福于大众。

不要担心我，我并不是要轻生也不是出家，只是到终南山里做一个隐世的修行者，之前我已做了些了解和准备，我能够在山里生活下去的。我有许多想法和疑问没有时间思考，让我在深山里找一个安静的地方完成它。

好了，为父实在是累了，就当为父进山是去休息一阵子吧。不要试图找我，过些时间会有机会见面的。

反复看了两遍之后，郭柏川泪流满面地收起信坐在书案旁，望着站在书案一角的那个暗红锃亮的紫檀木经络人，经络人那两只花椒籽大小的黄铜眼睛似乎正眼巴巴地看着自己。

和经络人对视了一会儿，郭柏川的目光落在经络人身旁那一束当归上，这才注意到，这不是普通的当归，是一束用黄色丝带扎着的六根特级当归，棕褐色，体大，个头均匀，主根呈圆柱形，尾端渐细，散发着奇异的芳香。郭柏川自小就知道，父亲历来重用当归，善用当归，把当归看得很重。郭柏川成为中药师以后，对当归的了解更多更深了，渐渐明白父亲为何把当归看得这么重要。当归甘辛无毒，入心肝脾三经，可补血活血、调经止痛，且具有抗氧化和清除自由基作用，有明显抗辐射损伤和抗疲劳、抗肿瘤的功效。尤为奇妙的是，当归用法及功效可随证多变，与人参、黄芪配伍可补血，与牵牛、大黄合用则可破血。中医把当归视为妇科圣药，用以治疗各种妇科疾病，在许多经方和验方中当归常以君药或臣药出现。在二十五种使用频率最高的中药方里，当归排名第八位，因而自古就有“十方九归之说”。父亲的药柜存储最多的就是当归，家传几种制剂里都有当归，平时给家人做药膳也常用。早年父亲都是亲自到甘肃岷县去买当归，买回后就津津有味地给郭柏川讲：“这叫‘秦归’，横断面呈淡黄色，线状纹理包裹着白色髓心，就是所谓‘菊花心’，这是当归中的极品……”直到20世纪90年代初期，父亲在终南山有了自己的药田后才不去外地买了。

父亲在离家之时，放下这一束当归是什么意思呢？是提醒柏川时时善用当归，还是说他自己该当归隐山林？不，当归，是说他当归来了，该担起传承的重担，当归，当归……

不要啊，父亲，梦里还家不当归！你怎么可以突然间离开呢？

郭柏川悲伤不已，痛彻心扉。父亲怎么会如此决绝地抛下亲人抛下家业，走入茫茫群山之中呢？一定是自己一直不答应父亲传承家族医业导致了今日的结果！是自己害了父亲啊！进山清修，不就是出家入空门吗？父亲已过古稀之年，在荒山野岭怎么能生活得下去呢？

郭柏川推开大门眼望南方，终南山起伏的峰峦在晚霞的映照下伟岸而缥缈。

## 2

那个夜晚，那个刻骨铭心的小雪之夜，郭柏川在父亲的老屋里一直挨到天亮。后悔、担忧、心痛、哀伤……种种情志缠绕交织，仿佛无数只虫子在心头噬咬。

他把父亲的信看了一遍又一遍，希望从字里行间找出答案。父亲并没有责怪他，也没有流露出一点点厌世的情绪，仿佛是去远方行诊，仿佛是去一个向往已久的地方云游。但郭柏川知道，已过古稀之年的父亲断然“出家”，必定有一个重要的原因。仅仅是因为他不愿接过圈疗大旗，不愿做圈疗的传承人吗？郭柏川总觉得不完全是这样，但又琢磨不透究竟是什么原因。但有一点是明白的，他已经没有退路没有选择，必须担起传承圈疗的担子了，即刻起，他要放下一切来扮演这个传承者的角色。

后半夜，郭柏川一遍遍徘徊在药房、书房里，翻捡、寻找，似乎还有很多秘密待他发现待他领悟。他时而翻看父亲的临证笔记，时而对照病案记录寻找患者来信，时而察看柜子、箱子，看父亲带齐了防寒的衣物没有……

接下来的严冬里每一天都是痛苦难熬的。寒流来了，下雪了，刮风了，郭柏川都会心如刀绞地望着终南山。如此严酷的寒冬，一个七十多岁的老人在与世隔绝的大山里怎么能够生存下去？风霜雨雪何处安身？衣食住行谁来照顾？简直不敢想啊！尤其令人痛心的是，之前父亲从不曾流露过有这样的打算，郭柏川在一次次违背父亲意愿拒绝当传承人的时刻，也从未看出一点端倪，因而他没有任何思想准备。这一切来得太突然了，如迅雷一般乍然响起便不可挽回了。

第二天清晨，郭柏川还是像以往一样按时赶到中药厂，但没有进自己的质检主任办公室，而是直接推开徐厂长办公室的门。

徐厂长刚端上茶杯，见郭柏川快步走进办公室，很是纳闷："郭主任，今天不忙啊，刚上班怎么有空来我这儿？"徐厂长是刚提拔不久的年轻领导，学的是中药材，又颇有市场开拓能力，正在踌躇满志大干一番的当口，对郭柏川这样的实干家很是倚重。

郭柏川勾着头冷冷地说道："徐厂长，对不起，我要辞职。"

"你说什么？"

"我不能在厂里干了，要辞职。"

徐厂长这回听清楚了，身子一震，茶水洒出来烫了手，顾不上擦顾不上看，平日里温文儒雅的风度一下子没了，几步冲到郭柏川面前："郭主任，郭老兄，我的大技师！这大清早的你跟我开什么玩笑？"

“徐厂长，真的不是开玩笑，我今天就要辞职。”

徐厂长脸唰地白了，他把眼镜扶稳了，退后一步惊愕地盯着郭柏川：“你这是怎么啦？吃错药啦？你有什么想法可以提，对我有什么意见也可以说啊，怎么能给我撂挑子呢？我这才干几天，靠的就是你们这几个专业骨干，你辞职了我也辞！”

郭柏川意识到自己的话太急了，语气缓和下来：“对不起，对不起，不是你说的这样，是我父亲他……”

一听这话，徐厂长愣住了，这才注意到郭柏川面容憔悴眼圈发红，压低声音问道：“什么？你父亲他怎么了？郭伯伯的身体不是蛮好的吗，怎么会？”

郭柏川摇头道：“不是，我父亲他昨天离家进山了。”

徐厂长依然不解：“老人家进山散散心没啥不好啊。”

郭柏川说：“不是散心，是离家出走再不回来了！”

徐厂长越发惊诧，冲上前按着郭柏川的肩膀问：“不回来了？你是说老爷子一生气出家当和尚了？老爷子那么大年纪怎么会走这一步？他怎么受得了山野里的清苦？要是这样的话你辞职有什么用，咱们该去找呀，厂里派人帮你找，咱们一起把老人家找回来啊！”

“唉！该怎么给你解释呢？”郭柏川皱起了眉头。徐厂长示意他坐下说，郭柏川这才坐到沙发上继续说道：“我父亲是嫌我这么多年不肯接他的班，不肯传承郭氏圈疗，这回留下一封信连夜进山了，他以后长年住山修行，再也不回来了！”

徐厂长这才听出点门道。他对郭柏川父子都很熟悉，一向敬重郭守正老先生的医术医德，家族传承这事也听郭柏川讲过，但没想到老爷子竟然会为这事离家进山！这下事情大了，郭柏川是个孝子，他父亲为此事连家都不要了，郭柏川恐怕只有挑起郭家诊所这副担子，这样一来肯定是留不住了，可郭老爷子那么大年纪了进山怎么过得下去？便关切地问郭柏川：“那你打算怎么办？要去找老爷子的话也不用辞职，你先处理家事，厂里的事我先替你挡着。”

郭柏川摇头：“老爷子不让找他，老爷子离家就是要我接过他的担子，这下我再不当这个传承人就是不孝了！我要马上着手郭氏圈疗传承推广的事情，不能让老爷子的诊所关张了。老爷子一辈子画这个‘圈’就是要把它传给百姓，他为这个‘圈’一辈子没消停，现在我也不得不跳进这个‘圈’里了！”说完，郭柏川苦笑了一下，把写好的辞职报告塞到徐厂长手里，起身便走。

徐厂长追在身后说：“郭老兄，只要是我能帮上忙的事一定要告诉我。”

辞职容易，可是这个传承人怎么当？这第一步从哪儿开始？

父亲的诊所不能再用，郭柏川不是执业医师，没有行医资格，再说父亲对他的期望主要是做好传承推广。父亲行医多年，不仅以医术闻名杏林，还有重要的一项是其他民间中医所没有的，就是他一直坚持把家族医术传播给病人，手把手教会那些久治不愈的慢性病患者，让他们在家里自医自疗。许多年来，父亲外出行诊过的地方和他医治过的病人，都在推广传播圈疗这个简单有效的特色疗法，这个疗法深受百姓喜爱，在民间口口相传，这就是民间广泛流传的“郭圈圈”的由来。

作为传承者，郭柏川的使命就是把郭家传承几代的疗法继续传承下去，还要传播到社会推广给更多的百姓，让更多的人学会使用这个疗法。那么，郭柏川要做的是组建一支团队，成立一个传承推广公司，把郭氏圈疗传承下去推广开来！这个公司的名号就应该是“郭氏圈疗传承推广中心”，中心要做的主要是两件事情：一个是办好圈疗调理中心，由罗医师坐堂问诊，以郭氏圈疗技法调理治疗慢性病，使父亲多年医治慢性病、疑难杂症的特色疗法得以延续；另一个就是办好圈疗推广中心，对众多信任圈疗应用圈疗的人给予辅导培训，对外地加盟者进行标准化管理，给予技术支撑，更大范围地把家族医术传播推广开。

父亲离家后，郭柏川扎在父亲的诊所里和罗医师一次次商讨、一次次筹划，渐渐有了方向和目标。

组建公司，首先是办理合法手续，得到上级机构的准许。对郭柏川来说，这第一步就难如登天。父亲凭着他的医术在社会上、在医界有一定的影响，郭柏川则完全不为人知，他只是个普通的中药师，不善于和人交往，更不懂得如何托人找门路，要迈出这一步必须得自己去闯了。

郭柏川把过去和父亲来往较多的几个领导层的朋友梳理了一遍，决定去找已退休多年的省科技厅老厅长。老厅长和父亲交往密切，对父亲发明的圈疗法高度认同并一直关心和支持，父亲曾给好几个京城的大人物瞧病，都是老厅长引荐的。父亲辞职开诊所这些年里，老厅长多次到家里来，看父亲画圈的过程，问那些治疗过的病人，对圈疗法非常信任和重视。有一次，老厅长还带着厅里的专家和记者来诊所观摩圈疗法，采访受治的病人。听一个癌症患者讲了自己治疗的经过后，老厅长激动地说：“圈疗法是个了不得的发明，一旦用于临床临证，将对我国防癌抗癌领域产生重大影响！”老厅长退休后还多次来过家里，与父亲一同谈论圈疗，有时身体有什么不适还让父亲给他香灸一阵子，有时时间晚了，父亲就让郭柏川送老厅长回家……

思前想后，郭柏川觉得只有硬着头皮去找老厅长。感觉老厅长是个生性耿直的人，能理解自己的现状，即便他退休年久帮不上忙也不会笑话自己的。打定主意，郭柏川买了几样时令水果，挑一个晚饭后的时间来到老厅长家里。

老厅长比父亲大两岁，身体也挺硬朗，看到郭柏川上门很高兴：“是柏川啊，难得你来看我！过去你走到我家门前都不肯进屋的。你父亲好吧？”

郭柏川低头道：“我就是因父亲的事来的。”

老厅长拉着郭柏川坐下问：“你父亲怎么了？他身体那么好，用他的话说像一味中草药，叫什么来着？对了，叫‘千年健’，他能有什么事？”

“一个多月前，他离家出走进了终南山，说是要在山里长住，再也不回来了，也不让我找他。”

身材高大的老厅长腾地一下站起来，眼里射出惊异的光，梳理整齐的白发有几绺受惊似的落在前额上：“你说什么？‘郭圈圈’他出家了？进了终南山？他为什么要出家？”

郭柏川摇摇头，掏出父亲写的信。老厅长一把抓过信展开，戴上花镜急忙往下看，看着看着神色松弛下来，到后来移步到灯下一字一顿地念了起来：“不要担心我，我并不是要轻生也不是出家，只是到终南山里做一个隐世的修行者，之前我已做了些了解和准备，我能够在山里生活下去的。我有许多想法和疑问没有时间思考，让我在深山里找一个安静的地方完成它……”

“好你个郭圈圈，还当自己是小伙子啊！这把年纪竟然还敢独自进山修行？郭圈圈，真有你的！”

老厅长情绪亢奋地一边踱步一边自言自语，好一会儿才把信交还郭柏川。

郭柏川低着头说："都怪我！是我不孝，是我不听父亲的话迟迟不肯传承他的圈疗，让他伤心让他生气，害得他离家而去。"

老厅长摆摆手说："别那么想，我看他早有此意，但没想到他到这把年纪还敢走这一步！他以前与终南山青云观莫道长就有往来你知道吗？"说到这里老厅长初见时的惊诧和担心已经完全消解，满面含笑地说："这个郭圈圈怎么不叫上我呢？"看郭柏川愣神的样子又问道："那你打算怎么办？"

郭柏川说："以前我是因为自己没好好学医，不敢接父亲的班，不敢当这个传承人。眼下父亲一走，我没得选了，再不担起传承的担子就是大不孝了！"

老厅长点头赞许："对，你能这样想就好，这正是你父亲所希望的。郭家传了几代的医术可不能就这么断了，你得接过来，将来还要再传下去！你有什么打算，有什么需要我帮忙的？"

郭柏川听到老厅长主动这样问，心里一阵轻松，连忙说道："我已经从制药厂辞职，准备组建一个郭氏圈疗传承推广中心。但是我一来没有行医执照，二来不知找哪里办这个批文，想来想去觉得只有老厅长您多年来一直信任我父亲，一直支持圈疗，便冒昧来找您老了。"

老厅长看老实憨厚的郭柏川说这些话时脸都红了，呵呵一笑说道："你呀，跟你父亲一样，耿直憨厚不善交往，万事怕求人。这事不一样，这是大事！你们郭家医术一代代传到你这里，怎么能让它断了？必须传承下去！你来找我就对了，这事我要帮！你好好筹划一下公司怎么办好，批文的事我来办，我豁出这张老脸帮你找省上找厅里，圈疗这个宝贝可不能传丢了。"

郭柏川起身谢过老厅长后说道："我想组建一个传承推广中心，一方面传承推广圈疗这个疗法，一方面给一些慢性病、疑难杂症患者做调理治疗。我虽不是医生，但我父亲的好友罗医师多年来一直关注支持圈疗法的研究，医术精湛，罗医师答应助我。有罗医师坐堂问诊，再招聘一些有资质的中医调理技师，我们就可以做好推广传承和健康调理这两件事了。”

“好！这个思路不错。”老厅长情绪亢奋地说，“别看我退休十多年了，我可是从没放松过学习。当前国家正大力号召振兴中医，提出要抢救民间中医家传绝技，再不抢救很多好的诊疗法就要失传了！你们家的情况正符合国家政策和大好形势。你要办诊所我帮不上，那得卫生局批；但你要是组建传承推广中心的话，我可以去找科技厅现任领导，从医学科学技术推广传承这个角度，科技厅就可以下批文。”

郭柏川高兴地说：“那太好了！太感谢您老了！我的目标就是要把我父亲这个疗法推广传承下去！就叫‘传承推广中心’！”

老厅长按着郭柏川的肩头，凝重地说：“不过，医学技术推广是一项技术性和公益性的社会活动，可不是盈利挣钱的途径。”

“我没有想过要依靠这个疗法发财致富，我也不会做生意。我父亲留下些钱，够我折腾一阵子。”

“好！你把报告写好尽快给我送来，我去找厅里领导讲清楚情况，请他们尽快批复。”

郭柏川向老厅长深深地鞠了一躬，高兴地离去。

老厅长回到厅里陈述了郭守正多年来研发圈疗的不易，讲了圈疗法在民间的影响。郭守正研发圈疗法用于临床已经二十多年，医治病人无数，尤其在辅助性医治肿瘤癌症方面多有建树，省市医疗界和管理机构都有所闻。当说到因为家族医术传承问题，郭守正老中医离家进山时，老厅长眼睛都红了，慷慨激昂地说：“大家想想看，一个七十三岁的老人为何走到这一步？”现任厅长和其他在场的干部们无不动容。

仅仅过了两个多月，省科技厅下发了一份红头文件，文件称：为抢救民间中医特色诊疗技术，批准成立郭氏圈疗传承推广中心，以开展郭氏圈疗传承推广工作及民间中医传统技法健康调理研究。

“郭氏圈疗传承推广中心”就此诞生。

没有想到，郭柏川认为最难的第一步居然很快就解决了。这是2011年春季，离父亲进山的日子只过去了几个月，郭氏圈疗传承推广中心正式挂牌。父亲的老房不够大，再者郭柏川还要保留着老房的布局和物品，说不定哪天父亲还会回来，他便在巷南头新建成不久的花园小区写字楼上租了两套三室办公室，合起来三百多平方米，一半作为行政办公区域，一半作为调理部，调理部的几间房分成六间调理室，每间调理室可放两三张调理台，看起来规模还真不小呢！

招聘员工也挺顺利。应聘者很多，城郊一带一些有中医调理师资质或是按摩师资质的年轻人，还有些卫校毕业的小青年都来应聘，罗医师从技术专业角度筛选出十来个年轻人，经郭氏圈疗揉术和香灸的培训后便可上岗。这些年轻人招得容易走得也快，“中心”开张后，员工像走马灯一样来来去去。有的干了几个月就离开了，有两个手艺好的干了不长时间去了巷子北头的唐氏医馆。郭柏川知道，这不怪人家，圈疗推广中心给员工开的工资低，留不住人。

不管怎么说，“郭氏圈疗传承推广中心”就这么横空出世了。郭柏川不是医生也不懂经营不懂市场，却要领着一队人马开堂问诊为人祛病除症，还要在市场风浪里求生存，这就注定了郭氏圈疗传承推广的历程会多一些艰难多一些坎坷。

还好有罗医师，这位年近七十的老人总是那么从容镇定，从挂牌之日起，她一直守在中心，物色招聘调理师和医护人员，培训员工，制定接诊规则，投入运营后忙于坐堂问诊，替郭柏川撑起了半边天。

行政助理张梅英是罗医师推荐来的，曾是罗医师的学生，以前在医院做过护士长和行政管理，协调能力很强，说话办事总是带着从容优雅的笑容。张梅英不仅在行政工作上表现出突出的才华，在负责招聘选人和安排调理部工作规程方面也做得很好，中心的各项管理制度运行机制很快健全起来。

中心的运营围绕两条主线进行，一条是传承推广，一条是用圈疗技法为一些患者调理慢性病。怎么传承呢？他们没有钱做广告，再说郭柏川没有执业医师证也不便做广告，就靠民间口口相传，就靠父亲在民间的影响！当郭氏圈疗传承推广中心的信息通过以前治疗过的病人或病人亲属在网络传播后，省内省外竟然有很多人闻讯而来，有的带着家人前来求治，有的前来报名参加培训班学习。郭柏川知道自己这个小小的中心医治不了多少患者，只有把这个疗法传出去推广开去，让更多的人掌握这个方法才能实现传承推广，因而，他带着几个调理师经常到外地传播圈疗法，并在中心举办培训班。

调理部每天都要接诊一些上门求治的慢性病患者，当然，多数都是奔着以前“郭圈圈”的名声来的。他们多为骨关节疼痛、哮喘、手脚肿麻等，以老人和妇女为多；也有一些癌症晚期患者，久治不愈，钱财耗尽，再住不起医院了，只有到民间中医这里求医问药。罗医师是妇科专家又谙熟圈疗法，坐堂问诊，制定调理治疗方案；郭柏川则给调理师和学员们传授按摩、香灸、圈疗技法。

中心就这么运行起来了，一个民间中医传承人的传承之路就这么开始了。

头几年，郭柏川常常回到父亲的老屋。每当他心里有疑惑、有难处的时候，回到这里就感觉有了主心骨，感觉父亲在看着他，感觉父亲在手把手地教他。父亲留下的配方和画圈的一招一式已经刻在郭柏川脑子里了，就连那放药材的竹箩、拌药液的铜盆，连同那许久没有再生过火的锅灶，都还散发着父亲的气息，散发着中草药的气息。在这里，他能汲取到力量；在这里，他能获取信心。

多年来，郭柏川由于不愿跟着父亲打理诊所担当传承人，所以没有正式师承父亲的医术，对圈疗的医理和辨证施治还没有系统地掌握和应用。此时，五十多岁的郭柏川似乎才开始跟着父亲学习治病救人的手法，他感觉书房、药房、小院里，父亲无处不在，一边诊治病人、炮制药材，一边给他讲着圈疗的医理药理……只要一回到这个老屋里，就好像能看到父亲还像以往一样在为病人按揉，为病人香灸、画圈，给他讲着经络的走向，讲穴位的分布。许多个夜晚，好像父亲就在身边，不时给予指点。柏川慢慢地做着这些，情绪渐渐平稳下来。

很多次，郭柏川望着影影绰绰的终南山，心想，父亲究竟因为什么会在古稀之年离家进山，为什么要去做一个孤苦的修行者呢？很多事情郭柏川想不明白，但有一点柏川心里是清楚的：父亲不下这个狠心，不离开家，自己是不会抛下一切走上这条路的，不会的！

是啊，自己要怎样才能把家族医术传承下去？郭柏川觉得每前行一步都要靠父亲教给他呢。

## 3

组建公司选址时，郭柏川一眼就看中巷子南头新建的写字楼，一个重要原因就是离父亲老屋只有一箭地，还算是没出巷子，不会让外地的病人来了找不着。另外，离家近就好像离父亲近，心里有底。老房子还和父亲在时一样，除了在药房里存放了更多药材，其他屋子都保留着父亲原先的格局和物品，因为郭柏川总觉得父亲会在某个下午微笑着回来。

传承人不是那么好当的，要带领一个团队推广传播圈疗法更是不易。每当遇到难题的时候，心里有困惑的时候，觉得需要请教父亲，需要对父亲诉说的时候，郭柏川就独自回到父亲的老屋，回到这里心里好像就亮堂了。一切都和以往一样，好像父亲依然在屋里忙碌着，在诊治病人，在手把手地给他传授圈疗法，带着他精心炮制药材……

郭柏川喜欢静静地待在老屋还因为屋里的中药味，那味道里有当归、藿香、白檀香等中草药的芳香，还有醋的味道，这些味道综合成一种郭家特有的“圈疗味”。童年时记得祖父身上就是这种味，父亲身上就更明显了，衣着、肌体、走路、说话，父亲一举手一投足间无不带着这种药香。这种药香已深入骨髓，浸透了这个老屋的空间和门窗、家具、墙壁。一回到这个老屋，这种药香便沁入柏川的心脾，使他绷紧的心弦舒展开来，心情便平静下来。

这是圈液、梅花香和药膏混合起来的味道。自从发明圈疗，父亲画圈用的圈液便一直是他自己亲手炮制。圈液虽有配方却是多变的，有时炮制的圈液是针对各类疾病的，有时是专门对付肿瘤的，有时还会专为某个病人特制一种圈液。炮制圈液的这一天，父亲从大清早就开始忙了。

先在药房里按配方把十几种药材配好，这些药材像沙盘里的小山头一样堆放在大案上，有草叶树皮根茎果实类，还有几种似乎是矿石和晒干的昆虫，这些药材要碾成很细的粉末，这是一个细致而漫长的过程。先要把药材分类在巨大的石碾里碾碎，然后用细罗筛一遍，把筛出来的粗粒再次碾磨，再筛。石碾吱扭吱扭地响过整整一上午，屋里弥漫着浓浓药味的时候，一大堆药材变成褐色的粉末，装入一个木桶里。然后父亲又按另一个配方配好药材，再开始新一轮的碾制。那些药材在郭柏川看来都是大同小异，但其实圈液要制作两种，画外圈和画内圈用药是不同的，奥秘就在药材的种类和配比有别。当两种药粉过罗完后，父亲把米醋倒入大锅熬煮，等屋里屋外弥漫开浓浓的醋香后，开始一点一点撒入草药粉末，煮着、搅着、嗅着，直到一锅黑乎乎的圈液形成。郭柏川小时也时常帮着父亲搅拌圈液，但那时对圈液并没有真正的认识，及至成年后尤其是到中药厂工作以后，他才对这个过程有了深层的感觉和认识。当父亲配好药物开始搅拌，那个药香和醋香是有变化的，有进程的。当搅拌到后期，醋味不再那么呛鼻，似乎是在搅拌的过程中发酵变化了，药材的气味也在这过程中慢慢地发生变化。看得次数多了，郭柏川甚至能嗅出哪一盆圈液是画外圈的，哪一盆是画内圈的。治疗肿瘤的圈液，针对各种肿瘤用药有所不同，会有微妙的变化，父亲一生都在寻找这个变化。

制作康宁膏的过程更是难忘的回忆，那些记忆似乎更久远一些，从童年起就深深地刻在郭柏川的脑海里了。早年在院子的一角有一个专用的土灶，支一口特大的铁锅，熬煮膏药的头两天父亲就开始选配药材，当归、黄芪、藿香等一大堆药材分类浸泡淘洗，然后倒入这口大锅点火熬制。煮啊熬啊，整整两天一夜，直到变成一锅晶亮的呈琥珀色的浆液。

再经过去渣和几个小时的退温，浆液凝结成一锅晶莹剔透的深咖色膏体，泛着浓浓的香气。父亲说这是曾祖传下来的药膏，名叫康宁膏。原本康宁膏每隔两个月就要熬上一次，直到20世纪80年代末，郭氏自制药膏得到上级机构的批准，注册“健”字号郭氏康宁膏交由药厂批量生产，那以后在家里就闻不到膏药的甜香了。

每次炮制药膏和圈液的时候，郭柏川总是跟在父亲身后，围着大锅台，帮着洗药材，看火，看着锅里药材的变化，闻着药味的变化，直到父亲把火压小，锅里的药浆渐渐变得亮晶晶、香喷喷的时候，满院子都会飘溢着甜滋滋的药香。在童年的记忆中，总觉得这不是在制药，而是在做一锅美味。

在郭柏川的印象中，父亲每一次炮制中药的过程和为家人做药膳的过程总是重叠在一起，混合在一起。碾药、配药、搅拌与杀鸡、剖鱼、选菜，这两个过程很像，到生火煎熬、药香弥漫，或烹熘煎炒、鲜香迷人，更是难以区分。每当父亲用大勺盛起药膏在鼻子下细细品闻时，就像是要给家人盛菜盛饭了！那浓浓的药香、菜香，还有铜勺和铜盆发出的当当声响，都永远留在郭柏川少时的记忆里了。

父亲除了善于炮制中药，还做得一手好药膳，每到年节及立春、清明、夏至、立秋、冬至等重要节气，父亲都要亲自下厨，为全家人做一桌时令性的药膳，那是全家人期盼的美味。

立春这天，父亲早早地从巷尾买回一个胖乎乎的大肘子，收拾干净后点燃灶火，抓一把冰糖放入锅中炒成深黄色糖汁，将猪肘放入砂锅，加入清汤以武火烧开后，撇去浮沫，放入红枣、黄芪和调味料，倒入冰糖汁，文火慢炖，这叫红枣煨肘子。这一天还能喝到父亲熬的地黄粥和用首乌、山药配炒的各种菜肴。

雨水，父亲要做的是地黄煲乌鸡。把乌鸡放进一个很大的瓦罐，然后添加地黄、黄芪、当归，开锅后小火慢慢煨着，整整一个下午，香味就随着咕嘟咕嘟的响声在屋里弥漫。

惊蛰这天，父亲的拿手菜是附子煨羊肉，羊肉炖上后放入包好的附子、枸杞和各种调料。在饭桌上，父亲还会讲一些什么寒热虚实、升补、清补、平补、温补等中医养生知识。至于归参鳝鱼煲、山药桂圆炖团鱼等就是更加久远的记忆了。

清明这天能吃到当归蒸鳝鱼，父亲说此时要疏肝行气、活血通络。

立夏会吃到枸杞莲子鸡、荷叶三七粉蒸肉排，之后常常会有茯苓绿豆粥、银花莲子粥、麦冬竹叶粥、玉米须麦冬煨大枣等各种好喝的粥和羹。

夏秋时节过去了，到立冬这天，父亲一定会做一锅双黄羊肉汤，所谓双黄就是黄芪和黄色的胡萝卜，此外还有当归什么的。经一两个小时的炖煮，羊肉和药材融合出一种浓浓的香气，羊肉入口即化，汤汁微微泛黄，喝下去周身暖融融的……

当然，父亲做的美味佳肴不仅仅是鸡鸭鱼肉，更多的是随季节时令而变化的各种时蔬和从药田带回来的草药。如二月二的白蒿，清明的荠菜，五月五的马兰头，夏至的婆婆丁，秋冬时节的天麻、山药，等等。父亲常用这些药材做各种凉菜、炒菜、菜团，还有粥呀羹呀什么的，还要给家人说着如何收敛神气，如何保护肺脏，如何清湿利水祛燥，等等。父亲做饭的过程和制药一样细致，从容地、一样样地调配，从头一两天开始采撷，到案头细细地分解，到下锅后的烹制，灶上火候的变化，每一步都极其细致而严谨，郭柏川无不记忆犹新。父亲那专注的神态和那些散发着奇香的美味萦绕在郭柏川的脑海里，以至常常把父亲炮制药材和制作美食混为一谈……

父亲是个好医生，也是个好父亲。他医术精湛宅心仁厚，勤勉努力养活了一家人。要是父亲一直在医院做他的主治大夫，不搞这个圈疗，不回到家里开诊所，他的一生就是另外一个样子，他会是一个世人敬重的好医生，是圈疗这个“圈”缚住了他，使他的后半生沉重而孤独。

为什么郭家传了几代的医术跟别人家的疗法不一样呢？为什么父亲要把自己的一生都圈在这个“圈”里呢？这个不一样的“圈”使郭家的医术更加不易，更加难以传承。郭家的疗法说起来简单，似乎很普通，没有一点神秘感，就是一揉二灸三画圈，在别人眼里就是按摩几下艾灸一阵，然后画画圈，不管遇什么病就这么几招。殊不知这简单的几招却耗尽了父亲一生的心血，郭柏川目睹父亲救治了成千上万的病人，治好了许多疑难杂症，把许多癌症患者从死亡边缘拉回来，但父亲却在辛劳清苦中过了一生，并没有得到主流医界的认可，没有得到财富和荣誉，反而历经坎坷，到晚年还离家进山过着更清苦的日子。

一切都因这个“圈”而起，为了这个“圈”，父亲一生经受了多少磨难啊！

许多年里，时时让郭柏川心里揪痛的就是这个“圈”，使郭柏川对家族医术望而生畏不敢做传承人的也是这个“圈”！父亲探寻的这个能够救人于危难的圈疗究竟是个什么样的“圈”？茫茫杏林何处觅？早些年，郭柏川隐隐担心父亲的探寻是一种异想天开的行为，是一条不归路。他眼看着父亲的钻研和尝试持续了很多年，这个“圈”才渐渐形成。

从安徽迁入秦西住进南关巷时郭柏川才十多岁，那时父亲还很年轻，却已是小有名气的医生。父亲身材挺拔，举止文雅，待人亲和，巷里邻居们和郭柏川同学的父母对父亲都很尊重，当父亲走过小巷时，人们都要和他打招呼，很郑重地打招呼。父亲总是弓下腰向每一个人还礼，脸上洋溢着真诚的笑容。在人们眼中，父亲是个有本事的人，才三十多岁就是有名的医生，凭精湛的医术养活一家老小。

是啊，父亲本可以轻松地做一个好医生，做一个轻松自在的受人尊敬的医者，只因有了郭氏中医外治法这一份家传，只因他是个中医世家的传承人，只因他发明了这个“圈”，他的一生便充满了艰辛，便只能负重前行。这个“圈”的念头究竟萌生于何时？起源于何因？它的治病原理何在？

郭柏川知道，父亲以治疗肿瘤疾病见长，所谓肿瘤疾病多数都是癌症，发明圈疗法的灵感，就源于父亲与癌魔多年的苦苦相搏，用药水画圈的念头源于郭氏代代相传的家训——是药三分毒。外治法就是为了让人少服药，避免药毒进入脏腑，而画圈的内圈、外圈、大圈、小圈各种手法是父亲长年与癌魔周旋悟得的医理。

年少时就记得，父亲的书房兼药房是个神秘的地方。小小书房是分成里外间的，外间一张书案占了一半空间，另一半密密地放着几排书架，书架上满满当当地排列着一些暗黄陈旧的老书；里间有一些神秘古旧的东西，有身着清朝官服的曾祖画像，有身着蓝袍的祖父遗像，还有一些父亲说很珍贵的古书，还有挂在墙上的经络图和一些写在发黄宣纸上的手稿。这些，大概就是父亲所说的要一代代传承下去的家族医学的根源吧。父亲那时是市二院的主治医师，在家是不收治病人的。有时有急症病人找到家来紧急处理一下，或是按揉，或是香灸，两次三次便可祛疾除患。

郭柏川记得，自己十多岁的时候就看到父亲一个人在药房里琢磨他的圈疗。在许多年里，父亲研究试验的途径就是在自己身上画圈，那是一种很古怪很可怕的场景——父亲配好药液之后脱光上衣，坐在一张方凳上，用羊毛刷蘸了药液在自己胸膛和腹部画圈，画一个圈之后静静地体悟药液的四气五味透过毛孔在腠理之间运行的变化。许久，又画第二个圈、第三个圈……一圈一圈地画，大圈、小圈、内圈、外圈画满了全身，药液里的粉末形成一道道墨痕，像书法家的笔锋一样，有枯笔，有飞白，有点连……前面画的圈干了，药渣往下掉，新画的圈往外蔓延，一道道圈痕组成奇怪的符号。父亲时而闭着眼睛凝神感受气血运行的变化，时而抓起纸笔快速记下经络腧穴的感受，时而扔下药刷冲到经络图前对比查看……

多少个日夜啊，父亲苦心孤诣地求索，一遍一遍地尝试，一遍一遍地寻找，有时持续很长时间苦无所获，有时如获至宝，一手持刷一手记下感觉和心得……

郭柏川成为一名中药师之后，在父亲千百遍的演示讲述之后，渐渐懂得了圈疗的医理。从曾祖的父亲追随吴尚先大师开始，郭氏几代人就固守中医药外治一隅，在按揉、香灸、膏贴手法和制剂上下功夫锤炼，形成了独树一帜的郭氏外治法，代代相传。父亲是第四代传人，他不仅完美地承继了家族医术，还把郭氏手法配伍组合，创造性地发明了用药液画圈治病的圈疗法。圈疗是用特制的中草药圈液先在病灶部位画上一个外圈，阻止其扩散，然后在圈内施涂内圈、大圈、小圈、螺旋圈等，达到行气活血、消肿化瘀、软坚散结，阻止癌细胞扩散的目的。此法把郭氏家传绝技合于一体，各种手法配伍组合产生叠加效应，用于治疗疑难杂症和癌症，产生了罕见的功效。圈疗临证有了无数成功的案例，救治疑难杂症患者和癌症患者数以万计，坊间有关“郭圈圈”的传闻越来越多……

郭柏川自成年后便不常在父亲身边，未曾系统地研学师承家族医术。以前他并不能看懂这些，但知道父亲常常为画圈的不尽如人意而苦恼，常常为治疗效果不佳而苦闷，便不断地尝试不断地改进，持续了一年又一年。

开办诊所后，父亲一面行医一面苦心孤诣地琢磨他的圈疗法。晚饭后，父亲把柏川叫到药房里，一边示范一边讲圈疗的机理和技法。父亲手握一支排刷，蘸了药液在体表循经络选穴画圈，然后在圈里施涂行气活血、消肿化瘀、软坚散结等功能的药液，一遍遍地尝试，一遍遍地修正。治病过程也有不顺利的时候，遇上一个治疗效果不佳的病案，父亲很长时间都郁闷不安。

有一次回家遇上父亲送一个病人离开，那病人面色焦黑，呻吟不止，由家人搀扶着缓缓走出南关巷，父亲站在路边久久望着病人渐渐远去的背影，神色黯然。郭柏川知道，这个病人治疗效果不好，父亲心情郁闷。父亲当晚在日记中写道："圈疗临证以来，虽多有成功案例，但事与愿违者亦有发生，有的用药后出现危象——休克，有的大面积糜烂，有的溃疡成疮奇痒难忍，有的癌瘤破溃久不收口，凡此种种，十分棘手，每逢此情，我心如刀割，为医者不能解人苦痛是最大的苦恼、最大的失败……"

如今，父亲离家进山，可这个"圈"还得由郭柏川接着画下去。他知道，只有回到老屋，才能得到父亲的真传，才能一点一滴地领会圈疗的奥秘；只有担起医者的苦恼与失败，才能明白圈疗的真谛。

# 第二章　表 里

## 1

走进圈疗中心，郭柏川先到大厅尽头一把推开窗户，然后才向总经理办公室走去。立刻，浓浓的春意裹着一丝清凉涌了进来，星星点点杨花柳絮也急切地涌进来，随即新鲜的阳光洒满大厅，整个中心哗地亮堂了。

罗医师和其他几个部门负责人也都随着郭柏川进入办公室。清早刚一上班的这段时间是郭氏圈疗传承推广中心最忙碌的时候，但是有序的，有章法的。调理师们走进中心，立即着手新一天的准备工作。有人麻利地擦桌抹椅拖地，有人在整理调理房的设备、药剂，有人在为早到的病人登记。而总经理办公室里，班前例会也按时开始，因为今天是周一，例会显得正式一些。

身为总经理的郭柏川简单说了一下本周预约要来中心调理治疗的几个病人的情况，罗医师讲了眼下正在调理中的几个病案的变化，接下来就是行政助理张梅英通报上级管理部门的相关通知和要求。

“郭总，中医药管理局有一则通知，3 月 17 日，也就是大后天，是‘中国国医节’，市里要组织召开全市中医系统纪念‘3 · 17’中国国医节座谈会和相关活动，要请省里的名医在市政广场为市民义诊，宣传传统中医药文化知识，以纪念这个中医界的节日，通知各民间中医药单位就近参加活动。”

“3 月 17 日是国医节？我可是第一次听说。”郭柏川问罗医师，“你知道吗？咱们中医还有这个节日？”

罗医师笑着点头：“过去曾听说过，但要说过这个节日还从来没有过。”

张梅英笑道：“那让我给大家普及一下吧，不过我以前也不知道，上周收到文件才在网上查了一下。这个节日其实由来已久，说是 1929 年 2 月，国民政府卫生部召开第一届中央卫生委员会，会上围绕着‘废止中医’问题，提出了臭名昭著的‘废止中医案’，意欲全盘否定中医药。消息传出，全国上下奋起反对，不仅仅是中医人士，广大民众也坚决抵制这种打杀中医灭我国粹的反动行径。3 月 17 日这天，全国十七个省市二百四十二个团体选出的二百八十一名代表云集上海，召开全国医药团体代表大会。举行了大规模游行抗议活动，当局不得不收回提案。为了纪念这次抗争的胜利，医学界人士提议将每年的 3 月 17 日定为‘国医节’。”

郭柏川道：“好，国医节咱们记住了，上级有什么要求照办就是了。还有什么？”

张梅英回道：“还有一份文件，市卫生局和市中医药管理局、市孙思邈研究会联合发文，为纪念孙思邈 1475 周年诞辰，将在 6 月 11 日举办第二届孙思邈药文化节节庆活动，邀请国内名老中医到药王故乡举行中医药学术交流、民间中药材展示等多项活动。文件指名的参会单位有咱们郭氏圈疗传承推广中心，要提前准备参会资料。”

“孙思邈文化节？听说过省上有个孙思邈研究会，怎么还有文化节要过，中医怎么会有这么多节日？”

张梅英道：“这个节和咱们关系挺大。这个文化节全称是‘中国孙思邈中医药文化节’，是经国务院批准，由国家中医药管理局、中国国际贸易促进委员会、省人民政府等多个高层机构主办的，从2014年开始举办，两年一届，今年举办第二届，市中医药管理局指定要咱们在会上展示郭氏圈疗梅花香和康宁膏两种制剂，并就这两种制剂的药理和临床效果做一个发言。”

郭柏川苦笑道：“都是好事，只是与咱们没多大关系，咱们层次低够不上，上级有什么要求你照办就行了。”

罗医师说：“郭总啊，可不能说咱们层次低、与咱们没多大关系，郭氏圈疗的层次可不低。医界把今年叫作中医年是有原因的，国家出台了很多利于民间中医传承光大的好政策，振兴中医的呼声越来越高涨，咱们郭氏圈疗是中医业内独有的特色疗法，医好了成千上万的病人，南北各地有越来越多的人在学习应用，随着传播推广的人越来越多，圈疗传承推广中心会越来越好。我记得有这样一句诗：‘等闲识得东风面，万紫千红总是春。’”

郭柏川开心地笑道：“好啊，借罗医师吉言，希望这东风往咱们圈疗中心刮一刮。”说着伸出手试探窗外刮进来的春风，兀自点头道，“参加孙思邈中医药文化节说不定就是个机会哩。”

这句话让大家都笑了起来，张梅英明白郭柏川的意思，笑道：“郭总放心，我们把参会资料和发言稿准备好之后再请您过目。还有一件事，刚接到电话，明天上午市中医药管理局要来检查，咱们要不要准备一下？”

郭柏川说道：“没啥要准备的。我们是传承推广中心，业务范围只是做健康调理和疗法推广，有啥好检查的。”

秋桂枝声音低哑地说：“咱们公司成立五年多了，以前都是市卫生局来搞这些走过场的检查，现在怎么是市中医药管理局要来？”

张梅英解释道：“市中医药管理局成立也快三年了，专门设有民间中医药管理处，去年还来咱们这儿搞过调查，今年说是要搞一次详细彻底的全市民间中医调查。”

“要怎么调查尽力配合。”郭柏川知道那些所谓调查是个什么样子，淡淡地说了声便站起身。

班前例会一完，罗医师急忙去了诊室，已经有几个病人在那里等候了，调理师们也都回到各自的岗位，办公室里一下子显得空落落的。郭柏川移步窗口，看着楼下街道上川流不息的车流和人流，脑子里回响着“中医年”这个新词，不由苦笑。2016 年是中医年？中医还有过年那样的好事吗？

郭柏川陷入了沉思。

还真是没留意呢，郭氏圈疗传承推广中心已经成立五年多了！不经意间竟然五年多过去了，成立公司时自己是五十三岁，眼下已是年近花甲，而父亲今年已经七十九岁了，他老人家身体还好吗？

父亲离家已经是第六个年头了，头几年里郭柏川曾多次上终南山青云观一带打听寻找父亲的下落。以前隐约知道父亲与终南山里的道人和和尚有来往，在很多年前就有一些与青云观有关的记忆储存在郭柏川的脑海里。家里曾数次来过身着道袍或僧衣的人，他们悄然而来悄然而去，在家里与父亲交谈一会儿，或长或短，只饮一杯茶水，似乎从不让父亲款待。有一次，郭柏川去看望父亲时天色已晚，走进巷子里正赶上父亲送两位身穿道袍的友人出门。郭柏川悄悄问:“他们这是去哪里?”父亲说:“山上。”“这天都黑了还上山?”父亲说:“他们心灯长明，没有白天黑夜之分。”

郭柏川心知父亲心里也亮着一盏灯。所以，父亲留下的信中虽没明示他要去往何处，但郭柏川知道一定与终南山有关，与终南山中的道观和寺院有关。在父亲离家后的头半年里，郭柏川一次次攀上终南山，到各个道观、寺院里打听父亲的下落，但没有打听到有关父亲的任何消息。这茫茫终南山一岭挨着一岭，一个人进到山里就像跳进大海一样，没有一点踪迹可寻。

郭柏川思父心切，执着地一次次上山打听、寻找。终于，半年之后在青云观询问时，一个道人转给他一封父亲留下的书信。郭柏川接过书信一眼就看到了熟悉的字体，心里轰然一响——父亲还活着！看到这封父亲亲手写的信，他心里才安定下来——离家半年的父亲还活着，他捧着这封信，内心深处的痛才有所缓解。父亲的信很简单，与其说是信，不如说是一张留言条，让郭柏川做好手头上的事不要再找自己，适当的时候会和他见面的。正如信上写的“见信如晤”，父亲的小楷还是那么工整，那么一丝不苟，这说明父亲的身体和精神状态都很好。父亲安好，使得郭柏川那颗痛悔的心稍得宽慰。此后，遵照父亲的叮嘱，郭柏川没有再上山寻找父亲，而是在传承之路上迈开了步子。他一头扎进郭氏圈疗这个“圈”里，整合家族医学，扩大郭氏圈疗传承推广中心，带队外出传播、义诊，倾注全部精力和心血传承推广郭氏圈疗……

直到 2013 年秋，青云观一个道人特意下山带来信息，说父亲要和他见面，在终南山青云观等他。那一刻郭柏川是何等的惊喜啊！一别三年之后，父亲终于答应见他！

那天，在终南山青云观一个安静的道院里，父亲静静地站在一棵洒金柏下，看见郭柏川急匆匆跑进院里，风轻云淡地笑了，就像有时郭柏川回家看父亲，父亲从来不责怪他回去晚了的表情一样。郭柏川见到父亲是何等欣喜啊！七十六岁的父亲身子硬朗，精神矍铄，长长的寿眉如霜似雪，细长的眼睛眯成了一条缝，散发着睿智慈祥的光芒。郭柏川真的没想到，父亲这样的高龄在深山野岭过了三年，身体竟然比以前还要好！

那天，郭柏川和父亲说了很多话。他向父亲讲述了自己组建传承推广中心的前前后后，讲三年来圈疗的发展，讲中心用圈疗法为很多患者解病除症，讲推广传承的步履已经延伸到外地十多个城市，有很多人加盟郭氏圈疗在当地开了加盟店，还有很多人要到秦西来学习圈疗法，中心已经举办了数十期培训班，还有很多人要求来参加培训。讲述办一次培训班是多么不容易，有时一下子拥来四五十人把中心挤满，得想着法子让大家安下身来，把培训班办好。有时一个班只有六七个人来也得办，因为学员都是从很远的地方来的，都是社会底层的老百姓，有的还是带着家人来，一边治病一边学圈疗法，出门一次不容易……

父亲微笑着，一直兴致勃勃地听郭柏川讲啊讲。

“父亲，我没有学好你的医术，没有妙手回春的本领，但我把你的疗法传承下来了，并传给了那些身受疾患之苦的人。”

郭柏川讲了很多，最后，父亲欣慰地点头称赞：“柏川呀，你做得很好，一个好的方法只有广泛用于普通百姓才有意义。你虽医术不及我，但在推广传承上做得比我好。想想看，今后的圈疗会有多少传承人！这样，我们就不愧对祖先了。”

看到父亲心情舒畅，神态安详，体格健朗，郭柏川心里高兴而宽慰。

临分手时，郭柏川劝父亲下山，父亲轻轻摆手微笑着说道：“我还要在山里待几年，还要去其他一些地方。你以后不要再找我，好好做你的事，作为一个传承人，你的事业才刚刚开始。我也在做一件以前没有时间做的事，我的事也才刚刚开始，以后想下山时自会下山回去。”

分别时是父亲先离开的，他和一位老道沿山径向高处走去，从容轻快的说话声在山谷间回响，让郭柏川感受到一种生命的力量，随着那声音越来越高，那种力量也越来越强。

望着父亲渐行渐远的背影，郭柏川心中的伤痛减轻了许多。从那以后，郭柏川没有再上山寻找过父亲，他把所有的精力和时间都投进传承家族医学的事业中，投进父亲发明的“圈”里了。一年年治病救人，一年年奔波劳碌，不经意间已经在传承之路上跋涉五年多了。

今年是父亲上山第六年，几年来只见过那一次面，但郭柏川心里明白，自己所做的一切父亲都知道，父亲时刻都在看着他……

“咚咚咚当当叮叮咚……”

手机传来的圆润悠扬的马林巴琴声把郭柏川从回忆中带回现实，他抓起手机一看是渝城打来的陌生电话，心想可能是求医的，便按下接听键，一边接听一边走向调理部。

“你好郭大夫，我是渝城的，叫陈国萍，打电话是向你求医的。我膝关节长骨刺疼痛已经好多年了，现在人老了痛得越来越厉害。一个北京的朋友向我介绍你们郭氏圈疗，请问我这种情况你们能医治吗？”

听声音是一位年长的女士，说话铿锵有力逻辑清楚。听了这几句话，郭柏川明白这个病人肯定是在北京医治效果不好，听别人口传了郭氏圈疗的信息找来的，这种四处都治不好的老病很难对付，但既然找上门了就不能拒之门外，便说道：“骨关节疼痛是一种多年慢性病，想一下子治好是不太可能的，但经我们调理治疗会有一定程度的缓解。”

对方干脆地说了声：“好，谢谢！我要来秦西麻烦你。”

对方说完就挂电话了，郭柏川举着电话自言自语：“这老太太说话倒是挺利落的。”

一旁正忙着往桑皮纸上涂抹药膏的秋桂枝听见郭柏川打电话，问道：“有病人要来？”

郭柏川说：“外地的，可能明后天来吧。”

次日下午陈国萍再次打来电话时，人已经到楼下，因不知何处泊车打电话求助。不等郭柏川发话，调理师赵小冬说了句“郭大夫我下去接她们”，就奔出门去。十多分钟后，赵小冬和一个时尚漂亮的年轻女子搀扶着一个老太太走进调理中心，看来这就是从渝城来医治膝关节的陈国萍老人一行了。陈国萍行走很吃力，两条腿都弯曲着，每落脚一步都十分困难，都忍受着疼痛的折磨。

陈国萍落座后讲述了多年来腿疾带给她的苦恼。她嗓音洪亮语速快，一口四川普通话脆嘣嘣的，一报年龄让在场的人都吃了一惊，竟然已是七十五岁的老人！这老人衣着讲究言谈干练气度不凡，颇有大企业家、女强人的风采。

郭柏川听着老人的讲述，面上始终带着笑容，心里的压力却在加重。这样一位见多识广的女强人，什么样的名医没见过？什么样的大医院没去过？进过太多大医院看过太多名医的老人想必是抱着几分期待几分碰运气的想法来到秦西的，圈疗调理后有效果便罢，倘若没有呢？何况这是多年的沉疴顽疾，哪有一种疗法敢说一定有效果呢？但中医就是这样，当病人坐在你面前时，你没有退路，只能使出浑身解数调理治疗。

随行的女子介绍自己姓梁，是陈老的秘书。她把一叠病历、诊断书等交给郭柏川，又补叙了老人的情况。陈国萍是渝城一个大公司的总裁，在商界颇有名气，但进入老年后饱受腿疾困扰，出行需拄拐。几年来，为治疗腿疾跑了不少地方，求了不少名医，但腿疾缠绵不休，终无良果。上个月陈老去北京治疗时，听一个北京的朋友说郭氏圈疗调治颈肩腰腿痛口碑不错，便找来了。

郭柏川翻了翻病历问道："陈老，陈总，您这次来怎么打算的？"

陈国萍说："我在秦西有三天时间。"

郭柏川笑道："你这个老总好霸道呀，几十年的老病，你让我三天调理治疗好吗？"

郭柏川的话把在场的人都逗笑了，连梁秘书也忍不住咯咯发笑。在众人的笑声中，陈国萍想起这不是在公司，现在自己是个病老太太，也朗声笑了起来："我是说这几天先让你了解清楚我的病情，定下方案。下回来再好好治疗。"

"好，陈总，咱们今天就先试着调理一下，不过先要给你说清楚，我们家并不像别人说的有什么神技秘药，只有祖传的揉、灸、圈三种手法，咱们就用这几种手法调理着试试。"

几个年轻调理师一边忙着准备制剂，一边窃窃私语，一人说："别看老人这么大年纪了，还是个大老总呢！"另一人说："人家叫总裁，比老总还要大。"刚才下楼接她们的赵小冬神秘地说："你们知道陈总裁她们是开啥车来的吗？法拉利！"她到楼下接病人并带她们找地方停车，看到这么一辆扎眼的汽车穿山越岭从渝城跑来找他们这个小小的郭氏圈疗传承推广中心看病，心里蛮亢奋的。

如此远道而来又年长的病人，当然得郭柏川亲自调理了。老人除双腿不适外，体质倒是蛮好的，要不然也不可能这把年纪了还担着公司总裁的担子。郭柏川一边和她聊着，一边使出郭氏揉术绝技，疏松其身，从颈椎到脚趾，每一个骨关节，每一处腧穴，都经过了仔细的按、揉、提、捏，然后才施灸。一口气调理了两个多小时，结束时老人似乎没有多么明显的感觉，只是礼貌性地说膝盖部位疼痛有些缓解。

第二天上午，又是几个小时的调理，老人说感觉全身暖和，腿上有些发痒，不是那种难受的痒，而是一种许久以来没有过的舒服的感觉。

第三天清晨，陈国萍早早地来到调理中心，这个上午调理之后她就要驱车返回渝城了。调理之前郭柏川给助手交代这次调理要做一些调整，着重加强对下肢的深度疏松，对膝盖周围进行重灸、透灸，贴膏时增加脏腑区域。

两个多小时的调理终于结束了，郭柏川轻轻问道："感觉怎么样?"陈国萍面色红润，精神大振，连说几声好便下了调理床，然后试探着迈开双腿向外走去。郭柏川看到老人的拐杖忘在窗下，便拿在手里随其走到客厅。

在客厅里，陈国萍依然在试着弯曲双腿并来回走动，郭柏川看着她走了几圈后才说道："陈老您的拐杖忘拿了。"

陈国萍接过拐杖忽然想起什么，盯着拐杖瞅了一阵儿才醒过神来，问梁秘书："我刚才出来时没用拐杖？我走了这么久一直没用拐杖?"梁秘书连连点头。陈国萍忽然如梦初醒般地大喊起来："我不用拐杖也能走路啦！我可以扔掉拐杖啦!"

陈国萍惊喜的喊声感染了大厅里所有的人。梁秘书扶着老人眼泪都流出来了，调理师们也都围着陈老欢喜地笑着。几个在大厅里等候的病人也围过来，虽不知发生了什么，但都被陈国萍那获得重生般的惊喜之情感染了。

"谢谢！谢谢！"陈国萍握住郭柏川的手半天不放，"谢谢郭大夫啊！我上次从北京回来后，就想着往后的日子怕是要在轮椅上过了，没想到郭大夫又给了我新生。我回去安顿一下公司的事情，过几天再来，请你给我好好调理治疗。"

把陈国萍送进电梯，郭柏川回到大厅后感觉厅里好像还回响着川味浓郁的话语声和爽朗的笑声。

三四月是很多慢性疾病的高发期，来圈疗中心求医的病人渐渐多起来，一些外地的病人凭着民间口口相传的信息找到南关巷，经过一番打问顺着巷子找到巷南头的调理中心来，调理部也一天天忙了起来。

## 2

生活在南关巷里的老人都还记得，许多年来巷子里有两家吃医饭的，巷子北头是唐家医馆，南头巷尾是郭家诊所。唐家医馆年成早些，掌门人叫唐维成，比郭守正年长几岁，腿有点跛，巷里人叫他"唐跛子"，瞧病开方卖药针灸样样俱全。郭家诊所靠香灸画圈给人瞧病，人们把郭中医叫作"郭圈圈"。20 世纪 90 年代初，郭圈圈撂下国立医院的金饭碗回来开诊所，巷里卖锅贴的铁锅贴当时就讲："卖白面的见不得卖石灰的，这一条巷子两家医馆，今后啊怕是有热闹看喽！"不过，郭圈圈瞧病用的是家传外治法，所谓外治法就是不吃药不打针，不管啥病就是用揉术、香灸、画圈几种疗法，跟唐家并不是很冲突。求医人按自己的病情去北头问诊开药、针灸，抑或是去南头香灸圈疗，渐渐地形成一个路数，有钱有面子的人通常都是到唐家求医，郊区和乡下家境贫寒的人都是去巷尾找郭氏。郭守正是来者不拒啥人都看，连讨饭花子、流浪汉病倒在街头时也出手相救。铁锅贴曾笑言：“反正郭家不管啥病就是用药水画个圈，贴片膏药，倒也不花啥钱。”许多年来两家医馆各行其道，倒也相安无事，不过，时间长了就渐渐显出高低了。

沧桑岁月，形成一种有趣的格局。过去郭唐两家医馆就是一家在巷南一家在巷北，眼下两家的新一代馆主又各自把医馆移了一步，唐家再往北移到巷口与西大街相连的十字路口，进入繁华闹市；郭柏川的传承推广中心则又往巷子南头移了一段。这样一来巷子的一头是郭氏圈疗传承推广中心，巷子的另一头是唐氏国医馆，唐氏国医馆那栋杏黄色的楼体已融进市中心繁华的水泥丛林里。

郭圈圈从在医院当大夫时就住在小院子的老屋里，开诊所若干年后还是那样，一直没变化，到后来越来越冷落，最后连郭圈圈自己都不知去向了。而唐家新当家人唐志豪却是风光得很，身兼省市中医协会秘书长、研究员什么的，名头一大堆，唐氏医馆在他手里几次扩建变身。近年随着中医风潮渐起，又盖了一栋气派的大楼，一下把医馆扩大了好几倍，连住院部都有了，实际上已经是个医院的架子了。

一句话：唐家发展壮大，郭家没落衰败。尤其是郭圈圈离家出走后，郭柏川半道上辞职回家匆忙接班当起传承人，但他以前没有学医没有坐过堂，怎么能看好病呢？因而去南头的人愈发少了。

有人问唐氏新掌门人唐志豪：“郭家现在传的这个后人，就是那个郭柏川大夫，他怎么样啊？”

唐志豪冷笑一声：“笑话，一个连医师证都没有的人能叫大夫吗？”

“那怎么还成立中心挂了牌子？这‘中心’能给人看病吗？”

唐志豪不屑地撇嘴：“看他这牌子能挂多久吧。”

是的，郭柏川的中心确实不那么景气。郭守正离家几个月后，在南关巷南头离郭家老屋十丈远的一幢写字楼门前挂出了“郭氏圈疗传承推广中心”的牌子。写字楼大厅墙上有许多个牌子许多家公司，这块斗方大的牌子很不起眼。有外地来的求医者在郭氏老屋前徘徊，只见大门紧闭，一路打问才找到写字楼上的中心，可没有郭圈圈的中心能治病吗？人们心有疑惑地打问郭圈圈的去向。

郭柏川算不算大夫确实不好讲，但这个不是大夫的传承者办起这个传承推广中心居然也五年多了。不是诊所不是医馆，叫什么传承推广中心，都啥时代了，中医还能这个样子搞吗？也难怪唐医生撇嘴嘞，郭氏和唐家确实不能比。

如果说郭氏圈疗传承推广中心是把守着南关巷的入口，那么，把小巷和都市连接起来的就是唐氏新建成的唐氏国医馆。一栋米黄色中西结合风格的五层楼坐落在巷头西大街路边，既现代又有古典韵味，要不是在街道口楼高受限，唐志豪还要把楼建得再高些。进入21世纪这十几年来，唐氏国医馆两次变身，成为秦西市民间中医的龙头。

唐氏国医馆的发展壮大，得益于唐志豪的精明强干，也得益于唐氏有几项叫得响的绝活，在这一方面唐志豪比其他中医有眼光，有谋略。陕南鬼谷子乡有个“陈瞎子”，擅长古法按摩手艺，神乎其技，广传民间，唐志豪三顾茅庐请其到秦西来好吃好住留下了。渭北一个被称为“金针手”的民间中医也被挖来了，这两块金字招牌加上唐志豪本人北京中医药大学的文凭及本市中医学会副会长、孙思邈研究会副会长等闪耀的头衔，给唐氏带来了弄潮的能量。这些年来唐氏国医馆占尽天时地利，体量不断发展壮大，唐志豪确实有点“春风得意马蹄疾”的意思。

现在的唐氏国医馆，内科、外科、皮肤科、针灸部、药房、住院部，样样齐全，门诊大厅里总是人流如织。尤其是新开设的保健养生馆更是红火异常，市里达官名流争相一试，常常要提前预约才能挂上号呢。

中医节的头一天，唐氏国医馆来了一位重要客人——主管医卫的副市长孙德江来唐氏国医馆检查工作。唐志豪做事讲究，得知孙副市长莅临的消息，大清早就做好了安排，陪孙副市长楼上楼下转了一圈后，自然而然就来到养生馆，请孙副市长体验一下养生按摩。孙副市长推辞间，唐志豪说："孙市长，这不是按摩，这是欣赏国粹，欣赏我国最古老最正宗的岐黄文化。"孙副市长半推半就走进一间宽敞安静具有古典风味的雅间，只见几案上香炉青烟袅袅，一个面客姣好的女子正在打理按摩房，见孙德江进来立刻乖巧地垂手而立，满面春风地行礼："首长好！"

唐志豪挥挥手说："孙市长很忙，让陈师开始吧。"然后对孙副市长说："我先向张秘书汇报一下医馆的情况，您就体验一下真正的民间绝技吧。这是小罗，是陈师的助手，有什么事就告诉小罗。"然后便留下孙副市长做按摩，自己陪着张秘书去客厅了。

孙副市长正打量间，只见小罗抬手抚弄了一下沙发旁的古琴，发出一串泉水叮咚般的琴音，然后便迎上来把孙副市长扶到按摩台上坐下，轻声道："陈师来了，马上开始按摩。"

孙副市长打量着从一侧无声走来的陈师，看来是个盲人，如同一个影子，没有一点声响，凌波微步，琴声余音未绝便已轻轻走到他面前，原来那琴音是给陈师打招呼的，有创意。之前听唐志豪讲过这个从鬼谷子故乡来的神奇人物，看来确实有几分古怪。自他进来后，屋里猛然间静了，孙副市长听不见他的声音也闻不到他的气息，只有小罗带着香水味的体香，还有自己有些加快的心跳和粗重的呼吸。这个陈师年龄有多大？到底是六十或是七十岁都不好讲，时光在他身上没留下多少痕迹。人们说眼睛是心灵的窗户，他没有眼睛也就没有窗户，黑色眼镜底下的眼眶是两个黑洞，深深的黑洞，让人无处探寻他的信息。只能看到他身着一件黑色双排盘扣对襟中式褂，一条海青粗麻灯笼裤，形销骨立，没有喜乐，没有表情，像一阵风轻轻飘到孙德江身边。

高人，孙德江心中暗叹。这个考究的按摩厅开始弥漫起一种奇怪的氛围，古典、现代、豪华、典雅、庄重、神秘，令人心旷神怡又有几分畏惧感。助手小罗漂亮、现代，却又有一番古风古韵，高盘丸子头，穿一身雪白的丝绸衣服，散发着性感的魅力。

陈师缓缓抬起双手，在孙德江躯体上轻抚一遍，对其骨骼、关节、躯体特征了然于胸之后，轻展双臂开始按摩推拿。小罗能及时读懂陈师每一点微小的示意，适当地用眼神和手势传递给孙德江。小罗灿若桃花的脸庞近在咫尺，孙德江凝神欣赏了一番然后微笑着舒缓地摆平身体，微合双眼。

陈师的一双手看起来形若枯柴，没想到极其灵巧且富有弹力。孙德江感觉到陈师的手指经过眉间向下，从迎香穴开始，时而按、掐、点、搓、揉，时而抻、捻、压、叩、弹，仿佛一个高明的琴师，指法多变，快慢有致，轻重、深浅、刚柔皆有法度。

渐渐，身子如在云端，意识如在梦境，一种奇怪的声音缓缓响起，似吟哦似咏叹，似古寺里的诵经声，又像是《诗经》里描述的古老原野上百姓吟唱的“国风”。那是一种陕南汉水一带原生态的口诀，节奏缓慢悠长，这吟哦之声是音乐也是号令，带动双手随之舞蹈。孙德江听了一会儿才明白，这是传师带徒的方式，是在给小罗传授技艺呢。这种口诀的吟唱一般人是听不懂的，主管医卫多年有一定中医底子的孙德江也只能听懂一部分。

“轻滑肩井到璇玑，跳过气门走将台，神游七坎进期门，越过章门会丹田……”

感觉到小罗温柔的手掌在推着自己身子，孙德江睁眼一看，小罗正笑吟吟看着他，用手势和眼神提示他翻身。换为俯卧的姿势后，口诀声又缓缓响起：“叩拜肺腧贴神道，飞落灵台擦至阳，一跳命门跨阳关，会过肾腧收长强……”

陈师的绝活儿是古法一指禅推拿，章法繁复而严谨，手艺极其精湛。他的双手随着吟哦声，从百会至肩井，从气海至中脘、下脘到神阙，再由环跳穴直到脚趾，行云流水般按过每一寸肌肤。推拿背部时沿脊柱一条线，时而用双掌对皮下穴位进行柔和的摩擦，时而单手抓起肌肉或提或放，时而用指或掌根推挤皮肤肌肉。行至腧穴部位时，指、掌灵活旋转，时而双手用力搓擦肢体，时而使出一指禅功点按穴位。按、摩、推、拿、揉、搓、掐、点、叩，各种手法运用自如。

这一场按摩推拿足足持续了四十分钟。陈师像一位技艺高超的古琴演奏家，按着乐章节奏有序推进，时而风起云涌，时而小桥流水，手劲拿捏得恰到好处，疏通了每一个骨关节、每一条经络，亦治病亦保健。助手小罗灵巧温润，适时给孙德江身上涂抹精油，给陈师递毛巾，或跟着陈师的手一路轻叩，脆响连连。还不时体贴地附在孙德江耳边问：“轻重合适吗？这样舒服吗？”娇声喃喃，眼如秋波，香氛入鼻，散落下来的几缕长发时不时掠过孙德江的脸庞。孙德江面色红润神清意爽，脉络贯通浑身舒泰，感觉所有的筋骨都舒展了，十分惬意。

随着一声响亮的叩掌，古法推拿完美收官。孙副市长睁开眼已不见了陈师。他是什么时候离去的呢？连一点声息都没有。小罗扶起孙德江，唐志豪也恰好进来："孙市长，怎么样，感觉还好吧？"

"好！非常好！老师傅的手艺太神奇了！这才是真正的民间绝技啊，还有小罗学得也很地道，中医就要这样一代代传承下去嘛。"孙德江穿上外套，春风满面，神采飞扬，身子也灵便了许多。

唐志豪说："孙市长您今天时间紧，本来咱们这个按摩完毕后还有小罗弹古琴的环节，这是精神上的按摩，对于修身养性也是十分有益，下次一定要体验一下！"

孙德江兴致勃勃地应道："好！很好！"出门时回头看了一眼小罗。小罗有几分羞怯地含笑看他。

唐志豪和孙德江并肩走出养生厅，忽然一个年轻时尚的女子迎了上来，大大方方地喊了声："孙市长您好！"

孙德江抬头一看笑了："好嘛，原来是赵记者来了。"这个记者孙德江认识，市台《都市快讯》的赵欣，一个年轻泼辣的"女汉子"，在新闻界小有名气。只见她含笑快步走到孙德江面前连珠炮似的开始发问："孙市长您好！明天就是国医节，我们台今晚要推出中医药文化专题节目。我来采访一下我市民间中医的发展状况，正巧碰上您来医馆检查工作，真是太巧了！作为分管医疗卫生工作的高层领导，您可得给广大市民讲讲我市中医的现状，特别是对民间中医的发展有什么部署和安排，这是广大市民关心的话题。"

赵欣命令式的口气带着几分娇几分嗲。孙德江此时心情正好，微笑着接过话筒："碰上你我不讲能行吗？你能放过我吗？不过我提醒你，你们做新闻的要讲究求实、准确，我是副市长。"他把"副"字特意加了重音。

赵欣越显娇态："是啊是啊，谢谢孙副市长指正！孙副市长一向支持新闻工作，给我们创造条件并给予指导，这是我们的荣幸，是我市广大市民的荣幸！我们这就开始啊。”说着，给身后的摄像师专业范儿地比了一个手势。

记者的突然到访，让医馆里的员工和病人都很意外很兴奋。转瞬间，医馆里的护士、调理师都围过来，十多个等着瞧病的病人和陪护的家属也都围过来。

孙德江轻轻一挥手瞬间入戏：“近年来党和国家高度重视传统中医药的发展，出台了很多促进民间中医发展的好政策。大家知道，去年药学家屠呦呦获诺贝尔医学奖，使我国传统中医受到世界各国高度重视，《中医药法》也即将颁布实施，可以说我国中医药事业进入一个最好的时期，同时，民间中医的发展也进入黄金时期！我市自古就是中医药重镇，是药王孙思邈的故乡，有着浓厚的传统中医文化底蕴，在发展传承中医药，促进全民健康事业的浪潮中要走在前头！我市在2014年成立了中医药管理局，正在展开抢救民间中医传统技法的工作，创造各种条件促进民间中医的发展。大家看到的唐氏国医馆就是我市民间中医的一个成功的典范，他们既传承发展了传统中医的医术医道，又与时俱进，引用了先进的科技设备，为广大市民治病养生提供了优良的条件，成为我市医疗卫生界不可忽视的有生力量……”

孙德江讲话过后，唐志豪又讲了几句，无非是感谢市领导的关心，然后表表决心，要把唐氏国医馆办成让广大市民信得过的好医馆，以最好的医术医德为市民服务。

当晚市台就播出了这条新闻，市里上千万市民怕是有半数都看到了，这条新闻等于给唐氏国医馆做了一条效果极好的广告，使其一下子名扬全市。

这条新闻的影响确实不小，有咨询唐氏要去医病的，有发议论说长道短的，尤其是对唐氏知根知底的南关巷老住户，说法就更多了。这不，当晚市台刚播完这条新闻，南关巷名人铁锅贴便在家门前和几个老哥们凑在一起聊了起来。

巷里巷外人都知道铁锅贴做的锅贴好吃，郭圈圈画的药圈医病管用。铁锅贴和郭氏诊所斜对门，来找郭圈圈瞧病的常常都是找铁锅贴问话打听，铁锅贴抬手一指便落一身的谢，病人医好了走时常常要吃一顿锅贴才出巷子。铁锅贴住的年头久，对唐氏国医馆和郭圈圈诊所可谓知根知底，这几年眼看着唐氏飞黄腾达，郭圈圈人去屋空，心里本就结下疙瘩，看了这新闻更不是滋味儿。新闻刚一播完，铁锅贴就和卖糊辣汤的吴大嘴、棋篓子刘老师在楼下扎堆聊上了。铁锅贴门前架了个不大不小的风雨棚，置了几张桌椅，上午是食客们吃锅贴的地方，一到黄昏就是个热闹的棋摊子、话摊子。

“看了？”铁锅贴问。

“看了。”吴大嘴答。

刘老师没吭声，点点头。他们仨都知道说的是啥。铁锅贴脸上带着嘲笑，吴大嘴脸上挂着气，刘老师则大度地笑着。刚刚，8 点钟的市台《新闻快讯》节目播出孙副市长视察唐氏国医馆的新闻，几个老家伙看了心里不舒服，便奔棋摊子来了。

“你说这唐拐子，太会来事了吧？连副市长都给做上广告了！”

看吴大嘴气呼呼的样子，铁锅贴说：“唐拐子没这本事，唐家现在的当家人是唐志豪，人家这是见风使舵巧借力，你眼红了？把市长请你家来喝一碗糊辣汤，给你也来一段？”

吴大嘴瞪着铁锅贴接不上话。铁锅贴又说："过去唐拐子虽说钱上狠了点，看病还算是准。他这个儿子咱就看不懂了，治病上没见有啥过人的本事，可人家能把唐家搞这么大，盖楼建院的，自己还当着这会长那会长的，真是名利双收啊！"

刘老师一向稳重，说话讲公道："要说呢，咱们这巷子两家医馆治病功夫都是上乘的，这么多年你说谁家没有个小病小灾的，无论是找唐家还是郭家，都医治得挺好的。至于唐志豪嘛，这个人商业才能超强，当今是商业社会，行医这行同样要会经营，所以唐氏顺风顺水日益做大。"

说起两家医馆，铁锅贴望着郭家那栋许久没有烟火气黑洞洞的老房子："郭圈圈离家五年多了，也不知还活着没。"

吴大嘴说："郭圈圈离家五年多，这房子空了五年多，过些天一拆就彻底没有了。你说郭圈圈是咋搞的嘛，弄了个画圈治病连自己儿子都不愿接班，最后弄得连人都不知去向。"

刘老师说："郭圈圈是个有修行的高人，肯定活得好好的。他画的那个'圈'，能救好多人嘞，他儿子郭柏川虽说搞了个传承推广中心，但真不知这个'圈'还能不能传下去。"

当年郭守正离家，巷里人家很快就知道了。一阵子不见郭老中医，又见他儿子郭柏川时时一个人回到巷里来，脸色不那么好看。后来知道老人不再回来了，众人心里怪不是味道。郭守正人厚道，行医救人一辈子，临老了弄个离家出走，那么一把年纪去当和尚，怎么活得下去？有人说是因为他儿子郭柏川不肯接班传承郭家医业，郭圈圈才离家出走的。铁锅贴说那倒也未必，郭圈圈走的那天是一个终南山上的道士开车来接走的，当时巷里有好几个街坊都看见了，而郭圈圈跟山上的和尚道士早有来往，这说明郭圈圈早就有出家的想法。那一阵子街坊邻居在一起常常念叨郭圈圈，却没有想到，五年多过去了，他真的没再回来。几个人常常叹气——“郭圈圈”一个菩萨样的大夫，怎么会落到这一步呢？

刘老师说：“郭大夫这把年纪了，你说是看破红尘出家，我不信！为他家柏川不接班就离家出走，我看也不像。他儿子行不了医但也是个孝子，这一点咱们都看得清楚是不是？”

吴大嘴说：“中医这点事真是看不懂说不清，郭圈圈来这巷子不少年头了，是个好医生。可一辈子搞这个画圈治病让人搞不懂，医好了那么多病人，可上头当官的不认，还有人说是装神弄鬼，结果连他儿子都不愿跟着他画圈，直到郭圈圈离家了才支起摊子搞传承。”

铁锅贴说：“装神弄鬼？这些人真是瞎了眼！这些年我见了多少来巷里找郭圈圈求医的病人，天南海北都有人来，好多都是癌症晚期剩了半条命，郭圈圈就凭香灸画圈把人救回来，那些病人离开南关巷时哪个不是千恩万谢的？还有咱们巷里人，问病施药，哪家人没受过郭圈圈的医惠？”

吴大嘴说：“郭圈圈画那个圈是救了不少人啊，咋就兴火不起来呢？”

刘老师说：“是搞不懂啊！郭圈圈曾说过药有药纲医有医道，这医道咱们看不懂啊！”

铁锅贴说：“郭圈圈这一辈子就是把医纲医道看得太重，你们还记得闹非典那一年吧？”

吴大嘴说：“记得记得，郭圈圈熬药送给大家喝，有的人还不买账呢。”

铁锅贴说：“你就是不买账的那一号！让你来取药都不来。”

吴大嘴讪讪地说：“我不是看着没事嘛！咱巷子里哪有什么疫情啊。”

刘老师说：“我记得郭大夫熬好药让你给帮忙发，各家每天下午到你家领药。”

铁锅贴说：“那阵子社区人天天在巷子里各家门前喷药消毒，人人心里害怕。郭圈圈有一天对我说要我帮他个忙，郭圈圈的忙咱能不帮吗？郭圈圈说想给街坊们熬点中药防非典，但去他诊所的人不多，我这儿有门面方便大家领药，于是他把药汤送到我这里为大家发放。”

吴大嘴笑道：“那阵子巷里人说在铁锅贴那儿吃着锅贴喝着中药，吃着不对味啊！”

刘老师说：“那些日子里，郭圈圈挨家挨户游说，讲非典这东西别以为看不见摸不着的，一旦传播开可不得了，那是瘟疫。让巷里人家都到他诊所或铁锅贴那儿领取，前后有十多天呢。后来听说是社区不让郭圈圈熬药了，说市里统一发的有药。”

铁锅贴说：“唉，可怜郭圈圈一片苦心，有几人知晓几人领情啊！他每天天不亮就起来熬药，一家一家给说好话让来取药，可没几个人喝啊！后来社区人还把郭圈圈盘问了一阵子，说他不应该私自制药给大家喝，我都替郭圈圈叫屈啊！郭圈圈每天熬一大锅药汁容易吗？说是叫宣肺清热汤，我说你这花着钱买药搭工夫，何苦呢！他说药不值几个钱，就是苍术、藿香、桔梗、荷叶柄等，这自古来就是治风热温病的良方，温病最怕传播成疫，眼下巷子里虽然还没有发现非典患者，但一定要防患在先，中医叫上工治未病，此时不为大家做点事还叫医生吗？”

“自古圣贤多磨难，郭圈圈进山怕也是为了他的医纲医道。”刘老师说着打开手机看了一眼，又说道，“好嘛，咱们在这儿聊，微信上聊得可比咱们热闹多啦！”接着念了几条公众号文章下面的评论，铁锅贴和吴大嘴都觉得来劲、解气。吴大嘴不会用微信，忙掏出手机让刘老师帮忙给找出来看，铁锅贴看着一条条千奇百怪的留言惊喜地叹道：“这个好啊！

有话能在手机上说还能让大家看，比咱们说得还过瘾！”

……

是的，几个老头子的议论只是过过嘴瘾，不出巷子就随风散了，但留在微信里的东西就不一样了，能传播，能积累，能把各种人的心态、情绪表达并传递，形成一种看不见的力量。

《都市快讯》微信公众号与市台同时发布这条新闻，当即就成为热点，分分钟都在发酵，很多人跟帖留言发议论：

“唐氏国医馆厉害呀，连副市长都亲自给做广告啦！”

“我去过这家医馆，收费高得离谱，平民百姓看不起。”

“看来中医也要跟上时代的步伐才能发展，过去那个唐跛子白天黑夜瞧病开方才能养活一家子，现在人家儿子都能排上市里富豪榜了，还落得个当代华佗的名号……”

“看来哪行都一样，把领导巴结好就能万事如意啊！”

还有人问：“现在有了中医药管理局，专门有管理民间中医这一块儿的机构了，兴许会好些吧？”

立刻就有人回复：“幼稚！多一个机构只是多出来几个官员而已，指望这些人，能振兴中医吗？”

……

## 3

本书的另一位主人公恰恰就是这“多出来几个官员”之一，他叫王泽桐，是市中医药管理局民间中医管理处处长。

王泽桐头天晚上才出差回来，是翌日清早才看到这条新闻的。本该休息一两天的，综合处通知说局里要开大会，他只好快马加鞭了。车子开上路后，他就看到这条报道唐氏国医馆的视频，又有副市长讲话，便在等红灯的时候掠了一眼。进办公室后才打开细看，看着看着脸上火辣辣地发起烫来。这叫什么事？宣传唐氏国医馆却把中医药管理局搭上了！而自己恰恰也是这多出来的几个官员中的一员，“指望这些人能振兴中医吗”，这话有点骂人不带脏字儿，但戳心的是这话还真有点不幸而言中的意思。作为市局民间中医管理处处长，自己脑子里也不止一次地冒出过同样的想法。

中医药管理局成立两年多，干什么了？王泽桐心里清楚，目前只是把自身建设搞了个差不多，基本明确了规章和工作目标，唯一做的一项实际工作是对市里民间中医进行调查统计，而这项工作进行两年了还远远没有完成。自己这个负责民间中医管理工作的处长，一年到头都在忙于应付各种会议，最近外出参加会议和学习竟然持续了一个多月，昨晚才回到秦西，行囊尚未收拾就接到苏处长电话，说因为今天要布置国医节活动相关工作，要求各处负责人必须参加，王泽桐只好风尘未扫地赶来。

8 点 30 分会议准时开始。局党组书记荀立昌、副局长黄茂奇以及几个处的头儿都在，正墙上宽大的液晶显示屏上滚动着“庆祝中国中医节，促进中医药发展”等标语，使会议更显隆重。

像以往一样，荀书记首先传达上级会议精神，然后讲当前中医药发展的局势，从中医药在国际上的升温讲起，到国家对中医药的重视，再到省上的要求，到我市中医药的现状，侃侃而谈。荀书记虽不是医务人员出身，但一直在医疗界做党政工作，对中医也是十分了解，谈到这些如数家珍。

国内外大好形势讲完后，苟书记开始讲局里的工作了：“当前我们局的工作重点是响应国家中医药管理局的号召，全力抢救民间中医药特色诊疗法，抢救那些濒临失传的民间绝技。大家都知道，民间中医药可以说是中医药的源头活水，蕴藏着许多丰富多彩、行之有效的特色诊疗技术，这一点应该是医界的共识。但是，由于民间中医普遍是个体存在，缺乏管理，这些家传绝技以及民间医药秘方等濒临失传，亟待挖掘整理扶持，使之得到有效的传承光大。同时，民间中医药也存在鱼龙混杂的情况，我们的工作就是调查了解，沙里淘金。在这一方面，我们管理局虽然成立比较晚，但工作可以说走在了前头，近两年我们重点抓的唐氏国医馆、高氏诊所等都是很成功的，已经成为民间中医的标杆。”

说到这里，苟书记问大家：“昨晚的《都市快讯》节目大家都看了没有？孙副市长一番话讲得多好啊！孙副市长还提到了咱们中医药管理局，虽说没有直接表扬，但对我市中医药的发展十分满意，这就是对我们局工作的肯定！”

在大家纷纷点头响应的时候，苟书记转向王泽桐问道：“王处长啊，你这个民间中医管理处处长可是要好好领会孙副市长的话，把民间中医管理工作做好。该扶持的扶持，该取缔的取缔。唐氏国医馆要不是我们管理局的扶持，也发展不到今天这个样子。”

苟书记的点将让王泽桐感到有些突然，完全没有思想准备，他仓促抬起头看看苟书记又瞅瞅黄副局长。黄副局长笑而不语望着他。

作为局里最年轻的处长，三十八岁的王泽桐可说是中医药管理局的明星人物了，身材修长，相貌堂堂，举止文雅，脾性温和，曾在浙江中医药大学学临床，读研时转向预防医学和管理，之后的工作经历展示出他在公共管理上的才能。中医药管理局成立之初，副局长黄茂奇就下功夫把这个人才挖来。两年多来大家看到了，王泽桐不仅责任心强专业过硬，有正义感，还时不时展示出一种遇事不乱、谋定而后动的将风。担任中医管理处处长后，遇到那些民间中医之间纷乱而复杂的事件时，总是能快速高效地处理好，从不把困难和麻烦往上交，这一点也颇得苟书记的赏识。

回过神来，王泽桐从容应道："苟书记说得对！孙副市长对我市中医药工作的指示很重要，指明了我市民间中医的发展方向，今后我们在工作中一定会注意把握好方向，抓好重点。"

王泽桐说了几句套话，表明他看了这条新闻，也应和了苟书记的提问。中医药管理局成立两年多了，黄副局长一直没有扶正。局里是由苟书记主持工作，形成了苟书记党政一肩挑的局面。黄副局长是医生出身，后来在省医院当副院长多年，以副局长身份调入管理局。这就形成了管理局一个诡谲的现象：黄副局长年已五十七岁，基本不可能扶正了，而苟书记比黄副局长还大一岁，加之多年做党政工作，专业上不具备做局长的条件，那么这个局长就虚席以待，形成了管理局工作上一种微妙的格局。

一个多月来，王泽桐连续到外地参加几个会议之后又到党校学习，昨天晚上才回来。清晨看到这条视频和跟在后边的乱七八糟的议论，心里很不舒服，因为，那些难听的议论并非空穴来风。作为民间中医管理处处长，他对本市各家民间中医团队应该是了解的、知根知底的，并起到了一点协调引导的作用，也就是所谓管理吧，要不怎么叫管理处呢？唐氏国医馆是管理局成立以来重点扶持的对象，眼下成为市里和省上民间中医的标杆。这个典型是苟书记亲自抓的，苟书记在卫生局时就器重唐氏，调来管理局任一把手更是下力气抓这个典型，市里民间中医这块有什么抛头露面的机会总是优先考虑唐氏……

想想自己调来管理局提任处长也两年了，但做了些什么呢？应付没完没了的会议，到全国各地参加各种活动，有时局领导不想去的会议以及无关紧要的会议都让他去顶缸。有时候想，自己这个处长应该怎么当？该做些什么？自己心里还真不清楚。唐氏国医馆去过两次，眼下爷爷还在那儿治病呢。从环境设施、医资力量上，那里确实具备了高水准，既有传统中医的古典味道，又有科技含量。馆主唐志豪中西兼修，能言善辩，几次开会相遇总见他一副踌躇满志的样子。虽说这个唐志豪占尽风头，但是王泽桐心底有一种说不上的感觉，总觉得这个人是八面玲珑，似乎多了些作为医者不该有的东西，又少了点说不上的东西。这回电视这么一播，唐志豪更是春风得意了吧。想着昨晚的电视节目和微信上的议论，王泽桐心里更是乱糟糟的。

此时，苟书记问黄副局长："黄副局长讲讲吧？"苟书记与黄副局长工作上常有一些不可名状的分歧，但在分寸把握上都还得体。不过在工作中，尤其是开会的时候，苟书记总要当仁不让地以一把手姿态说话办事，黄副局长倒是不争风，总是懒得计较的样子。知道苟书记发问只是礼让一下子，黄副局长面无表情地摇摇头。苟书记便对综合处处长苏利民说："你把民间中医调查情况汇报一下。"

综合处处长苏利民过去在卫生局就给苟书记当秘书，比王泽桐只大三四岁，却已是一副老气横秋的样子，虽西装革履领带笔挺，但提不起精神。苏利民站起身拨弄一下谢顶的头发，面带笑容说道："我们按照苟书记和黄副局长指示，把我局今年以来对民间中医现状的调研结果汇总了一个报告，请各位领导审查。"说完一按遥控，正墙上巨型显示屏开始播放有文字有视频的调研报告。管理局从筹建时就配置了先进的办公系统，这也是苟书记的得意之作。

调研报告对十多家现存民间中医公司、医馆做了分析，还没有顾及散落的个体户。从前年起，局里就组织了几个小组，分片对几个区展开调研。这些调研结果王泽桐早已知道，排在前面的几家如唐氏国医馆、高氏诊所等局里一直是当典型在抓，而排后的几家显然存在医疗资质方面的问题，这就是苟书记强调的要沙里淘金，该扶持的要扶持，该取缔的要取缔的缘由。

看了一个多小时调查报告，苏处长又报告了次日在市里开展国医节活动的安排，到 11 点多会议总算结束。刚回到办公室，手机响了，王泽桐一看是父亲打来的，便急忙接通，问“爷爷的病好些吗?”心里担心父亲责骂他。爷爷因糖尿病引起的下肢肿胀双足溃烂已经好几个月了，西医没治好又找中医，当时他和父亲一起带着爷爷到唐氏国医馆求治，爷爷住院后他便接连去北京、深圳开会，直到昨天才回来，还没顾上去看爷爷。今天正盘算着这个周末总算可以休息该去好好地陪爷爷两天了，打算下班后先跟父亲问问爷爷治疗的情况，然后就去唐氏国医馆，没想到父亲电话先打来了，所以一看是父亲来电心里蛮过意不去的。

“爷爷这几天怎么样，病情有好转没有?”

“好多了！你爷爷的腿能治好，能保住!”

父亲的声音充满喜悦和开心，完全没有责备他的意思。这种情绪也感染了王泽桐，他当即高兴地说道：“真的吗？那太好啦！省上最好的大医院都没治得了，唐氏国医馆治好了爷爷的病，真该好好感谢他们。我马上到唐氏国医馆来，爸呀，这两天我有时间了可以陪爷爷，你也可以好好休息两天。”

父亲说：“你来可以，不过不是什么唐氏国医馆，是郭氏圈疗传承推广中心。”

王泽桐惊奇地瞅了瞅手机，父亲响亮的声音震得他耳朵嗡嗡的。没听错啊？又把手机举到耳边：“你是说你们现在是在郭氏圈疗？咱们不是去唐氏国医馆瞧的病吗?”

“是啊，可没想到的是在唐氏国医馆只看了两天，人家就推说治这个病不是他们的长项，别耽误了老爷子的病，就把我们支到郭氏圈疗了。人家郭大夫啥也没问啥也没说，来了就治，连续治了一个多月了。眼看着一天天见好，现在脚上的脓疮都已经止住，也不发烧了，郭大夫说再有个把月你爷爷就能穿上鞋子自己走回家。”

王泽桐惊喜不已，激动地说：“我现在就赶过来!”他挂了电话返回办公室飞快地收拾了一下，给黄局打了个招呼便一路小跑下楼开车。

爷爷患糖尿病很多年了，从去年开始，两条小腿肿胀发紫，渐渐发展为双足溃烂。在军大医院住院治疗了一个多月，医院说烂足已达四期，下一步进入五期将形成坏疽，进而形成骨髓炎、肺炎等症，危及生命，建议做截肢手术。爷爷坚决不答应，说都八十岁的人了还截掉双腿，不如一死。回到家后溃烂一天天加剧，从脚心到脚背最后到脚踝，一片一片地起疮溃烂，迅速化脓蔓延，两只脚都要烂掉了。父亲急得四处求医问药也没有好的办法，王泽桐找专家咨询，说是除截肢再无良策，可爷爷坚决不答应做手术，而且王泽桐也不敢想象截去双腿的爷爷怎么度过余生。西医没招了，王泽桐这才想到试试中医，便和父亲一起把爷爷送到唐氏国医馆，他对父亲说这是本市最好的中医馆，说不定还能保住爷爷的双腿。王泽桐有个习惯，无论是自己还是家人，求医治病时从来不透露出自己在中医药管理局供职的信息，他素来厌恶体制内以职务之便拉关系办事情的陋习。所以到唐氏国医馆也没有和唐志豪见面，而是直接到门诊办了住院手续便匆忙出差了……

对自己忙于工作一直没能好好陪爷爷治病，王泽桐内心深处很是歉疚，就算不利用职权寻找好的医疗资源，起码自己曾是个医生吧，眼看着爷爷的病一天天严重恶化，自己不但束手无策，连陪爷爷看病都没做到。好在父亲去年退休了，可以全身心陪爷爷好好治病。把爷爷送到唐氏国医馆后，王泽桐接连到外地参加会议，不要说陪爷爷，连自己的小家都好久没回去了。刚到北京那天还问过父亲，那是刚把爷爷送到唐氏第二天，父亲说条件挺好的，先治着看吧。之后就是接连不断地开会、学习，心里一盘算，都一个多月没见父亲和爷爷了。他想不到，眼下二人怎么又会从唐氏转到郭氏圈疗这个条件差了许多的小诊所呢？不，连诊所都算不上，因为郭氏圈疗当家人郭柏川连医师证都没有，虽说这几年很多民间中医没有医师证不奇怪，可他们怎么可能治好了爷爷的病呢？

把车停在南关巷尾，王泽桐一路急赶，进大楼上电梯到二十楼，一眼就看见走廊墙上的郭氏圈疗图文展板，引人注目的是一张巨幅老人头像。画中的老人面容清癯神情和善，一双忧郁的眼睛仿佛正在注视着王泽桐。迈进郭氏圈疗传承推广中心大门，老远就看到大厅窗户下靠在沙发上的爷爷，有一个和自己父亲差不多年纪的人抱着爷爷的烂足正在轻轻地按揉。

这个人就是郭氏圈疗传承人、郭氏圈疗传承推广中心总经理郭柏川，中医药管理局组织民间中医召开现场会时王泽桐见过，他对这个民间中医传承人印象挺深——身材瘦高，细眉长目，脸形也显长，厚嘴唇总是紧闭着，那是话少养成的习惯。脸上总是冷静如水，少有笑容，只有在和病人说病情时和面对长者时会露出一缕带憨态的笑意，行路快步如风，看起来也就五十出头的样子。记忆中这个郭柏川是个体格健硕却呆板无趣的人，开会时总见他远离众人，沉默寡言的样子，也不善经营，把个传承推广中心弄得没精打采的，跟人家巷子东头的唐氏国医馆没法比。

轻轻走到近前，只见郭柏川脸上挂着温和的笑，一边轻轻地按揉烂足，一边和爷爷聊着什么。而爷爷仰靠在沙发上，脸上挂着祥和惬意的笑容。坐在一旁的父亲也是一副轻松的样子，看见王泽桐后招招手说：“泽桐你来了？这位就是郭大夫。”

爷爷抬头看了看王泽桐，指指沙发一旁让他坐下，说道：“知道吗，泽桐，郭大夫每天就是这样抱着我这两只烂脚，不怕脏不嫌臭，一点一点地揉呀按呀，香灸呀抹药呀，硬是把这两只脚给救回来了！快谢谢郭大夫！”爷爷说着说着动了感情，眼圈都红了。

王泽桐喊了声“郭大夫”，深深地鞠了一躬，然后坐在爷爷身旁看着郭大夫按揉。郭大夫没有抬头，淡淡应了声“不用”，依然专注地按摩揉捏那双烂足。

父亲向郭大夫介绍道：“这是我儿子。”专注于按揉的郭大夫轻轻哦了一声，还是没有抬头。

看来，郭大夫并没有认出王泽桐，也不知道王泽桐的身份，而王泽桐知道郭柏川有两年了。他从前年调查市里民间中医现状时就对郭柏川有所耳闻，因为这个郭柏川没有医师证，没有正规诊所，更没有医疗记录，是作为民间中医传承人进入市中医药管理局视线的。市里这种几乎是三无的民间中医药团队不在少数，虽说扶持民间中医药是当前主要工作，但是局里的原则是不能泥沙俱下，要辨别真伪。苟书记多次在会上说，对民间中医要深入了解，该扶持的扶持，该管的还是要管。苟书记说得没错，但前提是要真正地了解做出准确的判断，王泽桐觉得自己对郭氏圈疗这个团队和郭柏川这个人，就完全不了解。

记得黄副局长给王泽桐讲郭氏圈疗时口气特别认真，说这是一项颇有分量的民间特色技法，发明人是郭柏川的父亲郭守正。他用这个圈疗法救治了很多疑难杂症和肿瘤患者，民间称他为“郭圈圈”。郭柏川是郭氏圈疗的传承人，郭守正离家进山后郭柏川注册了这个郭氏圈疗传承推广中心，带领一个小团队传承推广圈疗技法已经五年多了。王泽桐和郭柏川像这样面对面近距离接触还是第一次。

之前只是通过调研报告对圈疗有一个简单的印象，知道这是一个土里土气层次比较低的民间中医药小团队，但真的没想到他们还处于这么低端的状态。难怪荀书记几次提出要把郭氏圈疗列入清理、取缔的范畴，恐怕就是这个草台班子的外貌造成的吧。荀书记几次在会上提起这件事都被黄副局长顶住了，黄副局长坚持说郭氏圈疗是一项珍贵的民间特色疗法，虽说传承人郭柏川没有行医资格，但郭老大夫出走后这项技法在民间广为传播，并对百姓治病健身起到了良好的作用。作为管理机构，非但不能打压取缔，还应该给予保护、支持。几年来黄副局长一直坚持要把郭氏圈疗的技法推荐为本省重点民间中医药保护项目，为此和荀书记弄得很不愉快。黄副局长是医生出身，行事一向求实严谨，这么做必定有他的道理……

从里间传来香灸的烟雾，与浓郁的艾香、膏药的味道混在一起，王泽桐的思绪也与烟雾、药味缠绕在一起——近几年正是民间中医蓬勃发展的大好时光，一些普通的小规模的团队都借时借力得到了发展，这个郭氏圈疗究竟怎么样？这次就好好了解一下圈疗吧！这个圈疗到底是怎样一个“圈”，这次要看个仔细。

王泽桐决定请假一周陪爷爷治病，一是让父亲歇几天，二是自己也趁这个机会好好观察了解一下郭氏圈疗。心里主意已定，便打电话向黄副局长请了假，让父亲回家，自己留下了。

翌日清晨，王泽桐背着爷爷来到圈疗中心。中心没有住院部，远途来的病人得在附近找旅馆住下，本市的都是约好时间来调理，治疗完后回家。这一个多月父亲就这样背着爷爷来来去去，想想也真是不容易。

调理师们都已按部就班开始工作，有人帮他把爷爷扶到沙发上坐下，王泽桐擦汗喘气的工夫，郭柏川已来到爷爷面前说："叔你等我一会儿啊，有个病人我交代一下就来。"

爷爷满面笑容地说："不急不急，你先忙。"

十多分钟后，郭柏川开始给爷爷调理。他坐在一张小凳子上，弓着腰，把爷爷的两只烂足抱在怀里，一边打开纱布一边说："你看看，好多了，消肿了，溃脓的地方越来越少，脸上的气色也一天天见好。"

"是啊，现在晚上能睡着觉了，也能吃下饭，多亏你们精心照料，把我这双烂脚保下了。"爷爷乐呵呵地说。

爷爷的烂足虽说大有好转，但局部还有疮口尚未愈合。溃面隆起处有乒乓球大小的白色薄膜，轻触便有脓液渗出。郭柏川的手指在这双烂足的疮口、溃面、痂皮之间轻微而又快速地游移，近伤处按揉轻之又轻，越过伤处到某些穴位时又用力按捏。为了保持爷爷的双脚与腿部平行的姿势，郭柏川把爷爷的双脚搭在自己膝上，探着身子，一手一只脚，同时按、揉、捏，徐徐推进，时而轻缓，时而加力。保持这个姿势很吃力，不一会儿的工夫他额角上便渗出一层细密的汗珠。

郭柏川的按揉刚刚结束，一个穿淡绿色工服的年轻人一手拿热毛巾一手持一支点燃的梅花状的香棒来到面前。郭大夫接过毛巾擦了擦手，然后拿起香棒俯下身子，举起香棒沿小腿开始施灸。这就是郭氏圈疗的重要环节——香灸。王泽桐听说过郭氏香灸很有来头，这个梅花状的香棒叫郭氏梅花香，当年郭老大夫发明这个梅花香是获了国家发明奖的。

3 月中下旬，对于地处西部的秦西市来说还是初春时光，街道上虽已是杨柳吐絮，但风还有几分凉意。因为有病人正在调理中，窗户关得很严实，厅里弥漫着香灸的烟雾和艾香。郭大夫把爷爷安排在厅里调理治疗，显然是为了让爷爷靠在沙发上舒服一些。学医出身的王泽桐除了观察了解圈疗技法应用的方法和效果之外，内心深处还有一个强烈的疑问——以圈疗这么落后的条件怎么能够医好爷爷的烂足呢？此前没能治好爷爷烂足病的军大医院可是省上医疗水准最高的，用尽各种办法最后也只是得出个截肢的结论。

每天上午调理过后爷爷就睡着了，睡得很香很沉。王泽桐中午买来快餐和爷爷一起吃，午休后再调理一两个小时，到 4 点多就可以送爷爷回家了。空闲时间里，王泽桐时常向郭大夫及调理师们询问请教，对糖尿病烂足的病理有了进一步的了解。他本来就是学医的，他很想搞清楚，这一双大医院都没法医治的烂足他们是怎么医治好的，圈疗究竟有什么奥秘。

爷爷双足溃烂的疮面久不愈合，是因糖尿病造成下肢末梢血液循环不畅，中医疗法是局部清疮消毒，温灸疮面四周，从调理经络疏通气血入手，祛腐生新。但这只是理论上的常规讲法。仅凭一双手按摩和一支艾灸棒熏灸，要做到这一切绝非易事，要不唐氏国医馆怎么把人往外推呢？

几天来，王泽桐渐渐看明白了，圈疗的技法说起来很简单，却是变化多端、内有乾坤。爷爷双足疮面扩散，发炎、化脓层面较深，郭柏川采取先治标后治本分步骤长期调理的疗法，静态与动态相结合，同时从情志、饮食方面予以引导，控制糖尿病的发展。从调理记录上看，第一个疗程调理后，双下肢肿胀绀紫的状态就有明显改变，足底的肿胀有所消退，后两个疗程基本止住溃烂，疮面收敛，双足疼痛感减缓，足底由紫青色逐渐变为淡红色。郭柏川说了，再有个把月调理就可以回家休养自行调理了。

王泽桐知道，糖尿病足临床表现分为五级：一级足表面有溃疡，但尚无感染；二级有较深的溃疡，常合并软组织炎症；三级有深度感染，伴有骨组织病变或脓肿；四级在趾、足跟或前足背有局限性坏疽；五级全足坏疽。爷爷刚到圈疗时的症状为四级，如得不到及时治疗，会很快发展为全足坏疽，就是所谓五级，那时只有截肢保命了。圈疗这一个多月的调理快速而全面地扭转了危局，这怎能让王泽桐不吃惊呢！

和郭柏川聊天让王泽桐更是惊讶，这个平时看起来耿直少言的人说起医理药理来却很是健谈。问到他的医疗思路时，他淡淡地说："我们的调理治疗思路其实很简单，人体是一个内外相对平衡的有机整体，我们运用中医'活血化瘀''祛腐生肌'之法，通过体表、经络与腧穴、诸窍与脏腑的特定联系，局部应用香灸、贴膏达到控制感染、促进疮面愈合的效果。香灸和贴膏的药效促进溃烂组织融解脱落，刺激组织新生，细胞修复，肉芽生长，你爷爷的烂足就是这样一点一点好转起来的。"

郭柏川说得轻松，但王泽桐知道，调理医治好这样一双烂足谈何容易啊！这几天，王泽桐看到郭柏川给爷爷调理的过程就在想，在这么长时间的治疗过程中，郭柏川他们下了多大功夫啊！尤其是爷爷刚来的时候，一双烂足看着都吓人，臭气熏天，郭柏川和圈疗中心的技师们每天面对这双脓疮烂足，从不嫌脏嫌臭，一点一点地擦洗脓液，去掉烂死的皮肉，细心清除疮面、脓液，然后按揉、香灸、贴膏……

这天，王泽桐和郭柏川聊得正热乎呢，外厅传来急切的说话声，似乎有个着急的病人在高声说什么。一个年轻女调理师急步来到郭柏川面前："郭大夫，昨天打电话联系的那个肝癌晚期患者来了，他急着要见你。"

"好，我先看看他的情况。"说着，郭大夫把艾香棒递给女调理师，叮咛道，"注意，一直要保持温灸状态，部分疮面刚刚结痂，新肌初生，温度不能高，还有阳陵泉、昆仑、涌泉这几个穴位要灸透。"

女调理师以同样的姿势坐定，抱好双脚笑吟吟地说："爷爷你靠好身子，要是感觉烫了就告诉我。"

王泽桐送郭柏川到大厅另一端后返回爷爷身边，一抬头看到这个年轻的女调理师时不由愣住了，呆看了那么几秒钟慌忙移开目光，唯恐引起人家误会。

王泽桐走近时是侧向着女调理师，看到的是她右半个脸，大概因工作不方便吧，她没有戴口罩，看起来脸庞白净鲜润，一字眉直抵鬓角，一双明亮的眼睛盯着一双烂足，是个挺漂亮的女孩呢！可是，当王泽桐走近后正面对着女调理师的时候，却忽然看到她左脸上有一块核桃大的伤疤，而且有大个头的新疆核桃那么大，从承泣穴一直蔓延到地仓穴上方，那伤疤像一块烙印似的，那么刺眼那么触目惊心。

女调理师没有留意王泽桐，注意力完全集中在爷爷的烂足上，对疮痍满目的烂足没有一点嫌弃躲闪的意思，一手持艾香棒，一手轻轻地游移于烂足的疮疤之间，仿佛在制作一件精美的工艺品，神态专注。

爷爷的双足溃烂处大部分已愈合，结痂的地方四周还露出一圈粉白色的新皮肤，足底和脚趾还有一些没有愈合的疮口，有的地方还流着黄色的脓液，虽然经过消毒还有药味遮盖，但还是有一股股恶臭隐隐钻入鼻孔。而且那一层层旧疮新疤看起来让人难免有不适反应，但这个女调理师却全不在意，把烂足搭在自己膝上，脸凑得近近地观察香灸效果，一手施灸，一手轻轻抚过那些溃烂流脓的疮口。王泽桐看着那白皙的手指时不时沾上脓液，内心不由一阵阵战栗。

“谢谢你啊！”王泽桐没话找话，想打破这沉寂。

“谢什么呀，我是调理师，这就是我的工作呀。”

“这可不仅仅是完成你的工作。我爷爷烂足这么严重，你们却像对待自己的家人一样，不嫌脏不嫌臭，天天这样细心调理，救了我爷爷，我真的很感激你们！”

女调理师抬起头望了王泽桐一眼，淡淡一笑，低下头继续专注地香灸。看着香棒的火头时明时暗，艾烟时聚时散，以及酣然入睡的爷爷惬意安详的神态，王泽桐的思绪不由像艾烟一样飘摇。

王泽桐接触民间中医比较多，明显地感觉到民间中医进入一个比较好的历史时期。像唐氏、高氏等这几家，老一辈身怀绝技声名远扬，新一代大都是科班出身，中西兼修临床经验丰富，家族医业构架齐全，体量不断增长，建起了具有医院规模的国医馆或大型诊所，是市里民间中医的主体。如唐氏国医馆，八十多岁的唐远志是省里名医，在中医界颇有影响，其子唐志豪是医科大学生，中西兼修又善经营，接掌唐氏医业后很快把唐氏国医馆做成本市民间中医大户。近几年更是踩在时代的节点上，占尽风头，被认为是市里民间中医的典范。以致王泽桐常常感到，局里各项扶持民间中医的政策好像都是为他们量身定做的。

而郭氏圈疗这个团队就是一个奇怪的存在，之前有很多的传闻，这一次王泽桐看到了他们真实的现状。这条街道叫作南关巷，这个调理中心在巷尾与中兴路连接的路口，他们在此租了两套房子，为圈疗调理部、推广行政部。调理部把几间房子隔了一下，支有十多张调理床，也就是说最多可以同时调理治疗十多个人。人再多时，就让局部调理的病人在客厅里调理。总之，从行医条件到环境面貌，处处都显得简陋寒碜，让人觉得这是一个处于低端难以为继的“草台班子”。可是，这样一个班子竟能治好爷爷的烂足，又竟走过了五年多的历程?!

陪爷爷治病的日子一天天过去，王泽桐只请了一个星期假，很快就要回局里上班，但他对圈疗的兴趣却是越来越浓，很想对这个不起眼的民间中医药团队多一点了解。

王泽桐一直观察调理师们，有空时就和她们聊聊天，听她们讲讲圈疗的技法，讲讲病人的事，有时还和调理中的病人交谈，问问他们对圈疗治病的感受。调理部的七八个调理师，王泽桐大致都已经熟悉了。那个脸上有伤疤的女孩叫赵小冬，看起来是这个团队里技术比较好的，每次有重症病人来时都是她负责施灸。还有一个叫秋桂枝的年纪稍大些，有三十多岁吧，在调理部只有她和罗医师是正式医生，是调理部主任，行事颇有专业范儿，但这个秋医生总是板着脸不苟言笑，几次想和她交谈都未能如愿。有机会还要找她，她一个社区医生为什么到这样一个小团队来打工，还有她说话时声音嘶哑，像结巴一样话不成句，是什么疾病造成的？王泽桐还记得局里开会苏处长讲到郭氏圈疗时那轻蔑的语调：“圈疗这个疗法是用醋拌中草药在人身上画圈，说可以治疗肿瘤疾病，但这个疗法没有经过医管部门的检验和认证，需要进一步考察。另外执业人员素质现状也比较差，总经理郭柏川没有医师证，调理部主要医务人员只有一个年迈的退休老太太，还有一个结巴，一个疤子脸……”讲到这里有的人笑了起来，苏处长看到黄副局长冷冷地瞪着他，赶紧收住，说：“这些是民间传闻……”

显然，“结巴”就是秋桂枝，“疤子脸”就是赵小冬，王泽桐觉得她们每个人都有故事，他想走近她们，了解她们。

这天上午调理完毕后，爷爷睡着了。王泽桐退出调理室来到大厅，在这里的每一点空闲时间他都想用来了解圈疗，他想看看郭柏川和调理师们接诊的情况。

刚走近诊台，就见一个大个子男人冒冒失失闯进来，大声问道：“郭大夫在吗？我来找郭大夫！”浓郁的湘西口音，看来是湖南来的，王泽桐站在角落里静静地看着这一幕。

病人是个五十来岁的中年汉子，被疾病折磨得瘦骨嶙峋，说话很吃力的样子。郭柏川示意病人坐下慢慢讲，病人摆摆手说：“我一坐下就起不来了，还是让我先把话说了。你就是郭大夫吧？我叫陈召新，是肺癌晚期，已经晚到快要死了，本不该再跑出来吓人的，听我们镇上吴老爹说他多年前来秦西在你们这里看过病，他当时也是被医院判处死刑的人，他说一位叫郭圈圈的老中医用药水画圈救了他的命，他到现在还活着！我也想来试试，救不救得活也想试一把。我丑话说前头，我不管怎么样都不会找你们的麻烦，这个你们放心。”

这个病人说话也不忌讳，一口一个晚期，一口一个死，把厅里等候的病人和中心员工们听得目瞪口呆。王泽桐仔细打量，这个肺癌晚期病人瘦高个，头发已经掉得只剩稀稀拉拉几缕，可怕的是眉毛也脱落完了，面膛紫黑，说话时嘶喘得像拉风箱，手背和颈部水肿明显，看起来虚弱至极、疲惫不堪。

郭柏川笑着说："你倒是挺明白的。坐下来，说下你的病情，医院诊断书什么的有没有？"

陈召新坐下来抬起手臂用衣袖擦了把汗，从胸前一个布袋子中取出一叠用塑料袋包着的病历、诊断书什么的，郭柏川接过来看了看最新的一份诊断报告，交给身边一个调理师，问道："你怎么不让家人陪着，都这个样子还敢自己出门？"

"没让我婆娘来，这些年把她也折腾够了。本来我也不打算再出来的，悄悄死家里就完了，可后来我看见吴老爹那个样子都还活着，他给我讲郭氏圈疗治疗癌症有效果，我自己就摸来了！我晓得自己的病治不好，这次出来都不一定还能回去，走时给家里已经交代，要是没回去就让她来秦西料理后事。你要问既然死都不怕了，还跑出来做啥，我告诉你，我不怕死，但怕痛！我白天晚上无时不痛啊，五脏六腑都痛，我来找你郭大夫只求能减少一些痛苦……"

说到伤心处，这个直言不怕死的陈召新垂下头呼哧呼哧喘着气，这一番话说得在场的人更是心惊肉跳。

郭柏川依然不急不躁，让他坐下来慢慢讲。陈召新接过调理师端来的茶水猛喝了几口，坐在郭柏川身旁讲述了他患癌治癌的经历。

陈召新是湖南邵阳县人，今年五十一岁，2013 年在湖南长沙某医院检查出肺癌，之后在当地住院治疗几个月不见起色。医生说肺癌不可能痊愈，要靠自己慢慢调养。出院后回家服了一段时间的西药，肿瘤越长越大。2014 年 3 月复查，医生说恶化严重，要做放化疗。于是在 2014 年下半年做了几个疗程的放化疗，未见好转。之后开始注射医生推荐的进口药，一支就是八千多块钱，十天注射一次，到后来要每周注射一次。从 2014 年 7 月到 2015 年 7 月，一年时间里多次做放化疗，用进口药，家里所有积蓄用光了，后来向亲友借，再后来把车子都卖了，前后花掉一百八十多万。借也无处可借了，治疗也就停止了。当陈召新觉得自己已经山穷水尽只能在家等死的时候，听到镇上吴老爹说起他当年找郭圈圈治疗的情况，抱着一丝希望就奔来了……

陈召新身患癌症已到晚期，却很坚强，乐观豁达，言谈颇有幽默感，讲完病情后他又对郭柏川说："郭大夫，我的命已经开始数天天了，出来就不敢指望还能活着回去。现在钱花完了，命也快到头了，你们治疗的任何结果我都能接受。人们都说'山重水复疑无路，柳暗花明又一村'，我还想看看自己有没有遇见'又一村'的运气。"

郭柏川说："你倒是个痛快人，我也给你个痛快话，癌症到了这一步，神仙也医不好了。但像你希望的那样，通过中医辅助治疗减少痛苦，带癌生存还是有可能的。"

当天下午王泽桐离开圈疗中心时，听说郭柏川已经为陈召新制定了第一阶段调理治疗方案。第一个疗程先以香灸贴膏调理，化瘀消炎扶助阳气，然后施以圈疗，画圈调理四五个疗程，延缓病情恶化。

王泽桐心里已经打定主意，他要尽快来圈疗中心正式做个调研，明天就向局里报告自己的想法。王泽桐急切地想知道这个圈疗法究竟是以什么样的医理治疗疾病的，发明人郭守正为什么会在古稀之年离家进山？这件事他以前就听说过，但这次来圈疗中心站在郭守正老中医的巨幅照片面前时，才感受到了一种震撼，心里咚咚直跳：一个古稀之年的老人离家出走进了终南山！一个温和慈祥的老人，一个清瘦体单的老人，是什么样的原因才会下这样的决心？而郭柏川这样一个不善经营的人，五年多的传承之路经历了多少艰难坎坷？要知道，省市医疗管理机构包括中医药管理局，包括自己，从来没有把关注的目光投向他们。

民间中医究竟是怎样一个世界？郭守正老中医发明的圈疗究竟是怎样一个圈？

# 第三章　癌痛

## 1

清明假后上班头一天，一大早就有五六个预约的病人陆续走进中心，罗医师诊室前排起了候诊的队伍。秋桂枝给调理师、按摩师们讲了当日几个重要病人的情况后，大家便各自上岗，整理好调理台，领取香、膏、圈液等制剂，做好班前准备。就在这时，秋桂枝看见常来圈疗、大家都熟悉的一个身影步履蹒跚地走进大厅，心里纳闷：她今天没预约瞧病，看神情也不太对！忙上前迎道："孟阿姨，你怎么这么早就来了？"

这个孟阿姨名叫孟云欣，五十来岁，个子高挑，长得很秀气，爱说笑，性格开朗热情活泼，虽然眼角上爬满了皱纹，但那爱笑的眼睛依然显得灵秀有神。孟云欣是广场舞队的核心人物，属于会生活，身体、精神状态都比较好的那一类妇女。她心里藏不住话，说笑起来嗓门又大，还有那么点傻傻的可爱，馆里年轻的调理师们都喜欢她。孟云欣以前就住在南关巷，是圈疗中心的老朋友，从圈疗中心创建之初就常来，后来在新区买了大房子搬走了，但还是每隔一两周就要到圈疗中心来。圈疗中心有个美容项目——香灸美容，孟云欣每次来灸一两个小时。她说自己年轻时就看郭老爷子天天为人施灸，那根梅花形的艾蒿棒棒可是医好了不少人！几年来她一直坚持做美容灸，每次灸完后都是一副愉悦的样子，笑眯眯地说全身都轻松，又年轻了几岁。

可这次来却神情大变，哭丧着脸，脚步不稳地走进大厅。秋桂枝看她情绪不对，忙扶到沙发上坐下，再次问道："怎么了孟阿姨？出什么事了？"

孟云欣坐在沙发上一句话不说，接着捂着脸放声大哭起来。哭声惊动了调理中心，赵小冬和几个调理师都赶过来询问，扶着孟云欣又是拍又是揉的，争相问候。

"这是怎么啦？谁惹你了？"

"孟阿姨你怎么几个星期都没来了？"

"孟阿姨发生什么事了？"

哭了好一阵子，孟云欣接过抽纸擦了擦鼻涕眼泪，像见到亲人一样抓着秋桂枝、赵小冬的手，伤心地说："我完了，我完了，祸从天降啊！"她从衣袋里掏出一叠写满公式符号的纸张递给赵小冬，赵小冬匆忙展开，几个人凑在一起看了起来。有人惊呼了一声："诊断书，宫颈癌！"秋桂枝急忙制止，几个人便无声地看下去。

就在半个多月前，孟云欣突然连续几天感觉身体不适，便去医院做了个检查，谁知一检查就发现宫颈有疑点，说要留院进一步复查。住院一个多星期，随后又做了活检，现如今，人们都有较强的医疗保健常识，大都知道活检意味着什么。孟云欣惶恐不安地煎熬了几天，今天自己背着家人悄悄地去取了诊断书，医生明确地告诉她，她患的是宫颈癌并已扩散，要立即住院治疗。这噩耗如同一个晴天霹雳，一下子就把孟云欣击垮了。她知道住院做手术、放化疗会是什么样的结果，因为她不止一次地看到过身边的朋友患癌症治疗后的结局。她想到了中医，想到了郭老爷子以往画圈治癌症的情景。从医院出来，孟云欣没有回家，而是直接来到郭氏圈疗中心。

几个年轻人都怔住了，一时都不知道说什么好。平时的孟阿姨活泼开朗，突然遭遇这么大的事，看上去像完全变了个人，似乎一下子就被摧毁了。

秋桂枝说：“快去请郭大夫来!”

正在里间和一个病人说话的郭柏川急步赶来：“是孟家大妹子啊，这是怎么了?”

看到郭大夫来了，孟云欣哭得更厉害了。秋桂枝把诊断书递给郭柏川，郭柏川扫了一眼，脸色立即严肃起来，挥了挥手：“你们几个都回自己岗位吧。”

大厅里安静下来了。郭柏川看完诊断书，背着手踱了几步，淡定地说：“天有不测风云，人有旦夕祸福。癌症这个魔鬼就是这么无常，不定什么时候让谁遇上，遇上了就只有面对，积极想法儿治疗。”

孟云欣抬起头，泪眼婆娑地问：“我这个病能不能在咱们圈疗中心调理？我不想去医院做手术放化疗什么的。”

郭柏川说：“家父当初发明郭氏圈疗本就是针对癌症的，宫颈癌、卵巢癌等妇科癌症我们有过多例调理治疗缓解较好的案例。我看了诊断书，你这种情况可以用圈疗和香灸疗法进行辅助治疗，控制癌细胞扩散，缓解病情。”

听了郭柏川一番话，孟云欣悲伤无措的情绪缓和一些了，站起身说：“我回家收拾一下，明早过来，我的命就靠你们了!”

第二天一早，圈疗中心刚开门，孟云欣就背了个双肩背包进来了，看来她已做好了准备，要在圈疗中心开始与癌症抗争的艰难历程。

秋桂枝把孟云欣领到郭柏川面前就去忙班前的准备工作了。郭柏川让孟云欣坐下后说："你先歇一会儿，我马上和罗医师商量你的调理方案。"然后接过孟云欣的病历和诊断书，坐在窗下的诊台上一边等罗医师，一边琢磨自己昨晚就开始思考的调理治疗方案。

就在此时，一阵喧哗声在门外响起，紧接着就见几个人冲进调理中心。一共是五个人，四女一男，冲进门不打招呼不看旁人，气势汹汹地径直走到孟云欣面前。员工们都被这几个无礼的闯入者惊呆了，秋桂枝要上前拦阻被郭柏川阻止了。

郭柏川没有起身，依然看着手中的病历。他知道，这一定都是孟云欣的家人，其中那个男人是孟云欣的丈夫，他以前见过的。男人脚步迟缓一声不吭，厉害的是那几个女人，应该是孟云欣的姐妹和小姑子吧，想必是孟云欣没有和家人说好，自作主张来圈疗求医，而家人完全不同意，一起来强制带她去医院。

一个比孟云欣年轻些的女人说："姐呀，都给你联系好医院了，你怎么一声不吭跑到这里来呢？"

孟云欣站起身面向着她们，说："我不想去医院做手术、放化疗，我想在郭家中医调理。郭老爷子是咱们的老街坊，过去治好了很多人！"

那女人说："这小地方什么条件啊，哪里能治好病？我们联系好了大医院，快跟我们走吧。"

孟云欣往后退着说："我不去！让我先在这里治疗一段时间再说吧。"

为首的那个女人口气强硬地说："不行！这个事不由你！一定要给你找最好的医院用最好的药，全家人凑钱也要治好你的病！"

另外两个女人一边劝说着，一边走到孟云欣面前，一边一个架起她的双臂，其中一个道："走吧，听话，大家都是为你好。"

孟云欣挣扎着不走，为首的那个女人大吼一声："架起她走！"

孟云欣双脚离地使不上劲，在哭喊声中被架出去了。发号施令的这个人应该是孟云欣的姐姐，看孟云欣出门了，回过头指着郭柏川和调理师们，说：“你们也是的，这么大的病你们治得了吗？就你们这草台班子，癌症晚期也敢接？”说罢扬长而去。

在场的几个调理师被噎得半天缓不过劲，气呼呼地望着人影远去的大门口。秋桂枝气得身子发抖，激动得结巴了：“这……这些人怎么这样啊！这里大小……也是个公共场所好不好，她们怎么像是在自己家似的？”

赵小冬揶揄道：“这就是传说中的中国大妈！”说完一眼看见郭大夫手中的诊断书，惊道：“糟了，孟云欣的病历没拿走。”

郭柏川说：“不要紧，这是复印件，再说她还会来的。”

秋桂枝问：“你是说孟云欣还会回到我们这里治疗吗？”

“等医院招数使完了病情进一步恶化的时候，病人钱财都用光了的时候，往往才会到我们这种草台班子来求治，这就是民间中医的现状，你们可不要气馁哦！”

秋桂枝神情镇定了一些，说道：“郭大夫放心，我们不会气馁的，这场面也不是头一回了。”

仅仅隔了一个多星期，又一个癌症患者来到圈疗中心。

那是 4 月中旬的一天下午，已经是快要下班的时分，几个病人陆续离开，中心的调理师们也都洗手换装准备下班。这时，只见一个中年汉子搀扶着一个瘦弱的女人走进中心。赵小冬迎上前询问，一抬头看到了一张面色黝黑的面孔，是高原强阳光暴晒后的那种黑。再一看他搀扶着的那个女人，心里更是一惊！第一眼的感觉是这个女人好漂亮，像是个苗族或彝族女子，身材苗条得像个舞蹈演员，脸庞轮廓特别明晰而精致，一双丹凤眼，小小的鼻子挺拔而秀气。但她的气色怎么这么差？没有一丝血色，口唇绀紫，眉头紧蹙，气奄声嘶，无力地靠在男人身上。这个可怜的女人显然身患重病，而且被病痛折磨得奄奄一息。

那男人手举一本书，咧嘴露出一口白牙："您好，我叫杜林远，我来找郭柏川医生。"他手里拿的是郭柏川前不久出版的那部《中医药外治探秘》。一看到这本书，赵小冬忙咽下刚要出口的"下班了请明天再来"这句话，赶紧把二人领到郭柏川面前。

男人仿佛见到老相识一样笑眯眯地迎上去握住郭柏川的手："是郭大夫吗？恕我冒昧，我是专程来找您的，吸引我来的是这本书。我读了你的这本书后，从出版社那儿问到你们圈疗中心的电话和地址才找来的。"

郭柏川看到杜林远手里那本《中医药外治探秘》，心中一热，一边让座一边说："快请坐。这本书是我去年整理出版的，主要是我父亲以往写的临证医话，请指教。"

杜林远道："我是来求医的，为我妻子。"

郭柏川注意到他搀扶的那个女子，虚弱至极，形容枯槁，全无生气，看来是重病在身，连忙问道："你们从哪里来？"

"我们从凉山来，中午到的秦西。下飞机后让我妻子休息了一阵才过来。"

听了这话，郭柏川心中怦然一动，这个素不相识的人竟然是凭这本刚出版不久的书按图索骥找来的，带着病人从遥远的凉山到秦西是何等不易啊！但他妻子是什么病呢，郭氏这个小小圈疗中心能不能医治？他便说道："我看你妻子病情很重，你们先喝点水休息一会儿讲讲情况，再让我们妇科医生诊断下。"

杜林远接过赵小冬递来的水杯喝了一口递给妻子，然后说道："郭大夫，我老婆的病说起来话长，这样子吧，我知道这个时间你们也该下班了，让大家该下班下班，我想耽误你一些时间向你好好请教一下中医调理癌症方面的问题。我叫杜林远，是凉山县医院的主任医师，这次来是想向你学学你家的圈疗法，找一条救我老婆命的路子。"

郭柏川一听是个医界同行，还是位主任医师，仅仅是看了自己写的那本书竟然不远千里找上门来，这是何等信任！当即安排道："秋桂枝，让其他人都按时下班，你和赵小冬辛苦一下给这位远道而来的病人做一下常规按揉和香灸，恢复一下气力，明天再让罗医师诊断调理。"

秋桂枝扶着病人进调理室了。其他医生和调理师也都陆续离开，调理室的门都陆续关上了，大厅里也安静下来。郭柏川和杜林远相对而坐，开始了一场漫漫长谈。这场长谈以及后来长达数年的抗癌史，成为两位医者在中医治疗癌症之路上的一次漫长跋涉。

杜林远是汉族人，医科大学毕业后分配到凉山，在山区医疗站工作了七八年。那些年他背个药箱没日没夜地奔波在贫穷闭塞的深山里，周边一个个偏僻的彝族同胞山寨里都留下了他的足迹。他把青春挥洒在那片红土地上，为缺医少药的彝族同胞解病除症，从一个白皙的俊小伙晒成黑人也没有丝毫悔意。后来他成为县医院主任医师，他的医术医德在当地赢得了良好的口碑，还赢得了一个美丽彝族少女的爱慕。这个身材窈窕的少女叫凤琼，她不仅能歌善舞，还是警校毕业的人民警察，穿上警服的凤琼英姿飒爽。几年后，他们有了一个像凤琼一样漂亮的女儿，女儿叫辛巴，自小聪明伶俐人见人爱。他们小两口一个守护人们的安全，一个守护人们的健康，工作是那么神圣，生活是那么多彩。那些年，他们的生活是多么幸福啊！在医院，在警局，在当地，人们喜欢着、羡慕着这一对伉俪……

然而，在杜林远四十岁这年，幸福生活戛然而止——病魔悄悄降临，并无休无止地缠上他们。

这一年是2013年，凤琼三十五岁。起初是因持续发烧、腹痛入院检查，发现子宫肌瘤后留院治疗，治疗期间又发现巧克力囊肿。病变复杂，院长担心县医院条件不足，亲自安排到昆明市医院做了子宫全切术。自昆明回来后仅过了几个月，又出现持续腹痛。做B超检查结果是巧克力囊肿复发，这之后长期服用中药。2015年因腹痛加剧，入院进行超声波介入治疗，未见效果。当年年底腹痛严重，发热愈发加剧，再次到昆明检查，医生在行腹腔镜切除术中发现有乳头状结节，即改行肿瘤减灭术（开腹），术后病检透明细胞癌。检查发现左下腹有四厘米包块，之后又做了一次手术……

就这样，手术，放化疗，再手术，再放化疗，一直持续到今年。三年多的癌变，三年多的治疗，彻底摧毁了凤琼的身体。这次来秦西之前，刚经历了几个疗程的放化疗，凤琼每天腹痛难忍，端起碗就干呕，水米难咽，整夜不眠，精神恍惚，倦怠无力，生命已经快到尽头了……

就这样，一病未愈一病又起，癌症，真的是无法治疗吗？

那是怎样的一种疼痛啊！从子宫深处开始，一股暗暗涌动的岩浆一样灼热的痛感顺着连结五脏六腑和大脑的神经，向全身蔓延，痛感在蔓延的过程中变得更强大，更灼热。那个疼痛是有重量的，有动感的，从子宫往外扩展，仿佛带着吱吱的声响，迅速布满整个腹腔，扯着肝肠，揪着心肺，人们说的万箭穿心肝肠寸断就是这个滋味吧！

每次上手术台时，凤琼都是紧抓着他的手，含泪摇头，进放疗室时，紧抓着门把手不肯进去。凤琼在恳求杜林远，不要送她进去，不要重复无谓的痛苦。躺在推车上的凤琼没有力气说话，只是噙着眼泪缓缓地摇头，是那么无助，是那么可怜。杜林远却依然狠心地把她送进冷冰冰的手术房，送进布满射线的放疗室。一次手术，两次手术，三次手术……一次放疗，两次放疗，三次放疗……每次都是这样的过程，都是这样的结局，为什么还是要这样做呢？明知没有希望却还是抱着一线希望，这是一种无奈一种愚昧啊，杜林远自己是个医生，也和普通人没有什么不同。

作为医生，杜林远怎能不知道，放疗就是通过放射线杀伤肿瘤细胞，达到化瘤抗癌的目的。放射线的种类通常是由同位素产生的 α、β、γ 射线，以及由 X 线光机和加速器产生的高能量的电子线、X 线、质子束和其他粒子束。任何一类放射线都会对人体产生不同程度的损伤，对有的造成皮肤烧伤，还对很多病人最终造成了放射性肺炎、放射性肠炎、放射性盆腔炎等。而化疗亦很可怕，副作用当即显现，凤琼初次化疗就出现恶心、呕吐、白细胞减少，从此再无宁日，食眠俱艰。再后来就出现脱发、消瘦、无力、晕厥，经检查，便秘日趋严重……

多少个漫长的夜晚啊，凤琼因腹痛整夜不眠，有时佯装入睡，为的是让杜林远能睡个半宿，因为杜林远第二天一大早要去上班啊。而杜林远常常在后半夜被什么声音惊醒，仓皇起身不见了凤琼，仔细辨听，听到轻细的哭声。寻声找去，原来是凤琼怕吵醒他悄悄到客厅里蜷在沙发上嘤嘤地哭。那哭声细若游丝，如同昆虫鸣叫的声音，在黑暗中回旋、游荡，是那么凄凉绝望，让人肝肠寸断。凤琼她连哭的力气都没有了啊！许多次，杜林远无声地从背后拥着她一起哭……

听着面前这个性格坚毅的男人的讲述，见惯各种癌症病人的郭柏川也不由得为他妻子的遭遇心惊，杜林远和自己才第一次见面，却像对知己一样倾诉衷肠，而且仅仅是凭着书上的内容就奔波千里找到郭氏圈疗，自己能为他做点什么呢？

凤琼的生命已是难以挽救了，杜林远能做到的只是陪着她走完剩下的不多的路程，在这最后的时光里他要努力让她少受一些痛苦。长久的煎熬，长久的悲伤与痛苦，把杜林远那颗心磨出厚厚的苦茧，也常常使他陷入痛苦的思考中。究竟，我们医疗的方法和思路有什么问题？作为医生，他可以说是优秀的，还懂一点中医；然而，当自己的爱人身受炼狱之苦时，他却束手无策。面对癌症，究竟该选择什么样的方法？切除？摘完之后继续生长，还会蔓延到其他部位。放化疗？经历一次次放化疗之后，凤琼丧失了全部的免疫力，变成了这个样子！经过三年多的医治，她身患的癌症竟然达五种之多！这就是治疗的结果吗？治疗只能是这个结果吗？每一次治疗从制定方案到实施手术，院里领导和医生们都是尽心尽力帮助他，最终却只能得到这样的结果……

痛苦和悲伤渐渐变成疑惑，渐渐形成一种寻求答案的欲望，这答案也许在民间中医这里……

近两年杜林远常到图书馆看书查阅资料，关于癌症治疗的最新研究，中医对于癌症的论述、验案他都看。就在上周，在书架上发现了《中医药外治探秘》这本书，他起初只是惯常地翻一翻，是一位名不见经传的普通中医写自家家传技法的医案医话。这个家传技法是以中医药外治法治疗癌症为主的，但这也还没有引起他的重视，眼下有关防癌抗癌的医学类书籍比比皆是，可说是汗牛充栋。但在翻阅的过程中，有一段立论新奇的讲述癌症成因的文字吸引了他，这才认真看起来：

“癌瘤有先期后期之分，而无良恶之别。瘤乃先期血聚，癌为后期破溃之花。万病来源于气，人体以气、血、筋三者调和为顺，气推动血液循经脉周流全身为健康之躯，一旦气滞血瘀，疾病作矣！倘若失治，延误久之，气血双亏，经脉失其濡养，则有拘挛症状，此乃血虚筋急也。经脉内有瘀点，初则如露粟，渐则如豆如核，但仍为圆形，推之能动谓之瘤，待发方形或蛋形而四周如蟹爪推而不动，及至恶变血瘀堵塞成痞，痞老开花谓之癌，压迫肌肉神经，不通则痛作矣！”

这是杜林远第一次看到把癌症的形成和状态表述得如此清楚的文字。接着，一段关于用中草药药液画圈治疗癌症的医理论述使他怦然心动：

“郭氏圈疗法用中草药配制药液在人体画圈治疗，将草药汁涂于患者病理反应区，通过平面圈、立体圈、螺旋圈等不同形式，使药物有效成分透皮吸收，进入体内，对癌瘤一围二聚三截四剿五灭，层层包围，求得速治。圈疗法是在中医外科‘箍’法的思想基础上形成的，从药理上讲可分为三个层次：外层固护正气，中间对症治疗，内层排除邪气，最终达到扶正祛邪、行气活血、祛寒止痛、化瘀消瘤的作用……”

讲完妻子治病的经历，杜林远端起茶杯猛喝了几口，镇定了一下情绪，说道：“看完这本书后我当即决定来秦西。我不奢望有什么仙丹妙方能治好我老婆的病，我知道癌症晚期已不可能再有回天之力。我是想，你们家族祖传技法对于癌症的认识有独到之处，研制的圈疗法肯定不简单，其医理必有其高明之处。我不仅想请你救治凤琼，我还想请你把圈疗法传授给我，我以后用此法长期为凤琼调理治疗。咱们素昧平生初次相见，我的要求是不是太过分了？”

人间疾苦总关情，杜林远妻子身患多种癌症的遭遇让郭柏川深为同情。当杜林远提出学习圈疗法的诉求后，他当即说道：“杜医生不必客气，你凭着我编的这本书不远千里找上门来，对圈疗的这份信任使我非常感动，我一定会尽全力为你夫人调理治疗。至于把圈疗法传授于你更没问题，因为我要做的就是把这个方法传播给需要的人，让我父亲发明的这个疗法救助更多的人，这就是我的使命。”

“郭大夫你太谦虚了，你对于癌症病因的论述和治疗现状的分析写得太好了。这些年为给凤琼医病，我读了不少关于癌症病理、医理方面的书，大都高深莫测让人不得其要。你书中所云从传统中医出发，更重情理、接地气，让人在慌乱之中有一丝头绪，惶恐之中能获取一丝安定。”

“其实，这本书里大多都是我父亲以前所记临证心得，不瞒你说，我是在过了知天命之年后才接过我父亲这副担子的，我没有上过医师专科学校，也没有好好师承我父亲的医术，我没有医师证，连个医生都算不上，所以，我组建这个团队叫作传承推广中心，以传承推广圈疗法为使命。”

“民间多奇人，我以前在乡下村寨跑得多，见过不少隐藏在乡野的郎中，有苗医、彝医等，他们身怀绝技从不显山露水，治病救人却是十分有效，不过像你这样隐于都市的中医传承者更是不易。”

和杜林远的交谈使郭柏川大有知音相见恨晚之感，郭柏川又把话题拉回到癌症上：“这些年来，我们收治过一些癌症晚期患者，大都是经过手术和放化疗，经过多家医院多种方法医治，最终癌细胞转移恶化，脏器衰竭，这个时候病人花光了钱财，命悬一线，一些医院也不再收治了，他们只好找到民间中医这里来。这种晚期癌症患者，心力衰竭，免疫力丧失，民间中医又怎能保证治疗有效呢？但医不拒患啊，我们用圈疗法先缓解症状，安排专人与之交流，时时进行心理沟通，让病人绝望烦躁的心情慢慢安定下来。在实施圈疗法调理过程中，让病人清楚地看到自己的变化，让他的亲人也参与到治疗过程中，病人和他的亲人在这里得到了宽慰，病情得到缓解，树立起抗癌的信心。我发现一种看似微不足道却很重要的现象——在对癌症晚期病人调理治疗过程中，帮助病人和他的家人树立信心，保持求生的欲望，保持积极治疗的态度，是非常重要的。我们成功地调理过一些癌症晚期患者和疑难杂症病人，他们都保持着好的心态，有的已经坚持了一年、两年甚至更长时间，有的病人至今还在家中用圈疗法自医自疗，时常向我们反馈身体的变化，一同商量修改调理方案。”

“自医自疗？这个办法好呀！好的医者善于把复杂的病情和医术简单化，这就是所谓大道至简吧。大医院里那些神秘的词语和符号往往让病人不知所云，只剩下恐惧和忧虑，病人只能被动地接受手术、放化疗等高规格的医疗手段，结果却是癌细胞进一步扩散，症状进一步加重。我是个医生，对自己爱人的病况尚且如此，其他普通人遇到癌症的情形可想而知。”

“是啊，我们都知道，绝大多数癌症患者经手术或者放化疗治疗后，都可能复发转移乃至最终死亡，这种状况进一步加强了人们对癌症的恐惧，因此说有百分之七十的癌症病人都是被吓死的。有少部分患者医治好了，一方面是因为选择的治疗时机和方法得当，另一方面是病人本身有良好的心理素质和正确的观念，这是治癌抗癌很重要的两个方面。”

“对，我也常常看到，许多癌症一经查出就是晚期，在此之前患者并没有什么太明显的症状，而检查结果出来后，患者内心的恐惧与日俱增，加速病情发展直至死亡，恐惧心理是病情加重的重要原因。恐惧、惊悸、烦躁等不良情绪能导致身体中脉堵塞，癌症病人常常觉得胸口处沉闷，就是因为中脉堵塞不得疏通，导致经络运行失常，进而影响五脏六腑的正常运行，加剧肿瘤恶化。”

“我父亲接触过数万例癌症病人，他在与癌症长期搏斗的过程中，见到过太多的痛苦，太多的悲伤，很多时候他心里也急，也很无奈，才琢磨出圈疗之法。”

“对，书中是这样说的。”杜林远说着熟练地翻到某页，念道，“我研制的几种药物和整套疗法的综合效果是止痛作用强。癌魔扩散到哪里，药圈子便追逐围剿到哪里。我不能停，药不能停！无数患者的痛苦呻吟、撕心裂肺的号叫，如重锤响鼓击打着我的心灵，耻笑我无能，我的心在流泪！在我眼皮底下消逝的一个个的亡灵和癌魔那狰狞的面孔常常把我从梦中惊醒，我自觉所欠心债太多，如不偿还一二，实在有愧于病人，实在有负于这身白衣！几十年来，我沉在浩如烟海的古籍医典里，天苍苍，夜茫茫，劳心志，苦求索，包围剿，穷追打，伴患者，细观察。一天，我竟异想天开地拿起蘸满药液的毛笔在病灶部位画上了包围圈，后来，这包围圈之所以发展成内外两个药性矛盾的药圈，就是为了防止癌魔扩散……‘圈’在何方?”

杜林远被郭大夫的医者仁心深深感动，合上书本说道：“古往今来，那些济世大医莫不是胸怀悲悯之心，把病人的痛苦当作自己的痛苦，全身心投入治病救人，苦苦探求病理医理，才会抵达高深的医术境界。令尊研制创造的圈疗法拯救了很多人吧?”

郭柏川沉浸在对父亲的思念中，说道：“我父亲说，他始终没有把那个圈画圆，心中还带着遗憾。而我在那么多年里不理解父亲，不愿意传承他的圈疗法，伤了他的心。”

杜林远起初以为郭柏川父亲已经过世，听他这话又似乎尚在人间，不由得问道：“令尊还健在？想来年事已高不能为人治病了，但你能得他指点也是幸事啊。”

郭柏川：“杜医生你也是同道中人，我不瞒你，我父亲在六年前离家，走进终南山修行，再也没有回来。这些年我只见过他一次，平时想看他也找不着，他不让我找，都是快八十岁的人了，还独自在深山里凄风苦雨度残年，一想起来就让人心痛啊！”

杜林远惊诧不已：“还有这样的事情？令尊是秦地名医啊，怎么会离家出走？”

郭柏川痛惜地说：“都怪我，多年不愿做家族医学的传承人，不肯从父亲手中接过圈疗这副担子，没想到他竟然会在古稀之年作出如此决绝的选择。”

“你现在做得不是很好吗？当初为什么会违背令尊的意愿呢？”

郭柏川苦笑道：“自小看父亲太苦，为这个圈熬尽一生心血，心中自有几分畏惧。但最主要的还是因为自己没上多少学，更不要说医科大学了，从心底讲不敢跻身医疗这个行业啊。所以在那些年里，无论父亲怎么劝说怎么训斥，我就是不做这个传承人！父亲突然离家后，我知道自己再无退路，这才组建了这个传承推广中心。中心跌跌撞撞办了五年多，你也看到了，眼下就这个样子。我不是善于经营的人，在当今这个商品社会市场圈子里，我真是寸步难行。聊以自慰的是，我把父亲这个圈传给了一些普通人，传给了身受疾患折磨的人，也算是让圈疗法传播出去了，为求医问药的老百姓带来了一点帮助。”

杜林远说：“郭大夫你做得很好了！我行医也二十年了，对中医的现状还是有一些了解的，近年来虽说国家提倡中医、支持中医，但中医真正的内涵、真正为百姓所需要的简廉有效的疗法还不为人所识。尤其是在市场环境的影响下，良莠不分，常常使黄金埋在土里，而垃圾和泡沫却大放光彩，甚至有人把传统中医看作发财掘金的捷径。”

这个话题让二人感慨，郭柏川打住话头又回到对癌症的认识和医治上。

“这些年，我们用圈疗法调理治疗癌症晚期病人数量也不少，我讲不出什么专业的医理药理。但我有一个重要的体会，那就是在调理治疗肿瘤癌症过程中要注重心理交流，引导患者树立一种积极心态，让患者及家属摆脱绝望消极的心理，把肿瘤视为一种慢性病，本着‘带癌生存’的心态进行调治，让患者树立起战胜癌症的信念，这种信念可以说是调治癌症的一剂重要‘引方’。当患者抱着乐观积极的信念，‘起心动念’发出身体的能量，这个能量对调理治疗会起到很大的作用。还有，在调理治疗癌症的过程中，注重脾胃养护、加强营养支持也是很重要的一个方面。中晚期癌症患者，由于肿瘤的生长，体能消耗十分明显，并产生大量的代谢物，这些物质可造成患者恶心、厌食。同时脑部肿瘤压迫下丘脑也会引起食欲下降，放化疗的副作用也会引起厌食，另外患者的紧张焦虑等情绪同样会引起食欲下降。这就形成一个悖反定律，当身体最需要营养支持的时候，却因厌食而中断营养供给，患者出现消瘦、倦怠乏力、体虚多汗、贫血等表征，再加上因放化疗带来的色素沉着、四肢发麻等神经毒副反应，患者身体迅速衰败。因此，肿瘤癌症患者调理治疗过程中如何调理脾胃，加强营养支持，就显得十分重要。我父亲说肿瘤疾病调理治疗要‘三分治七分养’，就是这个道理。”

“嗯，这个道理我明白，我妻子治病的过程中我已经看到这一点，放化疗之后脾胃受损不思饮食，越不进食越缺乏营养，体质越差，癌变越快，这种恶性循环一旦形成，人就很难摆脱癌魔的爪牙了。”

郭柏川很少像这样和一个医者侃侃而谈，他感到很开心，便接着说：“我父亲研究这个疗法还有一项特别的要求，就是要教会患者自治自救，把家传技法毫不藏私地传授给病人。很多癌症晚期患者经历了长期的治疗，花光积蓄走投无路时才来找民间中医求治。这种情况下，我们要千方百计减轻患者的经济压力，所以在调理后期我们往往都会把技法手把手地传授给患者和家属。一般肿瘤癌症患者调治三至五个疗程后，病情都会有较明显的改善或趋于稳定，这个时候患者一般想回到自己家中调理治疗，尤其是外地来的，经济上压力大，生活上诸多不便，而我们让病人和家属学会圈疗法后，就可以带上几个疗程的中草药制剂回家自医自疗。”

杜林远感慨地说：“难怪我读《中医药外治探秘》这本书时心里有一种特别的感觉，一个医者胸怀悲悯之心处处为患者着想时，他研制的疗法自是不同，自是益于患者的。”

郭柏川说：“其实，中医在治疗肿瘤癌症方面有着扎实的理论基础，有着深厚的历史与文化，以及丰富的临床经验和各种独特的调治方法。一些民间中医使用的土方法简单实用有效，更容易被肿瘤癌症患者及家属接受。中医查病注重观察体质变化，讲究追本溯源，这一追常常追出脾胃失调的问题。清代医家黄元圣说：‘而溯其原本，总原于土。己土不升，则木陷而血积；戊土不降，则金逆而气聚。中气健运而金木旋转，积聚不生，癥瘕弗病也。’意思就是，脾气不升，则会导致肝气郁结下陷，出现血积。胃气不降，肺气上逆，就会出现气积。只有中气健康地运转，才可以使积聚不生，就不会出现气血瘀滞的情况了。”

“对，气积一定会出现血积，血积就一定伴随着气积，气血是不分家，子宫肌瘤可以说是身体的气血出现积聚后在子宫上的反映。子宫因为本身就是气血比较充沛的地方，如果气积不畅，瘀血就多半会先出现在这里。子宫的气血也是一样，本来这里有经血，血量很大，一旦有瘀滞，就容易积聚为瘤。”

说到子宫疾病，杜林远再度沉浸在妻子患病的痛苦和对病情的疑惑中："凤琼患病三年多，从第一次发现长有异物之后，共做了四次手术。按说每次医疗方案都是经过反复论证，找最好的大夫执刀，手术也都是成功的，为什么越治越重，到最后身患好几种癌症？我一直在思考这个问题，现行的对于癌的医疗思路对吗？我们的方法是不是有问题？"

"是啊，尊夫人的病史确实让人痛心。我们在平时的调理治疗中也注意到，女性所患肿瘤癌症和妇科病种类更多，医治难度更大。常见的如子宫肌瘤、子宫癌、宫颈癌等，往往是相关部位或器官在多种沉凝毒素或致癌因子作用下，发生基因突变，致使细胞增生失控。这些疾病有一个共同的特征：病在深处，药力难及，恶变蔓延，排毒不易。西医的医疗思路是切除、放化疗，以此灭除癌细胞，但并没有改变癌细胞再生的土壤和条件，还摧毁了免疫力，造成癌瘤切除了再生，放化疗了再蔓延的结局。"

杜林远说："凤琼的治疗就把这个过程悲惨地演绎了一遍，到了这一步，真的是山穷水尽了。"

郭柏川道："对于你妻子的病，眼下只能是做好晚期调理。很多晚期患者癌细胞扩散严重，机体衰竭，医生已无力回天。但晚期调理不是没有意义的。中医的调理有时以缓解疼痛为主，有时可改善病人消化系统，增强营养吸收能力，增强体力、免疫力，局部或阶段性地缓解症状。对于晚期癌症病人来说，抑制癌细胞生长扩散，缓解疼痛，就是最大的需求。"

看到秋桂枝扶着凤琼走过来，二人同时站起来。经两个小时的揉术、香灸、贴膏调理，此时的凤琼已与刚来时大不相同，脸上恢复了血色，气力有增。杜林远一眼望去已看到凤琼的变化，心中甚喜，连连向郭柏川道谢。二人初次见面一口气谈了两个多小时，心中只恨相见太晚。郭柏川告诉他楼下有快捷酒店很方便，约好翌日早晨再前来调理。

## 2

翌日早晨，秋桂枝把凤琼夫妇领到罗医师面前。罗医师望闻问切之间心里暗暗吃惊：这个女人病情如此严重！她不动声色地做了揉术、体查及进一步诊断。行背部揉术至大椎、至阳、肺腧等穴时，凤琼压痛明显，揉下肢时，环跳、风市、委中、承山等穴压痛更是难以耐受。腹部可见陈旧性手术疤痕，在下腹左侧可触到较固定肿块，双侧腹股沟触痛明显，有大量结节，双侧大腿根内侧淋巴液回流不畅形成局部隆起……

秋桂枝开始为凤琼做香灸，罗医师来到郭柏川办公室商量调理治疗方案。把诊断报告放在郭柏川面前后，罗医师说："这女人真可怜，女人能患的癌症她都得上了，眼下全身性气血瘀滞，阴毒旺盛，气血虚衰，怕是没多少日子了。"

郭柏川说："病人的情况我基本知道了，他们昨天下午来到秦西，她爱人和我讲了她的情况，眼下是卵巢癌术后复发，卵巢透明腺癌Ⅱ期，还有之前几次手术留下的后患，身体彻底垮了。他爱人姓杜，是当地医院的主治医师，亲眼看着自己的爱人在治疗中一步步走到今天。杜医生对眼下的情况很清楚，他这么远跑来是想亲眼看一下圈疗的调理治疗效果，打算在秦西待个十来天，利用这十来天时间学会圈疗法，今后亲自为他妻子调理治疗，减轻他妻子的病痛。"

罗医师说："病人和家属对目前的状态是清楚的就好办了。凤琼病程长、病变复杂，现体质极其虚弱，要制定一个长期调理治疗方案。肿瘤为本虚标实之症，术后复发余毒泛滥，加之多次放化疗，神经毒副作用表现明显。我看调治初期必须从扶正和祛邪两方面入手，揉、灸、贴，改善体质，增强抵抗力，消减放化疗药物所带来的神经毒副作用。待体质有所改善之后，再行圈疗之法，由表及里进行全身调理。”

郭柏川道：“你的思路是对的，这期间就按你拟定的治疗方案调理，让杜医生按他的想法观摩学习。”

第一次为凤琼调理治疗，罗医师亲自临证。她年事已高没有力气实施揉术了，由秋桂枝听她的指挥施术。郭柏川陪杜林远在一旁仔细观察，并给杜林远讲调理治疗的思路：“初期调理治疗以扶正祛邪为主，你看揉术是以腹部任脉和脊柱督脉主要腧穴为主，对放化疗所造成的瘀、滞、堵进行疏松与疏通。之后进行香灸，背部主要灸肺腧、脾腧、肾腧、腰腧，腹部主要灸神阙、阴交、关元等穴，以腹股沟软坚散结祛湿排毒和下肢末梢的疏经通络为目标。香灸后贴敷康宁膏，贴肝胆脾胃、脊柱一条线、臀部和下肢，进一步化瘀散结……”

前三天都以这样的程序调理，杜林远总是在一旁细细地看着、记着，有时还上手试做一番，让调理师纠正他的动作。

第四天开始画圈，画圈时患者必须站着，从百会穴开始，前胸后背下腹后腰都要反复画圈。凤琼常常坚持不下来，站不住了杜林远就在一旁搀着她，正面画圈时他就在背后撑着给凤琼个依靠。画圈当晚，凤琼呕吐、下泻、出大汗，排毒效果十分明显。

就这样调理治疗到第九天，凤琼整体状况明显好转。感觉腹股沟痛感消失，结节缩小，趾端麻感改善，整个人精气神提振，轻松舒适，脸上有了血色，呼吸不是那么短促了，她向调理师们道谢时咧嘴一笑还露出两个好看的酒窝。杜林远也把郭氏圈疗的技法学了个七七八八，揉术、香灸、画圈都像模像样。后几天调理治疗时多半都是他自己上手操作，郭柏川在一旁进行纠正。

第十天上午调理过后他们就要飞回家乡了，杜林远和凤琼都有些舍不得离开，凤琼一遍遍地对秋桂枝和赵小冬道谢。精神一转好，凤琼有了说话的欲望，五官便生动起来，说话时腮上两个深深的酒窝一跳一跳的，口唇发绀的症状基本消失，小嘴显得灵动而妩媚。她说："我们家乡过去没有医生，有了病灾就是点燃火把驱赶。你们香灸的艾棒就像火把一样驱走了病魔，减轻了我的痛苦。我的魂又回来了，说不定还能再活一阵子，还能再陪陪我的辛巴。"

赵小冬附在凤琼耳边说："你这么漂亮，可得好好活，得陪你女儿长大。回家后有杜医生每天为你香灸，身体会越来越好的。"

杜林远对郭柏川说："画圈你把我教会了，不过我还想体验一下这个药圈画在自己身上的感受，这样给凤琼画的时候才有切实的感觉，你说呢?"

郭柏川笑道："好，这个想法好！到底是主任医师，自己感觉一下药的四气五味通过皮肤进入腠理经络之间的过程，再画圈时就更是胸有成竹了。好在我们的圈液是有病治病无病健身，画在身上绝无坏处。我现在就给你画，把大圈和小圈都给你画几遍。"

杜林远挽着凤琼离开圈疗中心时，郭柏川、罗医师和调理师们都来相送，郭柏川提着个大包握着杜林远的手说："这些梅花香、康宁膏和圈液药粉够用半年，到时还需要的话我们给你寄去。"

杜林远说："如果还能撑过几个月，我就要带着凤琼再来秦西，请你们给好好调理。"然后挽着凤琼向众人深深地鞠了一躬。

正如郭柏川讲的，一个多月之后孟云欣又一次来到郭氏圈疗传承推广中心。

当孟云欣一步步走进调理中心时，秋桂枝和赵小冬都吃了一惊，急忙迎上前去搀扶她。仅仅隔了一个多月，孟云欣已经彻头彻尾从里到外地换了个人！看上去像是个七八十岁的残年老妪，神情憔悴，面容枯槁，头发掉了多半，迈着沉重的步子走来。赵小冬挽住孟云欣的臂膀，心中漾起一圈圈惊慌的涟漪。天啊，疾病是多么凶残可怕！这么短时间就能把一个活生生的爱生活、爱时尚、爱运动的漂亮女人变成一个举步维艰、喘息不止、样貌可怕的老太婆！

赵小冬掩饰住自己的惊慌，小心翼翼地扶着孟云欣坐下。秋桂枝过来还没张嘴问，孟云欣先哭了起来，哭着哭着，由哀伤的抽泣转为号啕大哭。秋桂枝抱住孟云欣示意赵小冬驱散围观的几个人，赵小冬心领神会，马上去把几个在外厅围观的病人劝走了，关上中间的隔门。

孟云欣哭够了才一边哽咽，一边说了这一个多月她的治疗经过：家人为她联系了本市最好的医院并托了一个有名望的医师当她的主治医生，医生说癌细胞已扩散，眼下还不适宜手术，只能采用放疗法医治。第一阶段先放疗六个疗程，眼下才做完三个疗程她已经受不了，一吃饭就恶心呕吐，全身无力，一走路就气喘，晚上睡不着觉，头发大把大把掉，再这么放疗下去只能死得更快。

“我坚决不再放疗了！昨天我求我男人办了出院手续，就是死在家里我也不进医院的门。”孟云欣拉着秋桂枝说，“你问问郭大夫，我眼下这个样子圈疗还能不能医治？求郭大夫救我，求你们用圈疗救救我！”

闻讯赶来的妇科专家罗医师安慰了孟云欣一阵，望闻问切了一番便拿着病历去找郭柏川商量调理治疗方案。听了罗医师对于调理治疗的想法后，郭柏川说：“罗医师想得周全，孟云欣经过这一个多月的放疗之后，抵抗力丧失殆尽，阳虚阴盛，邪毒内生。在她身体极度虚弱的情况下画圈恐有不受，咱们先采用香灸、贴膏疗法，化瘀消炎，软坚散结。并同时调理脾胃，改善脾胃不和、消化不良、营养不足的现状，逐步增强其自身抵抗力，等体能有所恢复后再行圈疗，排毒化瘤，控制癌变的发展。”

半个来月之后，按照这个方案调理了两个疗程尚未完结，孟云欣病情和体征就有了初步的改善，精气神有所恢复，食眠向好。但最重要的还是孟云欣精神状态的变化，她有了求生的念想，再也不一张嘴就是死啊死的。每天清晨，孟云欣用头巾把头包得严严实实，早早地就来了。五月天，她好强、爱面子，宁愿受热也不愿让人看到她的病相，多数时候她都是自己来中心不让老公陪，这都是热爱生活的表现。郭柏川知道，对于孟云欣这样的病况来说，这才仅仅是个开始，下一步的画圈将进一步深层排毒，促使孟云欣身体向好的方向发展。

没想到孟云欣的姐姐妹妹小姑子们又来了。

这天上午，孟云欣前脚走进中心喘息未定，她的家人后脚就跟来了。随着一阵喧哗声，那几个女人闯进门来，二话不说就要去拉孟云欣，一个大姐说：“你怎么能从医院跑出来呢？你要安心治疗，放化疗反应是暂时的，虽说难受总能保住命啊！跟我们走，回医院去。”

这一回孟云欣可是有主意了，看到她们进来就退到大厅深处的角落，离她们远远的，看到大姐和妹子向她走来就指着她们喊：“你们再走近一步我就死给你们看！”言毕，推开窗户倚窗而立。

大姐和妹子连忙止住脚步，二姐说：“你怎么能这样？大家是要帮你，快过来跟我们去医院吧。”说着试探地往窗口挪动脚步。

孟云欣指着大姐说：“你再走一步我就跳！你们这不是帮我，是害我，是要我死！”

大姐怒颜相对：“你说什么？我们给你找的是最好的医院最好的大夫，你这个没良心的，真是不知好歹，马上跟我们去医院！”

孟云欣转向人群中那个唯一的男人：“你怎么不说话？你不给她们讲讲我在医院遭的啥罪？那一个月把我折腾成啥样子了？还六个疗程，再多一个疗程我都会死！”

孟云欣的老公怯声怯气地说：“我说了你放疗反应很厉害，你要选中医疗法，是她们非要拉我来……”

孟云欣冷下脸说：“今天给你们说清楚，我自己的病我做主，来这里调理治疗是我和我丈夫的选择，你们谁都无权干涉，你们的好意我领了，从今往后谁也不要管我怎么治病。还有，人家这里是正规的调理中心，是行医的地方，请你们以后放尊重点，不要随便闯进来。”说罢扭头望着窗外再也不理她们。

大姐气得浑身发抖，歇斯底里地指着孟云欣说：“好！这是你说的，记住你的话！”说完，她又指着站在一旁的几个调理师，接着说：“你们等着，我看你们到时咋收场！”言罢，扭头甩身向门外走去，其他几个女人也都随之而去。

孟云欣这次坚持了自己的选择，由老公陪着一起来圈疗调理中心治疗，开始了生死线上与癌症的抗争。

开始画圈调理之后，郭柏川和罗医师每天都关注着孟云欣病情微妙的变化，调整内圈外圈的定位。外圈药着重于阻止体内病邪扩散；内圈药则起到行气活血、消瘤化瘀、清热祛寒等作用，控制癌细胞的扩散，扶助正气，增强免疫力。通过调整香灸和画圈的腧穴围剿攻伐，软坚散结，化瘀祛毒，逐步恢复体能。调理师们还时常和他们夫妻聊聊天，给他们鼓鼓劲，助其在抗癌的路上走得远一些。

郭柏川知道孟云欣癌细胞已扩散，要想完全医好已是不可能，但通过圈疗延缓癌变的步子，缓解她的痛苦是有把握的。每当看到孟云欣满怀希望地坚持调理治疗，体征一天天向好，还时常和年轻的调理师们说说笑笑，有时还抢空做个美容灸，就增长了郭柏川、罗医师和秋桂枝等人的信心。那个乐观爱笑的孟云欣又回来了，她对生活还抱着强烈的希望，她的生活中又有了阳光。

像孟云欣这样几进几出的事情在这里常常遇到，人们在遭遇重大疾患的时候，总是觉得只有在大医院才多一份保障，这是人们普遍的心态。其实，无论多么先进的大医院，眼下对癌症都没有更好的方法，放化疗似乎是对付癌症唯一的手段。而这种治疗的结果人们也都看到了，首先是对病人整个身体机能的损害，杀死癌细胞的同时也摧毁了人体的免疫力。然而，一段时间后癌变会再度复发或转移，于是再度放化疗，几番折腾后人的生命基本也就到头了。直到病人癌细胞全面扩散，体能殆尽，积蓄也花完了，医院也就向他们关闭了大门。在走投无路的情况下，一些病人才回过头找以前瞧不上的民间中医求治，因为这些小诊所不会拒病人于门外，不需要交数万元押金，即便不能治好，总可以缓解症状、减轻痛苦。像孟云欣这样夫妻二人一同在这儿一边调理着，一边说着家常话，不再恐慌不再害怕，不是挺好吗?

持续调理治疗一个多月之后，孟云欣的体征有所恢复，脱发的头皮上长出了毛茸茸的黑色新发，但郭柏川知道，这还只是阶段性的恢复，体内癌细胞扩散，瘀毒尚存。还要持续画圈一段时间，从深处化瘀排毒、扶正祛邪，才能控制癌变。

## 3

业内人士说 2016 年是“中医年”，郭柏川还真感到了这种“中医年”的味道。

随着国家各项有关中医的利好政策出台，人们对中医越来越信任和依赖，郭氏圈疗传承推广中心接诊的病人一天天见多，肿瘤疾病患者也多了起来。所谓肿瘤疾病通常就是癌症，而来找民间中医治病的常常都是癌症晚期患者，且大都是经过手术、放化疗后又复发，癌细胞扩散病情不可逆转，医院已经不再收治的危重病人。郭柏川知道，既然传承了这个为癌而生的“圈”，就免不了要面对这些在生死线上苦苦挣扎的癌症患者，仅上半年找上门来的就有陈召新、孟云欣、凤琼等人，从春到夏，前者未愈后者又来，郭柏川便时时想起父亲说过的一句话：“圈疗是为癌症患者发明的。”

6 月中旬的一天，郭柏川忽然接到翟教授打来的电话。翟教授是渭北市医院的一名主任医师，虽是西医大夫，却一向热心中医。郭氏圈疗传承推广中心成立时他专程造访，说他许多年前刚成为一名医师时就听导师讲过郭氏圈疗治疗癌症的奇特效果，对圈疗这个技法颇感好奇。因此，与郭柏川几次交谈之后他们便成为知己，而这次打电话他是向郭柏川求助的。

翟教授说，有一名家住渭北市名叫李小南的乳腺癌患者，是他主治的病人，近期出现肝转移产生严重肝硬化腹水，来势凶猛，几天内就腹胀如鼓，无法行走，饮食不进，呼吸困难，疼痛难忍，翟教授几番治疗未见好转，无奈之下向郭柏川求助。

郭柏川说："那赶紧送秦西大医院治疗啊，医大、三院都有肝病专家，设备先进条件好……"

"没用！我经手这个病案十分清楚病人状况，眼下不适合手术，什么设备也没用！我想请你上门救个急，用圈疗法试试看。"

郭柏川犹豫的几秒钟里，翟教授急切地说："患者才三十多岁，作为她的主治医生，我实在不愿看到她就这样把命丢了！郭兄，我求你了！"

人命关天！郭柏川当即说道："那我立刻往渭北赶！"

翟教授说："我找车来接你。"

郭柏川道："不用，我们司机在，我带个助手马上出发。"

翟教授感激地说："那太好了！病人眼下挺危险，可以说是分秒必争！你一个多小时就能到，我现在给你发个定位，在患者家里等你。"

一个半小时后郭柏川抵达患者所住的小区。翟教授在门口接上他们后即刻向患者家里奔去。

一进屋就看到沙发上靠着一个全身肿胀、肚腹奇大的女子，想必就是患者李小南。郭柏川顾不得与患者母亲寒暄，几步走到李小南面前，一面打量一面暗暗调整呼吸，毕竟已是近六十岁的人了，这一路急赶还真有点喘。只见李小南虚弱无力地半卧半坐在沙发上，脸色暗黄无光，全身浮肿，挺着圆鼓鼓的肚子，张着嘴大口喘气，口唇绀紫，神情十分痛苦。

翟教授说："小南，我请的中医大夫来了，你给郭大夫讲讲情况。"

李小南口不能言，只是摇头。

郭柏川一边打量一边思考着。李小南体内积水十分严重，腹水不仅导致膈肌上移影响到呼吸，而且压迫下肢导致血液回流不畅。近几年他调理治疗过几起肝硬化腹水病例，但严重到这个程度的还很少见。

急则治其表，可是这么严重的病症怎样才能解急？郭柏川一边与翟教授和李小南妈妈交谈了解病人的不适与症状，一边思考着调理方法。助手秋桂枝从药箱取出艾香棒和相关器具，等候郭柏川下令。比较有临床经验的秋桂枝看到病人这个症状，心里也暗暗担忧，这样的急重病症依靠揉术和香灸能解决问题吗？

经过几分钟的思考，郭柏川对秋桂枝说："你先给病人做局部揉术，主要是脊椎一条线，调理督脉，提振阳气，然后施灸。"

李小南肿胀的身躯靠在沙发上，动一下都困难。秋桂枝只好帮助她侧过身子，然后跪在沙发前开始施揉。这同时，郭柏川对翟教授说："病人积水如此严重，我看只有先施以重灸'引水下流'，你说呢？"

翟教授说："郭大夫，你按你的思路调理，我是没办法了才求助于你呀！"

十多分钟后，施揉术完毕的秋桂枝满脸汗水，接着她点燃了香。郭柏川说："点两支香，你我同时施灸。你从神阙穴开始到腹股沟，再顺大腿外侧，沿足少阳胆经往下香灸，我重点灸双足，灸透每一根脚趾每一个穴位，尤其是太白、太溪、涌泉等穴，还有膝关节、小腿前后、内侧各穴都要灸透，咱们来个'拓渠排水，分支引流'，或许能达到解表缓急的效果。"

屋里静下来了，烟雾升腾，艾香味散发开来。翟教授和李小南的母亲站在一旁心情紧张地看着施灸的过程，只见郭柏川和秋桂枝凝神举香，观察着香火下皮肤颜色的微变，不时变换角度，移动方位。李小南平躺在沙发上，微闭双目似已入睡，呻吟声也停止了。

中医调理腹胀、腹水量大的肝硬化腹水患者，主要是以通阳利水、温肾利水的方法增加排尿，增加水和钠的排出量，进而健脾利湿、疏肝理气、软坚散结。而郭氏梅花香灸循经走穴，可“有形化无形，无形化有形”，使僵硬的肌肉渐渐变软，解瘀化堵，打通经络通道，让身体中多余的水分一部分随着热灸汽化蒸腾，一部分顺着打通的经络通道“顺流”到脚底，通过汗液排出体外。

翟教授看着烟雾中两支香棒缓缓移动，香头时明时暗，如同有人举着两支火把巡游于堤坝之上，耳边回响着郭柏川说的“拓渠排水，分支引流”这句话，心里琢磨着中医的奥妙。

香灸持续了一个多小时，只见郭柏川退后一步把艾香棒插进沙罐里，靠着墙壁微微喘气。秋桂枝则给患者整理好衣衫，说：“你可以起来试着走动一下。”

李小南缓缓睁开眼睛，脸上、手臂上汗水涔涔。她转动了一下眼睛，说：“我想上厕所。”此言一出，郭柏川和翟教授都是面露喜色，他们知道，“引水下流”之举见效了！

肝硬化腹水病人排不出尿是很可怕的事情，水入腹腔，积水愈发严重，进一步使人呼吸困难、疼痛难耐。李小南香灸完后一身大汗，而且立刻有了排尿的欲望，这是可喜的变化。仅仅两个小时的调理，就发生这么大的变化，翟教授心里暗暗吃惊。

秋桂枝陪着李小南从厕所出来后，李小南自己走回厅里。李小南妈妈惊喜地喊道：“我女子能走了，我女子能自己走路啦！”喊着喊着，李小南妈妈泪水涟涟地向郭柏川道谢。

秋桂枝给李小南下肢贴上膏药之后，翟教授让李小南坐定，用听诊器听了听她的脉搏，观察了一番后，神色大为轻松，对郭柏川说：“郭大夫，小南过了一个难关，谢谢你！”

郭柏川说：“还要看今晚身体变化，我明天再来调理一次。”

次日，郭柏川一大早赶到渭北，翟教授陪着一同到李小南家。进门一看小南的状态，二人心里顿感轻松。坐在沙发上的李小南站起身向他们打招呼，脸庞明显消了肿，那鼓胀的肚腹也小了许多，精神状态明显好于昨天。李小南妈妈一边倒水一边说她女儿昨晚能入睡了，疼痛缓解了，今早还吃了早饭。

同样的按揉和灸疗又重演了一遍，已到中午时分了，李小南妈妈张罗要做饭招待，郭柏川坚决推辞。翟教授说："小南病情稳定下来了，不能再让郭大夫这样奔波了，咱们想个合适的办法进行下一步治疗。"

郭柏川点头："眼下表急是缓解了，但消炎利水不能停，千万不能出现反复。接下来最好是让病人到秦西集中调理一段时间，在灸香的基础上再画圈一两个疗程，认真地做一段时间化瘀排毒，病人年轻抵抗力强，说不定还能彻底治好这个病。"

"那太好了，病人交给你我放心。"翟教授转过脸对李小南妈妈说，"这是最好的方法，郭大夫他们治疗肝硬化腹水也有很多成功的案例，你们准备一下明天到秦西去好好地调理一阵，争取让小南康复。"

李小南妈妈一迭声地应道："好，好，我们明天就去。"郭柏川看秋桂枝已经收拾好所用器具，便准备和翟教授一同离开。正要走出客厅的时候，李小南妈妈突然掩面抽泣起来。

翟教授安慰道："小南妈妈你这是干啥？你女子病情好转，郭大夫还答应给彻底治疗，有啥哭的？"

谁知李小南妈妈听了这话，哭得越发厉害了，突然间扑通一声跪在郭柏川面前。

郭柏川大惊："这是干什么？有话好好说，诊费给不了就以后再说。"

翟教授惊诧地问："怎么，有啥难场？"

那妇人摇头止住抽泣说道："我不是人！我对不起郭老大夫，对不起郭家呀！"

郭柏川越发蒙了，郭老大夫显然是指父亲，她怎么会说出这样的话，怎么会对不起父亲呢？翟教授同样不明就里，连连说道："啥事情你讲出来，讲清楚就好了。"

李小南好像明白什么了，上前扶着她妈妈问道："我哥以前为我爸的死告了一个医生，是不是郭老大夫？郭老大夫是这个郭大夫的父亲是吧？"

李小南妈妈一边点头一边说："郭老大夫当年为你爸治病，还来过咱家。咱们却把人家告了，这是作孽呀，缺德呀！"

翟教授一听这话里还有大事，把郭柏川从门口拉回客厅，又把李小南妈妈扶起来在沙发上坐下："来，坐下慢慢说，究竟咋回事？"

李小南妈妈捂着脸哭了一阵，才抽咽着说起了不堪回首的往事："小南她爸当年得的也是这个病，我们当地叫'胀死病'，当时也是医院治不了，我送他去郭氏圈疗治疗的。当年的郭老大夫给人治病就像今天的郭大夫一样，实心实意，尽心尽力。有一阵子病重动不了，郭老大夫还到我们家来给调理治疗，那情景和今天一模一样。小南她爸好了有一年多，后来又复发了，不久就死了。死了那是命，医院里也都说是不治之症，可我儿子那个浑球，受人挑唆要告状，说一告准赢，要他赔个十万二十万的……"

这番话太突然太意外！郭柏川和翟教授面面相觑。李小南妈妈说到伤心处越发激动，拍打着胸口声嘶力竭地喊着："恩将仇报天理不容啊！如今我女儿也得了这个病，这是报应！这是报应啊！没想到又是郭家人救了我女儿的命！"

郭柏川问道：“你男人是怎么死的?”

李小南妈妈平静下来之后说起了当年求医看病的经历，那是一桩深藏心底的秘事，是一个让她后悔不已、多年不得安宁的心病。

“小南她爸是闹非典那一年开始出毛病的。那年春上，突然开始吃饭恶心身子没力气，人消瘦肚子却胀大，后来知道是肝病，就开始找医求药，渭北、秦西好几家医院都去过，治了好几年，肚子越来越大，脸越来越黄。后来，是汶川地震那年听邻居说起秦西有个郭老大夫画圈治疗癌症，说他就是郭老大夫画圈治好的。我们去秦西找到了郭老大夫，郭老大夫是真心给她爸医治啊！白天去家里治疗，晚上我们住在巷子一个小旅馆里。那时接连看病手头紧得很，郭老大夫让我们先交旅馆的钱，看病的钱有了再给。我陪在她爸身边整天看郭大夫治病的过程，郭老大夫那个疗法好，不吃药不打针，病人不受罪，可是郭老大夫吃力呀！年纪那么大了，还要每天给小南她爸按揉肿胀的肚子，然后香灸、画圈，一折腾几个小时，每次做完这些他都会累出一身汗。治疗了一个多月，症状减轻多了。没想到隔了一年他爸肚子又胀起来了，又去秦西找郭老大夫医治，好点儿就回来，犯了又去。那一阵我身体也不好，就让我儿子陪着他爸再去找郭老大夫，没想到就这样惹出事了！我儿子搀着他爸过南关巷时，看到一家医馆门面又大又气派，叫唐氏国医馆，想着这家条件好些便进了唐氏国医馆。在唐氏国医馆治了两天撑不住了，拉回家第二天就去世了。我那混账儿子说，唐医生给他讲之前的诊治有误，现已无可治，这属于医疗事故可上告索赔。我儿子起了贼心，要告郭老大夫诊病有误害死了他爸。我不让他告，但我儿子铁了心非要告，死劝活劝挡不住，闹了半年硬让郭老大夫赔了十万块钱……”

这么一段惊心动魄的往事让郭柏川和翟教授都很意外。翟教授在郭柏川肩头按了一把，对李小南妈妈说道："好了，不要再说了，都是过去的事了，郭大夫不会计较的。"

"报应！这是报应啊！恩将仇报要遭报应的啊！"李小南妈妈一遍又一遍地顿足长叹。

郭柏川看着号啕痛哭的李小南妈妈久久无言。这件事郭柏川以前知道得并不详细，只知道那是父亲行医生涯中遇到的一件大事，这次出诊竟然在同一个病人家里又听到这件事，实在太意外了。那年秋天，听说父亲出诊出事了，他回家问过，父亲没多讲，那一阵子药厂忙，他出差多。再后来听说父亲被人告了，赔了十万块钱。他一再劝慰父亲，父亲始终不肯多说，但他看得出来这件事对父亲打击很大，很长时间里一句话也不说。父亲身体一向强健，进入古稀之年还是身体健朗，走起路来脚下生风，被人称为"千年健"。可就是在这一年里，父亲似乎一下子衰老了，一年多之后便进了终南山……

走出小区，母女俩还跟在后边哭一路送一路。和翟教授告别时，郭柏川说："都是过去的事了，翟教授不必介意。接下来麻烦你劝说一下她们，明天来秦西调理治疗吧。我们中心门前有个酒店很便宜的，她们可以住在那里，调理上半个月到二十天定会有好的效果。"

翟教授一句话也没说，紧紧握住郭柏川的手。

返回秦西的路上，郭柏川想，再见父亲时要不要把这件事说给他，但父亲听不听呢？父亲可能不会在意的，他的心里没地方装这些事……

可以让父亲欣慰的是，郭柏川带着中心这个团队在传承的路上已经前行五年多了，圈疗法为很多慢性病患者解病除症，还救治了一些癌症晚期危重病人。中心还是这几间房子，团队还是这么二十几个人，但圈疗这个疗法已经传播到全国二十多个城市，有近百个加盟店，有越来越多信任圈疗的人学会了用圈疗法自医自疗。

圈疗，有更多的人在传承推广。

# 第四章　虚 实

## 1

周一上班后王泽桐先到苟书记办公室坐了会儿，算是销假吧，加上自己之前外出开会学习什么的已经一个多月没好好上班了。苟书记心情挺好，问候了王泽桐爷爷的病情，说了几句工作上的事，王泽桐告辞后便走进了黄副局长办公室。

正在沏茶的黄茂奇给王泽桐让座后问道："你爷爷的病怎么样？糖尿病烂足是很难治的，老人年纪又大了，怕是要打持久战呢。"

王泽桐面带喜色地说："是啊，这事把我们一家老小都愁坏了，可没想到这一回还真的给治好了！"

黄茂奇很意外："嗯？治好了？"

"是啊，双足溃烂都抑制住了，大部分疮面已经愈合，再有半个多月就可以回家慢慢调养了。"

王泽桐爷爷治疗烂足的过程黄茂奇都清楚，医大、军大几次治疗及后来送唐氏国医馆他都知道，因而格外吃惊："这样一双烂足治好了？唐氏还真是不简单！"

王泽桐笑着摇头："不是唐氏国医馆，是郭氏圈疗。"

黄茂奇越发吃惊："什么？我记得你出差前是送到唐氏国医馆，怎么又变成郭氏圈疗?”

王泽桐把父亲陪爷爷去唐氏国医馆求医转而到郭氏圈疗的过程讲了一遍，又说了郭柏川给爷爷治病的经过和自己在郭氏圈疗的所见所闻，黄茂奇恍然大悟：“对呀，唐氏和郭氏都在一条巷子里，病人进巷找医先经过唐氏，再说两家一对比多数都是选唐氏。我以前就听说过，唐氏不仅在接诊数量上占了上风，还把一些不易治疗的病人打发到郭氏圈疗，还振振有词地告诉病人，每家医馆都有自己的强项，这种病郭氏圈疗有把握些，为了不耽误治病，建议到郭氏圈疗医治，病人听了这话往往还要谢他们呢。”

王泽桐点头道：“正是这样，给我父亲就是这样说的，说治我爷爷的烂足病不是他们的强项，郭氏圈疗治这个病比较擅长。不过我还真是要感激唐氏国医馆，不是他们我还没有这次真正认识郭氏圈疗的机会，我爷爷的病也好不了。”

黄茂奇笑着说：“好嘛，这倒是给了你一次认识民间中医的机会。慢慢你就知道了，中医不像其他领域，要真正认识一个医生，认识一项技法是很不容易的，表象和实质往往不同。你这次给爷爷治病算是对圈疗有了一点了解，要是只看咱们局里的调查报告和统计数据，就完全不同了。”

王泽桐感慨地说：“过一段时间我想再去圈疗正式做个调研，深入了解这个民间中医小团队，也想好好地认识一下郭圈圈发明的这个圈。”

黄茂奇说：“全力支持！你报个正式调研项目，带个助手蹲点一段时间，细细观察必有所获。”

“谢谢黄局支持！我先把手头活儿赶一下，下个月去圈疗待上十天半月的。不过还是我一个人去好，他们那个中心地方不大，去的人多了给他们添麻烦。”

2016年以来中医药管理局似乎显得更忙了。省上、市上总有开不完的各种会议，大会小会没完没了，这个时候让王泽桐下沉到民间中医那里去搞调研，似乎有点困难，但对王泽桐来说却是非常适宜、非常重要，切实地了解民间中医的真实状态，有益于王泽桐今后的工作乃至局里的工作。想到这里，黄茂奇心里有一种舒爽豪气的感觉，今后有多少会自己来顶着，让王泽桐做点正经事吧，自己这一辈子是干不了啥啦。

王泽桐刚刚离开，会议通知就来了。是卫生局齐局长打来的，让黄茂奇立刻到军大医院参加一个会诊预备会，地点在军大医院小会议室，并且一连声地催促——现在就出发，9点开会。黄茂奇不解，给什么人会诊，还要开预备会？还要卫生局长亲自通知，而且还要中医药管理局参加？还没等问话说出口，电话已挂断了。

尽管对这样一个奇怪的会诊预备会很是莫名其妙，黄茂奇还是马上往军大医院赶。

这是一次特别的会诊前碰头会，参会的有八九个人，市委宣传部部长徐和光亲自牵头组织，五位参加会诊的医生都是本市医界的权威名医，列席会议的人除了黄茂奇还有省作协主席，时间和过程非常紧促。

徐和光一向是雷厉风行速战速决的风格，他把参会人员简单介绍了一下，然后语速很快地进入正题：“今天把大家请来就一件事，请各位医学专家确定王作家的治疗方案，王作家入院治疗一个多月来，病情一再恶化。省委、市委对此都很重视，市领导昨天亲自来看望了王作家，要求我们调动全市最好的医疗力量，做好王作家的治疗和护理工作。”

王作家是秦西市名声排在前三的大作家，听说近来肝病越来越严重，黄茂奇这才知道这个会诊预备会是商量王作家的治疗方案。

徐和光继续说道：“今天我们要把王作家的治疗方案确定下来，请各位专家各抒高见，确定一个可行的方案，需要什么支持尽管向作协提。大家知道，这位名声赫赫的大作家是我们市的荣誉，是我们市的宝贵财富，他的作品影响了很多人……”

身材魁梧的高教授说：“徐部长你不必多言，王作家的书我们都读过，之前他也在我们医院治疗过。他的病情在座的几位可能都了解，肝癌晚期并扩散，眼下的情况确实很危险，动手术已经太晚，眼下还真想不出合适的办法。”

军大医院的李院长介绍了王作家目前病况后补充道：“患者为原发性肝脏恶性肿瘤，大块型、结节型、弥漫型肝细胞变性已大面积扩散。目前肝区疼痛与日俱增，乏力、消瘦、消化道出血等现象并重。经常性发中低度热和出汗，间或有三十九摄氏度以上高热。下肢水肿，咽食困难……”

徐和光不愿意让这些专业的描述说得太多，插话道：“那刚入院时为什么不做手术?”

李院长道：“入院后首先考虑的就是手术，但确实发现太晚了，癌细胞已大面积扩散。”

徐和光道：“你认为眼下应该采取什么方法?”

李院长摇头道：“所有的招数使完了，手术不能做，放化疗进行了三个疗程却没控制住癌细胞的扩散，从西医角度而言，眼下没有积极有效的方法。”

“送国外治疗?”徐和光试探性地说了一句。

几位医界权威同时摇头。

医学院刘教授摇头叹息："去年我曾给王作家看过病，一再劝他不可再那么拼命，不可再抽烟，可他为了写作什么也不顾！这才一年多的工夫身体就成这个样子了，可惜呀！"

一直没有说话的老国医张文说："眼下恐怕只有采用中医辅助性治疗方法，延缓癌细胞扩散，缓解疼痛，至少可以让病人减少痛苦。"

这句话提醒了大家，仿佛黑夜里看到一线曙光，都眼巴巴地望着张文。高教授说："张国医你是中医界的权威，你就说哪家中医能治王作家的病吧！"

张文说："我也给王作家诊断过，他的肝病确实已经无药可治。眼下只有找民间中医特色疗法中对路子的奇方异法，或可缓解危象，减轻痛苦。"

大家面面相觑，奇方异法哪里寻？短暂地议论了几句后还是把眼光落在张文身上，等他的下文。

张文目光转向黄茂奇："黄副局长是中医药管理局负责人，对我市民间中医了如指掌，黄副局长你看有没有合适的民间中医能治疗王作家的病？"

黄茂奇没想到张国医突然向他发问，匆忙说道："我市民间中医眼下条件比较好的有唐氏国医馆和高氏医馆，我们尽快联系一下。"

张文摇头："王作家的病十分严重，无论是中医还是西医，常规的验方和疗法恐怕已无济于事，要找真正传统的中医技法，而不是眼下流行的西化了的中医。"

徐和光急切地问："张国医，你就说哪个民间中医能治王作家的病吧！是咱们市的吗？如果是外地的也没问题，咱们想法子安排。"

张文微微一笑："这病须得一人可治。"

“谁?”

“郭圈圈。”

徐和光瞪大眼睛看着张国医，他还年轻，完全不知道郭圈圈是何人，怎么能被张国医提起。

年长的作协主席点头道：“张国医说的就是那个90年代出现的用中草药画圈给人治病的郭大夫吧？那个年代他很有名的，不过传他信他的大都是郊县乡村的百姓。”

张文道：“对，郭大夫发明的圈疗法从90年代以来救治了很多癌症患者，因为他收费低，对贫穷的乡下人甚至不收钱，所以来找他的大都是城里的低收入者或者周边郊县和外地的病人，贫寒者为多。圈疗法虽然未得医界主流正式的验证和认同，但确实调理好了很多肿瘤患者和疑难杂症患者。”

徐和光急切地说：“那快请郭大夫来参加会诊啊!”

黄茂奇说：“郭大夫在2010年冬天独自离家进了终南山，听说是进山隐修，再也没有回来。”

“进山隐修？是出家当和尚了吗?”

“郭大夫那么大年纪了怎么会入了空门?”

“郭大夫是遇到什么事了吗？一个有名望的大夫为什么走这一步?”

……

这个消息引起了一阵急切而短暂的议论，作协主席说：“进山者不一定就是当和尚，现在进山过一种远离尘世的日子是一种时尚，叫住山或是修行，也有的叫居士，但像郭大夫这么大年纪去住山却是闻所未闻。”

徐和光打住这个话题，问黄茂奇：“那么，眼下能找到郭大夫请他下山吗?”

黄茂奇摇头道："不可能。他家人都找不到他。"

徐和光有些不快："那我们现在谈论郭大夫的意义何在呢？"

张文替黄茂奇答道："谈论郭大夫的意义在于了解他的圈疗法，而他的圈疗法传给了他儿子，郭大夫找不到了可以找到他儿子。"

徐和光忙问："他儿子可以为王作家调理？那抓紧联系他儿子呀！"

黄茂奇说："他儿子叫郭柏川，师承了郭圈圈发明的圈疗法，开办了一个圈疗传承推广中心。让他给王作家调理没问题，不过，他是个没有行医资格的民间中医传承者，张老你看可以的话让郭柏川为王作家调理一段时间看看？"

郭柏川这个名字不要说徐部长、作协主席了，就连在场的几位医生也没听说过，一个连行医资格都没有的传承人能为王作家调理治疗吗？

感受到大家的疑惑，张文说："民间中医不是我们惯常的眼光能看清的。他们往往没有名声，没有像样的条件，有的甚至连医生都不是，但他们那些祖传的绝技是真有奇特的疗效，用对路子会有出人意料的效果。"

徐和光说："好，那咱们就试试这个民间绝技，请张国医协调这件事吧。"

张文说："这个由黄副局长安排没有问题，不过，郭柏川那儿是个小地方，不适合过多的人去，他那儿可能连停车的地方都没有。我的意思是，其他人就不要管了，作协派一两个人送就行了。黄副局长你说呢，这样是不是妥善些？"

黄茂奇连连点头，他没想到张文大国医对郭氏圈疗比他这个中医药管理局副局长还要熟悉。

徐和光道："就按张国医说的办，请黄副局长抓紧联系。请大家密切关注调理过程，如果效果不好要有应急办法。”

散会时张文还对作协主席叮咛道：“郭氏圈疗是个小小的民间调理部，不要派过多的人护送和看望，要低调，不然的话郭柏川会无所适从，影响治疗。”

## 2

黄茂奇来找郭柏川时，郭柏川已知道这件事，头天晚上已接到张文亲自打来的电话。张文和父亲是多年的至交，父亲离家后张文还托学生、朋友打听寻找过。张文电话里说有一位重要的肝癌晚期病人，希望用圈疗法给予辅助性调理治疗，缓解痛苦。郭柏川一早就让秋桂枝把一间朝阳的调理室清扫整理好，专门给这位重要病人用。

9点多，行政助理张梅英陪着黄副局长走进来，郭柏川心里就明白与那位要来的重要病人有关。果然，寒暄了几句，黄副局长就切入正题：“郭大夫啊，今天要来你这儿调理治疗的可是个重要人物，咱们省著名的大作家，市委宣传部徐部长主持召集了会诊预备会，张文大国医亲自推荐你们郭氏圈疗，这次你可要用家传绝技挽救王作家的生命，给咱民间中医争口气啊!”

郭柏川说：“黄局长，我们一定尽力。黄局长你参加预备会了，对王作家的病情了解吗？参会的专家们是什么意见？”

黄茂奇扫视了一下身边穿梭忙碌的调理师，压低声音说：“省上几家重要医院都治过了，没有啥好办法了。来的几个专家都曾治疗过王作家的病，他们都表示西医没招了，现在都把希望寄托在中医上，寄托在你们郭氏圈疗上，能不能救下王作家的命就看你们的了。”

郭柏川神色凝重："黄局长千万不敢这样说啊！癌症发展到一定程度是不可逆转的，大医院、专家们都无可奈何，圈疗也只能是配合西医做辅助性调理，减轻一些痛苦，延缓癌变的进程。"

黄茂奇："知道知道，你不要有压力。张国医就是怕给你增加压力专门给徐部长说不要来领导不要多来人，下午只是作协的人送病人过来，我也不来干扰你们了。你调理几天把情况给我说一下，需要局里协调的尽管告诉我。"

当天下午，一个年约六十岁的长者和一个年轻人搀扶着一个身材魁梧的中年人走进调理中心，郭柏川心知这个病人大概就是要在这儿调理的王作家，忙起身相迎。

长者许是王作家的家人吧，一副农家老大哥的样子，话语也是平易近人："是郭大夫吧？我们来这里调理治疗的事你得是知道了？"

郭柏川一边让座，一边回答："知道知道，张国医和黄局长都说了，我们已做好准备，马上就可以开始调理治疗。"

长者道："主治医生的安排是还住在医院，便于检查和护理，每天下午来你这调理几个小时就回医院，你看可以吧？还有，结账的事由小高负责，你随时告诉他。"

郭柏川："好，现在就开始吧。留了一间调理室，每次调理完后病人可以休息一会儿。"

进入调理室，郭柏川就开始为王作家做全身疏松，从头到脚顺经络一路按揉下来，持续了一个来小时，他累得气喘吁吁。随着全身疏松的进行，王作家也有了变化，进入圈疗中心后一直不言语，神情忧郁，呼吸沉重，这会儿脸色泛红，眼睛里有了光亮。看到为自己按摩的中医已是花甲老人，脸上汗涔涔的，他不安地说："让您老受累了，您的按摩让我感到很舒服。”

郭柏川微笑不语，经揉、灸、贴几个小时的调理治疗，下班时有人来把王作家接回军大医院。

第二天上午，郭柏川在班前会上讲了王作家的病况和调理治疗要领，对香灸穴位和贴膏部位做了详细指导：“王作家的肝病根子是家族遗传，近年快速恶性转化是拼命写作劳累过度，生活规律紊乱，抽烟多，及一日三餐不定时等因素造成的。加之外邪侵入肌体，病邪交争于肝脏，血运不畅，瘀阻经脉。现在的表现主要是刺痛、腹胀、便秘、精神萎靡，尤其是一到寅时腹痛加剧，这是典型的厥阴病。眼下用香灸化瘀散结，疏肝解郁，理气止痛。主要以清热止痛和行气止痛法，再辅以画圈调理治疗，围病剿病，争取缓解病情恶化。”

十来天过去，王作家对调理效果挺满意，说自己半夜痛醒的现象减少了，早上和中午也能吃点饭了。那位像农家老大哥的长者来看望王作家时，把王作家左打量右打量，惊喜地说：“你现在有了人样了嘛，脸上也有气色啦!”然后就夸郭柏川的医术好。

郭柏川后来才知道这个一身旱烟气的老人也是个三秦大地人人皆知的大作家。

这样的治疗持续了半个多月，有一天下午来了几个人匆忙把王作家接走了，王作家走时对郭柏川说：“我可能不来你们这儿了，上头安排要到外地去治疗。这十多天你们让我少受了好多罪，也让你们受累了，多谢了。”

郭柏川也听到一些信息：随着上级领导对王作家的病情越来越重视，省上、市上领导们说一定要调动全省最好的医疗力量，即便是采取中医药保守疗法也要选择全省最好的医生、创造最好的条件，尽最大努力恢复王作家的健康。在领导们眼里，郭氏圈疗这样一个连住院条件都不具备的小调理部能有什么保障？王作家就这样被接走了，听说要送到一个既有优越条件又有名老中医亲自诊治的地方。

可是，谁能想到，仅仅过了不到一个月时间便传来王作家去世的消息。王作家是位全国知名的大作家，在秦西更是家喻户晓，因而他去世的消息很快在整个秦西市传播开去。

王作家的生命无可挽回，这一点郭柏川是清楚的。但以王作家的生命体征来看，离终点似乎还有一段距离。这么快终结，总觉得哪里不对，这个念头让郭柏川念念不忘。王作家临终前一周的时候，黄副局长通知让郭柏川去医院看望王作家，还有几个医生一同去，主要是因为治疗效果不好，让大家看看还有没有好的治疗思路。去的其他几个都是名医专家，郭柏川是唯一一个名不见经传的民间中医从业者，是因为作协方面说在圈疗调理治疗效果好，才让郭柏川加入这个队列的。

在主治医师的带领下，郭柏川跟随在几个专家身后走进重症监护室。王作家处在半昏迷状态，看到来人有些微反应，但只是表现在瞳孔反射上。主治医生轻声给大家讲王作家的病况，专家们一边听，一边耳语般交流着。郭柏川没有参与专家们的交流，只身凑近王作家看了看他的面色、五官，探了探他的呼吸，心中悲凉不已。

王作家身上插着好几根管子，除了输液管之外，还有输氧管、进食管、排尿管。以前他的面孔黑中泛红，眼下呈现古铜色，郭柏川知道，这种面色对于肝癌晚期病人意味着什么。他处于谵妄状态，面孔还残留着因疼痛而抽搐的痕迹，使五官显得狰狞，眼神中流露出不甘，而眼睛四周已经出现“熊猫眼”的痕迹，面部、手背瘀肿紫绀，鼻尖部出现细小的毛细血管扩张，显示出皮下出血已很严重。

回到小会议室坐下后，专家们议论着王作家目前的生命体征，议论着还有什么办法能够维持王作家的性命。郭柏川远远坐在一角，一言不发，当然也没人留意他这样一个无名的民间中医从业者。王作家已经到了生命的尽头，这么多的名医、专家们还在讨论着打什么针用什么药。这里有一流的医疗设备，集中了省、市最好的医生，用尽了一切手段。然而，当癌细胞在一个人体内变异、扩散，结瘤成痞进一步恶化的时候，这个人已经无药可救了。王作家整个肝脏已经腐烂，癌细胞已经深藏于他的血液、肌肉、脏腑甚至骨骼里。长期以来的放化疗表面上杀灭了部分癌细胞，但同时也剿灭了人体健康的根本——免疫力。因而，每治疗一次，便向死亡迈进一步。

探望王作家过后一周就传来王作家的死讯，这在郭柏川意料之中。郭柏川虽不怎么看书也没有对作家的那种崇拜情怀，但看到一个正当年的文坛巨匠英年早逝，内心还是十分惋惜。好长时间里，郭柏川眼前总是浮现出给王作家调理治疗时的一幕幕情景。每当给他按摩揉压使他疼痛得到缓解时，他总是习惯舒适地长出一口气，眼望着郭柏川用陕北家乡话轻轻说道："舒坦，舒坦，好舒坦呀!"有时在香灸过程中，他因精神得以放松，疼痛得以缓解而沉沉睡去。这个时候，郭柏川就让调理师停下香灸，唯恐惊醒他。想起这一幕幕，郭柏川心中略有欣慰之感，在这位大作家最后的日子里，郭氏圈疗毕竟给他带来过片刻的安宁。

## 3

王泽桐再次来到郭氏圈疗传承推广中心，是来进行调研工作的。爷爷已经离开郭氏圈疗调养中心一阵子了，在家里由父亲为他香灸贴膏。走之前去看了，爷爷烂足恢复得很好，足面足底所有的疮口都已愈合结痂，新长出来的肌肤粉白粉白的，看起来爷爷身体转强，心情也好多了。

走进圈疗中心，熟悉的调理师们都像见了老朋友一样，热情地跟王泽桐寒暄。赵小冬关切地问:“你爷爷的脚没有反复吧？你今天来有什么事?”

王泽桐说：“谢谢你的关心，我爷爷恢复得很好。我今天来是要找你们郭大夫。”

赵小冬快步去调理室叫来了郭柏川，郭柏川看到西装革履提着公文包的王泽桐有几分吃惊：“是你！你爷爷的足病出现反复了吗?”

王泽桐满面春风地道：“郭大夫您好！我爷爷的足病没有反复，已经能下地走路了，我今天是到你们圈疗中心来报到的。”

“报到?”郭柏川不解地望着王泽桐。

王泽桐伸出手：“对不起，上次陪我爷爷来这儿看病没有正式和您认识。我叫王泽桐，是咱们市中医药管理局民间中医管理处的负责人。”

赵小冬吃惊地打量着王泽桐。郭柏川也有点意外，愣了片刻急忙说道：“哦，听说过医管局有一位年轻能干的处长，见你也觉得有点面熟，原来就是你。”随后有力地握住王泽桐的手，他对这个儒雅温良又有孝心的年轻人本来就颇有好感，现在听到他是中医这个行业里的人，感觉有股暖流在心里涌荡。

“是我们工作做得不好，我就是分管民间中医这块儿的，却和咱们民间中医团队接触很少，和郭大夫还这么生分。”

“哪里哪里，我们是个小团队，我又常在外跑，局里很少有人知道。”

王泽桐说：“这次是局里安排我来圈疗中心蹲点调研，我要在咱们圈疗中心待一阵子，要给你们添麻烦了。”

郭柏川说：“不麻烦。只是我们这里条件差，要让王处长受委屈了。还有啊王处长，你可别叫我大夫，我连医师证都没有，我只是个传承人。”

王泽桐说：“我知道，眼下很多民间中医都存在这个问题，这是因为管理体制上存在问题，我们做管理工作的应该为改变这种现状做些努力，为民间中医的传承发展创造好的环境。”

“好，你在我们这里有什么需要就让小冬帮你。”

赵小冬一直站在一旁，自听说王泽桐是医管处处长以后脸色就突然冷下来了，漠然地望着王泽桐。

王泽桐向赵小冬鞠了一躬：“请多关照！”

赵小冬冷冷地说：“王处长需要我做什么只管吩咐。”

王泽桐说：“没事没事，郭大夫你先忙，小赵你也忙吧，我先随意看看，明天再和大家认识一下。”

翌日早晨，王泽桐按圈疗中心上班时间准时到达，郭柏川说要给大家正式介绍一下，以便员工们配合王泽桐的工作。班前会上，郭柏川刚要向大家介绍王泽桐的身份，王泽桐急忙把话抢过来：“我是个中医爱好者，我来是想跟着大家学习咱们圈疗的揉术和香灸，在家里好为我爷爷调理治疗，希望大家真心教我啊！”

年长的罗医师笑眯眯地望着王泽桐，主任秋桂枝依然沉静没什么表情，赵小冬板着脸装作不认识的样子。其他几个人其实也都知道王泽桐的身份了，虽没人说话但都以笑回应。秋桂枝把当天要来调理的重要病人简单做了介绍，然后讲了调理注意事项，大家就各自上岗准备器具药材，紧接着就有预约好的病人陆续来到调理中心，圈疗中心的一天就这样开始了。

郭柏川领着王泽桐到各调理室查看，不时指导和纠正调理师的手法，遇病情危重者就亲自上手。有时不是很忙，王泽桐便可听郭柏川讲一些揉术、香灸和画圈的机理。王泽桐注意到，病情比较重的病人都是由秋桂枝或赵小冬负责调理，罗医师和郭柏川也会来查看，调理室就显得拥挤了。后来，王泽桐看到郭柏川忙着接诊病人，便独自到其他几间调理室观察。

几间调理室都陆续有病人进入，调理师们依序开始揉术、香灸、画圈的各项调理治疗，调理过程基本都是一样的，先施揉术，这个过程往往需要半个多小时。郭氏揉术的确不同于其他按摩、推拿，它的功效主要是对人体的腧穴、骨关节、经络进行疏松、疏通，为下一步调理做好铺垫。调理师们往往是从远端做起，依次对病人五个掌指关节、十八个指骨关节及五个指腹一一进行提、按、压、揉后，以指腹敏感处为中心，依次提拉进行左右环转。经过揉术疏松，局部神经末梢受到强刺激，引发神经冲动，并迅速上行传导至心脏。王泽桐知道，这种强刺激可以振荡经络中的气血，促进气血运行与淋巴液的回流。此外，还可以促进汗液的分泌，促进毒素外排，这些手法的协同作用，可以使下一步的香灸发挥更好的效果。

郭柏川抽空为王泽桐简要介绍了揉术和香灸的操作流程："施揉术时注意查看患者指端瘀、滞、堵的程度，重复揉术两三次，直至患者疼痛消失或可承受为止；按此法从远端向上，对肘关节和肩关节依次进行疏松与疏通。揉术结束后，用郭氏自制的梅花香棒在病灶区和相关部位进行香灸。郭氏香灸不同于普通艾灸，有一套自定的技术标准和流程，灸法比较复杂。"

王泽桐看到调理师们都是按照由远及近的顺序，灸手部的指腹、指骨关节、掌指关节、大小鱼际及腕关节、肘关节与肩关节……

把调理部整个转了一圈后，郭柏川就去诊台忙了。王泽桐心里还记挂着湖南来的那个叫陈召新的肺癌患者，就问一个调理师："那个湖南来的肺癌病人还在这里吗？"

"在，他爱人也来了，正在里间学画圈呢？"

"学画圈？他爱人学画圈，学你们这里的疗法？"

"是啊，陈召新经过这一段时间的调理好多了，一天也不再说死呀死的，还把他爱人叫来跟我们学圈疗法，学会我们的疗法就准备回老家，回去后他们就可以自医自疗。"

"你们把方法教会他们？是郭大夫让这样做的吗？"

女调理师一笑，觉得这位处长有点少见多怪："是呀，郭大夫一直是这样做的。很多病人经过治疗临走时都想学会这个疗法，郭大夫要求调理师必须给他们教会香灸和圈疗的操作技法，遇重症病人都是郭大夫亲自给他们家人传授，这两天郭大夫已经给陈召新两口子教过好几回了。"

"让我去看看好吗？"王泽桐一时挺惊讶，"自医自疗"这个词让他心里挺震惊，很想看看病人和家属是怎么学习圈疗法自医自疗的。

女调理师带着王泽桐走到一间调理室门前掀开帘子说："你可以站在门口看，但不要影响他们画圈啊。"

王泽桐连声应着好，站在门帘下向里望去，只见陈召新向窗而立，一个妇人一手端药碗一手持药刷在他脊背上画药圈，一个年轻的调理师在一旁指导，不停地纠正她的手法，屋里弥漫着呛人的醋味和中草药味。妇人画一个大圈的半圆时，手僵硬地停在半空落不下去，调理师抓着她的手腕说："这个时候要靠腕力往下收，不是用整条胳膊来画。看，是这样的……"

这个时候陈召新说话了："你这个笨婆娘，人家都教你几遍了？这么点子事都学不会，我看你真是个蠢脑壳！"

陈召新婆娘回敬道："哪个也蠢不过你！有本事自己跑秦西来，莫要喊我来嘛，你不是说死在外头就地埋的吗？咋个还得要我这个蠢脑壳来领你回家噻！"

陈召新不说话了，占了上风的婆娘咯咯地笑了起来，又得意地说了几句湘西土话，王泽桐完全听不懂，但那扬扬得意的口气让王泽桐忍不住乐了起来。

看着眼前这一幕，王泽桐有点感动，有点恍惚，觉得这样的治疗场面有点滑稽有点儿戏，心里冒出一个无厘头的词——"癌症有嘻哈"，不由得兀自笑了。是啊，治疗癌症能这么嘻嘻哈哈的吗？这么嘻嘻哈哈的能治疗癌症吗？用个刷子往身上刷药水能治癌吗？还是这么一个病人家属自己学着画圈给病人刷药水，叫什么"自医自疗"，中医治病是这样的吗？这样的场面谁看了会信？王泽桐若不是之前陪爷爷治病在圈疗中心待过几天，若不是恰巧见到过陈召新初来时的样子，此刻看到这一幕又会是怎样的想法呢？

这一刻，陈召新面朝窗户背对着门，王泽桐看不到他的脸色和表情，可是光看那挺拔的背影，光听那说话的声音都能感受到他的变化。王泽桐见过这个背影，那时这个背影瘦骨嶙峋还有点佝偻，站着说话时瑟瑟发抖，现在呢，稳稳当当站在窗户透进来的阳光里，挺得笔直，话语声也有了气力，是一种对生活有了热望了不再对癌症、对死亡恐惧的声音。圈疗中心两个多月的调理治疗让陈召新活过来了！一个濒临死亡的人恢复了生命力，还和老婆在这儿说说笑笑的，即便不日之后死了，也不是那么悲摧兮兮的样子。

这个场面与人们见惯的治疗癌症的情景截然不同，在人们的惯常思维里，陈召新这样的癌症晚期病人应该是躺在大医院里，请有名望的医生主刀手术，或是放化疗，或是躺在ICU监护室，各种仪器红灯绿灯闪闪灭灭的，身上横七竖八地插着输氧管、输液管、胃管、排尿管等，似乎，那才像个治疗癌症晚期的样子，那才像个救人性命的样子。然而，那样的状态下，病人是个什么样的感受呢？陈召新经历过开刀、放化疗，身上插过各种管子，打过八千多块一针的进口药，想必他心里是清楚的。

看着这一幕，王泽桐不由得心潮翻滚，不禁联想到中医的生存发展为什么一直是困难重重。记得自己刚被提拔为民间中医管理处处长时，黄副局长特意介绍过郭氏圈疗，说这个技法在民间影响很大，有的项目还获过国家专利。但在局里民间中医药团队摸底调查报告上，郭氏圈疗却是名落孙山，本市几十家民间中医团队，郭氏圈疗排在后几位，差点落到被清理、被取缔的地步。郭氏圈疗这项民间家传技法究竟是该保护传承的岐黄瑰宝还是民间中医乱象，还真得建议局里好好了解、好好界定。爷爷的治疗经过让王泽桐认识到了圈疗的功效，而此刻亲眼所见的“自医自疗”的场景又一次在王泽桐心底掀起波澜……

一个民间中医要把自己家祖传的技法教给病人和家属，让他们带着方法回家自医自疗，这种事情还是第一次看见。民间中医通常都把家传绝技视作命根子，千方百计深藏不露秘而不宣，像这样子把方法传给病人，病人好了自是不会再来了，若是治得不好越治越糟就更不会来了，那不是慢慢就关张了？然而，从陈召新身上可以看到，这种方式对那些远道而来的求医无门的贫穷患者是多么重要！陈召新是自己恰巧碰到了，才有了对郭氏圈疗的进一步了解。陈召新来时的状态王泽桐还记得清清楚楚，从体征到言行都是癌症晚期已到生命尽头的样子，来到圈疗中心经两个月的调理治疗，现在居然有心情和老婆打情骂俏了，这是多么巨大的变化呀！

自中医药管理局成立以来，围绕振兴、扶持传统民间中医开展了各项工作，局里的目光总是聚焦在唐氏、高氏等几家民间中医团队，这似乎没什么错，唐氏、高氏等几家民间中医团队迅速发展壮大，体现了民间中医的优势和生命力，所以局里的扶助和支持力量都放在他们身上了。尤其是近几年国家不断加大发展中医的力度，出台了一系列利于民间中医发展的政策法规，媒体和宣传力量对中医的关注急剧升温，记者采访、电视专题报道、对外展示交流，都集中在这几家，似乎，这几家就是民间中医的范本，是传统中医发展的标志，而其他更多的民间中医、更多的疗法都被忽略了。

市中医药管理局成立快三年了，眼下，这个专门为中医而新生的医药管理机构是一种什么样的工作状态呢？作为中医药管理局一名工作人员，王泽桐总觉得在这个过程中，忽略了什么，遗忘了什么……

王泽桐合上门帘轻轻离去，然后到诊台前与罗医师见了面，与其他熟悉、不熟悉的调理师们都打了个招呼，接着又到办公室与几个行政人员见了面，不用他介绍身份，中心上下都知道他这个医管处处长要在圈疗推广中心蹲点调研。行政助理是个举止优雅的中年女性，热情地给王泽桐介绍了公司的情况，并安排好了一桌一椅，让他有一个落脚的地方。王泽桐谢过之后便在大厅、诊室、调理部与调理师或病人交谈。

下午，王泽桐等陈召新调理完后，便在楼道上拦住他，想和他好好聊一会儿。陈召新与上次所见确实大不一样了，脸上有了血色，眼里有了光，走路也不是那么摇摇摆摆了。

“你好老陈！你初次来的时候我就见过你，这段时间治疗得怎么样?”

陈召新本就健谈，眼下身体恢复得好些，更是乐意与人说话：“好多了！你看看我现在的样子，身上有力气了，能吃能睡，中午吃了一大碗羊肉泡。”

“看起来确实好多了，说话不嘶喘了，脸上也有血色了。听说你爱人也来了，有家人照看你更好。”

“是的，她来一个多星期了。我倒不需要人伺候，她来主要是学会圈疗这个方法，过几天我们就回老家，以后在家里就由老婆给我画圈治病。”

“自己治病，行吗?”

“行！这两天我老婆都试上了。我们在秦西住店吃饭都贵，前几年治病把一百多万都搭进去了，现在没钱了，我一时半会又死不了，就得靠自己慢慢调养。郭大夫说了，圈疗这个方法就是让病人学会后自医自疗。我不指望哪天一觉醒来癌症没了，只求少一点痛，少受一点罪，在自己家里自医自疗没负担。”

陈召新的话让王泽桐心里一阵轻松，说道：“你这个心态很好，现在医疗界提倡一种说法叫‘带癌生存’，就是你说的这样，通过中医辅助调理和饮食调理稳定病情，减轻病痛折磨，让病人不再整天活在恐慌中，不再盲目地四处奔波花光钱财，不让家人再承受更大的痛苦。”

“可不是嘛!”陈召新说，“我这几年为治病把家产都耗光了，连房子差点都让老婆卖了。手术做了，放疗化疗都搞了，进口针也打了，到头来还是癌细胞扩散、病情恶化，有啥用?现在郭大夫让我们学会圈疗法，只花一点药钱就可以长期在家里调理治疗，能活多久算多久，我心里是踏实的。”

王泽桐说：“好样的，老陈，祝你早日战胜癌症，祝你好运。”

陈召新和他妻子走出大厅回旅馆了。王泽桐看到秋桂枝在药台上涂抹药膏，这是为一个病人香灸完了准备贴敷康宁膏，他趁这个空儿和秋桂枝聊了起来。王泽桐知道，秋桂枝以前是个不错的医生，是调理中心技术最好的，是调理部的领班。

“秋医生，我刚和陈召新聊了会儿，我看他经过这三个多月的调理治疗，变化不小呢，可以说你们的调理效果很明显。你能给我讲讲圈疗调理治病的医理吗?”

秋桂枝抬头望了王泽桐一眼，指指旁边的椅子说：“你坐。要说医理我说不好，说说陈召新调理中的变化吧。经过这几个月的香灸、画圈和贴膏，他的体能有很大的改善，胸痛大为减轻，呼吸困难的状况有所缓解，说话的嘶喘声减弱；手臂胀麻感缓解，能正常屈伸手臂，手背和颈部的水肿消退，行走稳当；最重要的是进食和排泄有了明显改善。郭大夫说肺癌病人必须要加强营养，才能维持身体免疫力，抵抗癌变。这个变化突破了之前进食困难导致体内营养严重缺乏的恶性循环，为进一步调理治疗奠定了基础。总的来说，眼下他机体的炎症和阴毒消退，体能有所增强。”

王泽桐上次来就听说过一些秋桂枝的情况，她原是外地的一个社区医生，早几年就只身来到秦西加入圈疗队伍，是圈疗的元老。一个有正式医生身份的人为何离乡背井来圈疗这个小团队打工呢？想必也是个有故事的人。正想着怎么把谈话深入下去，秋桂枝已经捧着涂抹好的药膏准备去调理室了，王泽桐只好起身谢过。

抬眼一望，看到郭柏川刚送走一个病人回到大厅，便去找郭柏川，他急切地想听郭柏川讲讲陈召新这个医案。这个医案尽管是王泽桐亲眼看到的，但他心底还是难以置信，几个月的时间里，一个眼看就要被肺癌夺去生命的人，在这里用香灸灸了灸，用药水画了画圈，居然闯过了鬼门关，跟换了个人似的。这个圈疗究竟包含着什么样的奥秘，能达到这样的效果？

“郭大夫，这会儿不忙吧？想请你给我讲一讲，我看到了陈召新在这儿调理的情况，我觉得你们用圈疗法能把一个癌症晚期患者调理治疗到这个程度真是不简单啊！”

郭柏川微笑道：“王处长观察挺仔细呀！坐吧，这会儿没啥急事，咱们聊聊。”

王泽桐和郭柏川相对而坐，说道：“郭大夫，我对圈疗这个技法很好奇，这样一个看似简单的技法却能治疗癌症和慢性病，还能保健养生，又亲眼看到了它的疗效，我很想知道你治疗癌症的思路和圈疗的医理。”

郭柏川说：“王处长到底是科班学医的，出口就是行话，直中要害。你说得对，无论中医还是西医，无论是哪个医生，治病首先要有自己的思路和自己的想法。中医认为，癌症的形成是因人体细胞病变引起坏死细胞、腐烂物、浊气等垃圾毒素向外扩散，侵蚀脏腑或流到血液里，导致机体细胞发生恶性病变。陈召新来这里时已是肺癌晚期，面部颈部水肿，说话声音嘶哑，气促，胸腔积液，肺部肿瘤压迫上腔静脉，使颈静脉因回流不畅而怒张，导致呼吸困难。此时他体内癌细胞大量消耗机体物质和能量，导致肝脏和机体正常细胞无法获取足够的营养和能量，免疫力几近丧失。他最大的痛苦是病灶部位疼痛，呼吸吃力，进食和排泄都很困难，夜不能眠。我们本着缓解疼痛，控制癌细胞恶性发展的目标，先施以揉、灸、贴，激活局部肌肉神经组织，激活远端神经末梢，然后重点以圈疗软坚散结、解毒化瘀，脏腑同调，恢复体能。”

王泽桐没想到平时不善言谈的郭柏川说起病理医理却是如此滔滔不绝，心里颇感惊奇。他又问道：“那圈疗的特点是什么？是依靠什么治疗癌症的?”

说起圈疗，郭柏川更是如数家珍：“圈疗的特点是针对肿瘤进行软坚散结，进而实现对肿瘤等瘀积物的移离、化解、改变，最后达到控制延缓恶变的目的。郭氏圈疗配伍组合使按揉、香灸、贴膏、画圈各种手法产生叠加效应，进一步增强功效，同时，调理治疗过程中密切观察病灶和机体变化，动态调理。比如陈召新在圈疗第三个疗程中，画圈后出现‘热团’经络传导圈感，圈感从督腧、心腧、灵台、神道等向上激活肺腧、风门等系列穴位，圈疗效果愈加明显。这个时候，我把调理重点转向他的脾胃。我的思路是，他的肺组织已经不可能有大的改变，我先治他的脾胃，改变脾胃失调不能吸收营养，导致免疫系统进一步受损不能与癌细胞抗争的现状。这个调理思路使陈召新进食和排泄有了明显改善，突破了之前长期进食困难导致体内营养严重缺乏的恶性循环，生理状态有所改善。手臂的胀麻感缓解，能正常屈伸手臂，手背和颈部的水肿消退，说话的嘶喘声减弱，最重要的是，他感到疼痛减轻多了。”

“是的，陈召新的变化是很明显的。我看到他妻子在学习使用圈疗法，他们回家以后自医自疗能保证效果吗？”

郭柏川望着王泽桐：“你是学医的，你知道癌症晚期是个什么概念。在医院都不再收治的情况下，我们的调理虽然有效果，也只能说是减轻病痛、延缓死亡。病人在最后的时光里，与家人在一起，每天自我调理自我医治，心中有个念想，在绝症面前不再恐慌，就是一个重要的改变。还有重要的一点，大凡癌症晚期患者都是家财耗尽，有的负债累累，但实际上，花再多的钱也无济于事。陈召新以前在老家算是百万富翁呢，癌症使他变成一文不名的穷光蛋。以他的现状，再经不起任何折腾了，让他回到家里自医自疗，用我们的药一年也花不了几千块钱，不再增加经济压力，你说是不是一种好的状态呢？”

王泽桐听了这番话，心里对这位没有医师资格证书的传承人陡生敬意，说道：“郭大夫您讲得真好，好的中医就是这样，不但讲究疗法，还注重心法，你们家族的祖传疗法确实是一项含金量很高的民间技法，应该很好地传承光大。”

说到这儿，王泽桐不由得想起郭柏川的父亲，那位已经离家六年至今生死不明的老中医，他当年是怎样给人看病的呢？这些天每次来中心，王泽桐都要在大门口站立片刻，向展板上的郭老中医行一个注目礼，和这位慈祥的长者对视一会儿，从那双宁静而深邃的目光里感受到一种力量。“郭圈圈”这个称呼不仅仅是人们对他画圈治病的描述，这里面更有一种亲切、信任、礼赞的意思。

“诊所的老房子还在吗？”

“还在，不过很快就保不住了，南关巷扩建，所有的老房子都要拆掉。父亲离家六年了，我一直留着老房子里的物件，总想着父亲哪天会回来的。这下留不住了，我下个月就准备把屋里的东西搬走，很快就要拆房子了。”

“带我去看看好吗？我想看看那条巷子，看看郭老中医的诊所，听你讲讲郭老中医看病的经历。”

郭柏川憨厚地笑笑：“那没问题，明天我就陪你去。”

# 第五章　医 者

## 1

南关巷曾是一条秦味儿十足的繁华小巷，随着城市发展的步伐，这条巷子将拓展为宽阔的大街，与西大街连接起来，融进都市的核心地带。两边的商铺和住户都已腾空，很快将迎来大面积的拆迁重建，将被都市的水泥丛林淹没。

位于巷子南头的郭氏圈疗诊所是一幢老式小二层楼，灰色砖瓦已很陈旧，经过五六年空置更显得衰败冷落。郭柏川打开房门与王泽桐走进屋里。屋里立刻扬尘飞舞，灰尘布满了整个屋子。

厅房里顺墙放了一排长凳、一张方桌，显然，这是病人候诊的地方。诊室是一间小屋，一张长条桌，两把木椅，大夫和病人相对而坐，望闻问切足矣。大点的屋子放着两张病榻，两个条凳，屋角叠放着两个铜盆，尽管落满灰尘却掩盖不住闪闪的光泽，这是郭老中医为病人香灸、画圈治病的地方。另一间屋又隔成两间，一间是小小的书房，一间是储藏室。

“楼上是卧室和药房，一直空着。”

王泽桐点点头表示明白郭柏川的意思——楼上就不用看了。走进小小的书房，王泽桐感到心房被什么击中了，脑子里轰地一响。不是书架上那些陈旧的发黄的中医经典书籍，尽管那里面有珍贵的线装古本《黄帝内经》《难经》《神农本草经》《本草纲目》等；也不是那张深沉暗紫的小书桌，尽管落满灰尘也不能遮盖紫檀质地的高贵；瞬间击中王泽桐的是站立在书桌上的一个一尺多高的木质经络人。

郭柏川微笑着抓过一块抹布擦去灰尘后将经络人递给王泽桐，王泽桐双手接过，却没想一个一尺多高的木质经络人却是重如金石。夕阳斜照进来，经络人闪耀着沉厚凝重的光泽，一双花椒籽大小的眼睛直直地和自己对望着。

王泽桐大学期间学习经络和针灸时，见过许多个经络人，有金属的，有胶质的，有木质的；有大如真人尺寸的，有手掌大小的。上面标志着经络走向和穴位的分布，那都是一种教学的道具，一种有助于记忆的模型而已。而这个经络人却有一种独特的神韵，仿佛是一个有生命的，魂魄俱全的灵物。王泽桐捧着经络人迎着阳光细细打量，这个经络人取形于人体实际构架，四肢五官俱全，高一尺三寸，比例精准，手工绝伦，呈现出一个体格健美的青年男子形象。经络人身上标有三百多个穴位，那星星点点的穴位没有采用通常的镶嵌铜片或镏铜工艺，而是在每一个穴位凿出小孔后用黄铜浇铸而成，在一旁用大漆写就的穴位名称比蝇头还小。闭目轻触，可感芝麻大的铜点略微凸出，细看却是平滑如鉴。数百个穴位星星点点布列在暗红的纹理中，隐约形成经络的走向，仿佛星辰分布在各自的轨道上，檀木与紫铜完美合体，包浆晶润，彰显出优美的人体线条，形成一种神奇的光泽和韵味。这种珍贵的檀香紫檀木，年代愈久愈显出品质的卓绝，硬如金石，历经久远的时光，依然散发着奇异、浓郁的芳香。

看到王泽桐被经络人深深吸引，郭柏川介绍道："这个紫檀经络人是祖上传下来的，父亲视若珍宝不离左右，直到进山时留给了我。"

“这可是个神奇的宝物啊！年代很久了吧？”

“听父亲讲过，我们郭氏先祖曾为宫廷御医，后流落民间行医期间救治了一名骨疽患者，这名患者是个身怀绝技的匠人，痊愈后花费数年之工用珍贵的檀香紫檀木制作了这个经络人。曾祖把它传给祖父，祖父传给父亲，如今该我守护它了。”

王泽桐把经络人轻轻放回原处。他知道，这个经络人不仅仅是郭氏家族研医传道的教具，更是郭氏家族精神的象征，是郭氏代代相传的医术医德的象征。

郭柏川推开一扇小小的门，这是用书房的后半截隔出的一间储藏室，王泽桐随着郭柏川侧身挤进室内，里面的空间窄而长，放了一张长桌，墙上挂着、桌上堆着各地病友送来的锦旗、牌匾、镜框等物件。

看见王泽桐不顾灰尘飞扬，翻看桌上那些牌匾、镜框等，郭柏川说：“父亲不愿在显眼的地方挂这些，又不能丢弃，便都堆放在这里了。”

“怎么能丢弃呢？这每一件都是一个生命的见证，都是郭老中医从鬼门关抢救回来的一个个生命的通行证书，都是重获生命之人怀着感恩之心送来的。”

郭柏川回家时常常帮着父亲整理这些东西，也曾多次观赏这些千奇百怪的物件，有锦旗、牌匾、镜框、木刻，还有病友题写的书画。有的长达丈余，有的小至斗方；有的用质地精良的丝绸、毛料、皮革、檀木制成，有的用简陋粗糙的布料缝制，有的用杨、柳、桐木削成……上面的字迹也是五花八门。这每一件锦旗、牌匾都包含着一个故事或一个传奇，有许多是郭柏川亲历的熟悉的，每当看到这些熟悉的物件就能想起相关的故事，想起当时的情形，想起那个病人或悲伤或开怀的容貌。

王泽桐说：“郭医生，给我讲讲这些物件的来历，讲讲郭老中医当年治病救人的故事吧。”

郭柏川把两张方凳擦净灰尘，和王泽桐一起坐下来，憨厚地笑笑：“我说不好，随便给你讲讲吧。以前许多年里，我下乡插队、工作都在外地，直到调回秦西后才对父亲的圈疗渐渐地有所了解……”

1992 年秋，郭守正突然离开他所供职的市第二医院，回到南关巷在自己家里开起了诊所。

这个消息最先是从铁锅贴嘴里放出来的，郭守正接连几天没有去医院，斜对门的铁锅贴看得清楚。后来的几天又时常有穿白大褂的医生来看郭守正，过一阵子郭守正把他们送出巷子，医生们对郭守正又是劝解又是安慰的样子，铁锅贴明白了：郭中医辞职了！不知道是在医院干不下去了还是什么原因，反正是不再去医院上班了。郭中医肯定是要自己开诊所了，一个医生不给人看病干啥呀？果然，只过了个把月，郭守正家门上挂起了诊所的牌子。

开办诊所第二年，郭柏川从外地调回秦西市中药厂，离父亲近了，但平时工作很忙，只能周末时间回来看望父亲，帮父亲做点事。也就是从这时起，郭柏川目睹了父亲用圈疗治病救人的过程，才开始对作为医者的父亲有所了解，开始认识到圈疗的价值。

郭柏川对父亲离开医院的做法很是不解，父亲也不肯多讲。街坊邻居的神情都怪怪的，见了郭柏川眼光一闪就躲开了，好像郭家出了什么见不得人的事。铁锅贴说：“柏川啊，你回来帮帮你爸吧，现在改革开放了，给自己干是好事！”郭柏川无言以对，只能干笑。父亲是为啥丢了公职让人们同情可怜呢？

也就是从这个时候开始，父亲正式把他苦心钻研的中草药圈疗法应用于临床临证，好像突然打开了一条神秘通道，他从这条通道赶在病魔、死神的前头把许多危在旦夕的生命抢救回来。就是从这时起，民间开始流传“郭圈圈”的传说，开始有病人从很远的地方到秦西来找郭圈圈求治，开始有获得新生的病人送来锦旗、匾牌什么的。

郭柏川从中学毕业后就远离父亲。插队下乡五年多，之后招工到一个远离秦西市的县药材公司工作，一晃又是十来年，三十五岁这年终于调回秦西市中药厂工作，终于能够经常回到父亲身边。那时郭氏诊所已经开张一年多，来求医的人渐渐多起来，父亲聘了一个姓秦的年轻医生帮忙，但一到周末秦医生回家休假，有病人找来求医时父亲就忙不过来了，郭柏川便每个周末都回来帮助父亲。实行双休日后他有了更多的时间待在父亲身边。从小到大，尽管说早都知道父亲在琢磨画圈这个疗法，但从这时起，郭柏川才真正一步步认识圈疗，一步步领会父亲作为一个医者的苦心，才逐步认识到圈疗法对于患者的重要性。

记得刚调回秦西不久的一个星期天，郭柏川安顿好家事赶到诊所已经是下午了，还有好几个病人候诊，等父亲看完最后一个急症病人都已经夜深了，郭柏川不忍离开便一直陪在父亲身边。送走病人后郭柏川关上大门，给父亲倒上热水，让他泡泡脚赶紧休息。父亲刚把脚放进盆里，又传来咚咚的砸门声，郭柏川几步冲过去推开一条门缝没好气地吼道：“都半夜三更了还这么敲门，别人也要休息啊！”

一个五十多岁的妇人从门缝里伸进头来，抓着郭柏川的胳膊急切地说道：“对不起对不起！我男人再不医治怕是挺不过今晚，求求郭大夫救命啊！”

郭柏川没好气地说：“来的人个个都是要救命，可医生也得休息啊！”

那妇人坚持不撒手，一个劲儿地求情。父亲的声音从里屋传来：“柏川呀，快打开门让人家进来！”

郭柏川只好打开门，妇人搀着一个中等个头和她差不多年岁的男人走进来，郭守正招手让他们到诊台前的椅子上坐下，一边听妇人说病况，一边打量病人。病人面目发黑，气喘不定，瞪着惊恐的眼睛望着郭守正，不能言语。妇人说：“也不知中了哪门子邪，白天还没有大的反应，一到黑夜就开始发作，这些天一天比一天厉害，今晚来势更猛，气都喘不过来，看这样怕是过不去今晚了！”

父亲快速地看了看病人的眼底和舌苔，切脉时面露惊讶之色，郭柏川情知这个病人情况比较危险。稍后，父亲兀自说了一句：“厥阴病。”然后对夫妇二人说道：“病人内热消渴，心中疼热，饥而不欲食，时而手足厥冷，时而高热，夜半丑时高烧至三十九摄氏度以上，那个时刻正是厥阴循行的时辰，也是病象最重的时刻，所以叫厥阴病。病已传至肝脏，随时都有生命危险。今晚先以揉术和香灸扶正还阳，明日再来详细诊治。”

病人家属一边应和着说“是，就是这样的”，一边急切地问父亲还有救没有。郭柏川知道，父亲说这些话其实也是说给他听的，自从他调回秦西后，父亲总想让他用心学医，接诊病人时，一心想让他跟着多看多学，却不知看得越多郭柏川越不敢接父亲的班，越不愿意传承郭氏圈疗。

父亲连夜为这个病人香灸画圈，直到后半夜。后来为这个病人治疗了很长时间，在之后的几个月里，郭柏川回家来碰上他们好几次。后来，听父亲说那个病人治好了，送来一面锦旗。

每当治愈一个病人，郭柏川看到父亲喜悦的样子，心里也是暗暗高兴，对圈疗的认识也增加一分。许多次，郭柏川从一个个获救的患者那里体验到了医者的快乐……

王泽桐拿起一个二尺来长的木匾端详：木匾很简陋，拿在手里轻飘飘的，棱角也不齐整，背面没有抛光，还留着刀刮的痕迹，桐油漆过，木质的原色和纹路清晰可见，匾正中用金墨写着四个大字“济世良医”。

郭柏川接过木匾擦去灰尘，笑着说：“别看这块木匾粗糙简陋，这可是我父亲最喜欢的一个物件。”

“看来，这块匾包含着一个感人的故事。”

“这个病人是一个星期天找来的，从开始治疗到病愈离开，我遇见很多次，所以对这块匾特别熟悉特别亲切，看见它就想笑……”

1993年夏天的一个下午，经过大半天暴晒的南关巷好像一个长长的大烘箱，除了几家小卖部悄悄地开着，街巷上空无一人，人们都猫在家里躲避残酷的烈日。这时，一个小伙子背着一个五十多岁的中年人从巷头一路小跑过来，径直跑到郭氏诊所门前咚咚地把门砸响。

郭守正星期天通常不接诊不治病，总是利用这个时间炮制圈液，配药、碾药、熬药，要忙一整天。这天，郭柏川一边帮着父亲配药、碾药，一边听着父亲讲家传用药的原理。下午时，家门被擂得咚咚响，他急忙打开门，眼前是一个牛高马大的小伙子，背着一个中年人气喘吁吁地问：“是郭圈圈大夫家吗？我们来找郭大夫救命！”小伙子操着浓重的陕北口音，浑身都湿透了，站立片刻的工夫，脚下就流了一摊汗水。

像每一个急症病人一样，找到门上来就没商量，星期天虽挂着休诊的牌子，病人来了照样得接治，父亲说过医不拒患。

郭柏川帮着小伙子把病人放下来扶到躺椅上，然后端来凉开水。年轻汉子抹一把脸上的汗水难为情地说：“不好意思，我一身都让汗水湿透了，臭烘烘地跑你们家来。”

父亲摆摆手，问：“这是你父亲是吧？什么病？怎么从医院跑到我这儿来？”

郭柏川这才看到中年人手上还戴着医院的床号手环。年轻汉子喝下一杯水还是喘息未定，加上陕北口音又重，说了好一阵他们才听明白了。这个小伙子名叫呼建国，中年人是他爸呼延安，他爸一个多月前突发重病，肚腹肿胀水米不进。当地医院治了十多天，愈加严重。家人托亲找友借钱来到秦西，跑了几家医院，有的说是膀胱癌，有的说是肠癌，要动手术还要再借钱。呼延安时而昏迷时而清醒，清醒时死不看病说不要折腾了，再借不得钱，不要弄个尸骨回不了家还落下一身债。呼建国也觉得这病想医好是没指望了，他爸眼下还剩一口气，不愿死在他乡，便给家里打了电话，让准备后事，打算第二天就回陕北……

呼建国看了他爸一眼，人还迷糊着，又喝下一杯水接着说道：“今天上午，我去买好了车票，回病房收拾东西准备走，一个病友看我爸这个样不落忍，对我说：‘南关巷有个郭圈圈你们去试试，说不定还有一线希望，最起码能搞清你爸究竟得了什么病。’我一问地址说不远，就背着我爸闯来了。对不起啊郭大夫，求你了，求你，看我爸还有没有救！”

呼建国站在那儿说，中年人躺在躺椅上喘，汗臭味与中药味混在一起。窗户开着，但屋里屋外都热烘烘的没有一丝儿风。郭柏川也热得直揩汗水，担忧地望着父亲：危机四伏的重大病案，人命关天的奇病怪病，父亲可怎么医治啊？

父亲似乎不受热袭，从容而平静地坐在呼延安面前一边打量，一边听呼建国讲。呼建国觉得自己说完病况了，对着郭守正鞠了一躬：“不瞒郭大夫，除了明天的车票我们已经身无分文了，只想麻烦你给看看到底是什么病，让我爸死个明白。”

“不要慌，不要急，我看看。”父亲脸上带着微笑，声音平静淡定。他盯着呼延安的面孔端详了一阵，翻了翻呼延安的眼睑，看了看舌苔。呼延安不知是睡着了还是昏迷了，一直没有动。父亲又蹲在他身旁切脉，切脉后神色有些异样又有些轻松，然后掀起呼延安的汗衫，双手自胸开始按抚上、中、下脘。郭柏川知道，父亲行医的绝招就是触三焦探病，以前医院的同事们说郭守正的手就是 X 光机，就是 B 超仪，双手抚过之处，脏腑的各种信号便可通过双手敏感的神经收纳于心。

片刻，父亲直起腰身面带笑容对呼建国说：“你爸没有患癌。”

郭柏川和呼建国都愣住了，呼延安此时也醒过来听见了这句话，抬起半个身子冒出一句话：“你说啥？”

父亲说：“柏川啊，你把西房收拾一下，这爷俩今晚就在咱家落脚吧。我要连夜给他画圈，我说得对不对，三天后就知道了。”

呼建国还愣着呢，呼延安听明白了，指着儿子急呼呼地说：“你，你个昏三葫芦！跪，跪下！咱们……咱们遇到菩萨了！”呼建国扑通一声跪在父亲面前，郭柏川赶紧拉起他：“行了行了，快把你爸扶起来，画圈要站着。”

首次画圈主要是探脏寻病，前胸后背、后腰下腹，都要反复多次大圈小圈地画，画完圈已经小半夜了。把呼延安安顿躺下后，父亲对呼建国说：“你们快歇息吧，给我三天时间，如结果和预判一致，你们十天半月即可回家去。”

呼建国连连鞠躬：“让郭大夫受累了，我明天退了车票让家里打钱来。”

郭柏川觉得这个病案有点离奇，人家大医院说得那么严重，又是膀胱癌又是肠癌的，父亲凭什么意见相左还说得这么轻松？心里搁不下，第三天晚上他又回家看望，并把自己的疑惑告诉父亲。郭守正对郭柏川心里系挂病人琢磨病理很高兴，说道："以我对呼延安脏腑查看结果，有可能只是膀胱肿大而已，而膀胱肿大可由内膜炎引起，炎症传及肺、肝等脏，形成癌症表象。急则治其表，我们采用香灸驱邪扶正，画圈祛毒消炎，今日可见分晓。"

正说话间，忽听呼建国从西屋冲过来，急慌慌喊道："坏事了坏事了！我爸要坏事了！"

郭柏川跟着父亲急步走进西房，一眼就看到呼延安肚腹肿胀鼓了起来，细一看是下腹部鼓起一个亮晶晶的圈状物，以手抚之，硬如木石！郭柏川心惊不已，急忙看父亲神色。只见父亲伸出手掌在肚腹上轻抚了一遍，面露喜色地说道："这下可好，呼延安的病邪都发出来了，我的判断是对的！"

十几天后，呼建国带着父亲乘长途班车返回陕北老家。

再一次见到呼建国是仲秋时节了，他背了一块木匾，还有小米和红枣，专程来答谢。听到呼延安眼下身体康健，父亲欢喜不已，但还是批评呼建国："当下正是农活忙的时候，写个信就行，你不必大老远地跑来嘛！"

呼建国也是满面喜色地说道："我不来我爸能饶我吗？上次回去惹下事已经把我骂一回。"

郭柏川也忍不住笑问："你们看好了病，回去都应该高兴才是，怎么还会骂你？"

"当初来你们这里求医前给家里发了电报让准备后事，家里就准备好了棺材和寿衣，消息也传遍了亲友乡邻，又是来帮忙又是随礼，都等着给我爸送葬嘞，哪知堡子里的乡亲眼看着我爸和我从山梁梁上大摇大摆走回来了，一个个把眼都鼓成牛卵子啦，说：‘你们家人干的什么事嘛！’”

呼建国绘声绘色的讲述，惹得父亲和郭柏川朗声大笑，父亲一边笑，一边捧着木匾打量。这是块柳木制作的横匾，桐油漆得锃光瓦亮，上书四个金色颜体字——“济世良医”。做工虽然粗糙，连边角都不齐整，但匾上所书文字却是笔走龙蛇、铁画银钩，风骨岸然。父亲爱不释手地左看右看，赞赏道：“陕北黄土坡上一个小堡子里竟然有这么好的书法家，真是高手在民间啊！”

呼建国听到父亲赞赏牌匾，忙说道：“这是我们堡子老秀才崔七爷写的，方圆百里名气大着嘞！我家没钱买锦旗、镜框啥的，我爸说那些东西花里胡哨不中看，就用我们自家院里长的砍头柳削了这块匾，请崔先生写的。”

“好！好！”父亲爱不释手地捧着木匾说，“这块匾比什么锦旗、牌匾都要好，替我谢谢你爸！”

## 2

听完木匾的来历，王泽桐也笑了，眼前浮现出那一对壮实憨厚、嗓门亮堂、哭着来笑着走的陕北父子。

与柳木匾形成鲜明对比的是一个金丝楠木边框的水晶匾，它一直静静地靠在条桌的里端，掩在锦旗的后面，郭柏川抽出来擦去浮尘之后，立刻闪耀出华贵的光芒。柳木匾的朴素粗拙令人观之难忘，而这块水晶匾却是以富丽堂皇、精致绝伦而夺人眼目。古典风格的金丝楠木边框工艺精致，木质坚硬如金石，细密的木纹之中有金丝隐隐闪耀光泽，一缕幽香经年不散。木框里镶嵌的不是普通的人造水晶，而是一块晶莹剔透的天然水晶板，上面镌刻了十个工整的繁体字："无私德乃大，有心术尚高。"

不仅仅是郭柏川，就连南关巷邻居们也都清楚地记得这个水晶匾的来历。

1994 年冬，有一个挺奇怪的外地人摸到南关巷，来找郭圈圈医病。这个人四十多岁，衣着讲究，斯文和气，持一根绅士文明杖，一口台湾腔，讲究礼数，进南关巷时见了路人都要点头打招呼。起初总是把礼帽压得低低的，让人看不清他的面容。偶然看见的人会吓一跳——好好一张脸却有怪相，歪嘴挤眼的。后来治疗一段时间后五官渐渐舒展了，他对巷里邻居更是热情，出进巷子无论见了男女老幼都要脱帽打招呼，有时还会聊上几句，一手持文明杖一手举帽，满面笑容，更显温文儒雅。这个人病情有好转后，还在铁锅贴那儿吃过几次锅贴呢。

那是个初冬的下午，郭柏川知道父亲那几天病人多，特意早下班骑车子赶回家，到门前却见一个穿戴富贵的中年人正在敲门。不等郭柏川问，他便说是来找郭圈圈先生的，郭柏川便带他走进诊所。快下班了，诊所里还有两个病人，一个香灸完毕正由助手贴膏药，另一个倚墙而立，父亲正为他画圈。郭柏川安顿客人坐在候诊室，这个台湾人便安静地坐在那儿等了一个多小时，父亲送病人出门时才看到这个台湾人，忙打招呼："不好意思，让您久等了。"

台湾人还礼后掏出一封信说："我叫林致雅，台湾人，从北京来的，要给您添麻烦了。这是傅先生写的信。”

父亲一看信封上的字迹惊问道：“您认识傅先生？他给你看过病？那怎么还会到我这儿来？”

林致雅道：“我在北京住院了一段时间，治疗效果不太好，朋友介绍我找到了傅先生，傅先生对我很热情，但他近来贵体有恙不方便帮我医治，特意写了这封信让我来秦西找您。”

父亲说：“快坐下，说说你的病。我看你有些面部神经症状，左眼突出，是有风证还是脑内有疾？”

经这一问，林致雅当即涕泪满面。郭守正急忙安抚：“不要伤心，人吃五谷生百病，百病自有百法医，既然来了就在我这里安心医治。”

林致雅一边点头，一边摘下礼帽取下围巾，郭柏川这才注意到林先生左眼凸出，鼻歪嘴斜，面部肌肉突突颤动，心中暗暗吃惊，这么讲究的一个体面人却被疾病折磨成这个样子！这是脑子里的病，北京都没治好，父亲可怎么医治啊？

林致雅讲述了他的病情。患脑瘤两年多，去年以来视神经受压迫，视力渐渐衰退，进而影响到口鼻，阵发性局部神经抽搐，十分痛苦。因脑瘤位置特殊，不宜手术，台湾各大医院对此都没有好方法，到北京治疗好几个月了，只采取了一些保守治疗的方法，终不见效。后来托人见到了大国医傅维，却赶上傅国医染病正在医疗期间，病榻上的傅国医认真询问了林致雅的病情，写下这封信。

父亲问道：“傅先生患了什么病你知道吗？”

林致雅摇头：“我没敢问。不过京城那么多名医和他的弟子都治不好，看起来也是个麻烦的疾患。我离开时他让我先来，过段时间他也要来秦西找您看病。”说到这儿，林致雅不好意思地问，“恕我冒昧，‘郭圈圈’是您的雅号吗?”

父亲朗声笑道：“是外号，我以画圈治病，民间有人叫我‘郭圈圈’，就这么叫出去了。咱们明天就开始画圈治病好吗?”

林致雅住在钟楼酒店，每天租车到南关巷来，每次都穿一身笔挺的毛料西服，进诊所都要毕恭毕敬地向郭守正行礼。林先生有个怪癖，画圈的时候一定不能有外人在，一定要关好门才接受圈疗，所以他总是静静地在一旁等候，其他人都离开了，他才把礼帽、外套都整齐地挂好进入诊室。父亲尊重他的习惯，总是约好专门的时间单独给他施治，揉术、香灸、画圈，持续了两个来月，林致雅各种症状渐渐消失。

林致雅离开秦西前，最后一次来诊所是个星期天，所以与回来看望父亲的郭柏川遇上了。治疗后的林致雅已是眼清目明，鼻端嘴正，行走如常，愈发显得儒雅。那天林致雅带了很多的礼物来家，聊了很久，再三感谢才离去。

林先生专程来送这块水晶匾是半年后了，那天他突然来到诊所，郭柏川和父亲都很意外。父亲急忙问：“林先生是病症有反复吗?”林先生春风满面地说：“没有，这半年一次都没有再犯过，你看我身体和精神都很好！谢谢郭先生让我的后半生能平安度过。”林先生说着又深深地鞠了一躬，然后打开手提箱，取出这块水晶匾，双手捧到郭守正面前，“这是我的一点心意，请收下。”

父亲接过水晶匾回礼后说：“谢谢！您这心意太重了！为此特地跑一趟，多不容易啊!”

林致雅道：“我这次来还有一个愿望。”

“请讲。”父亲挽着林先生坐下，递上茶水。

林致雅说：“先生妙手回春医好了我的病，家乡亲朋见我后都称奇不已，很多人找我转告先生，想邀请先生赴台行诊，那些身患疑难杂症的病人迫切盼望先生赴台。”说着又起身鞠躬。

父亲忙说有机会一定要去的。这一次林致雅在秦西住了一个星期，在父亲陪同下游历了古城名胜，又几次来到南关巷和父亲长谈后才依依不舍地离去……

水晶匾后面的墙壁上挂着一条奇特的手工编织物，说不上叫什么，“绣匾”？“织锦”？王泽桐见过很多病人送给医生的纪念物，这种亲手绣织的物件还是头一回见。这编织物用很粗的丝线双面织绣，形如挂毯，大如桌面，深红底色，居中用金黄丝线绣了“德仁大医，救死扶伤”八个字，没有装裱，和一些锦旗挂在一起，工艺不是很精湛，但千针万线相连而成，让人感受到编织者的苦心。

看王泽桐好奇地打量这块绣匾，郭柏川说：“这是一个从北京来的女病人亲手织的。这个病人叫王素梅，她爱人背她来时她已经奄奄一息，在这儿治疗了好几个月，离开时虽算不上痊愈，但人有了精气神，可以说是活过来了，病情好转后她用了两个多月时间织成了这块绣匾……”

1996 年春，这对北京来的夫妇在诊所治疗了四个月，京腔在巷子里回响了很长时间，巷里人都看到了这个病人起死回生的过程。病人有些好转后常常在铁锅贴那儿吃锅贴，常说起郭圈圈给自己治病的经过，那一口纯正的京腔吸引了不少人。铁锅贴说，这是中央电视台按时在巷子里开播呢。这对夫妇回北京后，铁锅贴还常常给人讲这个病人的事，有时讲着讲着居然也冒出几句正经八百的北京话来。也是，从病人来巷子找铁锅贴打问郭圈圈，到病人天天来治疗，然后去他那儿吃锅贴，给人讲她那夺去半条命的怪病，讲郭圈圈给她画圈的经过，身子一天天好转，嗓音一天天清亮，铁锅贴知道的比郭柏川还要详尽。

王素梅是北京市清河制呢厂工人，四十八岁这年突患重病。这场病来得奇诡而迅猛：1994 年春突然出现腹泻，一泻而不可收，初诊为肠炎，服药、打针、针灸，各种方法都试了，却是越治越重。直到 1995 年初确诊为甲状腺癌，同年 7 月动手术后，颌下肩部又隆起一个约三厘米的包块，仅隔两个月做了第二次手术，术后做了两个疗程化疗，总算止住腹泻。王素梅心想这场持续两年的病灾总该结束了吧，谁知过后不久左肩又隆起一个大块肿瘤，同时，咽喉部亦鼓起一个馒头大小的包块，全身乏力难受，不思饮食，呼吸困难。医院检查表明，甲状腺癌已经转移到肝、肺、骨，无法再做手术，只能回家坐以待“毙”。

她两年多里四处求医，京城大医院、小诊所跑了很多家，依然是毫无改善。王素梅耗光钱财受尽折磨，无奈地放弃治疗，默默回家苦熬最后的时光。就在这时，来家看望她的邻居对她说秦西有个郭圈圈，收治疑难杂症，还来北京行诊过，小区里就有他治过的病人，听说办法虽土但管用！听了这话，夫妻二人又萌生一线希望，亲戚帮、邻家借，凑了一笔救命钱，奔赴秦西最后一搏，用王素梅的话说：“找到郭圈圈，死了也心安！”

初来诊所时，王素梅是由她丈夫背来的。

王素梅夫妇住的旅馆离诊所很近，有时夜里治疗到很晚才离开。那时已经实行双休，郭柏川在父亲身边的时间也更多了，多次目睹王素梅治疗的过程，真是触目惊心啊！尤其是治疗初期，王素梅由丈夫背进诊所，画圈时连站都站不稳，画后背时，丈夫在前背着她，父亲一画就是一个多小时，大圈小圈，内圈外圈，从头顶到足底，每个部位都要画遍。

有时画圈后病人反应强烈，呕吐不止，声嘶力竭，其状骇人。父亲安慰他们：“长久的病变，邪气遍布脏腑，画圈使药入腠理，祛邪扶正，排毒是好转的现象。”

这个病案父亲下的功夫特别大，在诊疗记录上写道：“王某初诊体质消瘦，十指发白，按不见血色，面黄、唇白、下肢浮肿，危在旦夕。其病源来于气，凡颈部包块皆因气，气机上逆，血液上行则缓，缓则滞，滞则瘀，久而久之，血聚成痞，压迫全身造成不适，脏腑亦有隐患。之前经过手术、放化疗，气血双亏，胸闷气短，单用圈疗法治疗恐难见效，需多方配合治疗，以‘圈药’辨证循环施治，加配坐药、腾药、红灯照、桑木柴、康宁膏，内服蒲公英、蜈蚣……”

经一个多月香灸、画圈，王素梅有一些好转的势头，身上有劲了，疼痛减轻，气色好转，食量增加，对战胜疾病充满信心。治疗持续了四个多月后，几处肿瘤完全消除，体质恢复，容光焕发。

王素梅的治疗经历是她病情逐步好转后自己给别人讲的。大概从死亡线上逃回来的人太想倾诉了吧，她病好后特别爱说话，路过巷子时对街坊说，在诊所候诊时对病友说，在铁锅贴的锅贴铺里对食客说，一口京腔又好听，那一阵子南关巷里和郭氏诊所里总是回响着这两口子的京腔，大家都知道了她得病的经过、治病的过程。

王素梅临回北京时送来这块绣匾，是她自己在病情好转后的两个多月里一针针织成的，郭柏川当时挺吃惊，这绣匾千针万线的，得下多大功夫啊！

“这一面黄丝绒锦旗，是一个身材瘦高长刀脸的病人寄来的。这个病人叫刘增祥，患的是鼻咽癌，在辽宁一家煤矿工作，五十岁那年患上这个病，呼吸困难无法进食。几年里跑遍了东北各大医院，因肿瘤位置奇特，无法手术，被定为不治之症。后来又到北京友好医院，友好医院也认为手术太危险只能做放疗，放疗一个多月皮肤都烤焦了，而肿瘤依旧，疼痛不减。也是听人说起秦西有个郭圈圈，治疗疑难杂症有绝招，夫妻二人便找来了。父亲为他香灸、画圈了两个多月，那个核桃大的瘤子终于消解了。”

还有那面棕红色的丝绒旗、正红色的锦缎旗、镶黄边的织锦旗、四条屏《四君子图》、国画《李时珍采药图》等等，这些物品郭柏川都熟悉，知道它们的来历，知道它们承载的故事……

父亲可谓一代名医。他治好了很多疑难杂症患者，从达官贵人到普通百姓，数以万计。郭柏川知道，在父亲工作过的市二院档案室里，存放着父亲亲手撰写的几大本医案，家里也有厚厚一叠。在多年的行医生涯中，父亲结合圈疗的临证应用，针对很多重要病案记录下自己的思路，记录下中医药外治的心得。父亲在笔记中总是称圈疗的临证只是对肿瘤癌症进行辅助性治疗，或是定位在缓解症状、缓解痛苦的层面上。但郭柏川知道，父亲发明的圈疗法救治了很多生命垂危的肿瘤癌症和疑难杂症患者，而且，这还只是郭柏川看到的那些病危之下找到家来的病人，还有更多的是郭柏川不知道的，还有父亲每年外出行诊，足迹遍及河南、山东、安徽、北京、深圳等地，圈疗这个“圈”给多少人解除了疾患之苦，给多少人带去了平安健康啊！

郭柏川虽不愿当郭氏圈疗的传承人，但对父亲的医术是打心眼里敬佩，对圈疗的功效暗暗吃惊，那一根艾香棒一盆圈液，竟然救活了那么多人！行医至此，是一个医者最大的荣耀！父亲无意名利，只顾埋头医病救人，多少艰难坎坷都过来了，为什么会在古稀之年突然离家呢？父亲离开的头几年里，郭柏川日夜不安常常从梦中惊醒，终南山里凄风苦雨霜雪袭人，父亲一个古稀老人实在是太苦了！

## 3

郭柏川在讲诊所往事时不觉又沉浸到不安和对父亲的思念中，王泽桐便有意岔开话题："郭大夫，我注意到，从你父亲的诊所到你现在的传承推广中心，对传承和推广看得特别重。中医的传承主要就是依靠父传子、师传徒，但你们这个传承还不止这些，好像更注重对社会和百姓的传播、推广，是这样吗？"

郭柏川点头道："是的，传承、传播和推广，这是父亲看得极其重要的一件事。为了传播和推广，让更多的人知道圈疗、应用圈疗，他每年都要到外地行诊，外出行诊像游医一样吃尽苦头，他却跑了很多年。"

"外出行诊？你跟随郭老中医一同到外地行诊过吗？"

"开办诊所后，父亲每年都要外出行诊几次，去过安徽老家、河南郑州、山东青岛、广东广州和深圳等地，去过好几次北京。那些年里我在中药厂工作很忙，不能陪着父亲去外地行诊。因为父亲到一个地方少则十天半月，多则一个多月，我只能去时送回时接。只有一次去北京行医，我从头至尾地陪着父亲，经历了一次异乡行诊的过程，而那次行诊过程更加重了我对传承圈疗的畏惧，更不敢接下圈疗这副担子……"

如若仅仅是在诊所里坐堂问诊施医治病，父亲还不会常年那么紧迫那么劳累，父亲还有另外一条重要使命——传承。父亲把家族医术的传承推广看得尤为重要，说这是郭氏后人的使命。

父亲所说的传承不仅仅是指把技法传授给家人或徒弟，使郭氏医术代代相传；他所说的传承还有更重要的一部分，那就是要到外地行诊，通过治病救人，通过一个个病人病情的好转使大家知道圈疗、信任圈疗，并教会人们学会圈疗技法，让圈疗在一个个地方传播开去。父亲常给柏川说，郭氏圈疗法之所以遵循手法简单、用药廉价、临证有效的传统理念，创研之初就本着一个目标：要让病人能够学会，能够自医自疗。所以父亲每到一处，既为患者解病除症，还要让此疗法在一地扎下根来。一些病人经父亲医治后，病症好转之时也学会了圈疗法自医自疗，并把此法传播给家人朋友、街坊邻居，渐渐传播开去。

2002 年冬的一个星期天，郭柏川接到父亲电话后回到家里，见父亲正忙着打点行装。罗医师也在，罗医师刚一退休就加盟父亲的诊所，她一直是父亲研究圈疗的追随者，在市二院做同事时就全力支持父亲，父亲离开医院办诊所后，她也常在星期天来帮忙，遇父亲外出行诊或有重大医案时，她哪怕请假也要赶来帮忙。此时她正往提箱里装梅花香、康宁膏等各种制剂和药材，还有贴膏药用的桑皮纸等辅料，助手秦医生在往塑料桶里装圈液，浓浓的药味弥漫了整个屋子。

“父亲，你们这是又要外出行诊啊?”

父亲说：“不是我们是咱们，这次你也要一同去。”

郭柏川有点惊讶：“我怎么走得开？厂里正忙呢!”

“我给你们厂长打过电话了，他很支持。这次是去北京，我们几个人忙不过来，再者我也希望你完整地经历一次异地行医的过程，看一看我们是怎么应用圈疗给人治病并在一个地方传播的。”

郭柏川不再说什么，立即动手帮父亲一起整理行装。这次父亲去北京，郭柏川心里确实不放心。父亲已过花甲之年，郭柏川是他唯一的儿子，姐姐安家在外地，母亲去世后父亲一个人生活，尽管郭柏川时常回来看望，但父亲的生活终究是缺少照顾。每每看到父亲日渐消瘦的身躯，郭柏川心里就隐隐作痛。但郭柏川不敢回到父亲家同住，因为一见面父亲就要说起让他传承郭氏圈疗的事。郭柏川从心里不愿意看到父亲在这个魔圈里耗尽一生，自己更不愿意接下这面沉重的旗。可是这次要去北京，郭柏川没有一点犹豫。北京的冬天郭柏川是领教过的，那是多么可怕呀！父亲这把年纪了还要去寒风呼啸的北京奔波，确实让人不放心，自己随行照顾父亲的生活，可以帮助他做一些辅助性的事情，但自己绝不学圈疗不听什么传承的事。

随着圈疗的传播，父亲医治的人越来越多，“郭圈圈”这个称号传得越来越广。父亲常常应邀到外地医治疑难重症病人，或是外地医院请他去应诊，经常一走就是十天半月甚至一个多月。从父亲准备的药材来看，这次去北京时间会更长。郭柏川对父亲外出行诊完全不理解，秦西本土的病人都看不过来，他为什么要一次次远行到外地行医？父亲已经是个颇有名望的中医，为什么年年都要到外地奔波，把自己搞得像个卖膏药的江湖游医似的？人家江湖游医为的是挣个钵满盆满，可父亲带着帮手在外奔波，起早睡晚顶风冒雪的，最后，常常连住店吃饭的钱都不够，这一切，究竟为了什么？

去北京行医不是第一次了。郭柏川记得，就在两年前，他把父亲送到北京，帮助他们安顿好开诊了才离开。那次是落脚在北京劳动文化宫旁的一家小医院，这家合作医院还算是比较支持，给腾出一间诊室供他们圈疗用，但寄人篱下终究是不便呀！开诊头一天郭柏川在场，看到了那一幕幕，心里直为父亲叫屈。清早刚开门，便有病人拥进来，小小诊室拥进十来个人已是挤得满满当当，窄小的走廊里还站着一长队。一个素来冷清安静的医院突然间变得喧闹不宁，原因却是一个外来的民间中医借地行诊，这让医院的医生们很不高兴，那些医生看他们几个人时脸色都不好看。父亲像是自己做了什么难为情的事情一样，见了人家医院职工就不停地点头赔笑脸，还到邻近的诊室向医生们一一道歉："对不起，对不起，病人老远来一趟不容易，让大家受连累了。"

那次行诊按计划持续了半个月，求医的病人日日不减，虽说那是大都市北京，但来看病的大多是来自远郊农村和河北乡下的人。父亲把诊金标准定得很低，付给合作单位佣金之后所剩无几，但对一些乡下来的患者来说还是付不起，父亲不在意，带钱少的少给，没钱的就先欠着。秦医生看着着急，几次对父亲说："要是这样下去，咱们连住店的钱都没有啦!"父亲笑道："不怕，咱带的有。"

赔本赚吆喝，这到底是图个啥呀！才隔两年光景，父亲又要再度去北京。这次还搞得更大，这次的合作单位是北京西城区报国寺医院，由于之前父亲两次去北京医好了不少疑难杂症，反响不小，民间有很多传闻，报国寺医院在收到很多患者的建议后表示愿意提供诊疗场地，还给租了一间民房供他们居住。报国寺医院说要求圈疗进京的人很多，计划要行诊四十天，直到春节前夕才回来。

这一年北京的冬天好像特别冷。报国寺医院就在平安大道上，不远处就是天安门、故宫，旁边就是什刹海，但他们顾不上去看一眼。开诊第一天，诊室门前就排满了病人。由于人多，走廊门和诊室门总也关不住，透骨风呼呼地往里刮。父亲和罗医师接诊，以圈疗法辨证施治，有的现场调理治疗，有的约时画圈，有的以揉术为主，有的以香灸为主，有的着重贴膏，有的患者则几种手段都要施用。罗医师是妇科专家，诊台前排着长长的一队女病人；年轻的秦医生忙着给病人施灸、贴膏；郭柏川不是医生，只能为他们三人做些助理工作，一面往药引纸上涂抹膏药，一面留意观察父亲瞧病的过程。父亲瞧病时完全忘了其他事物的存在，两眼在病人的面孔、五官上巡察，双手不停地切脉、触三焦寻病辨证。父亲问诊时总是面含微笑像聊天一样和病人说着家常话，那声音亲和温润，病人在谈话中渐渐放松下来。

从一早开始，病人就一个又一个来到父亲面前，到中午分头吃个盒饭，再重复上午的工作。因病人进出频繁，走廊门和诊室门都关不住，穿堂风时不时窜进诊室，冷啊！入冬时给父亲买了顶毛线帽子，但父亲头发长，从耳后和脖颈处露出的灰白头发随着风一起一落地抖动着……

就这样，一忙起来一整天忽地一下就过去了，常常到夜晚才回到住地。郭柏川能做的就是料理好几个人的生活，每天清晨做好早饭，然后就随他们一同匆匆赶往医院。8 点一打开门，门前已经有病人等着，紧张的诊断调理治疗就开始了，郭柏川帮着秦医生一边维持秩序一边派药。通常是上午行诊，下午按预约为一些重症病人画圈，经常持续到很晚，回到住处常常都是《新闻联播》时间了。这时候父亲才伸伸腰腿坐下来，一边吃着郭柏川做的热乎乎的饭菜，一边说着当日的病案。

不留意间，忙碌而紧张的行诊已经过去一个月了，管账务的秦医生给父亲报账说："除去交给报国寺医院的佣金和住房租金，留下返回的路费，这一个月没有挣什么钱。"

罗医师说："我们收的诊费是不是太少了？还有些病人没交钱，这样下去咱们还能维持下去吗？"

父亲还是那句话："不怕不怕，咱们带的有。"

郭柏川也觉得忙碌的日子过得真是快！这一个月里，就诊人数达一千多人次。一些久治不愈的疑难杂症患者经圈疗调理治疗后有了好转，有了缓解，人们口口相传，更多的病人从街巷深处和郊县赶来，当天看不上的就在医院附近住下来，周边旅馆爆满，京城形成“圈疗热”。看到圈疗能为这么多人治病，效果如此之好，郭柏川心里渐渐明白父亲为何倾尽心血推广圈疗了。

忙碌的日子就这么一天天过去，眼看再有一个多星期就完成这次行诊了。可是，元旦后的一天，行诊突然被叫停。

这天上午，就在诊疗紧张进行的时候，突然来了三个干部模样的人，推开众人径直走进诊室，为首的一个口气蛮横地问：“你们谁是负责的？上级通知马上停止行诊！你们不要离开，等候我们领导来问话！”

诊室里围着四五个病人，等在门外的病人也探头向里张望。罗医师和秦医生都瞬间僵住，不知发生了什么事情。父亲站起身看着气势汹汹的来人，镇定地说道：“我们与报国寺医院签有协议，来北京行医是合法的，你们可以找医院领导了解一下。”

这三人根本不听父亲解释，横冲直撞地行动起来了。一个人在诊所门口贴了一张通知，对着众人喊道：“散了散了，你们瞧病也不选个地方，这是哪儿来的游医你们就敢信？”

另一个随便翻着诊室后放的药品，打开药桶闻了一下轻蔑地说：“这哪是什么药啊，这不是醋吗？这能治病吗？就靠这挣钱吗？”

罗医师过去阻挡：“你不要乱动我们的药剂！”

父亲脸涨得通红：“你们怎么可以不负责任地乱说呢？这个药叫圈液，是用醋做引，当然有醋味。”

为首的那一个指着父亲说：“我不听你啰唆！上级让你们立即停止行诊明白了吗？立即停止！”

“你们?”父亲脸唰地红了，指着那人说不出话来。郭柏川站在一旁眼看着父亲无助的样子却什么也做不了。这是首都啊，人家是政府机构的人，父亲他们几个民间中医能怎样?

这时，几个被驱散的病人返回来了，跟在他们身后的人越来越多，渐渐把那三个人围了起来，一个教师模样的中年人率先问道：“你们凭什么不让人家行诊?”

一个老者说：“我已经在这儿治疗十多天了，我多年治不好的老毛病一天天好转，你们怎么不调查了解就乱说?”

一个农村模样的妇女说：“他们看病收的费用少，有的没带钱的也给看，我还从没见过咱北京有这么真心给人治病的医生!”

病人们越说越气愤，围观的人越来越多。那三人看势头不对准备抽身，为首的那个指着通告下的红章子对众人说：“不是我们不让他们行诊，你们看看这是上级盖了红章的通知，反正眼下是不能再看病了，什么情况等上级来看过后再决定，大家先散了吧。”

“我们不走!”

“我们要郭中医留下给大家治病!”

“让你们领导来说清楚!”

估计是这几个人打了求援电话，求医群众和他们对峙没多久，就见一辆中巴开过来，几个人快速下车神情严肃地走到人群面前。一个年纪稍大领导模样的人让属下把求医群众召集起来。此时路过围观的市民也来了不少，百多号人聚成黑压压一片。先前那个为首的说：“大家静一静，咱们区卫生局副局长给大家讲一下局里的决定。”

为了缓和气氛，副局长面带微笑以亲民的口气说：“我理解大家求医心切的心情，但医疗这个事情人命关天，要遵守政府规定，要有合法手续。我们对郭中医来京行医一事进行了调查了解，确实有问题，局里对此发出了通报。我给大家念念通报。”说完，他从衣袋里掏出一份公函念道，“经查，秦西游医郭某，与我市报国寺医院签订协议来京行诊，未经市卫生局批准，所使用中草药圈疗法是未经卫生部门验审、准用的民间土法，为保障我市居民健康，决定暂停其行诊资格，解除其与报国寺医院的协议，待市卫生局调查处理后再做决定。”

副局长念完后把通知抖了几下：“大家听清楚了吧？我们这是为北京市民的安全着想，请瞧病的人到中医院诊治，大家快散了吧。”

此时，病人们情绪更加激愤，一个戴眼镜身材瘦高的中年人走到副局长跟前，挥了挥手让吵闹的人们静下来，然后心平气和地问：“您是副局长是吧？您对圈疗不了解的先话听我讲讲好吧？圈疗并不是第一次进京，前年还在劳动公园行诊来着，卫生局有没有验证我不知道，但我知道当时咱北京的大国医傅维老先生都来了，还给大家讲了圈疗看病的原理，你能说他们不可信吗？今年是报国寺医院应广大市民的意愿请人家来的，你们怎么能这样对待人家呢？”

这个瘦高个子说话声音不大，却是有理有据，当时就把场子震住了。副局长心想怕是个有什么身份的人，便和颜悦色地解释道：“您说前年的情况我不知道，但今年报国寺医院没在区卫生局办手续，咱北京对外地人来京行医是有明文规定的，现在只能先停下来，我们再向上反映，补办了手续再说。”

此时，现场的人们心更齐了，有人进到诊室安慰父亲，有人和这些卫生局的人理论。一个体格瘦小的老人挤到副局长面前，情绪激动，未语先哭：“我叫黄兴光，住团结湖，我能证明圈疗是能治病的真疗法、好疗法！前年他们来北京就给我看过病，我得的是陈年老病，一疼起来吃不下饭睡不成觉，北京医院看遍了，没辙。去年郭大夫来仅仅给我治了三天就止住了疼痛，听说今年又来了，我一直盼着再好好地治疗一下，这样的医生上哪儿去找？不信这样的医生我们信什么样的医生？”

一个有腿疾的中年妇女坐在马路牙子上卷起裤腿：“你们大家都看看，这是我前天来瞧病贴的膏药，我这条左腿静脉曲张疼起来寸步难行，哪里都治不好，自郭大夫给我贴膏药后疼痛就减弱了，肿胀也下去了。你们张口就说人家为图钱财，我这条腿看了两次连瞧病带贴膏药才花了十块钱。你说这多要了吗？你们说这是图钱吗？再说人家这药还管用啊！”

接着又有几个患者讲了自己这几天看病的经过，在场的人大多情绪激动。黄兴光对副局长说：“我们联名写呼吁书，要求市卫生局批准郭大夫为大家治病行吗？”

“对，我们联名写呼吁信，请区卫生局撤回通知，留下圈疗！”

“留下圈疗！”

呼声越来越高，副局长一改刚才蛮横的态度，对那个瘦弱中年人和黄兴光谦和地说：“这样，我们一定把大家的意见带回去，等上面同意之后，大家明天再来瞧病好吧？”

这时，父亲走出来对着众人一抱拳：“谢谢大家！谢谢各位病友对我郭氏圈疗的信任！今后有机会我一定给各位病友好好医治，要是有来秦西瞧病的我一定尽心医治。今后我还要把郭氏圈疗传播给社会，让大家掌握这个疗法，自医自疗，祛病除疾，强身健体。”说完，父亲又对着副局长鞠躬道，“这位领导，请你转告医院和你们局里，我们不为难你们了，今天就停诊，马上离开北京。”

说完，父亲转身走向诊室，让大家收拾东西立刻打道回府。

这是父亲最后一次在北京行医。父亲本想通过这次行诊让郭柏川对圈疗加深认识，早日成为圈疗的传承人，却适得其反，使郭柏川更加恐惧、更加不敢做这个传承人了。

返回的路上，罗医师和秦医生都满心不快：凭什么就这么灰溜溜地走了？让他们去调查去了解啊，有那么多人支持咱们，这么离开太窝囊！

父亲这才讲了原委。实际上早些天就有病友给他讲了，有人要赶他们走，尽管是北京这家医院同意并承办的，尽管行诊的反响如此之好，但触犯了一些人的利益，把事情捅给上面了，区卫生局一接到反映立即下令停诊，因为他们本来就不愿看到一个外地中医在京城行医，反响还这么好，这让他们很不舒服。一个本来门前冷落的小医院突然人流云集，每天都有患者从四面八方赶来求治，再一问病人是怎么瞧病的，说也就是按摩、香灸、贴膏和用药水画圈，叫什么画圈治病，还说能治癌症，人家必然会找出一大堆理由：经过国家验证吗？经过工商局批准吗？是哪里来的游医，敢这样胡作非为？

是啊，京城医界高手如云，突然冒出来一个外地人用什么圈疗治病，居然还轰动一方。一些医界名流，一些高高在上的人怎能容忍这样的现象呢？

看到大家垂头丧气的样子，父亲说："我们离开并不窝囊，你们也看到了，有这么多人信任圈疗，说明圈疗在北京扎下根了，今后会有很多人找圈疗治病，会有很多人要学会这个疗法。"

"这是父亲最后一次外出行诊，这一年他已六十五岁。也就是从这一年起，父亲更加频繁地说要我跟他好好学医，要我辞去工作，回到他身边接过圈疗的担子。但是，对于圈疗，我真的是心有畏惧，我担心自己做不了。父亲一次又一次地劝说，我一次又一次地逃避、推诿，哪想到呢，竟然害得父亲在古稀之年离家出走！”

从诊所老屋出来已是黄昏时分，王泽桐对心情沉重的郭柏川说：“郭老中医肯定会回来，看到你把圈疗传承得这么好，他会高兴的。”

穿过长长的巷子，王泽桐回头望着那间青灰色的老砖房，半个月之后大拆迁就要开始了，老屋将瓦砾无存。这条巷子将和都市的水泥丛林连成一片，那幽幽药香也将飘散在都市的喧闹中。

郭老中医，你在哪里呢？

# 第六章　寒 热

## 1

在圈疗中心的日子过得很快，转眼十多天过去了，王泽桐却觉得自己的调研才刚刚开始，才开始一步步接近这个团队，一步步认识这个毁誉不一的圈疗法。

王泽桐与郭柏川、秋桂枝，还有行政助理张梅英的交谈都挺好的，但几次想和赵小冬交谈，她总是想法子躲闪。赵小冬一定是有故事的，但不知为什么对王泽桐的问话她总是有一句没一句的。圈疗中心就这么大，时不时总会碰上，可赵小冬每次见了他就耷拉着头像没看见一样闪开了。王泽桐感觉到，自赵小冬知道他是中医药管理局的处长后态度突然就变了。

这天上午，看见赵小冬往调理室走，王泽桐从后面追赶着说道：“赵小冬，你为什么不理我，好像不认识我似的？”

赵小冬停下脚步但没回头：“我认识你吗？我可不认识大领导、大处长！”

“什么领导，我是病人家属。”

赵小冬回过头：“那你是来卧底的？”

王泽桐一愣，随即说道：“卧什么底，我还潜伏呢！我上次是陪爷爷来治病的，和我的工作没有关系。难道你希望我喊着‘我是管理局的处长，你们要对我的家人精心治疗特别照顾’，那样好吗?”

赵小冬回过头，脸上霜色渐渐消退，勾起嘴角微微一笑：“那你这次来是什么身份，是大处长来指导工作吧?”

王泽桐说：“局里安排对民间中医深入调研，我把自己的调研项目选在圈疗，要在你们这里蹲点一阵子。请你帮助我了解圈疗，让我看清楚民间中医的真实状态。”

赵小冬说了句“我这会儿要给病人调理”，就进入调理室了。

下午，王泽桐在调理部翻看病案调理记录时，看到赵小冬过来就迎着她说：“你们的病案记录挺详细的。”

“详细又有什么用？我们的病案入不了你们的法眼，也算不上数据，有啥用呢?”赵小冬冷着脸回答。

“为什么不能作为数据？我不是正在看嘛，哪里有什么法眼不法眼的。”

“你这是高兴了看一下，转过脸还能不能记得呢？我们不是正规医院，做什么都够不上台面，申报也不够资格，病案也进不了数据库，难道不是这样吗?”

王泽桐终于明白赵小冬情绪的来由了，手指着头顶上方笑笑说：“哦，原来是对上面有看法呀，那也不能对着我开火呀!”

赵小冬急忙分辩：“我哪里敢对你们上级有看法！我只是希望你们稍稍地注意一下民间中医的真实现状就行了。”

王泽桐说：“我懂你的意思，明白你们的处境。那就更要靠你们努力干好，把圈疗做大做强进入主流，让别人不得不认可你们。”

赵小冬冷笑道：“好你个王大处长，你哪里知道民间中医有多难啊!

郭氏圈疗从郭老爷子到郭大夫，帮助了多少人解救了多少人！老百姓口口相传，可你们这些管理机构的官老爷有几个人认真了解过？我听说郭老爷子前些年离家出走进了终南山，离家时都七十多岁的人了，要不是被逼得走投无路怎么会走那一步？还有现在的郭大夫，都已经快六十岁的人了，年年申报医师证，可他哪里考得过那复杂的试卷？除了病人，你们中医药管理局还有卫生局的人，有谁把他当医生看吗？”

赵小冬由于激动脸色微微发红，脸蛋上那块疤痕更加明显。王泽桐脸色凝重地说：“卫生局和管理局的人我不知道，但从我爷爷在这儿治病起，我就已经把郭大夫当个好医生看了，把你们这些调理师都当医生看了。从现在起我想认真地了解圈疗，为圈疗做点什么，你愿意帮助我吗？”

看王泽桐神情庄重满脸严肃，赵小冬不再挤对他了。其实从前些天知道他是中医药管理局里的人还是个大处长时，心里涌上来的首先是好感。他在陪护他爷爷的那么长时间里一直都隐瞒身份，而不是像一些上级单位来的颐指气使的人，恨不得把自己的身份写个牌顶在头上，处处要求特殊待遇。这个年轻的处长不一样，他待人亲和还有一种真诚坦率的做派，但是赵小冬对他这个处长身份又有点气、有点怨。听说中医药管理局成立两三年了，还说是专门为振兴中医而成立的机构，主要工作就是扶持民间中医药、抢救民间传统技法，可从没见有人关注过郭氏圈疗。之前来过所谓搞调查摸底的，翻翻台账问问话，总是说郭大夫没有医师证，然后就没有下文了。这次这个年轻的处长是不一样，他是真心为圈疗着想吗？

王泽桐又问：“调理部还有其他资料吗，都让我看看好吗？”

赵小冬说：“医案有好多本，前几年的都在档案柜里放着，不过都是按格式简写每次调理治疗的过程和变化，你看再多也都这样。”

“那还有别的资料吗?”王泽桐听出赵小冬话里有话，便试探地问道。

赵小冬打量一下四周，发现没有其他人才说道：“我写了一些笔记，算不得医案，但把当时圈疗为人治病的过程和我的感受都记录下来了。”

王泽桐喜出望外：“那太好了！一定要让我看看!”

赵小冬后悔自己道出这个秘密，赶紧分辩道：“这个不合适吧，你会笑话我的。你是大学生、研究生，又是大处长，我没文化不会写东西，只是像记日记一样乱七八糟地记录了我看到的和我想到的……”

“那一定特别有价值！带着你的感情真实地记录圈疗传承推广过程，这正是我想看的、想了解的，给我看看吧，我会保密的。”

赵小冬考虑了一下子终于下了决心：“给我邮箱，我今晚发给你一部分，你不许外传，那可是我两年多才积累下来的。”说完她身影一闪又去忙碌了。

望着赵小冬的背影，王泽桐想：一个打工者竟然会悄悄地把自己所做的、所想的用笔记记下来，说明她已经不是一个普通的打工者了，她已经把这份工作当作自己为之奋斗的事业了。

和罗医师相对而坐时，王泽桐内心隐隐地感受到一种震撼力，一种安宁平和的力量，一种专注执着的力量。王泽桐听到过一些罗医师的传说，当年郭老大夫研发圈疗法时，她就倾力支持，郭老大夫进山后，已入古稀之年的罗医师助力郭柏川创建了这所传承推广中心，每日坐诊医患无数。七十六岁的老人，面容慈祥温和，花白的头发梳了个简单而齐整的髻，白大褂罩着她虽瘦却依然挺拔的身子，此时她戴一副琥珀色玳瑁框花镜正安静地看书。

今天调理部病人很少，郭大夫带着秋桂枝、赵小冬还有另外两个调理师去参加市里一个展示活动去了，中心剩下几个人也没有多少事可做，罗医师这里也没见有病人来找。王泽桐想，这是个好机会，找罗医师好好聊聊。

“罗医师您好，想跟您聊聊，打扰不?”

罗医师合上书抬起头一笑：“不打扰，我也是没事干随便翻翻书。坐吧。”

王泽桐刚要坐在罗医师对面的凳子上，罗医师抬手指指诊台一旁的椅子：“坐这儿吧，好不容易轻松一会儿，你往那儿一坐，我就觉得又要给人看病啦。”

王泽桐不由笑了。坐在罗医师身旁，正想着怎么开始这场谈话，没想到罗医师先打开话匣子：“小王，你不简单呢，还不到40岁吧？已经是医管处处长啦，这次专门到圈疗来蹲点调研，挺用心的。”

望着这位可敬的老人，王泽桐由衷地说道：“罗医师谬赞了，其实我到中医药管理局三年了，真的还不知道自己该做些什么。说是民间中医管理处，可是对民间中医的现状根本不了解。要不是上次我爷爷在这儿调理治疗，我是完全不了解你们的工作，完全不了解圈疗这个技法。”

罗医师平淡地说：“这很正常，你们管着全市中医药这个行业那么多民间单位和团体，怎么可能面面俱到?”

王泽桐摇摇头：“不是这个问题，我觉得我们不是没有面面俱到，而是哪一面也没到，甚至对民间中医的现状都不了解。不说这个了，我一直想听您讲讲圈疗，您是圈疗中心的创建者之一，又是最好的圈疗医生，给我讲讲圈疗的过去和现在吧。”

罗医师笑道："圈疗的过去和现在，这可是个很大的话题哟，从哪儿讲起呢?"

"先讲讲郭老大夫吧，当年郭老大夫离开医院自办诊所您就帮他，后来他进山这件事您也知道，再后来您又帮郭大夫办起这个传承推广中心，郭大夫给我讲，没有您的全力相助，过个中心就办不起来，他就无法传承这份家族医业。"

罗医师谦逊地一笑："言重了。这样吧，今天先给你讲讲郭老大夫离开医院那一年的事吧。"她言毕目光向右侧窗外流转了片刻。天空不是那么蓝，浮云飘飘。

"郭老大夫当年是我们市二院最出色的大夫，诊病率和痊愈率是全院最高的。后来我发现他把一种奇怪的按摩法和香灸法用于临证，就问他这是什么疗法，他给我讲了郭氏家传的外治法和他正在验证和完善中的圈疗，限于院方的管理规定，当时只能是尝试性地偶尔地暗地里使用。我是个妇科医生，深知妇科疾病尤其是肿瘤难以医治，而圈疗为医治疑难杂症和肿瘤疾病提供了一种新的途径，我目睹了一些久治不愈的妇科病严重的患者经圈疗获得新生，这个疗法的功效使我觉得很神奇，就暗地里跟郭老大夫学习这个疗法，偶尔也用于临床，当然，在当时这都是秘密进行的。

"第一次听到郭老大夫要辞职的消息是1991年国庆前后，那个时候我已经调到肿瘤科，听到这个消息我很吃惊，同在肿瘤专科我却没听到一点风声，直到郭老大夫即将离开我才知道。那时正是肿瘤科最忙的时候，每天都要应对川流不息的病人，平时在科里忙得连说句话的工夫都没有。肿瘤科是因郭老大夫而建，有了郭老大夫才有肿瘤科，郭老大夫怎么可能突然辞职离开呢？一天，下班后科里只剩下郭老大夫时我问：

‘是真的吗?’郭老大夫平淡地回答道：‘是，是我要离开医院，这几天把手头几个病人料理完就走了。’不等我再问第二句，郭老大夫说：‘我是为了把圈疗做好，没别的。’

“当时我心想，肿瘤专科是因郭老大夫而设，医院怎么能让郭老大夫辞职离去呢！正是郭老大夫发明了圈疗这种对抗肿瘤的新方法，才引来众多的肿瘤病人，才有了许多成功的案例，虽然当时圈疗这个疗法还没有公开使用，但民间已经广泛流传。院里医生私下里都劝郭老大夫留下，我当时以为院领导们一定会挽留郭老大夫，给他一点研究、应用圈疗的条件，留住郭老大夫，留住圈疗，对医疗事业、对医院都是好事，也是众望所归啊!”

王泽桐忍不住插话：“是啊，这对医院也是一件很重要的事情啊！可以作为一项医院科研项目，由郭老大夫牵头在临证临床中研究完善，那对医院，对郭老大夫都是一件好事啊!”

罗医师摇头叹息：“人心难测，事与愿违啊！圈疗这么好一个疗法，只因为来自民间，源于家传，便被个别领导人视为歪门邪道百般阻挠，至今不入主流。郭老大夫为此辛劳一生，晚年还孑身漂泊山野。”

罗医师长叹一声止住感慨，取下眼镜擦拭一番又郑重地戴上后开始讲述当年郭守正离开医院时的情形。

20 世纪 80 年代末，一向门可罗雀的市二院突然火了起来！早晨刚一开门，挂号室前就排起了长队，然后人流便涌到肿瘤科专家门诊部门前，走廊里两排长椅坐得满满的。

医院是因新组建的肿瘤科而火了，确切地讲是因郭守正用他家传的外治法治疗肿瘤疾病而火了。

郭守正是个脾气温和的人，身材修长，慈眉善目，对同事、对病人总是彬彬有礼，一口安徽味的普通话不急不躁，说起诊疗上的事总是之乎者也的。他是个资深主任医师，临床经验丰富，还身藏家传中医外治绝技，同行们无不羡慕。郭氏家族世代行医，以按摩、香灸和贴膏等传统手法祛病除疾，郭守正把家传手法配伍组合治疗慢性病、疑难杂症和肿瘤疾病，医好了众多病人。他把这种新疗法叫作“圈疗”。为了这个圈疗，郭守正苦苦摸索多年，起初是在自己家里试验揣摩，用此法治好了一些肿瘤癌症患者。渐渐地，不仅仅是病人像潮水一样涌向肿瘤专科，还有一些外地来的医生、学者来找郭守正交流肿瘤治疗问题。

癌症是个世界性难题，连国际医疗界都苦无良策，现在传出郭圈圈发明了中草药外治法能医治肿瘤疾病，怎能不引起人们的关注呢？市二院肿瘤科治疗肿瘤疾病有绝招，这不仅是病人的福音，是本院的一张王牌，也是医生们关注的焦点。当时，肿瘤科在治疗肿瘤方面在全省乃至全国都排在前列，使市二院突然间名扬医疗界。

医院的效益因此而大幅提高，同事们皆对郭守正大夫高看一眼，但郭守正本人却高兴不起来。来求医的癌症病人越来越多，大都是晚期，多数都是经过西医治疗后复发扩散，现有的手法和药物难以有效治疗。当然这种不能有效治疗的现状是普遍的，没有人责怪医生和医院。郭守正认为圈疗法凝聚了家族医术的精华，在软坚散结方面能达到特别的效果，眼下急需要把圈疗法用于临床，经观察、验证、完善，就可形成一种全新的治疗肿瘤疾病的方法！但这个愿望却一再受阻，一再被院领导打压。

听说郭大夫要辞职，全院上下无不愕然。在医院里，几乎所有的同事都为郭守正抱不平。郭守正是个好大夫，无论医术还是在社会上的影响都是极佳的，治疗疑难杂症肿瘤疾病有绝招，因此院里才顺势而为组建了郭守正肿瘤专家诊室，郭守正和肿瘤专科成了医院的效益支柱。病人信赖，同事敬慕，这样一个优秀的大夫怎么会突然辞职离开呢？医生中有人知道一些内幕，大家私下里议论着郭大夫是怎样被逼迫离开市二院的。

罗医师调入肿瘤专科后，对郭守正和圈疗有了更多的了解。

头一年里，郭氏祖传制剂梅花香和康宁膏与医院共同开发注册，已投入临床，但治疗肿瘤疾病的核心技术——圈疗法的用药和画圈的方法，医院里当时尚不知情。以前郭守正是在家里尝试性地治疗了一些病人，从亲戚朋友到亲戚的亲戚、朋友的朋友，慢慢就传出去了。世上最有力的宣传是人与人之间的口口相传，胜过一切广告，画圈治癌渐为人知，“郭圈圈”这个称号在民间广为流传。但是，这个疗法还没有经过鉴定，没有得到认可，不能在医院公开使用。1991 年初，郭守正觉得圈疗法经过多年的验证、完善，基本成熟了，有为数不少的成功案例，接下来要进入医院临床才能获取临床检验和数据，逐步得到医疗机构的认同才能广泛应用于医疗。便向院方提出要把圈疗法引入医院临床临证，以治疗更多的病人。没想到，这件事在医院掀起了轩然大波，院长和书记之间爆发了激烈的争吵，最终拒绝了郭守正的要求。

雷院长是一位中西兼修的名医，对肿瘤专科和郭守正的工作一向给予重视和支持，也深知郭守正家传绝技和这个圈疗法的含金量，一面帮助郭守正申报卫生局批准，一面争取院领导班子的支持。却没想到遇到党委书记宁成勇的坚决抵制，后来郭守正提出要辞职后，宁书记更是暴跳如雷。

在院领导班子会上，雷院长说：“郭守正发明的圈疗法对治疗疑难杂症确有奇效，我们可以先引进，保守试用观察，报请上级验证，批准后再正式推广应用。”

宁书记坚决反对：“不行！我们是堂堂国字号医院，怎么能让民间搞的野路子疗法进医院，弄出人命坏了医院名声怎么办？”

雷院长说：“郭大夫的医术你是知道的，他的名气和影响在中医界越来越大。再说郭大夫的医术和工作态度大家都清楚，他带队的肿瘤专科可以说是咱医院效益支柱，他的专家号天天排满。还有他家传的获得专利的梅花香和康宁膏每年为咱医院挣了多少钱？我看就让他这个家传疗法先临床试试吧。”

宁书记听了这话非但没有改变态度，反而更加怒火中烧：“不行！绝不能纵容这种把个人凌驾于组织之上的行为！郭氏梅花香和康宁膏是在咱们医院的支持下才获得专利和生产批号的，虽然说医院分成了，他得到的也不少啊！郭守正才五十多岁，我们把他推到名医的宝座，又是评副高又是提主任医师还不知足？”

书记和院长意见相左，其他成员结舌杜口。圈疗法几次上会终无结果。

这期间，私下里找郭守正治病的人越来越多，下班回去总有人等在家门前，还有外地的病人打电话或写信来苦苦求治，有的病情危重，有的生死一线，郭守正不能见死不救，只好请假行诊。这样一来，和医院的矛盾日趋激化，这一年的国庆节刚一过，郭守正宣布辞职，医院肿瘤专科也随之散伙。

那天周一领导班子会上，雷院长把郭守正的辞职报告扔到宁书记面前，板着脸一句话不说，其他班子成员也都知道原委，皆不语。宁书记拿起报告扫了一眼，没想到郭守正竟然真的敢辞职！宁书记知道众人都在给他摆脸色，便恼羞成怒地说道：“组织上不同意他停薪留职!”

雷院长冷冷地说：“看清楚，郭守正不要什么停薪留职，是彻底放弃公职!”

这件事也给宁书记造成很不好的影响，过了不久他在市二院也待不下去了，走时灰溜溜的。但郭守正终究是离开了，红火一时的肿瘤专科也散了，同事们既惋惜又无奈。罗医师知道，郭守正此时全部心思都在圈疗上，眼看着这个中草药新疗法即将成功，他必须倾注全部心血钻研，观察临证反应，完善技法，让这个“圈”更加圆满，拯救更多肿瘤癌症患者……

“后来郭老大夫辞职回家自己办起了诊所，我当时也要辞职，郭老大夫劝我还是留在医院，他说民间个体医者是非常艰难的，他辞职是为了全身心地投入圈疗法的研究，让我还是保留公职，业余时间帮他就好了。后来，我一退休就到郭老大夫的诊所来了。”

郭守正的经历使王泽桐心里隐隐作痛：“郭老大夫自办诊所一定办得很好，为什么会在六年前独自进山呢？他这么大年纪进山独住，太不可思议了。我听说郭大夫以前不愿师承他父亲的医术，不愿当这个传承人，但老人家因此就抛家弃业进山独住也太令人费解了。”

说到郭守正进山这件事，罗医师并没有显出过多的沉重、惋惜、担忧这一类的神情，反而是一副欣慰、轻松的样子：“郭老大夫一生研究外治技法，到七十多岁时对中医药外治的研究已经达到一个很高的层面，他的境界已经不是普通人能理解的了。他受道家思想影响比较大，对人生、对生死的态度也异于旁人。在城市里他是孤独的，一个民间中医没有平台，没有话语权，没有人理解，但与终南山的僧友道友们的交流却是心心相通。我知道他在多年前就与莫道长等山中高人有来往，所以他进山并不奇怪，也不用为他担心。”

王泽桐听罗医师这样讲，心中略感宽慰，便把话题引向另一个主题。

“传承推广中心创建已经五年多了，圈疗法也确实非常有价值，但我看中心在发展上显得滞后，请原谅我这么说。”

罗医师轻微笑了一下：“你说得没错，中心成立五年多了，用常规的标准衡量确实是没有什么发展，还是当初租的这两间房，体量没有增长，效益也谈不上好。郭柏川老实耿直不善经营，我也只是个年迈的医生，更不懂市场，几年来就靠着郭氏家传的几种制剂维持中心生存。不过从另一个方面讲，这几年中心的发展也不小。中心做的事是传承推广，它的发展不是以外在规模的变化体现的，也不是用利润效益来体现的。这几年郭柏川带人四处奔波展示、义诊，教会了很多人使用圈疗，北京、深圳、郑州、青岛、兰州等多个城市已经建立了近百个加盟店。加盟店你知道吗？许多加盟店只有几个甚至一两个人，但一个地方有了加盟店，圈疗这个技法就会在这个地方生根发芽，就会在这个地方推广传承下去。可以说，这就是圈疗的发展，就是中心的成就。”

王泽桐点头道：“罗医师您说得真好！我就是在陪我爷爷医病的过程中感受到了圈疗的良好效果，才想到对圈疗做进一步了解的，这么好的疗法应该好好地传承推广，帮更多的人减轻疾患之苦。作为一个中医药管理机构工作人员，我也想为圈疗做点什么。”

罗医师以欣赏赞扬的眼光打量着王泽桐：“我明白你的心意，你这些天了解得够深入的，我看你和中心的员工们也都有交流。”

王泽桐趁机把话题引向秋桂枝：“听说秋桂枝以前是在医院工作的医生，她又是怎么来圈疗中心的？而且我看她说话比较困难，好像声带受过伤，平时总是不苟言笑神情忧郁的样子。”

罗医师说：“秋桂枝以前在一家县级医院工作，是个不错的医生，后因高烧烧坏了声带，治疗失误使她几乎成了哑巴。一个不能正常说话的医生自然被病人和同事另眼相看，秋桂枝受到嘲弄和讥笑，丈夫也与她离婚了。秋桂枝辞了工作，一边独自带着六岁的女儿四处打工，一边自学中医疗法治疗自己的疾病。圈疗传承推广中心成立头一年她就来应聘，来到这儿后她再也不漂泊了，在此租了间房子。今年女儿已经十一岁了，这几年通过圈疗的调理，桂枝的嗓子也渐渐恢复，起码能说话了。”

王泽桐说：“原来是这样！我总觉得秋医生医术好，对病人特别用心，但总是有些忧郁的样子，原来有这么多的经历。还有赵小冬，我看也是个很优秀的调理师，她脸上的伤疤是怎么造成的？现在医学这么发达，应该有办法医治啊！”

罗医师说：“是的，小冬这个姑娘是挺优秀的，在几个年轻的圈疗技师中，二十九岁的小冬最有医者的悟性和潜力，长相、身材也挺好，命运的捉弄使小冬成‘剩女’了。小冬是个四川姑娘，上卫校毕业后在当地没找到工作就外出打工，在南方和几个打工妹租住的房子因电线老化失火了，小冬拉着室友往外跑时，绊倒在地，一块燃烧的塑料布正好粘在她脸颊上，后来的治疗也不及时不恰当，给小冬留下一块疤痕。不过这个疤痕并不是没法治，做个植皮手术不是什么难事，小冬眼下是顾不上。”

王泽桐道：“这些天我看到秋桂枝和赵小冬的工作情况，也和她们有些交谈，无论是调理技术和职业操守，二人都是很优秀的。”

罗医师也颇有感触：“是啊，秋桂枝来中心已经四年多，赵小冬也三年了，她们是真心把圈疗当作自己的事业来干。别看这么个小调理部，要干好可是不容易呢，中医这个事情要有一定的天赋，要有一种对病人的悲悯之心，把病人的疾苦当作自己的疾苦才能用心。这几年中心换了不少人，多数都是干个一年半载的就走了，这不怪这些年轻人，因为多数年轻人都是把工作当作生存的手段而已。”

这时，一个调理师领着一个病人走进来，王泽桐向罗医师谢过之后就离开了。

## 2

夜间10点多，王泽桐陪着九岁的儿子刚写完作业，看到手机上有新邮件提示，心想一定是赵小冬发来的笔记，便招呼妻子安顿儿子洗漱，急忙去书房打开电脑，心想看一会儿再睡觉。没想到几页看下来竟放不下，又回到开头认真地读起来，一口气看到夜里一点多。

赵小冬的笔记使王泽桐惊讶不已，文笔之好超出他的想象，其内容更让人感动。虽然只是赵小冬两年多来在圈疗中心经历的一些她认为比较重要的事情，但这些笔记从一个侧面记录了圈疗中心的发展历程，记下了这样一个小小民间中医团队是怎样一步步走到今天，记下了圈疗为什么在民间口口相传。赵小冬的笔记为王泽桐打开了一扇认识民间中医的窗口，一扇认识郭氏圈疗的窗口。

### 赵小冬笔记（2014年12月26日）

这是我第一次为我的工作、为圈疗而写笔记。我不想建博客，也不想在微信朋友圈里晒，只想记下来留下来。为什么而写，是为圈疗，还是为自己呢？说不上。这儿是个小小的保健调理部，但也经常面对一些重大疾病患者，面对一些生离死别的悲摧场面，总有些事情让人动容，让人难以忘怀，这就叫“人间疾苦总关情”吧。

还有个理由。今天是我来圈疗打工一周年的日子，不，不，这个也不重要，重要的是从今天起我就是一名正式的调理师，可独立为病人做香灸和圈疗了。似乎，还有一个更重要的原因：我觉得自己会在这里长期干下去，圈疗一天不散伙我就不会离开这个“圈”了。

我不知道我的选择对不对，这个“中心”能撑多久？我也不知道郭大夫到底算不算医生。同来的几个伙伴都离开了，后来的一些人也走马灯一样来了走了，而我，几次犹豫还是留下了。中心看不到什么前景，没有什么效益，能给我们这些打工者的工资也不高。可是，有一种莫名的力量让我不忍离开、不愿离开。使我留下的原因是什么呢？是郭大夫，还是这个圈疗？

以前觉得郭大夫这个人挺奇怪的，他在患者面前像个憨厚的兄长，平时待我们也像个温和的大叔，可是一旦调理治疗中有什么差池就很凶，有时还骂人。他的医术应该说很高，我眼看着他治好了那么多病人，可他却连医师证都没有。还有我们做的这个圈疗，这种调理治疗方法我以前从未见过，未听说过，不管什么病人来了，都是用几种简单的方法——揉术、香灸、画圈，居然治好了许多慢性病患者，还有癌症晚期患者，有很多人从全国各地慕名找来求治。然而，这个疗法却从未得到官方的认可，所以给病人治病不能说是治疗，只能叫调理。一个救治了很多人的疗法却不能算治疗，郭大夫每天做着医生的事却不是医生，圈疗中心每前行一步都很艰难，却有很多人想学会这个疗法。

今天早上是我第一次正式上岗为病人香灸。来郭氏圈疗一年时间里，经过培训、实习、考核，终于成为一个正式的调理师，没想到第一次上岗就遇到一个癌症晚期的大病患者。

昨天上午快下班时，一对中年夫妇来到圈疗中心。

“我们找郭大夫，是朋友介绍我们来的。”说话的是位女士，面色蜡黄，有气无力，语声喑哑，显然身患重病。

我招呼他们坐下，倒上茶水，郭大夫慈祥地微笑着，接过诊断书一面看，一面听他们讲述病情。

经夫妻二人的讲述，我也听清楚了这位女士的病况。她姓魏，四十五岁，患乳腺癌数年，2013 年初切除右乳。手术、放化疗从表面看消除了肿瘤，然而，治标不治本的放化疗不可能从根本上治愈疾患。当年底就出现原位复发及转移，双肺、颈侧淋巴结肿大，左胸壁、左腑下多处见结节。她辗转数家医院求治又一年多了，最近被告以癌细胞扩散无救，就是说医院已经对她关闭了大门。

我扫了一眼郭大夫手里的诊断书，看到了令人心惊的字样：“左乳房上方有肿块，呈现出淋巴扩散性结节，即癌扩散。局部出现浅表静脉怒张，酒窝征和橘皮征明显，胸部皮肤大片颜色变暗，呈硬结、增厚，杂以癌性斑块和溃疡呈铠甲状胸壁……”

看着这一对才进入中年的夫妻，我心中充满同情与惋惜。交谈中，了解了他们这些年来与癌症抗争的过程。几年来，名医、大医院都找过，西医、中医都看过，手术、放化疗也都做了，却只能眼看着癌魔一天天把身体摧毁。当癌症复发扩散进入晚期后，各家医院都做出了同样的答复——束手无策。

“我并不怕死，几年来在死亡线上来来回回，已经疲了。眼下让人受不了的是疼痛的折磨，全身疼痛，没有停歇的时候，整晚整晚地睡不成觉。”说到伤心处，魏女士哽咽难言。

“郭大夫，我们是听朋友讲你们郭氏圈疗治疗癌症效果好，有很多成功的案例，我求你救救我妻子！我们不奢望癌症能治好，只希望能减轻些痛苦，能让死神来得慢一点就行，求你了！”一直显得镇定而坚强的魏女士丈夫此时也眼含泪水。

郭大夫始终以他特有的慈祥微笑和温暖的话语感染着他们，安抚着他们：“我知道，我明白，圈疗法就是针对癌症的，咱们医患双方共同努力，可以一定程度地缓解症状。你们先回去，让我制订一个调理计划，明天咱们就开始调理。”

魏女士和丈夫相扶着离去了。我望着郭大夫，我知道，刚才他在听讲述病情和看诊断结果的过程，也在进行望、闻、问，想必心中已有了调理计划。但这样一个癌症晚期病人，连大医院都闭门不收了，小小的郭氏圈疗民间团队敢收治吗？人命关天的责任如何担待得起？

郭大夫看出了我的疑问，依然微笑着说：“这是我们常常遇到的事情，一些癌症晚期患者经历了各种折腾之后，病情一天天加重，钱也花光了，到最后医院都不肯收治，实在走投无路了只好来我们这儿。癌症乃不治之症，这谁都知道，但都还抱着一线希望，我们不敢说能治好，但为病人缓解痛苦是有把握的。我父亲当初就是针对癌症发明的圈疗法，用圈疗为患者调理若干疗程，能一定程度地缓解疼痛并阻止癌细胞扩散和病情恶化。再说，要是我们也不收治，这些病人就再也无医可求了！”

今天早晨，魏女士夫妇早早来到中心开始调理，郭大夫让我负责魏女士的香灸。我看了郭大夫制订的计划，虽然还不全懂圈疗医病的机理，但基本程序也算是有所了解。第一疗程是以揉、灸和贴膏为主，这三种技法都是郭氏圈疗的家传绝技，揉是揉术疏松法，灸是梅花香灸，贴是贴敷康宁膏。揉术疏松上半身；香灸至阳穴、肺腧穴、大椎穴、乳前区；

贴膏贴乳房、脊柱一条线和臀部、小腿、肝、胆、脾、胃，我的任务是按调理计划指定的穴位做好香疗。

### 赵小冬笔记（2015 年 4 月 8 日）

这是四月一个明媚的早晨，雨后初晴，天空显得格外蓝。我走进圈疗中心时，魏女士和她丈夫已经早早地来了，迎窗坐在晨光下，正和郭大夫热烈地谈论着什么。夫妻二人今天衣着整洁，脸上绽放着久违了的笑容，因为疼痛的缓解和睡眠的改善以及饮食的好转，魏女士气色好多了，脸上也有了光泽。他们是来告别的，从冬到春，四个多月的调理治疗，一定程度地遏制了癌细胞的扩散，缓解了疼痛之苦。正如郭大夫调理计划上写的：乳腺癌晚期患者，因气血郁滞，致阴毒旺盛、气血虚衰，以圈疗法温阳扶正，疏肝解郁，活血化瘀，阻止癌瘤扩散，缓解疼痛。

几个月来魏女士的调理治疗经历了不断的调整，每周的按揉、香灸、贴膏都有变化。郭大夫叮嘱我重灸颈淋巴结节处、乳头、承浆穴、印堂穴，而膏贴也由乳房、肝胆、脾胃、颈结节处逐渐增加至脊柱、臀部、小腿、脚踝等部位。记得调理至第七天时，魏女士就连连表示感觉良好，疼痛明显减轻，淋巴结变小，乳房肿块变软，水泡溃烂，她说终于破天荒地睡了个踏实觉，疼痛也减轻多了，表示愿意按郭大夫制订的计划调理下去。

后来几个疗程以圈疗为主，进行全面、深度的调理，进一步软坚散结，化瘀活血。第一个月结束时，效果愈加明显：缓解了疼痛，减缓了淋巴结扩散，睡眠、饮食向好，整体状态改善明显。

但是，调理进行到中期时，魏女士的身体状况突然发生剧烈的变化，前一阶段的好转现象出现颠覆性的改变，表现出病情加重、恶化的症状。上半身成片成片出红疹，局部病灶出现溃烂。颈部、胳膊、委中穴起红疹，溃烂，脚底有凉气排出，全身发冷，疼痛加剧，经常呻吟不止。我很纳闷很担忧，前一阶段的调理效果一直很好呀，怎么会突然出现逆转呢？我每天为她调理时都暗暗担心第二天还能否见到她。

那几天调理部的气氛特别紧张，一说到魏女士的病情大家都如临大敌，调理治疗进入关键时期，似乎和癌细胞的斗争进入了面对面的肉搏战。郭大夫和罗医生每天观察病人的变化，并一次次叮嘱病人和调理师，这是排毒现象，是调理过程的正常变化，要坚持按计划调理不能动摇。负责调理的秋桂枝和我每天报告患者的症状变化，按罗医师的要求及时调整画圈、香灸、贴膏的腧穴和部位。

后来几个疗程中，魏女士渐渐感觉热传力增强，后腰发痒。灸至阳穴、双肩胛部位时命门穴、长强穴、腋窝下有排湿现象，灸其他部位时痒感增强，按揉时疼痛区域减少，这意味着魏女士的身体在好转！是的，她的精气神再次变得一天比一天好。之后脖颈部蜕皮，双耳蜕皮，整个身体几乎换了一层皮肤，变得细腻有光泽，溃烂处得以修复，左乳房肿块消失，伤疤处结节变小，颈部结节几近消失。困扰多年的睡眠不安和排便不畅得到根本的改善，食欲明显增强，渐渐有了气力，脸色一天天好转……

今天，魏女士和丈夫是来告别的。她将带着罗医师制订的计划，带着郭氏圈疗梅花香、康宁膏和圈液，回到家乡由丈夫替她调理，与癌症做最后的抗争。望着这一对即将离去的中年夫妻，我心中颇为感慨，当人们面对不治之症的时候，既要承受病痛的折磨，还要承受面对死亡的精神压力，内心的凄苦难以言说。好在这一对夫妻感情甚笃，相濡以沫，患难与共，组成一道精神的防线，让人心中稍感慰藉。

把魏女士夫妇送出门外，我返回到调理室的阳台从窗户往下瞅着，我想再看看他们的身影，再看看那个总是面带微笑性格刚毅的男人，看看那个不再惧怕死神的女人，看看他们相依相挽的背影。然而，没有，他们一汇入茫茫人流就像鱼儿游进了大海，再也看不到踪影了。

郭大夫说魏女士不会再来了，她所剩时间不多了，在生命最后的关头，郭氏圈疗缓解了她的痛苦，给了她精神的慰藉。

## 赵小冬笔记（2016年4月20日）

那位凭着一本书从遥远的西南边陲找到圈疗中心的杜医生和他妻子凤琼是前天离开的，我送他们到楼下。分别时凤琼回过头看了我一眼，轻轻摆了摆手便汇入街道的人流里了。凤琼那一眼一下子把我的心揪疼了，她那双好看的杏核眼好像因为长年流泪，再没有那种水灵灵的神采，只剩下悲苦哀愁。在为她香灸的过程中，每当疼痛来袭难以忍受时，她就是用这种无助的眼神看着我，眼角噙着一颗泪珠。这个可怜的女人，被几种癌症折磨得半条命都没剩下，身子虚弱至极，气若游丝，连说句话的力气都没有了。杜医生说过，三个月后如果凤琼还活着就一定再来圈疗中心治疗，但愿还能见到这个可怜的女人。

今天写笔记又想起凤琼，是因为仅隔了一天时间，又一个重症病人来到圈疗，又是一个身患癌症的女人。

下午4点多，几个病人基本上都调理完毕，有的在收拾东西准备回家了，有的还在调理床上休息。调理师们有的在给病人贴膏药，有的开始清理香灸砂罐和画圈的器具。这个时候，一个三十多岁的男子搀扶着一个和他年纪差不多的女士来到调理中心。男子哭丧着脸，小心翼翼地搀扶着女子，女子看起来身材挺好，但走近之后看到她面色黯黄水肿，前胸和肚腹高高挺起，是孕妇吗？

我把她们领到罗医师面前之后，罗医师打量了一番女病人，温和地说：“坐下说说你的情况，有乳腺病是吧?”

女病人吃惊地望着未问先知的罗医师，点了点头，还没说出话就“哇”的一声哭了起来。我第一眼也注意到这个女病人胸部大得不正常，而且自她一进来屋里便弥漫着一股奇怪的味道，但没能像罗医师一下子就判断出她有乳腺病。

让她哭一会儿吧，看来这个病人病情可不一般。哭声引来了几个病人在门口观望，我向他们摆摆手把门关上了。女病人在丈夫的安抚哄劝下渐渐安定下来，从她抽泣不停的讲述中我渐渐清楚了她的病情。

这个女病人叫张燕，三十三岁，在南京某医院工作，是秦地南部汉江那一带的人。去年10月在她们单位例行体检中发现右侧乳房有多发性肿块，判断为乳腺肿瘤，院方建议手术切除，她没有采纳也没有做进一步确诊和处理。到今年2月肿块长大了一倍，再行检查时确诊为右侧乳腺浸润性癌。这下张燕慌了，就在她所在的医院开始治疗，但经一个多月保守治疗无效果，癌痞开花破溃严重。主治医师是张燕的老师，对张燕的治疗不可谓不精心，但止不住癌细胞扩散，破溃一天天加剧。老师告诉她，除了做手术彻底摘除乳房别无他法，医院和自己都无能为力。对摘除乳房手术，张燕不肯接受，哭着哀求老师想办法救她。老师告诉她，秦西有个郭圈圈治疗肿瘤有绝招，她曾目睹郭圈圈用圈疗法调理治疗乳腺癌患者，张燕是秦省人，回到老家治病合她所想，便和丈夫带着老师的信奔来秦西……

罗医师一边翻看病历和诊断书，一边听张燕讲完病情后，示意张燕爱人回避。我知道，罗医师要开始诊断查体了。张燕缓缓解开衣扣，解开包裹乳房的纱布，袒露出胸部，我惊讶得眼球差点蹦出来，急忙捂住嘴惊恐地望着张燕。

天呐，一个女人的胸部然被病魔害成这个样子！右乳上方裂开一道深不见底的大口子，像地震裂缝带一样触目惊心，左乳整体破溃，蜂巢一样的疮孔历历在目，双乳之间低凹处残留着一些脓液和结痂的污物，整个胸部疮痍满目，一股恶臭丝丝缕缕地散发开来。那本该是女人的骄傲、女人的自信，是女人最宝贵的部位，现在却变得如此恐怖，如此令人作呕！同为女人，目睹此景使我感到一阵阵惊悚。

罗医师一边轻轻按触一边问道："怎么成这个样子才来治疗？"

张燕哽咽着说不出话来。

罗医师说："赵小冬你先给做下清洗护理。"

我转身快速地又加了一层口罩，带张燕到里间清疮。心中深深地为张燕担忧：天呐，这样的乳房还能挽救吗？

## 赵小冬笔记（2016 年 4 月 24 日）

又一个乳腺癌患者来到郭氏圈疗，她是从遥远的异邦飞来的。

下午刚上班，两个西装革履的男人陪同一位衣着讲究的女士走进大厅，厅里立即响起语速快且脆生生的韩国话。上午班前会上郭大夫说了有一位韩国的女士要来圈疗中心调理治疗，中心已经做了相关准备工作。郭大夫特别叮咛：这位金女士是一位从事高端职业的知识女性，调理治疗过程中要注意细节。

金女士看起来有四十来岁，很漂亮，有点像金喜善，虽重病在身，又经长途奔波显得有些疲惫，但掩饰不住那种精致的优雅和美丽。她说话声音很细，由翻译转述后我们大致知道了她的病情。

金女士是去年 7 月发现右侧乳房有莫名肿块，伴有轻度疼痛不适，入院检查确诊为乳腺癌，遂在当地医院施以乳腺癌剥离手术及腋淋巴剥离手术，术后病理活检为三阴癌，院方提议进行放化疗控制。金女士比较注重医疗安全，拒绝放化疗，一心要寻找绿色安全的中医药调理治疗方法，从韩国中医学会的一位老中医口中获悉郭圈圈的信息，当即飞来秦西……

4月末的秦西已经在炎夏的笼罩之下，调理中心闷热难耐。罗医师一面为金女士诊断，一面通过与翻译交谈了解金女士的症状。金女士自从做了乳腺癌术后一直感觉右侧上肢无力，右侧乳房胀痛，腋下有牵拉痛。罗医师触诊结果显示，术后乳房部位有肿块，局部炎症，体弱，阴虚。诊断完毕后，金女士双手合十对着郭大夫和罗医师久久致意，虽未说话，大家也都明白她的心语。可想而知，这不期而至的病患对她造成什么样的影响，金女士这么讲究的人一定非常注重职业形象和家庭生活，突来的病患使她心情焦虑，对未来充满恐惧，这次跨国求医一定抱着很高的期望……

这次调理治疗能成功吗？若失败了会造成怎样的影响？我想郭大夫是清楚的。他反复看了金女士带来的诊断书和检查报告，和罗医师一起制定了调理方案，指定秋桂枝和我专门负责金女士的调理治疗。

### 赵小冬笔记（2016年5月30日）

金女士的调理治疗持续一个多月了，调理治疗效果是明显的，金女士很满意。她的家人来看过一次，平时由那位秘书兼翻译的年轻人陪同。治疗过程中，郭大夫和罗医师时刻关注着病症的变化，经常调整调理方案。

头一个疗程一直是以揉术、香灸、贴膏为主。轻度按揉病灶部位，香灸至阳、肺腧、大椎等穴，贴膏在乳腺、肝胆脾胃、小腹等部位。这两天右侧乳房的肿块明显变软变小，疼痛感减弱。患者体感舒适，患侧手术疤痕处的红肿明显减轻，患侧乳房结节变软变小，右侧上肢略微可抬，腋下牵拉痛有缓解。

第二个疗程主要是画圈，以小圈为主，施药时全身蛰痒，脖颈前胸及大椎部发红、发痒、怕冷。直到这一疗程接近尾期时，精神状态好转，睡眠好转，右侧乳房结节变软变小，右臂可抬起适度活动。

郭大夫和罗医师反复对我们叮咛金女士病案的调理思路，提醒我们在香灸和画圈时注意观察皮肤的变化，及时调整穴位。郭大夫说由于肿瘤为本虚标实之症，金女士虽行手术治疗但余毒仍在，因此，调理治疗必须从扶正和祛邪两方面入手。第一阶段以揉术和香灸法调治，尤其是对病灶部位施以重灸，祛邪助阳；第二阶段以圈疗整体全面调理，软坚散结，祛邪解毒，五脏同调，扶正固本。

经过一个多月的调理治疗，金女士乳房内肿块消失，手感柔软；右臂可正常活动，牵拉痛消失；末梢循环改善，手脚转暖；食欲增加，睡眠好转。金女士心情逐渐开朗，时常向我们微笑着说“高马斯密达”(谢谢)，有时还和我们这些调理师聊聊天，用手势加上现学的汉语，也还能沟通。看到金女士一天天好转，我们也很开心，这些天调理部经常响起“高马斯密达”的说笑声。

今天早上，郭大夫对我们说，金女士对调理治疗效果非常满意，明天将要回国待一段时间，她安顿好工作和家事后还要再赴中国来圈疗中心进一步调理治疗。

## 赵小冬笔记（2016年6月3日）

最近一直很忙，直到昨天第七次去渝城回来，也就是说过了两个多月了我才补记这件事。不过昨天这个病案有了完美的结局，现在记也是正好。

那个渝城来的陈国萍老人首次来圈疗调理治疗之后隔了半个月又来了一次秦西，郭大夫又亲自为她调理治疗了十来天，虽说十来天的时间远远称不上系统地调理，但也算比较从容了。郭大夫对我和秋桂枝说，按揉和香灸时，在以病灶点为中心的前提下，要加强下肢经络的调治，促进下肢的血液循环和肌肉养护。这次调理之后陈老的腿疾有了进一步的好转，回到渝城后，时常打来电话，讲述自己一点一滴的变化和感受。说她双腿的好转使家人和公司的同事们大吃一惊：都快坐轮椅的人了，跑两趟秦西居然扔掉了拐杖！

有几次通话时我注意到，虽然陈老每次电话里的声音总是乐呵呵的，但郭大夫看上去却并不轻松，心里似乎还有顾虑。事隔没几天，在中心班前会上，主任秋桂枝问道："郭大夫，陈老的调理是很成功的，你却好像并不满意，你还有什么想法吗？"其实这也正是我想问的。

郭大夫会心一笑："我是在琢磨这个事，陈老的骨关节疼痛已是二十多年的顽疾，不知你们是否注意到，由于肌肉和筋腱萎缩，左腿弯曲，两腿相差一厘米多，非几次调理就能见效，见效也不能持续稳定，必须从深处彻底化解老人体内的瘀堵，舒展筋脉，消除炎症，才有可能让老人的腿疾在较长时间里得到根本性的缓解。"

秋桂枝说："咱们这两次对陈老的调理是很成功的，这样高龄的老人就是大医院里也没有什么好办法，但我们用圈疗法，两次调理就缓解了老人的病情，她如果能再次来秦西多调理些时间，再画画圈，定能有更好的效果。"

"我想说的就是这个问题。这个时期要是能连续为陈老调理一阵子定会有好的效果，但陈老年纪大腿脚不便，常来秦西的话，路途颠簸，身体受不了，也影响调理效果。"

秋桂枝惊讶地问："你是想送医上门去渝城为陈老调理？"

郭大夫笑着点头："你看呢？平时我们忙走不开，我想用周末时间飞渝城为陈老调理，试上几次看看效果。"

我望着郭大夫那憨厚的笑容，心里大为感动，郭大夫对病人总是怀着悲悯之心，要是医生都像郭大夫这样，这世界就太美好了！

郭大夫继续说他的想法："自从陈老来后，我一直在琢磨关节疼痛这个病。这几年来，我们调治了不少膝盖骨关节疼痛的患者，但像陈老这么大年纪，病患这么长久的还少见，我正在临证中琢磨圈疗法对这种病症的调理应从哪些方面完善技术标准，所以，我想把陈老的腿疾作为一个典型病例好好做一下临床观察。"

"好！郭大夫你啥时去？我让张梅英联系陈老和订票。"秋桂枝说。

郭大夫说："渝城就让小赵跟我去吧，你和罗医师招呼好中心的事。"

这是我第一次跟郭大夫出诊，还是坐飞机飞渝城！

第一次到渝城是2016年4月中旬的一个傍晚，是那个漂亮的梁秘书接我们，上车后她告诉我们陈老在酒店等，一会儿就在我们住的酒店治疗。到酒店陈老已备好了丰盛的晚餐，但郭大夫只是仓促吃了点就开始调理治疗。陈老脱掉袜子，撸起裤管，乐呵呵地说："你看，腿不肿了，膝盖也不疼了。"郭大夫对老人双下肢细致地做了揉术，然后由我开始香灸。郭大夫一边指引我寻穴和持香的角度，一边轻轻说道："你看，老人小腿瘀肿消失后，显出了肌肉的弹性。这说明我们的疗法越来越触到调理骨关节疼痛的核心机理，证明揉术疏松、梅花香灸、康宁膏贴可以畅通肌肉间的气血通道，调整肌肉机理，激活、修复筋脉骨肉间的组织……"

我知道，这是我极其珍贵的学习圈疗法核心技术的机会。郭大夫看似自言自语般的讲述，其实是给我传授圈疗技法的要领呢。我细心地施灸，默默记下郭大夫说的每一句话。

就这样，从4月到5月，几乎每个周末我都随郭大夫一起飞渝城为陈老调理治疗，陈老的腿疾一天比一天好，疗程结束时已经完全丢弃拐杖，精神十足地开始奔忙公司的运营。每次我们一到渝城，陈老就像见到亲人一样，高兴地说："郭大夫啊郭大夫，我念了几十年的佛，找了多少地方求医问药，现在让我遇到你这个活菩萨了！我太有福气了！"

第七次治疗后，郭大夫说可以告一段落了，给陈老留了些梅花香和药膏，教会小梁简单的使用方法，又给陈老讲了平时按摩哪些穴位和保健的方法，陈老高兴地一一记下，很晚才离开酒店。

次日晨，临离开酒店时，陈老非要来送我们，身后还跟着十几个人，说是听说了陈老的治疗过程后一定要赶过来见郭大夫，有的夸郭大夫的医术医德，有的要预约治病，有的想请郭大夫诊断一下自己的健康状况。不善言谈的郭大夫红着脸眼望陈老不知说啥好，陈老朗声一笑："郭大夫，我这个老太太扔掉拐杖了，走到哪里都是你们圈疗的活广告。现在渝城好多人都想找你这个神医，你不要嫌我给你惹麻烦哟！"

没有想到隔了不久，6月1号，就是前天上午，郭大夫正给我们讲灸法时，陈老打来电话，我听见那个爽朗的声音说道："郭大夫呀，我要送你一份大礼！"老人的声音兴奋中有几分幽默，话里肯定有关子，果然，还没等郭大夫问，又说道："明天我要来秦西，然后去上华山！你陪我一起吧，哪怕到华山脚下看一眼我都心甘！"

哦，天呐，这倒真是一份大礼！想想看，一个本来快要坐上轮椅的耄耋老妪，因为郭大夫精心调理治疗，现在要去登华山！我心中也兴奋不已，七赴渝城是我难忘的经历，我暗下决心要跟着郭大夫好好学他的圈疗技法，这个技法真的能救治很多的人。

秋桂枝主任和其他几个调理师都满心欢喜地看着郭大夫，我知道她们和我一样，心里都在默默为郭大夫叫好，为陈老祝福，郭大夫这次陪陈老登华山可是意义非凡啊！我看郭大夫还拿着电话瞅着，似乎看得到电话那端的陈老，脸上浮现出他那种特有的开心的憨厚的笑容。

这许久以来，我已经看懂了，每当治好一个病人，每当创造一个奇迹的时候，郭大夫脸上就浮现出这种笑，这是郭大夫最快乐的时候，也是我们圈疗中心所有人最快乐的时候，也许这就是医者的快乐吧。

秋桂枝主任趁机说："这么大的喜事我们是不是应该庆祝一下？"

有人起哄："怎么庆祝好呢？"随之大家一同喊道："发奖金呗！"

郭大夫这人老实，当即挥手道："对，发奖金！"

对了，陈国萍老人还特意写了一封感谢信，让梁秘书微信发给我，让我一定要念给大家听。感谢信全文如下：

"我叫陈国萍，患下肢骨质增生、膝关节滑膜炎多年，迈步困难，刺痛难忍。四处求医，无奈疾患缠绵，晚年拄杖而行，险与轮椅为伴。耄耋之年幸遇郭柏川大夫，恩施圈疗法，解我二十年之大患。郭柏川大夫七赴渝城，亲自为我深度调理，今可弃杖健步而行，实为人生之大幸，感谢郭柏川大夫！"

## 赵小冬笔记（2016 年 6 月 27 日）

今天早晨接到杜林远打来的电话，凤琼还活着！这是个天大的好消息，他们回到凉山已经两个多月了，说明杜大夫使用圈疗法自医自疗起作用了！凤琼的命保住了！杜林远说他两个月来每天都用学会的技法给凤琼画圈、香灸，病情不断有好的转变，腹部疼痛大为缓解，局部痒症渐消，化疗药引发的神经毒性反应——脚麻感完全消失。日前做了CT检查，盆腔肿块和双侧腹股沟淋巴结肿块都比以前缩小了。从杜林远的声音听得出来，他那一直被雾霾笼罩的心情明显转好，对生活、对妻子的生命充满了希望！他说，作为一名医生，他深知这样的检查结果对妻子和他们这个家庭意味着什么，各种癌细胞没有恶化，凤琼现在饮食、睡眠都有所改善，这是个了不起的结果！过一段时间他安排好工作和家事，两人来秦西做一个长期调理，凤琼还能活，即使是带癌生存也还能生活下去！

## 赵小冬笔记（2016年6月29日）

今早开完班前会大家正准备上岗时，行政助理张梅英突然走进调理部说："咱们调理治疗过的那位王作家死了！"这个消息使大家吃了一惊，我急忙从张梅英手中接过报纸，看到一行醒目的讣告标题：我省著名作家王远路因病逝世。只觉脑袋里嗡地一响，心里涌起阵阵哀伤。

王作家是一个多月前来到我们这个小小调理部的，我参与调理第三次时才知道他就是那位名声显赫的大作家。天哪，他的那部轰动全国的小说我看了好几遍，每次打开书卷都是热血沸腾，这样的文学作品、这样的作家是多么令人神往啊！我能亲自参与他的调理治疗，这是我一生的荣幸！

可是他才四十多岁呀！怎么会身患如此严重的肝病！他脸色发黑，疼痛来袭时一双大手紧紧抓住调理床边缘，脸上的汗珠子一串串往外冒，喉咙里发出咕噜噜的声音，那是他极力掩住的呻吟声。

王作家是每天下午来我们这里调理，有时他不让陪护的人搀扶，自己走进来和郭大夫说说话，还和我们这些在场的调理师打个招呼。他个子中等、身材魁梧，方脸盘棱角分明，脸色由于总是发烧，黑红黑红的，厚厚的嘴唇龟裂出一条条口子，有几处常常带着血丝。陪护他的人有时是一位长者，有时是一个青年，或搀着他，或跟在他身后，有时疼痛厉害不能行走就得两个人护送来。不知他的肝病为什么会这么严重，疼痛袭来时五官都扭曲了。每次都是郭大夫亲自为他施揉，然后才由秋桂枝或是我为他施灸。在轻轻的揉术中，在艾香慢慢地熏烤中，他的疼痛一点一点消退，呻吟声渐渐减弱。有时候他会在艾烟飘摇中沉沉睡去，这种情况下郭大夫轻轻摆手，让我们停下来不要惊醒他。有时，那位年长的老者来接他，遇到这种情况就在厅里坐下等，和郭大夫说："能睡会儿觉对他来说太难得了，他常常整晚不能入睡。你们的调理为他减轻了疼痛之苦，还改善了他的饮食和睡眠，这就是个了不得的效果嘞！"

后来我才知道，这位常常陪他来的老者就是另一位名满三秦的大作家，电视上正在热播以他的小说改编的电视剧呢！没想到他是这样一位普通平常的老人，就像我们常常接待的来自乡下的老农，待人特别亲切和蔼。有一次我做完香灸满脸都是汗，他对我说："女子你受累了，多谢啊！"我激动得说不出话，只是望着他笑着摇头。我觉得他特别像我那个还在老家种地的大伯，脸像核桃一样满布深深的皱纹，说话时还带着很重的乡音。他和病榻上的王作家，他们怎么能写出那么好的文学作品呢？

可是，有一天，我和郭大夫正在为王作家调理时，突然来了几个人把王作家接走了。他们说市里领导关心王作家的病情，给他安排了一个更好的地方去医治。王作家在我们这里调理了十六天，有十次都是我给香灸的，我们为王作家调理时都特别精心，还特别准备了画圈调理方案。郭大夫私下里给我们讲过，王作家的病已是不治，我们能做到的就是尽量减轻他的痛苦，减缓癌细胞恶化的速度。那段时间王作家的状态挺好的呀！原来是上面担心我们这小调理部耽误了大作家的病，指定了大医院和名大夫治疗，可是这才隔了一个多月王作家就撒手人寰，四十二岁英年早逝，太让人痛心了！

……

看完笔记已经夜里一点多了。王泽桐没有想到，一个普通打工者的笔记会给他带来如此强烈的震撼，看完之后又把一些段落重读一遍。他关掉笔记本躺床上后，还是陷在深深的思索中，难以入眠，脑子里还像过电影一样闪过赵小冬笔记的一页页、一行行。从日期上看，这些笔记是在前年和今年记下的，后面的几篇是前不久才写的，只是时间的跨度比较大，赵小冬显然是选了一部分发给他的，应该还有很多吧。此刻，王泽桐迫切地想看到赵小冬全部的笔记。

记得上研究生那年，刘力红的《思考中医》横空出世，至今王泽桐还记得当时读那本书时是何等的惊喜和振奋啊！接连好多个夜晚，看着想着，有时打开《黄帝内经》把以前没有读懂的地方再细细咀嚼，常常为伟大的中医激动不已。此刻，赵小冬的笔记又一次带来这种冲动！从上大学到读研再到参加工作，这种冲动一直伴随着他，尤其是进入中医药管理局后，这种冲动、这份心思更强了，可以说他把全部的精力都用在了工作上，升了处长后更是如此。他一直坚定着信念，此生做不了良医，也要做一个为华夏中医发展奔走呼号的马前卒！可是，繁忙的工作中他时时感到迷惑，自己号称主管民间中医这部分工作的，却并不清楚传统中医的精髓是什么，真正的民间中医在哪里。

## 3

外出一周参加会议，回到局里又忙过几天后，王泽桐又回到郭氏圈疗继续他的调研工作。

瞅着赵小冬给一个病人调理完的间隙，王泽桐把赵小冬叫到阳台上说话。

“赵小冬，你发给我的笔记我一口气看完了，写得真好！你的笔记引领我真正地走进圈疗，让我认识了圈疗。还有，你的文笔好厉害，你能当作家。”

赵小冬兴奋得红了脸，由于她摘下了口罩，那块挺大的疤痕全露出来了，红亮红亮的。她望了王泽桐一眼转过脸说：“王处长你取笑我！我一个打工的哪能当什么作家！”

王泽桐急忙分辩：“我不是随便说的，是真的。我看了以后好感动。如果你记的全部是事实的话，你们这个圈疗法真的意义重大，你们这些圈疗传承推广者所做的事很伟大，你们很了不起！”

赵小冬急得瞪大了眼睛：“我写的绝对真实，连一点夸张都没有，更不要说作假了！”

王泽桐急忙摆手说：“我不是这个意思，我是说圈疗这个方法疗效很神奇，要好好地总结。还有，你记下的这些医案和调理过程十分细腻感人，要是写成小说出版了肯定会有很多读者。对了，你坚持写下去，将来有机会改成小说出版，这部小说就叫《医者笔记》好了。”

赵小冬捂着嘴笑：“看你说得跟真的一样，还《医者笔记》呢，我一个打工的哪里能算得上医者呢?”

王泽桐郑重地说:“无论是一个大国医还是一个小护士，抑或像你们这些民间中医团队的从业者，只要是从事医务工作的都是医者，大国医一个好方子救人性命，你们一场精心调理也可以救人性命。像我爷爷，要不是你们像对待自己亲人一样精心调理呵护，我爷爷的脚和腿就保不住了。”

说到笔记，说到医者，赵小冬那朵“金花疮疤”和笑靥连在一起看不见了，王泽桐心里再次涌起一个念头：赵小冬是个挺漂亮的女孩。

“你说过还有一些笔记，都发给我好吗？我会认真拜读的。”王泽桐满脸真诚。

赵小冬说:“只怕你是三分钟热度，我们这样一个小小调理部很快会被你忘掉。我的笔记也只是简单记录了我们的一些工作过程和自己的想法，你是大处长又是研究生，看这些不嫌浪费时间吗?”

“赵小冬，我是真心相告，我真的没想到你的笔记写得这么好，这些笔记让我很激动很惭愧。你说得对，我在这里的调研很快就会结束，也许我们管理局什么也做不了，但你们的圈疗会一直传承下去，你要坚持写下去，将来真的会是一部好小说呢!”

赵小冬听到秋桂枝的喊声，说了声我要去干活了，就急忙跑向调理室，同时举起手做了一个 OK 的手势。

望着赵小冬的背影和大厅里奔忙的调理师们的身影，王泽桐心里在琢磨，在圈疗调研的时间只剩下几天了，要抓紧和郭大夫再交谈几次，还要听年长的罗医师谈谈当年郭圈圈的事情，另外还想跟那些长期在此调理的癌症晚期患者聊聊，还有圈疗的制剂以及罗医师讲的终南山里郭圈圈的药田，这些都需要仔细地了解。时间不够的话王泽桐还会向局里申请再来，他一定要把这个圈疗好好地看清楚，把郭圈圈发明的这个疗法到底是个什么样的圈搞清楚，把这个民间中医团队是一群怎样的人搞清楚。

如若不是意外看到赵小冬的笔记，也不会知道这个脸上有疤的女孩还有这么丰富博大的内心世界！还有那个沉静如水说话有点结巴的调理部主任秋桂枝，衣着、举止、神态、语气、笑容都是那么内敛，看似柔弱朴素，揉术手法、香灸手法却是一流，一支香棒在她手里舞弄得出神入化，调理部的年轻调理师们就靠她带领、传授技法。听说从郭柏川建立圈疗中心起，她就是这个团队的元老，五年多来从未离开过。罗医师呢，当年就热心支持郭老中医研究创立圈疗法，如今已经七十多岁了，依然在圈疗中心坐诊，扶持又一代圈疗传承人。这里的每一个人都有故事，都需要他认识、了解，并不是像一些人口中传的那样：领头人郭柏川连医师证都没有；罗医师一个退休老太在这儿挣点外快；至于所谓调理部，一个结巴、一个疤子脸，其他的就是一些打工妹，今天来明天走的……似乎这样一个民间中医药团队根本不可能有什么好的发展。

是啊，究竟什么是民间特色疗法，什么是家传绝技？有人说圈疗是我市民间中医的宝藏，应当发扬光大；有人说圈疗未经验证用于临床存在风险，应当取缔。圈疗已使用多年竟然还没个定论，真相到底是什么？听到的和看到的为什么有这么大的差距？作为中医服务管理机构，管理局对民间中医的判断是不是有问题？

下午，王泽桐看到秋桂枝在调理部的工作台上涂抹药膏，便在一旁的椅子上坐下，问道："秋医生，你是调理部专业技术的领头人，请你给我详细讲解一下梅花香灸的机理和技法好吗？"

秋桂枝嗓音喑哑，声音低沉，语速缓慢：“我知道王处长也是学中医的，还是研究生，这种小技能还用听我讲?”

王泽桐说：“我在大学学中医管理，临床方面所知甚少，对于中医传统技法更是完全不懂。这次在圈疗中心我才看到香灸有这么强大的功效，我真的想好好了解。”

秋桂枝把药膏细心地在桑皮纸上涂抹均匀后，抬起头看了王泽桐一眼，平时总是板着的脸上浮起笑容。王泽桐从陪他爷爷治病开始来圈疗中心这么多次，给秋桂枝留下的印象挺好的。这会儿秋桂枝已经给病人完成香灸和贴膏，正好有空闲，王泽桐又这么真诚，她便说道：“你知道的，香灸法在古代经典医籍中早有记载，是传统中医最常用、最普遍的手法。不过，圈疗中心使用的香灸法不同于常规的普通香灸，这是郭氏家传特制的梅花香，你看香棒的外形是梅花形的，源自外治先祖吴尚先传方，以艾蒿为主，甄选多种纯天然草药相配伍，依据草药性味、归经用特殊工艺制成。郭氏香灸在灸法上也有独特的操作标准，既遵循古法，手法上又有创新，是传统艾灸疗法的发展和升华。”

王泽桐说：“难怪我看来这儿的病人，不管什么病，你们都是用揉术、香灸、画圈这几种疗法调理治疗，原来是内有乾坤啊。”

秋桂枝道：“外治法不用经方不服汤药，完全依靠传统手法祛病除疾。郭老爷子研创的圈疗法把揉术、香灸、画圈、贴膏等手法配伍应用，通过调经脉、通气血，软坚散结，化瘀活血，促进人体阴阳平衡，调理治疗慢性病、疑难杂症有良好功效，所以你看到中心调理治疗种种病症都是这几种手法。”

王泽桐听得入迷：“秋医生你讲得太好了！这些手法请你以后再给我讲讲，这会儿先给我说下香灸，比如说施灸的技法具体有什么要领?”

“施灸要注意点、线、面和第三感应区的整体把握，由表及里，通气、散寒、排湿，由局部调节平衡，疏通周身经络，促使气血流通，促进气血正常运行，恢复自愈力，达到平衡阴阳、增强体质的效果。”

“具体调理不同的病症时，灸法上有什么不同？我看你们常说要脏腑同调，这个有什么讲究呢？”

“‘脏腑同调’是郭氏香灸的重要特征，就是说调理病症时要调理相应的脏腑，针对不同的部位和腧穴要运用深灸、重灸、透灸等不同的手法。比如对上焦以上的病症，要灸至阳穴十五至二十五分钟，加肺腧、大椎、风池、风府等穴位。下焦以下的病症，灸至阳穴二十至三十分钟，加肝腧、督腧、命门等穴位，灸透发热出汗。具体到不同病症，要灵活把握穴位的变化。

“比如风寒型感冒以督脉为主，并配合百会、风府、大椎、风池、曲池、合谷、外关及印堂等穴位。风热型感冒则是以任脉为主，并配合百会、大椎、风池、曲池、合谷、少商等穴位”。

“皮肤过敏可香灸大椎、肺腧、风池、风府、风市、血海、鸠尾等穴位。

“口腔溃疡香灸大椎、脾腧、胃腧等穴位及溃疡局部，贴膏：脾胃腧、足三里等穴位。

“慢性胃炎以灸任督二脉为主，按寒、热、虚、实进行香灸，疼痛发作时，可取中脘、建里、梁丘、足三里等穴位灸之，不痛时可取肝腧、脾腧、胃腧、中脘、足三里、三阴交等穴位灸之。如有呕吐，可加上内关穴。

“腰背、四肢麻木以任督二脉为主，并配合阿是穴，上下肢亦可取穴，痛在腰背部可加大椎、陶道、命门、腰腧、风门、脾腧、肾腧等穴位。

“月经不调选穴以任脉为主，并取肾腧、中髎、关元、气海、三阴交等穴位及子宫三角区。”

秋佳枝说话比较费力，语速慢，发音重，平时很少说话，今天一口气讲了这么多，王泽桐很感动，心里默默记着。看到台子上的沙罐里插着一支还冒着余烟的梅花香棒，王泽桐拿起来说：“秋医生，你教我香灸的手法好吗？我学会了可以为家人香灸。”

秋桂枝笑道：“你这个大处长还真是好学呢！”然后举起香棒在火头上轻轻吹了一下，香头燃起来后递给王泽桐，指了指台后的假人模特。王泽桐会意，站到模特身旁开始模拟施灸。

秋桂枝校正了王泽桐的手势，说道：“距皮肤约二至三厘米，握香倾斜度以三十八度左右为宜，让患者感到皮肤温热适度即可。施行立体螺旋顺时针转圈香疗，以穴位为圆心缓慢向外扩展转动运行，注意观察皮肤和香火头的变化，随变化而追逐运行，不要拘泥，灵活运用。”

王泽桐持香棒沿着模特身上的经络缓缓寻穴，问道：“对不同的患者都是同样的灸法吗？”

“当然不是，关键就在于辨证施灸。香灸打开穴位后，要不时询问患者是温、热、刺、烫、散五种不同感觉的哪一种，然后判断病情，以补或泻的手法施治。”

王泽桐感叹：“这里面学问大着呢！有机会得跟秋医生好好学。你先告诉我，香灸的过程怎么判断病症呢？”

秋桂枝指着模特的躯干和身后的教学图：“香灸部位皮肤微红，中心处隐约可见不同颜色的梅花状斑点，有的花瓣边界清晰，有的花瓣界限相对模糊，这叫梅花斑。梅花斑出现到消失的过程就是观花辨病的过程。

如果梅花斑呈白色，说明寒湿气重；呈黄色，说明体内有堵塞，气血不通；呈现紫色，说明体内有瘀结；呈黑色，黑色部分表现为片状说明此处有黑色素沉着，黑色部分表现为点状说明被调理者体内瘀结严重……"

王泽桐以前对艾灸有一些了解，这几天在郭氏圈疗调理中心看到一根香棒的作用这么大，秋桂枝和赵小冬香灸时手法精湛变化多端，尤其是亲眼看到爷爷的病足和陈召新肺癌晚期的病症在这根香棒的作用下得到好转，对郭氏梅花香灸的好奇越发强烈。直到秋桂枝被叫去调理室了，王泽桐还独自举着香棒在比画着、琢磨着……

# 第七章　圈 圈

## 1

夜晚，王泽桐又一次沉浸在赵小冬的笔记里。

### 赵小冬笔记（2015 年 5 月 15 日）

一个星期的外出培训活动结束了。总结会开过后时间尚早，我在宾馆里写下这篇笔记。

担当培训教师到外地为学员做培训，我还是第一次。我知道这是圈疗中心的一项重要工作，以前郭大夫都是带秋桂枝和其他培训师，这次大概是要把秋桂枝留在中心，为一个重危病人做调理。

这一届培训班在湛江举办。郭大夫好像有点意外，也有点紧张，出发前问这问那。张梅英为他准备的讲课材料很好啦，他还要反复看、反复改。本来这次培训班计划是在公司内办的，因一个“圈粉”的建议竟改为到湛江现场培训。

公司在网上发布举办郭氏圈疗培训的信息后，最先报名的几个学员居然都是湛江的。紧接着那个请求在湛江办班的女士给张梅英打来电话，详细讲了她那边的情况。这名女士叫杨红林，家住湛江，多年前曾带母亲到秦西郭氏诊所求医，她母亲患宫颈疾病和膝关节疼痛，在当地医治多年不见好转，听邻居说起秦西的郭圈圈治病效果好、花钱少，便来秦西治疗了一个多月，病情得到有效缓解。在秦西的这段时间里，杨红林跟着郭老大夫学会了圈疗的基本操作法，回到湛江自己给母亲调理治疗，这些年来她母亲没再受病痛的折磨。这个事在当地引起不小的反响，街坊邻居都说，小女子红林陪母亲去秦西看了一个多月病，不但医好了母亲的病还学会了治疗方法，能自己为母亲治病了！这种圈疗治病的方法太适合咱们平民百姓了！这次杨红林在网上看到培训信息后确认就是当年那个郭氏圈疗，便立即报名，她想更全面地掌握圈疗技法，更好地调理治疗母亲的腿疾。这个消息经她的朋友们口口相传，很多人来找她要报名参加培训，杨红林便萌发了请郭氏圈疗到湛江办培训班的想法。

杨红林在电话里说，她的朋友中有二十多个报名参加培训的，但这些朋友多数都和她一样是社会底层的打工者，要工作要带娃，想来参加培训又难以脱身，要是中心能把培训班放到湛江去办就好了，参加培训班的人数肯定还会增加。

郭柏川听张梅英讲完情况后，笑道："想不到我们中心要去这么远的地方为一群女人办班，不过也没啥不可以的，这就叫'送医上门'吧。张梅英你统计一下参加培训的人数，都是穷女人，收费不能高，测算一下够咱们五个人一路的盘缠就行。"

张梅英笑答："参班人数近三十个，应该够的。"

到达湛江那天已是傍晚时分了，杨红林在火车站接上我们这一队人后，看着郭大夫就捂着嘴笑："您真像郭老大夫！不过比他更高些。"到旅馆安顿下来还没顾上吃晚饭，郭大夫就要去看培训场地。杨红林说："办班场地离旅馆不远，可能条件差一点，但花钱少。"就赶紧带路去看会场，边走边介绍："学校放暑假，在学校租用了一间教室，每天二百块，租了一周。是个快要搬迁的旧学校，条件差一点，但桌椅板凳都齐全。”一行人走进教室看了一眼就往回撤，条件差得不是一点，门窗桌椅全都破烂不堪，不过坐下几十个人倒是没问题。

第二天，郭大夫带着我们很早来到教室，学员们也都陆陆续续来了。果然，前来参加培训的学员清一色的娘子军，而且个个都是娃他妈，还有些甚至是几个娃的妈。她们为了治疗自身和家里老人的疾病，为了家庭的幸福前来参加培训学习。我到圈疗已经接触过不少这些社会底层的中年妇女。她们生活担子重，前来参加培训学习十分不易。杨红林悄悄给张梅英说，有的学员 4 点多就要赶回去接孩子，张梅英向郭大夫讲了这个情况后，就把午休时间取消了，吃过午饭连轴转，把授课时间提前，4 点下课方便大家去接孩子。

圈疗中心创建以来在推广传播和技术培训方面下了很大功夫，形成了一支规模不小的“圈粉”队伍，这支队伍被戏称为“圈粉婆”，因为这支队伍几乎全是女性。中心在各地选拔、培训的圈疗技师，或是从各地赶来秦西参加学习班的学员，绝大多数也是女人。这些女人有的是自身多年受疾病困扰，有的是为孩子、为老人、为家庭前来学习圈疗法。随着医疗科技知识的普及，随着长期治病求医的磨炼，她们不再是被动地等待医院的判决，不再是盲目地听由医生输液开刀，她们要学会自我调理，使自己成为医生。可以说，在医疗保健领域，她们是觉醒的新女性，是走在时代前列的人。这些“圈粉婆”，对求医治病可是很有主意的，她们眼光挑剔，不轻易相信某种技法，一定要亲自体验到技法的真实效果才会扑下身子学。

在这支遍及各地的“圈粉婆”队伍中，有的是在调理治疗疾病过程中认识了圈疗，继而成为“圈粉”；有的是四处求医无门，听朋友说了郭氏圈疗后抱着看一看试一试的心态一步步迈进圈疗这个“圈”的。很多人在郭氏圈疗调理治疗过后或是参加过培训学习之后，学会了揉术、香灸、画圈，可以自医自疗了，医好了自身多年的沉疴顽疾，还把公婆、丈夫、孩子的疾病医好了，成为家里的保健医生。有的已经成为郭氏圈疗加盟技师，在当地开建圈疗调理馆，为家乡父老调理治疗疾病，把圈疗当作终身事业来干，成为圈疗的忠实传承推广者。

这批学员也是这样，虽然都是家务缠身的娃他妈，但个个努力，无论是听课还是实操练习，都十分专注用功。我注意到，学员中有一名沉静端庄的中年女子，总不见她说话，上课时也总是静静地听，有时还在笔记本上画着什么。觉得有困惑时，会向授课老师提问，提的问题很专业。后来听到其他学员喊她刘医生，问过我才知道，原来她是一名基层社区医疗站的医生，学员说平日找她看病的病人较多，经常要排队等。就是这样的一个经验丰富的医生，在得知她所在社区一个重症病人经过郭氏圈疗医治好的消息后，也立即被这个独特的疗法吸引，前来参加培训。

每天上午的课程由培训师讲解圈疗几种技法的操作技术标准，郭大夫讲圈疗的理念和要领，我的任务是为学员们辅导香灸。当我第一次看到圈疗这个手法在遥远的异乡还有这么多人在学习应用，内心很激动。圈疗似乎是个土办法，在上层也许没有人当回事，但在民间却被很多人口口相传，而相传的人大都是从上一辈人那里听了当年郭老大夫治病救人的事情。

郭大夫不善言谈，没讲多少过场话，简单说了圈疗的历史和治病的原理就开始现场辅导实操练习。5月中旬的湛江已到了酷热难耐的时候，三十多个学员加上我们五个圈疗人把教室塞得满满的，但大家却浑然不觉酷热，无论是学理论还是练操作，人人都很专注，唯恐落下一点。为了学会香灸的操作方法，专门增设了体会灸感这个环节，学员们两人一组，集体用梅花香灸下肢，十多支梅花香同时燃烧，烟雾弥漫，个个满身大汗，没有一个人嫌热，甚至顾不上擦一把汗。郭大夫被烟雾和人群包围着，脸上汗水直往下流也顾不得擦一把，忙着给学员解答问题和纠正手法。

一周时间很快就会过去，我知道，今后还会到很多地方办这样的班。郭大夫说过，圈疗中心要做的最重要的事就是传承推广，要让更多的人学会这个疗法……

## 赵小冬笔记（2015 年 6 月 12 日）

今天是第十八期培训班的第一天，这期培训班是在圈疗中心本部办的。开班仪式过后，一个叫林金凤的学员急忙来到调理室，对着一位正在调理的老者喊道："老爹我来了。"患者面露喜色地说："好，你来了就好好学，我在这儿调理治疗感觉挺好的。这法子还真管用。"

这戏剧性的场面让我愣住了，秋桂枝也不解地问："你不是来参加培训的学员吗？怎么你父亲已经先来圈疗中心调理治疗了？"

林金凤笑吟吟地讲了事情的原委。原来自父亲病后，林金凤就在网上了解可以自医自疗的郭氏圈疗，她知道癌症术后复发症不是短期能治好的，而学会郭氏圈疗调理方法后自己可以在家里长期为父亲调理治疗，便让父亲先来秦西治疗，自己随后来参加培训班学习，然后和父亲一同回家自医自疗。

林金凤父亲的病情我了解，他是福建人，今年开春时突然觉得吃饭喝水吞咽困难，几天内很快就发展为不能吞咽，在当地肿瘤医院确诊为中分化鳞癌并实施手术治疗月余。入夏后出现各种术后症状：体质弱、免疫差，时常出现严重胃肠道反应，恶心呕吐、食欲差，肚腹鼓胀发硬并时有痛感，肘、肩和手指关节疼痛，反应迟钝。上周来到圈疗调理中心，郭大夫和罗医师制定了揉术和香灸为主的调理方案，消炎化瘀，扶正固本，激活免疫力。这周林先生面色渐好，饮食增强，睡眠转安，肚腹不再硬如铁石，那隐隐的疼痛也消失了，身上有了力气，看上去脸色也红润了。

林金凤的如意算盘打得真不错！她来参加一周圈疗学习培训，既能学习技法，又能一边每天陪着父亲一边现场观摩父亲的调理治疗过程。她有这样的孝心，返家后一定可以治好父亲的病。

这样的场景在郭氏圈疗调理中心时常可见。许多癌症患者因圈疗而减轻痛苦，许多慢性病患者因圈疗而摆脱痼疾的纠缠，获得健康，获得新生。为了方便这些“圈粉”学习应用圈疗，中心圈疗技师通过微信随时回答他们的各种问题，帮助他们自医自疗。圈疗吸引了越来越多的人，圈疗这个“圈”越来越大。

这些平凡的人，平凡的事，产生了一种力量时，时牵动着我的心。这几年我认识了很多大姐和阿姨，她们有的刚来时被疾病折磨得面黄肌瘦，有的为孩子、老人的疾病心急如焚，有的为没钱去医院愁肠百结。在圈疗中心，她们治好了疾病，学会了自医自疗为家人解病除症。一个个家庭摆脱了疾病的困扰，她们的脸上有了笑容，我真心为她们高兴！这就是实实在在的疗效啊！郭大夫这样心系苍生的医者怎能说不是医生？

**赵小冬笔记（2015 年 6 月 27 日）**

深圳是传播推广圈疗比较早的城市。我虽是第一次来，但知道郭大夫前两年就带队来过好几次，在这里办培训班并助建加盟店，培养了一批圈疗技师。这次来是为加盟店和当地“圈粉”进行技术指导，还要在社区举行义诊，是一次圈疗大展示。

在深圳的几天里，求医者、咨询者络绎不绝，郭大夫领着我们忙碌不停地为求治者调理治疗，还是应接不暇。很多人是听到圈疗传承人郭大夫来深圳了，特意赶来，希望郭大夫能亲自为自己调理治疗。已近花甲之年的郭大夫不忍患者失望，每天都是忙碌不停地为他们按摩、香灸，顾不上午休，扒拉几口盒饭就接着为大家调理治疗。就这样，在加盟店大堂里，在众人的瞩目之下，一个又一个疾患缠身的病人，有老人、孩子，有男士、妇女，有骨关节疼痛多年不愈的，有重感冒高烧不退的，有痛风发作行走不便的，有突发性眼疾双眼模糊的，经郭大夫一双巧手揉术点穴，经我们香灸、贴膏，当即得到缓解。

郭氏圈疗技术小组来深圳的讯息引起很多人的关注，为此我们在社区举办了一场郭氏圈疗健康大讲堂。消息传开后，社区和街道群众闻风而至，把小广场围得水泄不通。人们对简单有效、一学就会的郭氏圈疗法怀着浓厚的兴趣。郭大夫讲完课之后，现场为一些肩痛、腰腿痛的患者调理，人们争相体验，场面十分火爆。第一次看到这样的场面，我内心也很不平静，圈疗这个技法获得这么多人的信任、被这么多人喜欢，我们必须传承好。

## 赵小冬笔记（2015年9月15日）

早晨，班前准备工作完成后有一个等待病人的间隙，我打开手机，浏览微信上的“圈疗公益大课堂”公众号，赫然跳出一张熟悉的面孔，带着灿烂的笑容向大家招手。

几年来，中心举办培训班、外出义诊、培训，足迹已经延伸到很多城市，给成千上万人教会了圈疗法，形成了一支庞大的“圈粉”队伍。为了方便这些“圈粉”交流联络，中心建立了微信“圈疗公益大课堂”公众号和“‘圈粉’朋友圈”讨论组，每周定期安排调理师讲授圈疗技法。随时为求医者解答各种问题，时常可以看到一些患者因得到推广中心的指导和传授，以圈疗法自医自疗，使病情得到缓解。还有的患者只因一个及时的信息、一个正确的方法，治愈了自身或家人的疾病，怀着感恩的心在微信朋圈里晒自己自医自疗的体会。

今天在“圈疗公益大课堂”发布体会文章的是“圈粉”范文兰，她不但写下了应用圈疗的体会文章，还附了一段视频。范文兰是年初从河北来秦西参加培训班的，是个高大健壮的中年女人，说话干练利落。在开班仪式上，她说自己参加培训学习只有一个目的：学会圈疗法为自己年老的父亲调理腿疾。她父亲七十多岁，腰腿疼痛多年，行走艰难，夜晚常常痛得难以入眠，多次治疗皆不见效，听人讲圈疗可以让人学会自医自疗便赶来了。范文兰在培训班学习时特别下功夫，郭大夫听她说了她父亲的情况后还给她开小灶，专门给她教调理治疗退行性膝关节疾病的技法。

范文兰的文章中，有文字、有图，还有一段小视频，她说半年多来一直坚持用圈疗法为父亲调理腿疾，每天细心地按揉、香灸、贴膏，父亲的腿疾有了明显好转，夜间不再喊痛，每天都能出去遛遛弯……

看到老人扔掉了拐杖，面露微笑在阳光下自在行走，真让人欣慰开怀。

### 赵小冬笔记（2015 年 10 月 10 日）

今天，第二十九期培训班结束了。二十多个学员经过一星期的培训学习，带着圈疗制剂和初步掌握的技法返回家乡。一个星期的朝夕相处，大家都有点依依不舍，在大厅里互相道别。有两个学员站在调理师的队列里送大家，他们还将在圈疗中心停留几天，其中一名女学员还要完成一个疗程的调理。

这是一对夫妻，学员们称他们为本期培训班“明星学员”，他们是抱着求医治病和学会郭氏圈疗法的双重目的从青岛来的。妻子叫刘海月，在不久前的体检中查出了卵巢癌和子宫肌瘤，她没有盲目地去医院做手术，而是选择了绿色的中医调理治疗方法，在青岛一家郭氏圈疗加盟店里调理治疗了一段时间。后来，店主告诉她，她的病应该到秦西圈疗中心做全面的调理治疗，并告诉了她中心举办圈疗法培训班的消息。刘海月当即决定和丈夫一同来秦西调理治疗并参加培训班，期望一方面把自己的病治好，一方面让丈夫学会郭氏圈疗法，今后可以在家里自医自疗。于是，这期培训班就成了这对夫妻调治疾病与学习圈疗法的健康之旅。

培训期间，刘海月每天在调理室调理治疗，她丈夫在大厅里上课，一墙之隔，心心相印。课程间隙，刘海月丈夫总是赶到调理室来陪妻子，守在一旁紧紧地握住妻子的手，分担她的痛与苦，默默地给予她力量。

我多次为刘海月香灸。她和我聊了很多，讲了她病情，讲了她内心的恐慌。她是上半年发现自己患上肿瘤疾病的，那一阵子总感觉身体有异常，下腹时常隐隐作痛，服药后排出一些奇怪的东西，更是忧心忡忡。随后到一家三甲医院去做检查，发现体内长了一个六厘米的肿瘤，确诊为子宫肌瘤、卵巢癌。当医院给出手术、放疗的方案后，刘海月觉得天塌地陷彻底崩溃了，她知道这个方案意味着什么，自己还年轻，孩子还没有长大成人，这辈子不能就这么完了！和丈夫一起反复咨询后选择了中医保守疗法，选择了圈疗法医治，来到了秦西……

经过一周的调理治疗，刘海月的局部囊肿明显变软，肠蠕动增加，排气增多，腋下肿大的淋巴结也在一天天变软变小。睡眠、食欲转好，精气神状态明显改善。

培训班结束后，刘海月夫妇留了下来，待刘海月的调理治疗完成后再离开。这周时间里，刘海月丈夫在郭大夫的指导下，在技师们的帮助下，已经基本掌握了郭氏三步法的操作规程，过几天回到家就可以为妻子调理治疗了。

## 赵小冬笔记（2015 年 11 月 6 日）

今天在“圈疗公益大课堂”看到谢红英发的文章，我连看了两遍，为她点赞，为她高兴！

谢红英是个瘦弱的女孩，是第三十二期的学员。她看上去一副怯懦忧郁的样子，学习却很用功。向人问话时总是弱弱的样子，真应了微信上常用的那句话“弱弱地问一句”。刚来那天午休时，她走到我面前弱弱地问：“你不认识我了？”我辨认了一下摇摇头，她说你们到湛江培训时我在班上。我想起来了，她那时比现在还要瘦弱，总是在教室的角落里不吭声闷头记啊写啊，那怎么又来秦西参加学习班呢？看我疑惑的目光，她说：“我学习使用按揉、香灸以后感觉特别有用，我的身体变好了，还给身边几个朋友调理过，她们都说好。我想建一个小小的郭氏香灸工作室，这次来再系统地学一下。”原来她是想加盟郭氏圈疗，我告诉她中心对加盟者给予全方位的支持，技术指导、药材供给等都会给予帮助。没想到仅仅隔了三个月，她已经有了自己的工作室，还在“圈疗公益大课堂”分享了自己第一次调理肩周炎的案例。

谢红英调理的第一个患者是一名职场女士，手臂疼痛严重，抬不起来，夜晚无法睡觉。去医院检查过，医生说她的手臂一般的理疗是治不好了，需要动手术，手术后要到康复治疗中心长期做康复。这名女士是个职业经理人，工作繁忙，没有时间住院，更没有那么多时间去做康复，便四处打听有什么地方可以调理好肩周炎，后来找到谢红英这里。

谢红英说她严格按照培训班上学到的技术标准做好揉、灸、贴的每一步，但调理几天之后没有明显的变化。女士不满意地问她："我已经做了好几次了，为什么没有好转的感觉，疼痛也没有减轻?"谢红英说肩周炎是陈年旧病，又发作得厉害，刚做几次就想有明显变化是不可能的，需要一段时间的调理，至少一个疗程才会有改善的。谢红英一边按照培训班上学到的技术手法，对臂膀、后背、颈椎等部位施以揉术，重灸肩井穴，并逐渐开始贴膏。当调理到第七次的时候，女士感觉疼痛减轻，手臂抬举的幅度增加。

一个疗程结束后，女士说整体感觉好很多了，表示要谢红英再做第二个疗程的调理。女士的信任和症状的改善增强了谢红英的信心，她向中心咨询了进一步调理的方案，相信自己一定可以让女士的手臂有更好的改善。

真心为谢红英高兴！她有了自己的工作室，有了稳定的收入，还掌握了圈疗技法，为自己家人和身边的人带来健康。

## 赵小冬笔记（2016 年 3 月 10 日）

这是个安静的周末，另两个室友都回家去了，我可以静下来写完我的圈疗故乡行，但愿我这个超龄二手笔记本电脑不要出故障。

圈疗中心到各地传承推广跑了好几年了，去过不少城市，北京、上海、深圳、合肥、青岛等，也去过很多小城市，通常都是患者来圈疗中心调理治好了病，在当地口口相传，然后有人凭着口信找到秦西来，无论是携亲来求医的，还是前来学技法的，回去后又会传播给更多的人。于是有人加盟圈疗在当地建立工作室，然后请郭大夫去传授讲课。郭大夫对到外地培训的事很重视，每次外出除了专职培训师还要带一两个专业好的调理师，因为每次在外地都会安排一些义诊活动。

大概是相隔甚远的缘故吧，圈疗中心一直没有去过我的家乡青城。没想到春节前因为一个青城人治病的经历，会把圈疗和青城的距离突然拉近，很快在青城建起了大规模的加盟店。这个人在青城与圈疗之间架起了友谊的桥梁，促成了圈疗的青城行，使圈疗在我的家乡生根开花。

这个人叫朱慧娟，是青城地区妇女联合会主席，同时还是一家健康集团的总经理。我这个老乡——朱慧娟，四十来岁刚入中年，又漂亮又能干，比较注重医疗卫生保健工作，在亲身体验了郭氏圈疗的治疗效果后，就满腔热忱地把郭氏圈疗引进传播到家乡，造福父老乡亲。

去年 10 月，朱慧娟突然发现自己患了乳腺肿瘤，瘤子个头还不小。肿瘤的出现让朱慧娟大吃一惊，她一向身体健康精力充沛，虽身兼多职工作繁忙，却从没有力不从心的感觉，没想到会突然疾患缠身。发现肿瘤后，朱慧娟立即到当地医院治疗，一段时间里换了几家医院，用了各种办法，但病症不见好转。后来听一个医生介绍了郭氏圈疗，就赶赴秦西到郭氏圈疗中心来求治。朱慧娟来到调理中心时，全身略显肿胀，脸色发青，讲述了自己的病况后，朱慧娟说仅仅瘤块的话她还不会这么紧张，关键是血糖过高，体重猛增，这些症状让她特别担心。尤其令她担忧的是，自己就是做健康调理这一行的，病情出现后，当地医院和自己公司下属的国医馆都积极想法治疗，请了名医找了专家，但效果不明显。

朱慧娟来后是我配合罗医师调理治疗的。罗医师诊断朱慧娟左侧乳房有一个四厘米左右的瘤块儿，有局部炎症和瘀肿。针对朱慧娟的病情，中心制定了三步法调理治疗方案，以揉、灸、圈化瘀消炎。调理进行到第三天就有了较明显的反应，尤其是颈部包括大椎乳腺区，反应非常大，朱慧娟感受到了身体和病灶的变化，连连说没想到圈疗这么神奇，对进一步的调理治疗充满信心。

朱慧娟在秦西调理了二十天。我每天为她施灸并做好调理记录，郭大夫和罗医师时时观察病情变化并及时调整调理治疗方案。在调理治疗疾病的过程中，体质变化是最重要的，在此前的几个月里，朱慧娟连续进出各家医院不断治疗，整天躺卧病床，活动少，加之忧虑甚重，导致情绪低落，体重陡增。在郭氏圈疗仅仅调理治疗了二十天，她的身体便发生了根本性的变化：乳腺瘤块儿一天天缩小，颜色淡化，体重也由原来的一百二十五斤降到了一百一十斤，饮食和睡眠得到改善，体力增强。

朱慧娟后来对我讲，她回到青城后，她的家人、同事和朋友们都非常惊讶：朱慧娟从秦西回来后容光焕发，体形恢复到生病以前的样子，到外地治疗半个多月竟会有这么大的变化！一时间，朱慧娟所在集团及下属国医馆的同事们议论纷纷：圈疗是一个什么样的疗法，能在短短的时间内让一个人的体质发生如此大的变化？不仅遏制了病症，还增强了体质？青城人对郭氏圈疗充满了好奇，议论纷纷，当朱慧娟在集团会议上提出与郭氏圈疗合作，将这种好技法引入集团国医馆，为当地百姓提供方便时，家乡人无不热切期盼。

就这样，受朱慧娟的邀请，郭氏圈疗传承推广中心组织了一个技术小组抵达青城，通过培训、交流，将郭氏圈疗操作技术传授给当地医院、医馆的医务人员。还安排了义诊活动，和当地医务人员一起为当地百姓现场调理治疗慢性病。

从知道来青城的行程后，我就有一个愿望，圈疗到了我的老家，我一定要让母亲也来好好调理一次。我母亲虽然才五十多岁，但身体一直不太好，常年住乡下，屋子潮湿又受劳累，患上腰腿疼好些年了，时常骨关节疼痛，逢阴天下雨更厉害，一到晚间疼得大呼小叫不能入睡。我以往回到家要给她按摩香灸，她总是不当回事，没按两下就跑，说到底就是不太相信我能给她治病呗，还说："冬娃子你才学了几天，哪能给人看病?"

这次，郭大夫亲自为她施灸，她看膏药还是那个膏药，香灸用的还是那个香，只是笑眯眯地说："我这把老骨头了，不值得让医生费心。"刚开始温灸时母亲的反应好像不是太明显，身子仍发凉。灸了大约十几分钟之后，梅花香灸的热传导作用开始发挥效力，热量很快传到腰部和膝关节。灸下腹和下肢时，郭大夫特别细致，对丹田、足三里、涌泉等穴施以重灸透灸。半个小时后，母亲面色发红通身温热，面部和手臂都有出汗，笑眯眯地望着我，不停地点头。

郭大夫微笑着问道："小冬妈妈，感觉怎么样?"母亲说："真好！我都有多少年没有出过汗了，这会儿感觉两条腿整个暖和过来了，感觉全身好轻松啊!"

按照郭大夫的指点，我在母亲腰部和下肢贴敷膏药之后，扶她下床来回走了几圈。母亲说："冬儿啊，今天我才看到了，你们这个圈疗法是个好方法，你要跟郭大夫好好学。"

朱慧娟看来知道我接母亲来调理的事，悄悄对我说："以后就让你母亲来这儿调理，我保证调理得和你们总部一样。"我连连点头致谢。今后我母亲在家门前也可以圈疗调理老病了。

技术小组在青城只待一周的时间。我们每一天都在紧张而忙碌的培训传授和调理病人，当地的医护人员和学员们学习圈疗的热情也特别高。

一周时间是短暂的，但圈疗却在此扎下了根，通过当地的国医馆传播光大，会有越来越多的人加入圈疗这个大众健康之圈，郭氏圈疗将给我的父老乡亲带来福音。

## 赵小冬笔记（2016年4月19日）

今天在“圈疗公益大课堂”唱主角的叫陈楠，是深圳的一名加盟者，分享的是她刚刚调理的一例陈年肩周痛病案。陈楠的文章不长，全文如下：

“患者是一位七十三岁的老人，述说肩周疼手臂疼，臂不能抬，手不能动，夜不能眠。来到我的工作室后坐立不安，对我是否能调理好他的手臂很是担心。我为老人诊断后发现有局部中风症状，手臂经络多处堵塞，心里也很担忧，这种陈年性肩周病调理起来难度很大。

“第一次调理施行揉术时，老人连连喊痛，还说要是知道这么痛就不来了。我耐心地给老人解释，痛则不通，就是因为瘀、滞、堵才造成手臂的疼痛，要想解病除症必须先化瘀解堵，调理完后就会感受到变化。老人一边皱着眉头忍着痛，还一边说笑：‘到了这里就只能听你的了。’我施揉之后从肩中腧穴开始对整个手臂进行香灸，特别对大椎、肩井穴进行重灸，然后对肩井穴和手臂贴膏。

“老人本是一个性格开朗的人，长期的疾病使他心理压力很大，心情不好才容易犯急。我每次调理时都劝说老人不要急，调理治疗有个过程，这个过程需要医患双方的配合。后来老人心情渐渐转好，对我说：‘你要是治好了我的手臂，我要给你送锦旗！’我心知老人是多么希望我能够将他的手臂调理治疗好。

“经过几次调理，老人感觉有好转，说手臂疼痛有缓解，吃饭也有胃口了，重要的是晚上能睡着觉了。有一天，老人突然说：‘我说过，你调理好我的手臂，我要给你送锦旗来着，今天带来了，特意为你定制的。’我当时很激动很意外，我才是个初学的新人，老人怎么能真的给我送锦旗呢？老人说：‘这才一个多星期，我的手臂已经好多了，非常感谢你！你学的这个疗法还真管用！’”

看完陈楠的文章我真心为她高兴！一个好的疗法既能为病人解除痛苦，调理师本人也在这个过程中获取了经验，得到了为患者解病除症的快乐。近年来从全国各地来求医的、学调理技法的、申请加盟的、咨询健康养生的越来越多，形成了一支庞大的“圈粉”队伍，这些通过自医自疗赢得了健康的人口口相传，把郭氏圈疗传到了大江南北，传遍了缤纷杏林，使郭氏圈疗这个“圈”越来越大，不断向外辐射。

## 赵小冬笔记（2016年6月11日）

张燕的病情有明显的好转。这几天为她施灸时，我越来越有信心并有一种不断增强的宽慰感。呈现在我面前的乳房已经有了很大的变化，那道可怕的裂缝缩小了，左乳上的烂疮也有所收敛，这样看来，张燕的乳房还有救。

是的，这两个月来张燕有明显的好转。按照罗医师和郭大夫制定的调理治疗方案，应用灸、贴技法调治，香灸疮面周边和前胸、后背局部，清疮消炎，控制感染，局部贴膏，拔毒去脓，祛腐生肌，促进溃疡愈合，整体的溃烂得到控制。每天由我和秋桂枝轮换为张燕香灸，每隔半个小时换次班。我明白罗医师的意思，那种恶臭让人难以忍受，每换一次班我就赶紧扑到阳台上开窗大口换气。

罗医师的病案记录是这样写的：

乳腺瘤体重度溃烂，右臂抬举障碍，活动受限。体查：右侧乳房外上象限10点钟方向，距乳头4厘米处有一癌痞开花破溃，出现一个11×10×4厘米的空洞型溃疡面。疮面内可见多处坏死组织，呈灰白色，脓液外溢，散发出腥臭味。溃疡面周边皮肤呈不规则豁口，红肿坚硬，触之如岩石。在右侧乳房内上象限后1/3处有一直径约4厘米的肿块，质硬，表皮完整，肿块顶部皮肤薄亮。右侧腋前有两个明显的结节，质硬，直径约1.2厘米。

头几天我在张燕病灶上方悬灸时灸感明显，有明显的热感、针刺感和烫感等几个层次的感觉，伴有鲜红色渗液和脓性渗出物，溃疡面周边皮肤出汗较多。经几次调理后，溃疡面周边皮肤色泽变红，质地较前变软。每天调理治疗过程中还有一个环节，那就是清洗疮口，细心地擦净分泌出的脓液，以香灸慢慢地烘干。

张燕来圈疗已经两个多月了，调理治疗有明显的效果。右乳溃烂现象有所收敛，那道可怕的裂缝似乎有从内里愈合的迹象。外上象限处的溃疡疮面从最初只有一处的痛点增加了四五处，敏感度明显增强，灰白色的坏死组织面逐渐缩小剥脱，腥臭味变淡。同时，疮面随着红色肉芽组织的生长而逐渐向上隆起，使溃疡面渐渐缩小。右侧腋前两个肿大的淋巴结也变软变小，伴少许触痛。右侧胳膊抬举轻松，前后左右活动自如。

更重要的是精神层面的转好。我忘不了张燕初来时的样子，肿瘤全面溃烂，由里至外脓液四溢，恶臭味充满调理室，我从未见过乳腺肿瘤腐烂恶化严重到这个程度！长期以来疾病的折磨和四处求医的奔波，已经使夫妻二人身心疲惫，焦虑、恐惧、悲伤、绝望等负面情绪已经击垮了他们的意志和身体，也摧毁了患者的免疫力。如今，他们看到了希望，积极配合治疗，有了生活下去的勇气。我给张燕调理时注意到她的头发梳得齐整了，有时还描了眉，画了口红。她丈夫也偶尔露出笑容，给我们讲他每天按照罗医师的饮食指导给张燕做好吃的，把张燕惯成了馋猫……

病情严重，病理复杂。有时，我望着调理中的张燕，心想这么罕见的危重大病，要是在大医院里治疗该是怎样一番情景呢？要在无菌病房里，要有资历深、名望高的医生实施手术，要特级护理……而我们这里的条件就差得太远了，不要说无菌病房，连个固定的调理室都没有，也提供不了特别的护理。圈疗也谈不上什么神秘复杂的方法，罗医师和郭大夫的思路简单清晰：清疮，控制感染蔓延；施梅花香灸，减少脓液渗出；按揉、贴膏，活血化瘀、消炎止痛、祛腐生肌。三项技法叠加，温通经络、行气活血，激活疮面气血循环，促进疮面恢复，肉芽生长。目前看来，势头往好的方向发展。

## 赵小冬笔记（2016 年 6 月 30 日）

经历了两个多月的调理治疗，张燕的乳房保住了！

上午为张燕做香灸时我已知道，这是她在秦西调理治疗的最后一次香灸，明天她就要返回南京到单位上班了。香灸结束后我扶起她，替她系上内衣，附在她耳边悄悄说："恭喜你，你摆脱了乳腺癌的魔爪，这对宝贝保住了！"张燕红着脸抱住我说："谢谢你！谢谢郭大夫、罗医师和秋姐。"张燕一边穿衣服，一边对着墙壁上的镜子审视自己，乳房已经趋近原状了，伤痕和疮疤基本都已消失，只剩乳峰周边几处结痂尚未褪尽，还有新生的肌肤和原有的肌肤形成的色差，回到单位后再做一些养护和形体锻炼，就可以全面恢复丰满完美的双乳。

这个病案可以说是震撼人心，患者重获新生，作为调理师的我也为其惊喜和欣慰，心里涌荡着强烈的自豪感。这是一个未及时治疗导致病情恶化的典型肿瘤案例，是一例罕见的重度乳腺肿瘤糜烂病案，因前期治疗不当使肿瘤迅速恶化蔓延，已经到了危及生命的程度。圈疗调理中心在极其简陋的条件下，仅用一支梅花香棒和祖传药膏，软坚散结、化瘀消炎，在两个多月内遏制住瘤体溃烂，扭转了危情，再次让我看到了郭氏圈疗的神奇功效。

张燕走到大厅门口时回过头望着大家笑了笑。我发现张燕是个很漂亮的女人呢！像经历了长久的阴雨和雾霾突然放晴，那一抹笑容是那么明亮艳丽，那么可爱！她活过来了，她还有明天！圈疗又一次创造奇迹，大医院里无法医治的重症患者，在我们这个草台班子里获得了新生，这不能不说是个奇迹。

## 赵小冬笔记（2016 年 7 月 5 日）

上周，调理中心增加了一名新员工。她叫王芳丽，这个不幸的女人，三十岁那年患上了肾病综合征，疾病使她丢掉了工作，丈夫也离她而去，她四处求医花光了积蓄之后，医院明确地告诉她，她的病已经无法医治。走投无路之际，她来到了圈疗中心，断断续续在这里调理治疗已经两年多，也没能彻底治好。王芳丽初来中心看病那天，是我为她做香灸，看到她被疾病折磨得不成人形的样子，我的心被揪得一阵阵疼痛！才三十多岁呀，头发掉光了，发青的脸肿得亮晶晶的，五官好像都移位了，气力全无，说几句话都快撑不下去了。疾病夺走了她的一切，她的生活里只剩下一件事，求医治病，永无休止地治病。久病成医，在圈疗这两年她学会了圈疗技法，平时在家里自医自疗，发病时来圈疗调理治疗一阵子。上次调理完临走时，她对秋桂枝说自己没有钱看病了，准备借点钱开个保健香灸工作室维持生活。秋桂枝对郭大夫说了王芳丽的情况，郭大夫说她身体这个样子哪能开工作室呢，可以让她留在中心，一边工作，一边治病，她这个病只能依靠长期调理延缓肾脏衰竭。

王芳丽来报到的那天面带喜色，许久以来她都是在忧愁和悲苦中度过的，这一缕喜色如同好久不见的阳光，照亮了她的生命。我们都知道她的病是治不好了，但她在圈疗中心理疗的这几年，不是在恐慌中等死，而是积极地生活，冷静地面对自己的疾病。现在成为圈疗队伍的一员，她感到很开心，有时和大家说笑时还发出咯咯的笑声。

我为王芳丽由衷地感到开心和欣慰。几年来，我认识了很多像王芳丽这样不幸被疾病缠上的女性，她们在圈疗这个圈里找到了依靠，就像在疾病的苦海里苦苦挣扎的溺水者，圈疗就是她们唯一可依靠的救生圈。

……

看来赵小冬在两年时间里写了不少笔记，这次发过来的主要是去年和今年上半年写的一部分。和上次不同的是，这次选发的笔记内容主要是写圈疗中心推广传播，培训病人自医自疗方面的事情。里面有患者的经历，也有医者的感受，有医案，也有传承推广的事例，还有人们应用圈疗自医自疗的故事。笔记从各个层面真实再现了郭氏圈疗在民间、在百姓中传播应用的状态，王泽桐感到自己第一次看到了郭氏圈疗的这个完整的“圈”，这些来自民间最底层的医者和患者的生存记录，发自普通患者的自医自疗的呼声深深触动着王泽桐的心灵。

## 2

王泽桐没想到，因爷爷治病误入圈疗中心，自己逐步认识了这个散发着浓浓草根味的民间中医团队，和圈疗的缘分竟是越来越深。调研工作刚刚结束，他又与郭柏川一同赴韩国参加“一带一路”国际中医药交流活动。

国家中医药管理局组织民间中医药团队出国展示交流是当前一项重要工作。7 月中旬局办公室对此做出安排，8 月份管理局领导层几乎倾巢而出，除了黄副局长要参加全国中医药工作会议，苟书记和几个处长都分别带队出国。苟书记带领唐氏赴德国，另外三个处长带其他几个团队去美国、法国等。王泽桐则提出自己与郭氏圈疗赴韩国，他的申请顺利获批。

当郭柏川听到王泽桐讲了这件事后，流露出少有的激动与兴奋，高兴地说道：“太好了！中医出国的浪潮已经热了好几年了，我一直想带队走出国门闯一闯，但对网上那些信息不放心，自发组织外出总觉得不踏实，现在由你们中医药管理局组织出国，那对我们可是天赐良机啊！以前我们还调理治疗过韩国病人，人家还邀请过我们。这次我要把我们最好的技师带上到韩国现场义诊展示交流，让韩国人了解我们的圈疗法。”

圈疗团队由五个人组成，除郭柏川外，有秋桂枝和行政助理张梅英，还有两个年轻的调理师。按照韩方安排，他们将在首尔、光州等地进行一周时间的交流和展示活动。作为领队，王泽桐一方面作为国家官方代表与韩国地方官员和医卫机构代表洽谈、安排合作事项，一方面替郭氏团队协调各项国际性事务；对他本人而言，这又是一次深入了解郭氏圈疗的机会，他很想看看韩国人怎么看待中国民间技法，怎么看待郭氏圈疗。

行程紧迫，一周时间里每天都排得满满的。头一天参观了韩国一所医科大学和一家医院，匆匆忙忙。第二天安排的是在首尔一家全球合成物流企业进行一次较为高规格的对话、交流、展示。企业负责人李会长是一个温文尔雅的中年人，与王泽桐和郭氏团队见面后热情地告诉他们，为了方便活动开展及现场展示，特地把活动安排在本企业的一家医院，前来参加交流的还有韩国整形外科医生协会的南博士、金门疗养院院长崔博士，以及几名企业高管。

在企业中心会议室，双方坐定后，李会长通过翻译对双方做了简要介绍后，紧接着就说："我得知郭氏圈疗来韩的消息很期待，在此之前，金正集团的金总经理在贵国做手术后调理很成功，她已经为你们做了有力的宣传，所以我和我的同事、朋友们对这种不吃药、不打针的外治疗法十分好奇，非常希望能够亲眼见证一下这种疗法的神奇功效。"

翻译向郭柏川和王泽桐把这句话转述一遍，王泽桐稍稍有一点吃惊，没料到还没有进行交流熟悉的过程，对方就提出要展示。看看身旁的郭柏川，他也有点紧张的样子，便轻轻在他手背上拍了拍。此时，企业总裁金先生站起来笑眯眯地对郭柏川说道："我们公司的朴部长因为腰痛不能平躺已长达十五年，每日只能侧卧着睡觉，这种痛苦大家可想而知。我，还有朴女士本人，想请郭柏川先生现场调理一下，可以吗？"

金总裁话音刚落，那名被提到的朴部长已经站起身向郭柏川鞠躬。王泽桐明白，人家这是要现场检验郭氏圈疗呢，拿咱民间的话这是"叫板"，虽然问你可以吗，但是没有选择。郭柏川此刻倒是镇定下来了，只见他观察了朴部长之后，悄悄对王泽桐说："五十岁左右，阴虚型体质，有较重内瘀……"当翻译把金总裁的话清晰地转述之后，郭柏川站起身来向李会长、金总裁微笑了一下，向会议室内侧走去。那里放了一张调理床，朴部长已经换好衣服俯卧在调理床上了。郭柏川脱去外套交给跟在身后的助手，围着调理床转了一圈后站定，细细观察朴部长腰背部，伸出右掌顺着脊柱一条线由上至下轻滑下来，再由下而上轻抚了一遍，心中已然有数。其腰椎曲度第二、第三腰椎处明显下陷，臀部明显后翘。郭柏川施展家传揉术轻触腰椎曲度下陷处，轻轻揉捏提拿。朴部长喊痛，郭柏川镇定而温和地说："不怕，轻轻一点痛，很快就过去。"

王泽桐几乎一眼不眨地盯着郭柏川每一个细小的动作，心里为他捏了把汗。郭柏川已渐渐放开了，像在他自己的圈疗中心一样，气定神闲，旁若无人。然后挥舞着双手开始施展郭家特有的揉术，从趾尖至臀部，循经脉、筋经、肌肉、神经的走向，由下至上，循序渐进按、捏、揉、压。时而以掌按揉腧穴，时而以指尖按压痛点，时而五指收紧提捏。这是郭氏圈疗治病的第一步——揉术疏松法。其间，朴部长时不时因疼痛而呼叫，郭柏川轻嘱："放松！放松！深呼吸！"

疏松过程用了二十分钟。这二十分钟里，会场所有人都睁大眼睛盯着郭柏川每一个细小的动作。随着郭柏川挺起身子垂下双手，大家都长出一口气。只见郭柏川对助手挥了下手，助手点燃梅花香棒，然后开始对朴部长进行香灸。郭柏川举香从腰腹往下施灸，秋桂枝从足底往上运香，两支香棒同时燃烧，会议室里弥漫着浓浓的艾香。

香灸二十分钟后，郭柏川后退一步披上外套，轻轻说道："好了！朴部长可以起来了，到垫子上平躺着试试。"

朴部长缓缓起身，神情松弛，向郭柏川鞠躬致谢，连连说身上很温暖、很舒服。

此时，会议室静谧无声，所有人都盯着朴部长。只见朴部长起身穿上鞋子走到一旁铺在地板上的一块垫子前，动作麻利地平躺下去，迅即坐了起来，又平躺下去。她有几分惊异地打量自己的躯体，看看地上的垫子，仿佛此时她才意识到自己能够平躺了，于是，再一次坐起再躺下并延长了时间，如是几次后，朴部长确信自己真的能平躺了，这才兴奋地大喊起来，翻译几乎同步把她的话语及时转述给大家："我能平躺了！真的能平躺了！"

随着这一声喊，静谧许久的大厅一下子沸腾了，所有人都不约而同地鼓起掌来。李会长抢先一步握住郭柏川的手，激动之情溢于言表，一遍遍重复着："谢谢！谢谢！"

和王泽桐坐在一起的崔博士会一点汉语，此刻，他惊诧地看着走到他面前的朴部长，用眼光向王泽桐询问：这是怎么做到的？王泽桐用微笑回答他。接着，崔博士拿起一支郭氏家传梅花香棒上下打量，兀自念叨着："神奇！神奇！"

而那位金总裁似乎对眼前的情形难以置信，走到他的部下朴部长面前反复轻声问着什么。另一名温和儒雅的南博士则用生硬的汉语对郭柏川说了一句莫名其妙的话："我十分羡慕你！"

王泽桐从他那真诚的表情里读懂了他的意思，那就是作为一个医学工作者，他多么希望自己也能创造这样一个奇迹啊！

这一次调理引起了韩国人对圈疗的好奇和关注，也赢得了他们的信任。接下来的交流活动中，韩方明显热情高涨，提升了接待规格，所到之处都增加了现场调理治疗活动，甚至吸引来了市政官员。郭柏川他们尽量抢时间多调理治疗几个患者，但还是应接不暇，有时很晚回到酒店，门前还等着希望得到调理治疗的人。王泽桐知道，郭柏川每每看到那些韩国病人期待的眼神，总是不忍拒绝，不忍让他们失望。常常用夜晚的时间在自己房间里为病人调理治疗。在韩国的五六个晚上，王泽桐和郭柏川同住一个房间，目睹了这一切，有时还为他充当助手，每天入睡都在夜里一点以后。

在益山市的访问交流活动有大半天时间，韩方安排了一场在老年会馆为患有慢性病的老人调理治疗的活动。王泽桐随郭柏川团队到达时，十余位老人已经围坐在调理床周围，正满怀期待地等待着。

这些老人都来自一个中小型养老院，院里条件和性质与国内一些养老院相似，看来养老问题在各个国家都是相同的。韩国也是这样，老人们辛苦劳作一辈子，子女长大成人后大都外出工作，老人们不愿离开故土，只能自己料理生活或到养老院了度残生。随着年龄的增长，老人们大多都患有各种慢性病，如哮喘、胃病、腰腿疼痛等，有的甚至佝偻着腰背，饱受病痛煎熬，晚景凄凉。

郭柏川为几名重症患者做了检查，为老人们逐一制定了具体的调治方案。大家抬来四张小饭桌，拼接成两张简易床，铺上褥垫，便开始了紧张的调治。郭氏调理主要分三步：揉术疏松经络，香灸活血理气，贴膏化瘀消炎。每调理一名老人都需要相当长的时间。而活动时间只安排了一个下午，连夜要赶回首尔。几个小时很快过去了，尽管秋桂枝、张梅英和一个男调理师都分头为老人们调理，王泽桐也跑前跑后地充当助手，但还有来不及调理的老人。郭柏川对王泽桐说："最好能把院里医务人员叫来。我们把调理方法传授给他们，这样可以让所有老人都得到调理治疗。"

对呀！授人以鱼不如授人以渔！王泽桐立即和韩方工作人员交涉，

院里的几个医护人员很快来到现场，郭柏川和秋桂枝手把手地教给他们调理方法，把每名老人香灸的穴位一一进行标注，然后把剩余的梅花香和膏药全部留下，在韩方工作人员的催促声中离开了老年会馆。

赶回首尔，次日又是一天紧张的奔波，紧张的调治，直到晚上9点多才在大雨滂沱中回到住所。崔博士坚持要送郭柏川和王泽桐回宾馆，送到房间门口却发现，有三个人站在屋檐下，身上都被雨淋湿了。崔博士用韩语和他们聊了一会儿，转过身对郭柏川说："他们是当地居民，听说中国来的郭氏圈疗团队在当地为百姓治疗，便打听到住址自己找来求你给治病。"

郭柏川和王泽桐对视了一下，说："那快让他们进屋吧。"

崔博士有些为难地对那几个人说："郭先生已经累了一天了，现在也很晚了，你们明天再来好吗?"

郭柏川丝毫没有犹豫，当即打开房门把客人让进屋，脱下外衣立即开始问询他们的病情。王泽桐和崔博士同时扮起助手的角色，让一个年长的先在地炕上躺下。王泽桐注意到，这是一张熟悉的面孔，两天前在名门疗养医院曾为他调理过，是一个肝癌患者。这个老人通过崔博士告诉郭柏川："上一次您为我调理治疗后，我感觉疼痛缓解多了，我怕再见不到你们，就打听着找来了，让您受累不好意思，十分感谢!"郭柏川微笑着对他进行揉术疏松，使他全身放松下来，为其贴上膏药。

第二个是个网球肘患者，臂不能举，疼痛难忍，稍一动即大声喊叫，好一番折腾才找到痛点，经推拿揉捏，渐渐安定下来。

最后一个患者是腰椎间盘突出造成的坐骨神经压迫症状，腰腿痛以致一侧跛行，郭柏川细致地对其下肢进行揉术疏松，十五分钟后患者下地站起来行走，连说好多了……

房间里是韩国传统地炕，只有不足一尺高，患者躺在地炕上，郭柏川为其调治时只能跪在一旁。已是年近花甲的郭柏川弯腰弓背地对着患者做揉术，别扭而吃力，王泽桐和崔博士站在一旁搭不上手，只能眼看着郭柏川受累。

给三个人做完调理，时间已过去了一个多小时，郭柏川已累得气喘吁吁，额头、双鬓、口唇周围布满了汗水。

患者离去时已是深夜，雨越下越大。崔博士感慨地对王泽桐说："郭先生不仅医术高超，而且医德高尚，令我深深佩服！"

这个晚上崔博士很晚才离开，与郭柏川、王泽桐谈了很多，关于中西医文化的理念，关于双方的合作，关于未来的前景……

这个夜晚王泽桐彻底失眠了。崔博士离开时已是深夜，王泽桐看着疲劳至极的郭柏川躺下后，自己却完全没有睡意。王泽桐推开窗户向外打量，和秦西的夜晚一样，上方是星光闪烁的夜空，下面是暖融融的万家灯火。这里人们也是吃五谷生百病，也需要求医问药，这就需要有中医的传承与推广。

他想到中医的推广，不由想到了在其他国家展示交流的另外几队人马，还有黄副局长。黄副局长此刻在北京参加会议呢，据说这是一次极其重要的全国中医药大会，针对中医药传承发展工作将要出台重大政策。大家都在为中医药传承推广这件事情奔波，但是，中医药传承的究竟是什么？医术？医道？什么样的医术是好医术？医道又是个什么样的道？这些问题谁能够清楚地回答？自己清楚吗？中医药管理局清楚吗？建局几年来，大家的眼光都聚焦在唐氏、高氏等几家规模较大的民间诊所，几乎所有人都认为这是传统中医的方向，是民间中医成功的样板。若不是自己碰巧在郭氏看到了圈疗治病救人的方式，看到了圈疗法的奇效，对郭氏的了解就永远停留在无医师证、不规范的草台班子这样一个层面上，若不是郭柏川的父亲曾是省里名医，在杏林也有一定的名望，郭氏圈疗这项技法怕是早就被清理取缔了。

自己当医管处处长两年多了，按部就班地工作，似乎没有什么失职之处，似乎没什么不妥，但为什么总觉得对民间中医的真实状态像雾里看花一样？究竟什么是中医的精髓？什么是民间中医的宝贵绝技？我们要传承什么？拯救什么？自己连这些都不清楚又何谈管理呢？自从走进圈疗这个“圈”以后，仿佛突然进入另一个世界，以往在学校里和机关里积累的经验完全被颠覆了。糖尿病烂足的爷爷，还有陈召新、陈国萍、孟云欣、张燕等许多身患疑难杂症的重危病人在圈疗中心调理后都得到了好转和缓解，这样的例子很多。但圈疗中心没有医院，没有平台，这些医案都没有规范的医案记录和数据，所以，中医药管理局看不到他们，医疗界看不到他们，他们收费低廉无效益可言，每日治病救人却连一个草台班子都难养活。

王泽桐记得，临去唐氏国医馆时他对父亲说不要提及自己在医药管理局工作的事，父亲当时就急了：“这还用你提醒？我才不会拿你这个处长当招牌呢！要是花钱看病也要凭关系托熟人，那这个社会真的是没救了！”王泽桐知道父亲的脾性，本不该说这个话的，说这话实际上是在提醒自己。到中医药管理局工作尤其是担任处长后他便常常告诫自己，不要沾上那种蜘蛛网一样的人际关系网，不能轻易否定或热捧某一个民间中医药团队，因为他觉得自己还看不清楚民间中医的真实状态。比如说那个唐志豪，开会时见过几次，身材魁梧、相貌堂堂、能言善辩，又有过硬的文凭和行医资历，在本市民间中医里算是首屈一指了，家族事业传承得好，自己条件又全面，医术也是小有名气，可是总让人觉得太精明，像个成功的商人。而郭柏川就完全是另一类人，不善言谈，不会彰显自己，又没有文凭，没有医师证，在市场化竞争激烈的当代社会，他完全是个不受人关注的弱者。但他对病人极尽心力的态度却让王泽桐真实地感受到一个医者的赤子之心。唐氏医不好爷爷的病，顺手就打发到郭氏圈疗，他就天天抱着那双烂脚悄没声息地揉啊灸啊，直到医好。陈召新进了多家大医院，花光了钱财，到最后谁也不收治了，他悄然给予救治，还把调理治疗方法传授给家属。还有，为治好那个渝城的七旬老妪的腿疾，他竟然七飞渝城登门治疗，直到老人彻底好转……

很多很多，仅王泽桐偶然碰上和听闻的就有很多，然而，这些只在民间相传，市里医界和自己所在的管理局都看不见。

民间中医的真容到底是什么样子？郭氏圈疗这个“圈”到底是个什么样的“圈”？为什么郭氏圈疗在民间有广泛而深远的口碑？民间，民间，很多人一说到民间中医就摆出一副不屑的样子，可华夏中医不就是根植于民间吗？

在韩国的每一天都使王泽桐感受到民间中医的强大生命力，几天来他们跑了不少地方，所接触的医务工作者和患者都流露出一种对中医的信任和渴望。尤其是来往较多的市长助理、南博士、李会长、崔博士等对圈疗技法极其看重，王泽桐从他们眼中看到了信任和期待。是泱泱华夏博大精深的中医医道感动了他们，是郭氏圈疗外治技法的精妙技术征服了他们。我国民间中医代代相传的工匠精神和各种传统绝技是他们所没有的，是他们对中医倾慕并信任的基础……

浮想联翩，王泽桐直到夜里两点多才迷迷糊糊入睡。刚入梦乡，眼前幻化出一个巨大的圆圈，那圆圈似乎是一股运行不息的气流，就是《黄帝内经》所讲的真气、正气，浩浩荡荡波动着，接通了天地，接通了古今，弥漫着药香。而自己正站在圈尾向圈首张望，远远地似乎看到黄帝和岐伯坐在草地上，笑呵呵地谈论《素问》和《灵枢》，谈论如何养生健体，如何法于阴阳和于术数。圆圈里有一队人向黄帝和岐伯走去，似乎要去听讲座或是参加讨论，圈很大，路很远，还有风，他们弓着腰前行，很吃力的样子。队列中有长髯飘飘的华佗、一身布衣的李时珍、目光如炬的张仲景、身材伟岸的孙思邈，等等，那些在岐黄典籍和中医教材中神会过的先贤都在这个圆圈里！

## 3

这个夜晚，在北京参加会议的黄茂奇同样夜不成眠。

这一次全国中医药工作会议，据说是规模最大的一次，场面和气氛都十分令人振奋。自去年屠呦呦获诺贝尔生理学或医学奖，振兴中医的呼声愈发高涨，国家出台多项中医药的大政方针和重要决策，国家再次发出抢救民间中医绝技的号召，民间中医学会雨后春笋般成立，传统中医将进入一个蓬勃发展的大好时机。

黄茂奇深深感受到，这次会议有许多让人耳目一新并为之振奋的内容，尤其令与会代表们欣喜的是，管理局把国内五位国宝级的大国医请来了，会议头一天还专门安排了半天时间让代表们与大国医见面、座谈。傅维、朱若春等五位大国医都是中医界的泰山北斗，都是八九十岁的老人，个个耳聪目明、思维清晰。黄茂奇对傅老先生比较熟悉，十几年前曾听过他讲课，还听过他很多传奇般的故事，便排在等待与傅维交谈的队列中。

来到傅老先生面前时，黄茂奇握着老人的手说：“傅老先生好！久仰久仰！我是秦西来的小黄，听过您讲学。”

傅老先生一听秦西来的眼睛一亮，操着浓郁的北京口音问：“你们秦西有个郭圈圈现在怎么样了？”

黄茂奇愣住了，郭圈圈？傅老先生说的郭圈圈显然就是郭守正，傅老先生认识郭守正？可是郭守正进山六年没有音讯了。有人说是出家了，有人说是做了隐修者，还有人说成为一个四处漂泊给人瞧病为生的道医。这些情况给傅老先生怎么说呢？眼下的郭氏圈疗传承推广中心当家人是郭守正之子郭柏川，快六十岁了，连个医生都不是，在秦西民间中医队列中排不上号，那个中心也是个小小的草台班子，怎么可能引起傅老的关注？而傅老为什么会如此重视圈疗呢？

黄茂奇脑子里把话过了一下急忙应道：“郭守正先生前些年到终南山里隐修去了。”

傅老先生大为惊异：“终南山？隐修？郭圈圈比我小一些，不过眼下也该是快八十岁的人啦，这个年纪还能住山修行，他可是不简单啊！”

“是啊，郭守正 2010 年进山时七十三岁，今年七十九岁了。”

傅老先生点点头问道：“人进山了，圈疗还在吗？你们市对圈疗这个疗法的应用搞得怎么样？这个疗法可是宝啊！”

黄茂奇心中一凛，忙说：“自从郭老先生离家后，他的儿子郭柏川继承了郭氏圈疗，创建了郭氏圈疗传承推广中心，几年来把传承推广的事做得还是不错，圈疗法没有失传。”

傅老先生道：“郭圈圈当年发明的圈疗法可是不得了，调理治疗肿瘤癌症有不少成功案例，我 20 世纪 90 年代患上肠癌就是郭圈圈画圈治好的。”

原来郭守正还给傅国医看过病，难怪傅老对圈疗这么上心。黄茂奇赶紧应道："傅老放心，回去后我们立即了解清楚郭守正的情况，只要还健在，我们会好好照顾他，请他下山。"

傅老先生摇头："郭圈圈比我小八九岁，体质也不错，应该还健在。不过他可能不需要什么照顾，要紧的是他发明的圈疗法，那可是民间中医技法的翘楚，是无价之宝啊！你们要保护的是这个疗法。"

"是，一定！我们一定保护传承好这个疗法。"

几分钟交谈很快就结束了。黄茂奇让位给身后的人，回到座位上有些发愣。从组建到运营工作，管理局也成立快三年了，局里还专门组织了民间中医药技法调查，自己也数次介绍郭圈圈的价值，而郭氏圈疗至今也没有进入管理局的视线！局里有些人甚至把郭氏圈疗传承推广中心列入取缔、清理的范畴。还有，郭守正老中医究竟还在人世不？圈疗眼下到底怎么样了？郭柏川这个传承人能带领这个传承推广中心走多远？

这个夜晚黄茂奇想了很多，久久不能入眠，而第二天傅老先生的讲话更是句句砸在他的心上。

这的确是一次华夏中医的盛会，前所未有的盛会！参会人员达到上千之众！国家一系列中医药大政方针出台，一连串的中医利好消息让人心潮澎湃，在这个夏天里，传统中医药的热潮真的来临了！

会议内容也丰富多彩。第二天上午专门安排五位国医讲话，他们讲了中医的历史、中医的现状、中医传承的问题，令人振奋，令人深思。

五位国医平均年龄近九十岁，但个个身体健朗。他们有的鹤发童颜，言行真率如返老还童；有的银丝斑白，目光祥和而犀利；有的性情真朴。他们侃侃而谈，有的对当前中医现状痛心疾首，有的对中医发展建言立策，有的引经据典阐述中医对民众大健康的重要作用。国医们为中医的传承发展慷慨陈词、大声疾呼，壮怀激烈！尤其是傅维老先生，讲得真好！

傅老先生是首届国医大师，理论和临床建树颇丰，可以说是功名赫赫，且以性刚正、敢直言、思虑远，名传杏林，颇有威望。大会考虑到年迈的老人不便登台，就让他们坐在座位上发言。轮到傅老先生时，只见他接过话筒健步往台上走去，还没开口已是掌声雷动。傅老抬眼望众，双目炯炯有神，嗓音洪亮地说道："说到中医传承，我认为要好好想一想怎么传承，传承什么东西。中医有它的特殊性，不是说想传承光大就能传承好的，因为，它不是说你读到硕士就有硕士的水平，读到博士就有博士的水平，有的人博士毕业了却连个普通医生都做不了。中医不光有术还有道，你得不了道就做不好中医。我们讲传承要传承中医的精髓，中医的精髓是什么呢？就是医道，这个东西没有量化的标准，没有准确的答案，这就是几千年来中医要一对一收徒、父子相传、师徒相传，才能一代代传承下来的原因。很多中医人经过几十年苦苦的感悟和求索，才能对祖传的技法有所领悟有所创新，这样，才使得一些中医技法传承下来。中医在民间，在民间，大家知道吗？在乡村在小巷在那些世代为医的民间医者之中！"

傅老嗓音好又是北京人，天生一副播音腔，一讲话好激动，绘声绘色还带着比画，特别有感染力。当大家掌声停息下来后，他话锋一转，降低一个音调说道："秦西有个郭圈圈你们知道吗？恐怕好多人都不知道吧，像我们这个年纪的中医人可能有一些知道的，他发明了一种用中草药炮制药液在人体画圈治病的方法，他用了一辈子画这个圈，治疗过的疑难杂症、癌症病人成千上万！癌症哪，不要说治愈，就是缓解疼痛，延缓癌变发展都是个了不起的发明！我在六十多岁那年得了肠癌，北京条件好啊，中西医什么好医生没有，什么药没有？可是治不了，中西医都没有办法治，连外国专家也给我瞧了也治不了，我给自己治也治不了！后来听说秦西有个郭圈圈，是民间传说的，我信民间我就去找了，在秦西治疗了一个多月就明显好转了。后来郭圈圈又来北京给我调理治疗了几回，好了！不治之症的肠癌，郭圈圈就用香灸灸了灸，画了画圈，把癌症给画没了！”

台下一阵轻微的议论声，很多人在打听郭圈圈何许人，圈疗法又是个什么疗法，怎么能医好傅国医的病。

傅老停顿了下，话锋一转：“可是郭圈圈这个圈疗法我们传承下来了吗？他长年累月都在琢磨画圈，用什么药。怎么画？这些技法传承下来了吗？我们医界对郭圈圈的圈疗法重视了吗？上午我遇到秦西市的中医药管理局局长，我问他郭圈圈现在怎么样了，他不知道，因为郭圈圈在六年前离家出走了，走进深山隐修去了！为什么？一个古稀之年的医匠若不是遇到化解不了的事情怎么会放下自己一生的医事，放下自己的亲人进山当和尚？我想他一定是遇到了什么问题，一定是被什么事情伤了情寒了心！中医起源于民间，好中医的根在民间。过去百姓判断一个医生好不好，不是看他有没有闪光的外衣，不是看他有多高的文凭，有什么不得了的身份，一个好中医被老百姓接受并认可，就是靠口碑，这口碑就是一个个病案的治疗结果。我要是脱了‘国医’这件褂子真比不上郭圈圈，郭圈圈治好的病人比我多，经手的疑难杂症比我多，但在医疗界为什么没有几个人知道郭圈圈呢？因为郭圈圈一辈子都在忙着治病救人，一辈子都在画他那个圈，他没有时间写论文作报告。那么，我们的眼睛是不是有问题？我们的评价体系是不是有问题？

“我们说要振兴中医，就是要注意这些散落在小巷深处或是田间地头的民间中医，给他们合适的生存环境，帮助他们发掘传承好祖传的技法，这些技法传到今天容易吗？郭圈圈是他们家族第四代传人，圈疗这个手法是他们家族几代人的心血，经历了一百多年传到今天，我们不能让这些好方法断送在我们这个时代，要让这些好方法一代代传下去……”

台下掌声雷动，会场气氛空前热烈。傅老先生讲了很多，每一句话好像都重锤一样砸在黄茂奇心上，他越听越不安，觉得自己这个局长当得惭愧。

局里各路人马都回来之后，碰头会足足开了两天。苟书记兴致勃勃地讲了欧洲行的见闻和体会，黄茂奇传达了国家中医药工作会议精神，又听其他几位处长谈了各自的出国感受之后，王泽桐才讲了自己在郭氏圈疗调研的过程和在韩国的经历。苟书记对王泽桐突然大谈特谈郭氏圈疗有点意外，正要阻拦时，黄茂奇插话讲了大国医傅维老先生在国家中医药管理局大会上讲郭圈圈的事情，特意强调了傅老先生要求秦西市把这项岐黄瑰宝传承好。这样一来，苟书记变得对郭圈圈的话题热心起来，几次插话问王泽桐调研的情况，表扬了王泽桐的做法。

会议过后，王泽桐又到黄茂奇办公室谈起了郭氏圈疗。听黄茂奇详细讲述了大会的盛况后，王泽桐感到脸上隐隐发烧。傅国医对郭圈圈的挂怀，对圈疗技法的高度评价，对中医药传承发展的呼声，殷殷之情令后辈汗颜。这是一个国医的眼光，一个耄耋老人的胸怀！作为中医药界的后来者，还是中医药管理局的一员，还是号称管理民间中医的干部，自己以前对郭氏圈疗留意过几分呢？要不是这次爷爷治疗烂足意外走进郭氏圈疗中心，自己对圈疗还是一无所知啊！

黄茂奇说：“要是能找到郭守正老人就好了，我们可以为圈疗做点事。”

这也正是王泽桐想说的话，他便不无担忧地问道："也不知郭守正老人还健在吗？我问过郭柏川，他和郭老见面是三年前的事，这几年没有任何音讯了。"

黄茂奇毫不犹豫地说："我以前和郭守正见面次数不多，但也还算是了解一些，以郭守正的体格和修行，应该还健在。只是他上终南山已经第六年了。终南山那么大，也不知他在哪里修行。"

王泽桐说："我心里一直有个疑惑，当时郭老在医界挺有名的，又那么大年纪了，怎么会舍下诊所、舍下亲人进山呢？一个七十多岁的老人在深山里过了六年，实在让人难以想象。再说他进山的时间是 2010 年前后，国家医改再次推进，中医逐步受到重视，对民间中医来说是难得的好时光啊，郭老在六七十年代经受那么多磨难都挺过来了，为什么会在中医越来越热，民间中医发展越来越好的形势下独自上山？究竟是什么事情让他如此决绝地抛家弃业进山隐修？我和郭柏川聊过此事，但郭柏川总是讳莫如深的样子不愿多讲。"

黄茂奇说："说到这件事我也是内心不安啊，尤其是会上傅国医问到圈疗的时候，我心里深感愧疚！虽说中医药管理局是近几年才成立的，但实际上我过去在卫生局就和郭氏圈疗有接触，虽然那时只是对他们做一点掌握和了解性的工作，就是这一点我做得也远远不够啊！那时医界对郭氏圈疗的看法毁誉不一，郭氏圈疗法曾报到局里，但大家对这个疗法是闻所未闻，还有个别领导说画圈治病是故弄玄虚。再加上个体私人小诊所不能形成有效的临床数据，无法得到医疗界和管理机构的认同，就这么勉强存续了这么多年。你说不行吧，民间口碑还不错，有很多成功的案例，在外省外乡都有比较好的传闻。一些有名望的大国医对郭氏圈疗也是很认可的，到外地参加会议常常会有年长的名望高的大医者问起郭圈圈。还有省上那位医务出身的科技厅老厅长，当年，圈疗法刚刚研制成功的时候，老厅长曾当着记者说：‘这个圈疗法一旦广泛用于临证临床，那可是了不得的大发明！’老厅长还曾为圈疗奔走呼号，召开现场会组织专家考察验证。可惜老厅长孤掌难鸣啊，一阵风过去，圈疗还是沉寂寥然。这十年来中医的形势应该说越来越好，市里民间中医如唐氏、高氏等家族中医都风生水起发展起来了，郭氏圈疗却一直萎靡不振，郭大夫儿子郭柏川没有行医资格，他搞传承怕也是难上加难啊！我担心这样下去的话，圈疗这个技法慢慢就会失传了。”

王泽桐说：“不会的黄局，这段时间和圈疗的接触让我看到，一项好的民间技法是有很强生命力的，哪怕是管理机构不认可，进入不了主流，但它会在民间流传。郭守正儿子郭柏川以前一直不愿师承家族的圈疗法，甚至拒绝父亲给他传授医术，但父亲离家后他立刻辞去工作接过家族医术这个担子，组建了传承推广中心。中心没有像样的诊所，靠一个健康调理部传承延续圈疗这个技法。郭柏川没有系统学过医，也没有医师证，租了几间办公室，就靠一个以前一直追随他父亲的年长医生坐诊，招聘了一些有按摩、香灸资质的年轻人和民间的调理师，一边做健康调理，一边推广郭氏圈疗法。几年来四处奔波到各地培训调理师，发展加盟店。这样一个团队虽然进入不了省市管理机构的视线，圈疗法这个技法也进入不了主流平台，但却在基层老百姓中传承下来并扎下根了。这次我和郭柏川一同去韩国更加深了我对圈疗的认识，我看到不仅仅是圈疗这个疗法征服了韩国人，郭柏川身上那种急病人所急、想病人所想的医德也深深感动了韩国人。还有圈疗所倡导的自医自疗深得百姓喜爱，所以说，圈疗不仅仅是一种民间特色诊疗法，还包含着一种我们称之为‘道’的东西，得道的医术是失传不了的！”

听了这番话，黄茂奇欣喜不已，侧过脸面带笑容细细打量王泽桐，高兴地说："好！讲得好！看来你最近对郭氏圈疗的调研收获不小啊！"

王泽桐还沉浸在对圈疗的感慨中："我们以前对郭氏圈疗太缺乏了解和认识了，把目光都聚集在那几家比较有实力的中医家族，像唐氏、高氏等，传承人都是文凭过硬、中西兼修、年富力强，适应市场需求，借着这几年的好政策迅速壮大，家族事业发展得顺风顺水。可郭柏川虽说没有医师证没有文凭，但辨证施治是有真功夫的，传承的家族技法又有这么高的含金量，我们应该助他一把，让圈疗好好传承下去！"

黄茂奇欣喜地望着王泽桐，鼓励他说下去。

"我已经写好郭氏圈疗调研报告，接下来还要写个申请报告，请求局里把郭氏圈疗作为民间特色诊疗法申报国家级非物质文化遗产，并申报省上和国家重点保护医药项目。"

"很好！我支持你，把这件事做好也算是咱们局做了一件有意义的事。要是能找到郭守正老人就好了，有郭老现身的话咱们的申报就一定能成功。"

王泽桐呼地站起身说："黄局，我正有这个想法！找到郭老中医请他下山，我们协助他一同把圈疗传承发扬光大。我很想见到郭老，哪怕他不肯下山，只要能对他说一声我们都在传承圈疗也好，一个老人在古稀之年抛家弃业入空门，实在让人痛心。"

黄茂奇道："这件事我也一直想不透。按说郭圈圈也不会仅仅因为儿子不肯传承就离家进山修行啊！他有个女儿早年一直跟他学圈疗的，后来随夫去了外地也开着圈疗馆，他在市医院的时候也有几个跟随他多年的弟子啊！郭柏川因成年后多年在外地，没有条件师承父亲医术，加之没有上过医科大学，不肯接父亲的班也在情理之中，按说郭圈圈不会因此愤而离家呀？那究竟是因为什么，他能在古稀之年像出家人一样独自走进终南山呢？”

王泽桐若有所思：“是啊，一个人能抛家舍业斩断红尘，那得承受了多大的打击，多么寒心之后才会下这个决心啊？罗医师给我说郭老进山是为了修行，为了参悟外治法进一步完善圈疗。这个说法让人心里稍得安慰，但，真实情况是不是这样呢？黄局长，我想组织一个寻访小组进山寻访郭守正，把寻找郭守正当作一项重要工作，找到老人，即便他不肯下山，我们也可向老人了解圈疗的机理和核心内容，对我们呈报非遗项目和重点保护医药项目起到重要作用。我觉得这不仅仅是寻找一位老中医，不仅仅是拯救一项民间家传中医技法，也是对我们民间中医管理工作一次重要的思考和回顾。”

“好！这个计划非常好，我就知道你有想法！详细说说。”黄茂奇情绪激动。

“下来我做个方案，把市局抢救民间中医绝技一事和上山寻访郭老大夫一事结合起来，同时对秦岭中草药现状做一次调查摸底。”

黄茂奇兴奋地拍案叫好，赞赏地打量着这个充满活力的年轻人：“这个想法非常好！我也曾想过，但没有你这样的魄力。眼下国家越来越重视中医，我们秦西是药王的故乡，又是中医走向世界的发源地，民间中医文化底蕴深厚，民间高人很多。我们要把散落在民间的家传绝技、好疗法像挖掘宝藏一样找出来，扶持、光大，推进我市的中医复兴！”

王泽桐道：“是的，黄局，我想从寻找郭老开始，开启秦西市抢救民间中医绝技的工作。”

“对了，郭柏川能不能协助我们一同找寻？”黄茂奇问道。

王泽桐说：“我找郭柏川谈过这事，从他的讲述中可以确定郭老上山后头几年一直是在终南山一带活动，他三年前是在青云观和父亲见面的。但郭柏川担着圈疗中心的事情，每天还要面对很多病人，不能长时间离开，我想在找到线索以后让他陪我们去见郭老。”

“他能联系上郭老吗?”

王泽桐摇头道：“郭柏川给我讲过，郭老上山头几年他也多次上终南山找过，都无音讯。直到2014年郭老带信来让他去山上见了一面，六年来只见过这一次面。他说见面时感觉郭老身体比以前还好，但老人居无定所，生活肯定很清苦，就想劝父亲回来，但未能如愿。老人不让他再找，所以他恐怕提供不了什么线索。”

黄茂奇叹道：“看来郭老是决意斩断红尘的，连他儿子想见他都这么难，我们想要找到他怕是困难重重，他刻意不留痕迹，这终南山方圆几百里，上哪儿去找?”

王泽桐说：“我了解到一些线索，郭老进山之前就和终南山青云观的莫道长有交往，他曾为莫道长医过病，初进山时就是住在青云观。我们先从青云观这条线索找起。”

黄茂奇摇头道：“莫道长离开青云观已经好些年了，传闻纷纭，不知去向。再者，像郭老这样执意进山的修行者，不会囿于一地，也不知是否还在终南山一带，难啊!”

王泽桐说：“诚心找也不是没有希望，只是，苟书记那里能通过吗?”

黄茂奇诡谲地一笑：“好，你也想到这一点了，那你一定已经有办法了，你在工作中一向善于讲策略的嘛!”

王泽桐说：“我肯定没有黄局想得周全，我说出来你看行不行。今年局年度计划里有一项考察秦岭野生中药材生态环境和分布现状的项目，这都三季度过半了还没有启动，我想组建一个考察小组进终南山考察，一方面考察野生中药材分布情况和民间培植中草药的现状，另一方面落实国家中医药管理局拯救民间特色疗法的精神，同时按照国医傅老先生寻找郭圈圈的要求，在终南山一带寻访郭老，这么充足的理由在会上应该能通过。”

“这个想法很好！那个人应该没有什么理由阻拦。小组成员你已经有底了吧？”

“我想抽调我们处的秦浩和药管处的刘东方，这两个年轻人身体好，工作表现也不错，尽管还在实习中，但工作、学习都很主动，对中医有一种真心的热爱。三人小组够了，我计划每一周或两周进山一次，每次两三天，这样的话我们各自手头上的工作都不太耽搁，就可以把寻访工作持续的时间长一些，直到找到为止。”

“嗯，思虑周全。局里那辆越野车划给你们用。”

王泽桐似乎想起更多的事情：“黄局，这段时间我和郭氏圈疗接触多一些，看到了底层民间中医真实的现状，说实在的，我这个民间中医管理处处长很惭愧，局里尤其是我自己工作思路上是有问题的！我们对民间中医有多少了解？我们的评价体系合理吗？我们要扶持的和要取缔的都对吗？这次能找到郭老的话，我要好好向他请教圈疗的机理，我要努力把郭氏圈疗作为重点保护项目和申遗项目上报省市和国家。”

“泽桐，放手干！凭良知、凭感觉、凭你自己看到的真实现状放手干。那个人再有半年就到点了，我也一年多就退了，以后绊脚石越来越少，你的路越走越宽，我市民间中医的路子也越来越广。”

“这一回就是跑遍秦岭七十二峪也要找到郭老！”王泽桐心意已决。

“好，有线索之后我和你一同去。”

# 第八章　寻访

## 1

出乎预料的是，苟书记对王泽桐提出的对秦岭中草药现状调查和寻访郭老中医的工作非常支持，很快批复了这份报告并和黄茂奇一起亲自为调研寻访小组召开会议，布置工作。

参加会议的除了两位领导和调研寻访小组三个人以外，还有综合处处长苏利民，苏利民负责协调联络、小组出行用车安排等事务。苟书记兴致蛮高，把小组成员王泽桐、刘东方和秦浩挨个打量了一番，笑眯眯说道："你们这个小组要做的可是一件中医药界的大事啊！无论是调查中草药还是寻访郭中医，都是一次前所未有的探险，是一次对大秦岭的探索和发现。你们都知道，这一时期局里工作非常繁忙，在这种情况下通过了调研计划，你们要充分认识这项工作的重要意义，要做出周密安排，要出成果。"

王泽桐说："谢谢局领导给我们这次机会，我们一定做出详细的计划和安排，尽量利用周末时间进山，做到手头工作和进山调研两不误。"

苟书记继续讲："大秦岭是我国地理分界线、气候分界线，还是大江大河的分界线，是我国中药材宝库，秦岭中草药在全国中医药界有着至关重要的作用。我们秦西有句名言，秦地无闲草，仅太白山里就有六百多种中草药，有许多品种是独有的。你们这次通过调查要建立起系统的档案，为中药材培植和建立中药材基地打个好基础。另外，力争寻找到郭守正老中医，把郭老中医接下山，这将是我们落实国家局会议精神、开创我市民间中医工作新篇章的重点工作，你说呢黄副局长？”

黄茂奇道：“泽桐啊，苟书记表达了局党组对你们小组进山调研工作的支持和厚望，下来你们策划好调研方案，眼下秋季时节正适合进山，你们规划好线路，预备周密的安全措施，每次出行的辐射范围要限定好，总之，安全第一。其他的我就不多说了，你们抓紧商量好出行方案，要给苟书记和我还有综合处报备，要让局里随时知道你们的动向和进展。”

两位领导离开后，小组成员秦浩和刘东方再也掩饰不住兴奋，二人不约而同地跳起来隔着桌子击了一掌，同声说：“感谢王处抽调我们加入调研小组！”

刘东方说：“我从来到秦西起就盼望着走进秦岭，总是忙忙碌碌，一年多了也没去过几次，这回可好了，可以假公济私好好亲近大秦岭啦！”

秦岭山脚下长大的秦浩说：“秦岭啊，你去上百次千次也不够，每次去都有不同的感受，这回就让我给你们当向导吧。”

看到二人兴奋得忘乎所以的样子，王泽桐摆手止住：“打住！先别高兴太早，你们以为我们是上山旅游哪？我们在考察中草药的同时，还要寻访一位在山里隐修的老中医，这位老中医已经进山六年了！只知道他是在终南山一带隐修，但落居在哪里？在哪儿能找到他？这六年里连他的亲人找过无数次也只见了一回面，秦岭号称有七十二峪，每条峪里都是重峦叠嶂，我们在哪里能找到或是打听到郭老中医的消息？所以说，这项工作难度很大。”

这个消息让秦浩颇感意外：“哦，这个老中医是什么人？为什么进山隐修?”

王泽桐道：“这个我以后会告诉你们。这件事是咱们小组的重点任务啊，这位老中医在山里这么多年很可能已经是一位修行甚高的道医，我们寻找郭老中医既关系到对一项民间特色疗法的保护，也是对秦岭中草药、道医现状的一次了解。”

刘东方神往无比地击案而叹：“太棒了！越来越神秘，越来越诱人，还能见到修道大医，我们太荣幸了!”

刘东方是安徽人，皮肤白皙，人长得秀气一些，身材修长，白净斯文，能言善辩，又是个文学青年，很时尚，很文雅的样子。秦浩是秦地临潼人，当真长了一张兵马俑脸，中等身材，人并不胖却显壮硕有力，说话干练，做事显老成一些。也痴迷文学，所以和刘东方关系平素就比较密切。

王泽桐在筹划这件事情时心里就在琢磨，要想报告能在苟书记那里顺利通过，仅仅说寻访郭守正的理由是不够的，尽管在黄局讲了大国医傅维对郭守正的高度评价后，苟书记对郭氏圈疗态度有所转变，但仅为此成立寻访小组怕还是理由不充分，把这件事和考察终南山中草药工作绑在一起，报告通过的可能性就大大增加了。那么，中草药考察就要实实在在地做，与寻访郭老中医同时进行，所以他在选人手时除了本处学中医管理专业的秦浩以外，特意点将药管处的实习生刘东方。刘东方虽不是医管处的人，但和秦浩是同一批招聘进局的研究生，学中药专业，一年多来，王泽桐对这两个年轻人欣赏有加，二人都是真心爱中医，工作有热情又颇有才华。王泽桐知道，从人选上要使调研和寻访工作的合理性和持续性加强，局会上才能顺利通过。所以小组人员配备上已经做好了铺垫，接下来把寻访路线规划好，便有了一个良好的开头。

秦浩眯缝着眼睛思考了一会儿，说道：“王处，咱们先把现有信息分析一下，看郭老中医有可能在哪些地方，然后一处一处找。”

刘东方问道：“这六年来郭老的家人一定找过也见过，向他们问问寻找的过程和路线？”

王泽桐：“我问过郭老的儿子郭柏川，他是打听了很久才获悉郭老的信息，是郭老带信让他到终南山青云观见面。那次见过之后郭老告诉他以后不让他找并说不会再见他，所以这几年都没有音讯了。眼下唯一有用的信息是青云观，郭老进山时直接到了青云观，在莫道长那里落脚。虽然说莫道长已经好几年不在青云观了，但当时接郭老上山的道士应该还在青云观，我们找到他们兴许就能了解到郭老的行踪。”

秦浩说：“对，在青云观找不到的话，我们可以先把各个比较大的寺观排一排，先到这些寺观附近找。”

王泽桐摇头：“并不是上山修行者都入了佛门、道家，有的只是在山里修身养性。像郭老这样的老中医可能主要是修炼医术，比如闭关呀、坐禅呀，像武当道医祝华英那样通过辟谷坐禅观察反悟人体经络，钻研医道。”

思维敏捷的刘东方由道医想到治病，说道：“道医也是为大家瞧病的，听说秦岭里有五千多位修行者，他们有人病了还不得找医生啊，我们可以向隐修者打听这方面的信息，兴许就能找到郭老！”

秦浩：“这个说法成立，山里有那么多隐修者，我们总能遇到几个吧。”

三人越说越来劲，觉得这虽说是一项难以完成的任务，但也不是完全没有希望，而且，寻访本身还充满传奇色彩，充满魅力。最后商定，先从青云观、上善宫、太乙宫这些较著名的道观找起，会有较多的修行者居住。

最后，王泽桐说：“我们每周进山一次，每次以两天为宜，至多不能超过三天，这样一是确保人身安全，二是手头工作不会太耽误；寻找郭老的同时，我们还要做好另一件事，那就是对秦岭中草药分布生长的现状进行调查，大家都做一下功课，下周五开始咱们的探访终南山之旅!”

第一次进山很顺利。天色初明小组就出发了，越野车沿朱雀大街向南一路疾驰，抵达青云观下的停车坪时才7点多。王泽桐给司机交代了一下次日下午来接的时间，三人便进山门向青云观攀行。这一趟的目标明确，直接到青云观寻找水清道人，水清原是莫道长身边的高徒，想必水清道人知道郭老的行踪。

秦岭探秘就这样开始了，三个人都很兴奋，心里翻涌着秦岭里的种种神奇传说和隐修世界的奥秘，眼前幻化出郭圈圈老人仙风道骨的神采，都不由加快了脚步，似乎连说话都顾不上。秦浩在前带路，刘东方紧随，王泽桐殿后。王泽桐从与罗医师的交谈中得知，郭老上山时是水清道人接走的，其实在此前的许多年，郭老就与青云观有来往。只要找到水清道人，便知郭老进山后的去向。只是，六年过去了，水清道人是否还在青云观?

峡谷幽幽，绝壁入云，青石小径渐行渐高，这是以往由秦南通往关中的古道，途中可见古栈道遗迹。攀行了一个多小时后，举头可见气魄恢宏的青云观，四周古木参天，松柏森森。

第一站挺顺利，到青云观刚一打问就找到了水清道人。当水清道人迎面向他们走来时，王泽桐心中不由暗暗赞叹，方外之人就是不一样，好一个玉树临风的年轻人啊！二十六七的年纪，身姿挺拔，面容清朗，双目清澈有神，嘴角弯着一缕笑意。

王泽桐拱手行礼："您好，打扰了。我们想找您打听一个人。"

水清回礼之后说："请讲。"

"一位姓郭的老中医，郭大夫，民间称他为'郭圈圈'。"

水清扫了他们三个一眼，脸上的笑容更加灿烂，一指玉兰树下的一方石几道："来，坐下说。"

王泽桐向水清介绍了自己和刘东方、秦浩的身份，说明了来到观里的目的，然后问道："听说六年前郭大夫进山时是你去接的他，请你给我们讲讲郭大夫上山后的情况，还有，你是否知道郭大夫眼下人在哪里？"

水清道："是的，当时是莫道长让我下山接郭大夫，来山上后也是我照顾郭大夫的生活，他在观里住了有半年多时光，后来随莫道长一同离开，此后再未见过。"

王泽桐道："他们去了哪里？之后再没来过青云观吗？"

水清："郭大夫上山意在修行和钻研岐黄，像莫道长一样云游四海行踪不定，近几年听说来过终南山一带，为志远方丈等人医过病，但我没有见到过。"

刘东方和秦浩紧盯着水清，心里着急万分，没想到眼看着找到了郭老的线索，却又没了下文。

王泽桐继续问道："我听说郭大夫一直和莫道长有交往，常来青云观是吗？"

水清一笑说："郭大夫为莫道长医过病。就是从那一年起，郭大夫和莫道长成为至交，后来常到青云观来，有时住一两日，有时当日即返。那些年常去接郭大夫的是水静道长，让他来给你们讲。"说着，对身边侍奉茶水的年轻道人说："你去请一下水静道长。"

王泽桐一听当年熟悉郭大夫的道长也在，能听到更多的信息，高兴地连连感谢水清。说话间，王泽桐随着水清的目光看到水静道长从后殿向他们信步走来。水静道长比水清要大个十来岁，和王泽桐差不多，但那精气神显得那么充沛，那么有力，那么从容。更令人惊讶的是，他和水清一样，脸上的笑容也是那么灿烂，修行者为什么都有这么美好的笑容呢？

王泽桐三人起身行礼之后，王泽桐又把来青云观的目的重述了一遍。水静道长说："郭圈圈老中医医术精良，在民间影响很大，但莫道长当时并不认识，只是听来观里的香客常说起郭圈圈这个名字，便嘱我下山找寻，果然，郭中医医好了莫道长的病。"

刘东方和秦浩听了水静的话，心中不由又燃起希望之火，能听到郭老早年和莫道长的交往，对于下一步的寻找一定有帮助。王泽桐急切地问："你还记得郭老中医是怎么为莫道长治病的吗？他为莫道长医病在青云观住了多久？后来这些年来观里多吗？你再见过他吗？"

面对王泽桐一连串的提问和急切的神情，水静道长笑笑，然后一一作答："莫道长当时病了已有些时日，关心帮助他的人很多，有省市要员和医学界专家、教授前来问候、提供医疗信息，莫道长一概闭关不见。后来让我下山去寻找一个叫郭圈圈的民间中医，我就接来了郭老中医。郭老中医的治疗手法很怪，不开方不服药，按摩后用一根粗粗的艾蒿棒香灸，然后用刷子蘸上中药汁在莫道长身上画圆圈，前身画，后背画，画了一圈又一圈。我很好奇，莫道长患的是癌症，这画药圈能治好吗？就这样一连画了十天，莫道长的病情就好转了。之后郭老中医又陆续来过数次，每次住一两天，前后两个多月莫道长就痊愈了。再后来，郭老中医每年能来一次两次，和莫道长聊聊天，有时还会给僧人和道人们留下一些治病养生的药材。”

王泽桐道：“那六年前郭老离家来住山修行的经过你知道吗？”

水清说：“那时水静道长已到别处，在莫道长身边的是我。我刚才说了，郭老中医上山后在青云观住了半年多，辟谷了一段时间，和莫道长一起离开终南山之后我再没见过。”

刘东方和秦浩飞快地记笔记，不时望着两位道人，完全被郭老中医的神奇医术吸引住了。

王泽桐说道：“我想请你们详细讲一下郭老中医六年前来观里的经过，这对我们寻找郭老中医十分重要。”

水静和水清对望一下微微一笑。王泽桐补充道：“郭老中医发明的那个画圈疗法十分珍贵，眼下国家号召拯救民间中医绝技，光大传承传统医术，造福社会大众。为了把圈疗法这项民间特色疗法传承下去，市局专门组织了我们这个寻访小组，所以说我们一定要找到郭老中医！”

水静说：“郭老中医不仅医术高超，学问也很渊博。当年上山给莫道长医病时就流露出对终南山、对道学的浓厚兴趣，他和莫道长谈医论道，十分投缘，那时就感觉到郭老中医十分喜欢方外世界，喜欢修行生活，总在琢磨道与医之间的学问。”

水清说：“是的，郭老中医离家入山门主要还是为了修炼医术。我记得，郭老中医在上山之前给莫道长带来一封信，莫道长看过之后朗声笑道：‘幸事！幸事！今后我等山人看病不用愁喽！’我看莫道长如此开怀，便问郭老中医信中写什么了，莫道长说：‘郭圈圈这个七十多岁的老中医要出家入山门，你按信中所说时间去接他。’我担心地问：‘郭老中医这么大年纪了敢接进山吗？’莫道长说先接他来散散心再说。我去接郭老中医时心想，老人家这么大年纪了上山也就是住几天和莫道长聊聊天、散散心吧，可是没想到郭老中医真的从此再没下山，心意决绝地斩断红尘，成为终南山里一位年长的隐修者。”

王泽桐问：“那郭老中医上山后情绪怎么样？精神状态好不好？”

水清答：“情绪很好呀！精气神都很足。上山不久就提出要辟谷，莫道长口头答应他却迟迟不作安排。辟谷即断食，对于郭老中医这么大年纪是有危险的。但郭老中医一再坚持，莫道长后来答应先短期尝试，再慢慢增加时间，并要求他每天必须饮水和吃少量水果。郭老中医在观里半年时间里一直是我照顾他的生活，他曾数次短暂辟谷，从初期三四天，到后来五六天。郭老中医当时七十三岁，莫道长八十岁，二人身体强健精神矍铄，常常一起做功，一起谈医论道，心情特别好。”

王泽桐心生快慰，看来郭老不是因传承问题赌气离家。

水清继续说道：“我后来才明白了，郭老中医上山来是为了研究他的外治医术，急于辟谷是为了体证、内视经络运行，以完善他的圈疗法。住在观里头几个月里，郭老中医断断续续辟谷了好几次，身体状态越来越好。后来和莫道长一同出外云游，渐渐地就没有消息了。近两年莫道长偶尔回到终南山也是闭关状态，我们也都难见一面。再后来听说郭老中医不仅是在终南山一带行医，还到外地名山大川游历，所到之处治病救人，时有传闻。”

水静道：“正如莫道长当初所言，郭老中医进山是我等山人的幸事，他不但四处奔波治病救人，还教会僧人、道人识别草药，掌握一些健身防疾的技能……”

随着两位道长的讲述，六年前郭老离开南关巷走进终南山的情景清晰地在王泽桐脑海里一幕幕展开……

2010 年小雪那天的黄昏，当慌乱悲伤的郭柏川站在南关巷眺望终南山的时候，郭守正已经攀行在通向青云观的石阶上了。

下午把诸事安顿妥当时，太阳才刚刚西斜，应该刚进申时。郭守正走出书房轻轻关好门，把包袱放在院里的椅子上，返身望望，几间屋门都已关好。当然，只是掩上而未上锁，过一个多小时郭柏川就要回来了。

没等多久便响起轻轻的敲门声。郭守正心道：还真准时。把包袱挎在肩上打开门，一个穿夹克衫相貌清秀的年轻人恭敬地望着郭守正笑眯眯地说："郭大夫你好，我是莫道长小徒，名叫水清。车在门外，把包袱给我吧。"

上车，启动，水清一切动作都是轻缓而利落的。车子缓缓地驶出南关巷，一会儿就奔驰在朱雀大街上，再往南就是依稀可见的终南山了。

"郭大夫，是莫道长让我穿这身衣服的，他说您可能不想让外人知道进山的事，怕我一身道服让别人多想乱猜。"

年轻人转过身望着郭守正，恬静的笑容溢满年轻的脸庞。

郭守正说："莫道长真是细心。"

"郭大夫您休息会儿吧，得一个多小时车程。"

郭守正点点头舒服地仰靠着闭上眼睛，感觉到一种从未有过的轻松愉悦，很快便沉沉睡去。

算来已经十年了。2000 年冬的一天，差不多也是这个时候，一个和水清差不多年纪，穿青灰道衣，扎白色绑腿，足蹬白底芒鞋的道人出现在南关巷诊所，让街邻和病友们都很惊奇。在大家的注视下，小道人低头作揖静静地等在一旁，直到前面的病人离开后才走到郭守正面前。郭守正问："你并不是要看病，是有事要找我？"郭守正心想兴许是来化缘的，打开抽屉准备取钱。

道人轻声说："您就是人们说的郭圈圈大夫吧！"

郭守正道："是的，我是郭守正，有些病友称我郭圈圈。"

道人忙作揖："郭大夫好！恕我冒昧。我叫水静，是莫道长小徒，他让我来请您去给他医病。"

"哦，莫道长？是终南山青云观大名鼎鼎的莫道长？"

郭守正暗暗吃惊，近几年莫道长的大名已传遍秦西古城，莫道长不仅以谈经论道闻名，还善推易卦测凶吉预知未来，省市达官贵人莫不以求得莫道长一卦为荣，一时间结识莫道长成为一种时尚，成为社会名流们社交场所的谈资。如今莫道长怎么会突患重病？以莫道长之名望，省市最好的医生和医院尽可任意挑选，而自己与莫道长并无交往，怎么会派人找到自己这个陋巷里的小诊所来？

水静说："正是。莫道长现在闭关养病，嘱我不要外传，不要找其他医生，找一个民间口头相传的郭圈圈，我沿街巷一路打听找到这里。莫道长这次病情甚重，请您受累上山为他瞧病，请您务必救我师祖！"

郭守正知道莫道长修为甚高，一般疾患定会自我调理祛病除症，现专门派人下山寻医必是病情甚重，而且仅凭民间传说便指名要寻郭圈圈治病，想必是与那个人们忌讳的谈之色变的病症有关。自己对莫道长仰慕已久，只是莫道长名望太高非名流显贵不能近身，自己从未想过要拜会这位道长。想到这里郭守正心中已猜到几分，站起身问："现在就上山？"

水静作揖："谢郭大夫，车子在巷口。"

郭守正给罗医师说要外出几天，诊所事宜请她打理，带了些草药制剂便跟水静上车进山。

那是他第一次见莫道长，是在远离青云观的一条山谷的偏观里，莫道长仰靠在一张大木椅上，用目光迎着郭守正："抱歉郭大夫，我不能起身迎客了。"

郭守正顾不得礼数，连气都没喘匀就赶紧为莫道长瞧病。莫道长身材高大，却是骨瘦如柴。郭守正一边轻轻施揉，一边运用三焦探病之术辨识脏腑气机，片刻工夫，心中已是了然。莫道长颈下、两腋、前胸腠理之间均有肿瘤，淋巴肿大，肝脾肿大，体温高于常人，淋巴癌症状明显。

郭守正在莫道长身旁坐下来，端起茶杯喝了一口才说道："我怕是要在这儿住几天，道长的病要一些时日调理治疗。"

莫道长道："郭大夫看我这病还能撑几日？"

郭守正道："言重了。以莫道长的修行，一两个月定可恢复如常。"

莫道长苦笑道："就是修行不够才一病至此啊！这几年热衷凡俗，口无遮拦，这场病灾怕是对我的惩戒呢！"

郭守正道："方外之人也吃五谷杂粮。吃五谷生百病，这是天道。道长不必多想。"

当晚郭守正便给莫道长施以揉术和香灸，次日开始画圈，一日三画，连续十天便见初效，之后又上山数次直至道长痊愈。莫道长病愈后外出云游，终南山青云观从此再不见莫道长，连省市达官贵人也寻不到踪影。城里城外众说纷纭，有人说莫道长羽化登仙，有人说莫道长云游方外不知踪迹。

这次终南山之行使郭守正和莫道长成为莫逆之交，后来这十年里莫道长云游四海行踪不定，偶回青云观便悄悄接郭守正进山小住几日，一同漫步幽壑，秉烛夜谈，引为知己。去年得知莫道长回到青云观长期闭关不见外客，郭守正便萌生了进山的想法，半月前给莫道长写了一封信。

也许，当初和莫道长的相识之缘就已种下今日之果……

一觉醒来，汽车停在一座道观后的坪院里，水清打开车门欲搀扶郭守正，郭守正笑着摆手："我还硬朗着呢。"

这时夕阳缓缓落下，山岗静寂无声。水清在前带路，步履轻盈悠然，郭守正亦步亦趋随着水清在石阶上行走了几里路，便可看到青云观的高墙。暮色中依稀可见青云观增建了很多新的宫殿，远远望去气势巍峨。

在接近宫殿时，水清却走向另一条小路，回过头说道："莫道长现在常住山后一个小道院里，他说青云观已经是大众的青云观，已不是修道之地了。"

郭守正点点头表示明白，随之踏上小路。天色很快暗下来，石径两旁松柏矗立，在夜风中发出哗哗的涛声，夜幕从松林深处延伸过来，依稀的月光适时挥洒在弯曲的小路上。

又走了一里多路，水清停下了，在一处崖壁旁回头对郭守正说："郭大夫，到了。"

郭守正手扶崖壁展眼一望，心中不由凛然。没想到仅隔一道崖口，眼前竟然已是另一个世界。满山松柏突然隐去，换作幽深的竹林、山谷、崖畔，竹影婆娑，微风裹竹香轻拂面颊。前行十余步走进一个小小院落，迈入月洞门里，只见月色洒满小院，院墙四周、假山上也长满了秀竹，月光下枝叶修长，雅致疏朗，似翡翠般通透。

莫道长从竹影中迎过来，笑声朗朗："郭大夫，咱们可是有一年多没见面了，我看看你身子骨怎么样！"

郭守正欣喜地打量着已年过八旬的莫道长：海青色宽袖棉袍，黑色高筒道靴，身姿挺拔，披散着一头银发，美髯长须，步履稳健，声音清亮，尤其是一双眼睛在月光下愈发炯炯有神。这正是《黄帝内经》开篇描述的真人之态——“其知道者，法于阴阳，和于术数，食饮有节，起居有常，不妄作劳，故能形与神俱”。郭守正想着今后将与此等高人为邻，心中十分惬意，忙作揖道：“自然是比不上莫道长，莫道长已达真人境界，我这等俗胎整日事务缠身，已有老残之感了。”

莫道长道：“我哪里敢与真人比肩，便是这山中楼台也是难以脱俗啊！为何接你来此偏院想必你已了然，眼下连我们修道之人都难有一片安宁之地了。倒是郭大夫你心向岐黄治病救人，那是一种更高的修为。”

二人相挽进屋，一盆炭火把屋里烤得暖烘烘的。水清已沏好茶水，礼让一番后相对而坐。莫道长说：“你信中说这次上山就不回去了，要住山，可是想好了？”

“是啊，我想在道长这里讨口饭吃，跟着道长学学养生，收下我吧。”

莫道长笑道：“山人一箪食一瓢饮，郭大夫只要不嫌弃，终南山任何一座寺观都可供你容身。只是你这一进山，你家族医术怎么办，能放下吗？”

郭守正道：“我儿柏川自会传承光大。”

“我记得你说过他多年来不愿接你的班啊？”

郭守正微微一笑：“我离开之后柏川必然会全力做好传承之事。”

“终南山里常年缺医少药，你来住山是我等山人大幸！在观里先住一阵子，散散心养养身子，想回家时随时送你下山。”

郭守正轻轻摇头：“只想在山中了度残生，不会再下山了。”

莫道长道：“那你有什么打算？”

郭守正道：“先祖追随吴师机以外治法为人解除疾患，传至我已是第四代，外治之法辨证施治主要依靠对经络的认识和把握。我一生虽忙于医病不曾懈怠，但终年忙忙碌碌未能细致领悟经络之道。去年看了武当山祝华英道长写的《黄帝内经十二经脉应用》一书，心中颇为震撼。他在内功状态胎息境界中发现并体证了人体十二经脉玄妙的运行规律，发现人体十二经脉的运行是阴阳双向、左右对立的，我多年学《黄帝内经》只对'正运机理'小有浅识，对祝道长所云'负运机理'则全然无察。这是一个重要的发现，我想用残年时光好好体悟一下经络之道，把圈疗法机理及应用手法再梳理清楚一些。"

莫道长点头赞道："原来你们郭氏医学是师承外治先祖吴尚先大师的，大师善用药膏，医术精湛，且广施于贫穷百姓，民间口碑至善，难得你们家族几代人把吴大师的医术医道传承至今，可钦可赞啊！"

郭守正道："曾祖追随吴师机多年，曾为宫廷御医，后流落江湖悬壶。吴师机认为，外治法应用于人体，不过治上、治中、治下。依据三焦之分，给予不同的外治方法，以治疗各种疾病，形成了三焦分治的用药法则，其《理瀹骈文》为中医药外治开山之作，我族代代相传的三焦探病和经络调理之法为吴师机真传。"

莫道长道："古人云，'经脉者，所以能决生死，处百病，调虚实，不可不通'。祝道长小我几岁，但修为高于我，他一生悬壶济世，为道友和山中村民送医送药，口碑甚广。为体悟经络学说，他曾闭关、辟谷十数载，生活极其清苦，终有所悟。"

郭守正道："是啊，道医道医，修道得道方可成为大医，葛洪、孙思邈等大医莫不如是。当医术修炼到一定程度时，就需要在远离尘俗的大自然环境里体悟，这就是中医离道家最近的原因。我仰慕祝华英道长，他于修炼子午功的咽津服气之时发现了先天呼吸（胎息），经多年修炼，结合返观、内视身内机体内景，终于悟出了十二经脉运行的真相玄机。李时珍在《奇经八脉考》中就说过：‘内景隧道，唯返观者能照察之，其言必不谬也。’”

莫道长赞道：“好呀！郭大夫医术境界越来越高，此番进山是要成为一代道医啊！”

郭守正道：“不敢！我家祖传疗法为外治法，先祖固守‘经络决生死，处百病，调虚实，不可不通’之古训，是说家传疗法主要是依据经络辨证施治，若能对经络体悟再深一点，我毕生所研圈疗法方能更加完善。”

莫道长道：“嗯，你这个‘郭圈圈’确实是法理独到，在治疗癌症上独树一帜。十年前多亏你画圈救了我，今天我们还能坐在这里聊天喝茶。”

“莫道长言重了！你当时疾患尚未扩散，我用郭氏圈疗法化瘀消炎扶正祛邪，阻止了癌细胞恶化，但主要还是得益于道长修为高，体质超乎常人，不治自愈。”

莫道长笑道：“哈哈哈，好一个‘不治自愈’！中医就是这样，救人于危难，举重若轻，言之如烟云。你可知道，当时省市有关领导和医疗界的权威专家们一趟趟往山上跑，要给我请全国最好的名医做手术、放化疗，还说要安排出国治疗，我都不为所动。因为我当时心有一念：我多次听布衣居士和香客说起秦西城里的郭圈圈，我知道口碑载道的‘道’在哪里，才过了这一劫。原来郭大夫这个圈疗法凝聚了几代人的心血啊！”

郭守正点头道：“我是在传承先祖技法的基础上琢磨出来的，圈疗法是将人身体作为一个有机的整体，通过体表与体内经络、穴位、诸窍及脏腑的特定联系，起到治其外而作用于诸内疾病的效果，按照穴位，将中草药汁涂于皮肤，由表及里，通过平面圈、立体圈、螺旋圈等多种形式，使药物有效成分和药气快速渗透入体内，通经走络、开窍透骨治疗肿瘤等疾病。其实，这个思路古已有之，其医理药理与古人所用的‘箍法’同理。”

“此圈真的是大有乾坤啊！郭大夫为这个‘圈’在古稀之年抛家弃业上山悟道，可敬！你按你的想法来，想做什么想去何处，我当全力相助。”

郭守正起身作揖致谢：“我想先辟谷一段时间，为今后的住山生活打点底子，好好琢磨一下经络上的一些疑惑。还有就是想跟莫道长学学修身养性之道，以度残年。”

莫道长笑答：“以郭大夫的体魄先短期辟谷倒是没问题，过一阵试试吧，以后就让水清料理你的生活。不过说到修身养性，我是惭愧不已。当初为扩建楼观，做了几年当红道长，心念财利身陷红尘，攀高结贵唯利是图，楼观是做大了，可我哪里还像道长？青云观哪里还是谈经说道、修身养性的地方呢？”

郭守正道：“道长多虑了。青云观乃道教圣地，几千年来朝代更迭，楼观曾几度辉煌，也曾几度萧条败落只留下残垣断壁。当今中华盛世，莫道长亲力亲为，吸引社会各界力量扩建楼台院阁，建成今日宏伟壮阔的终南山青云观，吸引万众朝拜，此乃功德无量之举，莫道长该心中宽慰才是。”

莫道长作揖道：“多谢郭大夫体谅。”

郭守正亦抱拳回礼：“莫道长言重了。从今起我就追随莫道长，以观为家，以山为家。”

莫道长微微笑道：“看来你心意已决。这两天让水清陪你身边，先适应一下山中生活。”

郭守正再次致谢。

他和莫道长交谈至深夜方离开道院，水清陪着郭守正向竹林中的另一处偏院走去。走出月洞门，郭守正转身回望，莫道长依然立于院中，身形挺拔如松。默默相望片刻，郭守正转身迈上石阶，他将沿着这条石阶开始另外一种全新的人生……

## 2

郭老中医当年为莫道长医病的过程和六年前走进终南山的情景清晰地在王泽桐脑海里连缀起来，一直悬在心头的疑问豁然开朗、心中有了答案，心底的那一份隐隐的担忧和不安也消失了。但是，郭老中医眼下的情况却依然没有什么线索，看来水静和水清二位道人能提供的线索也就这么多了。

辞别水静和水清二位道人，走出青云观，三人都不言语，苍茫终南山里的方外世界和郭老离家入山的经历使他们年轻的心灵受到深深的震撼。

迈出山门走到一个较宽畅的石台后，王泽桐停下脚步，担心两个年轻人因没有得到郭老眼下的消息情绪受挫，便说道：“我们的找寻才刚刚开始，至少我们知道了，郭老眼下没有在青云观一带，否则水静、水清一定会知道。我们按计划去藏仙峪寻访，那里住有隐修者，找到隐修者就有可能打听到郭老的行踪。”

秦浩说：“王处放心，我们都知道寻访才迈出第一步，要是这么快就找到了，那我们的终南山探秘岂不是太无趣了！”

刘东方说：“英雄所见略同啊！刚才我担心找不到水清道人，打听不到郭老的消息，但心里又隐隐地害怕，怕什么呢？怕这么快就找到了，咱们的寻访岂不是这么快就终结了？”

王泽桐笑道：“看看你们这小算盘打的，唯恐不能游山玩水了是吧？接下来有你们受的，今晚就要住在藏仙峪，可能是山民家，也可能山野露宿。还有从现在开始，启动中草药调研工作，注意收集标本做好记录。”

“是！”刘秦二人同时应道，把装着食物、矿泉水的背囊往肩上耸一耸，做出一副有力的样子。王泽桐抬头望望头顶的太阳：“咱们在这里休息会儿，吃点东西再向下一个目标进发。”

秦浩拿出面包、矿泉水、榨菜分到各人手里，便各自吃起来。王泽桐看到刘东方一边吃，一边整理一路上采的几株中草药标本，便笑道：“刘东方，你是中草药学专业的，我有一道中药材谜题看你能答上来不？”

刘东方和秦浩一听有谜要猜又是中药材方面的，都来了兴致。刘东方说：“王处尽管发问。”

王泽桐道：“贺知章《回乡偶书》你们都知道，是这样四句：‘少小离家老大回，乡音无改鬓毛衰。儿童相见不相识，笑问客从何处来。’这首诗的谜底可是包含着四味中药材，你们能说出来吧？”

刘东方笑道：“这个题我不能答，我不仅知道还看过几个不同的版本，还是让秦浩同学来回答这个问题吧。”

秦浩道：“这个题我还真没见过，让我从字面上猜一猜，猜对几个算几个好吧？”

王泽桐点头道：“这样才是真答题，要是看过的来讲就没意思了。”

秦浩已进入答题的思考中：“第一句‘少小离家老大回’，自然是当归了。第二句‘乡音无改鬓毛衰’，‘鬓毛衰’就是白了头啊，应该是白头翁。第三句‘儿童相见不相识’，不相识就是陌生人，陌生人就是生人啊，生人，人生，是人参！第四句嘛，‘笑问客从何处来’，何处来？这个得让我想想。”

刘东方忍住笑点拨道：“对呀，何处来？从远处归来，那个地方对家乡人来说是陌生的地方，是……”

秦浩赶紧抢着说：“生地，第四味是生地！”

看着秦浩认真的样子，王泽桐笑得身子前仰后合：“全对，一百分。其实我也是在一本书看到的，若是像秦浩这样一个个猜未必能全答上呢！”

刘东方说：“诗词是秦浩的强项，他自然是理解分析得特别透彻，下来我说一道明末大医傅青主的药联趣话，王处和秦浩同学听听。”

秦浩和王泽桐相视一笑，做出洗耳恭听的样子，中药学是刘东方的专长嘛。

“傅青主医文皆通，声名远播。有一位老中医慕名来访，傅青主设宴招待，酒过三巡后，老中医起身浏览药架上的药物后信口说道：‘红娘子生天仙子，一服生化汤。’傅青主笑答：‘女贞子产刘寄奴，二包止迷散。’老中医拉开抽斗说道：‘白头翁骑海马，赴常山挥大戟，怒战草寇百合，不愧将军国老。’傅青主即刻接道：‘何首乌架河豚，入大海操仙茅，逼杀木贼千年，堪称长卿仙人。’老中医情知傅青主医文符实，甚为佩服。宴毕分手之时，傅青主道：‘生地变熟地望常合欢。’老中医依依不舍地回道：‘望月乘夜明定来夜交。’”

王泽桐和秦浩鼓掌。王泽桐叹道："高人过招，两人对话间说出几十种草药。"

秦浩说："我记得有这样一副药联，好像是清末名医何九香写的，他在母亲病故后悲思深重，自题一副药联贴在药店门前：'独有痴儿渐远志，更无慈母望当归。'以远志和当归这两种药材名寄托自己对母亲的哀思和怀念，可谓情真意切，令人感动。"

刘东方道："要说药联嘛，我看过北京著名中药店'仁和堂'门两侧红漆抱柱上悬挂着一副大大的楹联，联文是：'熟地迎白头益母，红娘一见喜；淮山送牵牛国老，使君千年健。'此联巧妙地将熟地、白头翁、益母草、红娘子、一见喜、淮山、牵牛子、国老、使君子、千年健十味中药材名串联成句，一迎一送，对仗工整，语意幽默，令人称绝。"

秦浩道："这副药联的确是构思巧妙，药材名密集，二十四个字中就有十味中药材，而且寓意甚好。能与之媲美的还有这样一副：'慈姑穿山采红花，走遍生地熟地；苏子过江寻紫草，翻越常山淮山。'二十八个字中也隐含了十种中草药名。"

王泽桐赞道："这两副药联确实精彩，前一副巧布药名寓意健康，后一副用十味中药材名尽言采药之不易，真是风雅有趣。二位学士都讲得精彩，我也给咱讲一段医文相投的趣话。"

刘东方和秦浩一同起身鼓掌。

"明末，有一个自视才高的文人去拜访一位老中医，入庭院只见满园翠竹，脱口吟道：'避暑最宜淡竹叶。'老中医笑接：'伤寒尤妙小柴胡。'入堂之后文人念出一句长联：'白头翁，持大戟，跨海马，与木贼草寇战百合，旋复回朝，不愧将军国老。'老中医坦然接联：'红娘子，插金簪，戴银花，比牡丹芍药胜五倍，苁蓉出阁，宛如云母天仙。'文人被老中医渊博的学识折服，二人遂成挚友。”

秦浩和刘东方喝彩之余，刘东方盯着王泽桐看，眼睛亮亮的，好像真刮目相看了一番似的：“王处，以前还真不知道，你是学管理的，在中药材方面也有这么丰厚的知识。”

王泽桐说：“我哪里比得上你们啊，只不过中医药这个学问本身充满了魅力，有时看它学它完全是一种享受。”

秦浩说：“王处，我们才出校门，而你已经离校十多年了，还能这么出口成章，这学问大了去了。”

王泽桐指着哧哧发笑的秦浩和刘东方说：“好了，不许拿我开涮！我知道在你们眼里我已经是大叔那一辈的啦，我就倚老卖老，再讲一则诸葛亮后裔用中药材名撰写的祭文，这篇祭文情恳意切，处处暗藏中药材名。我试下看还能背多少：‘呜呼！秋桂枝高，痛泣威灵仙去；冬桑叶落，更悲子不留行。恭维我兄斐斋公者，禀性光明，持躬厚朴，细辛处事，苦练成家。诚大腹之能容，亦合欢而有庆。只为潼关失怙，苦丁慈父之忧，於焉海经商，苦遂劳人之驾……’”

三人你来我去地大战了几个回合，情绪高涨，王泽桐心里着实喜欢这两个才出校门不久的高才生。说道：“好了好了，这一场中药材名称知识大比拼太精彩了。夫子云‘三人行必有我师’，在这方面你二位都是我的老师！现在出发，咱们也要‘走遍生地熟地，翻越常山淮山’喽！”

秦浩、刘东方紧跟在王泽桐身后向森林的边缘走去。

之后的寻访就没有第一次这么顺利了。

从 8 月底到 10 月上旬，一个多月里他们每个周末都进山，周六天未明就出发，周日晚间才回来，有两次路远，在外露宿两个晚上，第三天中午才回到城里。出乎预料的是，进山六次没有得到任何有关郭老的消息。

尽管王泽桐对寻访郭老的困难有心理准备，但实际上比他预料的还要难。原以为在各个峪里会见到很多隐修者或居士，可是在一个多月时间里进山六次，还没有获取一点有价值的信息，有时找一个普通的住山者都困难重重。六次进山，穿越了七条峪沟，走进十多家寺观和隐修者居住的山洞，问了不少人，却没有得到有关郭老的任何信息。回想制定的寻找方案和每次进山的路线，由东至西向南岭纵深腹地推进，辐射范围达一百多千米，对终南山周边的主要峪沟进行寻访、打听，寻访规划和方案应该说没有问题啊！

好在挑选的这两个年轻人很优秀，对寻访工作充满热情，并且体力好、能吃苦。在他们面前，王泽桐常常感到自己老了，八零后九零后已是不同的两代人啊！秦浩是山东中医药大学研究生毕业，去年夏天通过招聘到中医药管理局的。刘东方是秦西中医学院方剂学研究生，在市院工作一年多，去年与秦浩同一批来到中医药管理局。二十六七的小青年却已是满腹岐黄，出口就是名方名剂。王泽桐选择他们两个的原因还有一条，在以前对民间中医调研工作中，他们不像其他年轻人对较小规模的民间中医机构持一种轻慢的态度，而是认真地对民间中医的传统手法和制剂进行剖析并提出自己的看法，王泽桐对此颇为赞赏。

从地图上看，他们才走过了终南山一角，要到什么时候、什么地方才能找到郭老呢？对终南山中草药现状的调查倒是进展顺利，刘东方和秦浩采撷了大量本草标本，还发现了几种古药典中记载的珍稀草药。

寻访之旅十分艰辛却充满趣味，收获也不小，只是，什么时候才能找到郭老呢？

在寻访途中，王泽桐和秦浩、刘东方常常议论起《空谷幽兰》，他们都看过这本书，是一名叫比尔·波特的美国隐修者写的，那本书给他们带来很大的震撼。他们惊讶于那个神秘的世界，惊讶于就在自己身边的秦岭山谷里竟然隐藏着数千个来自全国各地的隐修者。可是，这次走进山里却很少见到他们，他们都藏在什么地方呢?

头几次进山时，他们常常遇到一些驴友，还托驴友帮忙打听，结果什么信息都没有得到，连隐修者都几乎没见到过。这对王泽桐来说是个教训，后来他才渐渐明白，隐士们远远看到这些高声喧哗的旅游者，一般都会躲藏起来，或进入偏背处的山洞，或隐藏在树林中的柴房里，他们不愿被打扰。而且常有些素质差的游客，在山谷或寺庙附近三五成群吆三喝四的，有人引吭高歌，有人放着乐曲，有人不停地拍照。还有的是一伙人聚在一起，占一方草地或一片岩石，打开带来的酒肉菜肴水果什么的，大吃一通后起身就走，留下一堆垃圾。对这些现象，王泽桐三人都是深恶痛绝，不难想象那些隐修者会是多么反感和厌恶。后来进山，王泽桐渐渐学会了如何避开那些游玩的旅客，如何安排路线及获取有用的信息。

有一次他们在黄羊沟里遇到两个搞摄影的，这两个摄影家真算是骨灰级发烧友了，为了拍日落和日出的镜头，竟然在看起来没有人烟的山谷里守了好几天。交谈后得知他们晚上是在山后一处隐修者住处借宿，便通过他们见到了几个隐修者，也打听到了一些关于道医的传说，但没有人见过年长的郭老。

有几次寻访中也见到了一些隐居者，和他们的交谈增加了三人对隐居群落的了解。这个群落里多数人倒也没有什么神秘的背景，也是普通的人，多是因身体疾患或家庭、职场的重大变故而离开亲人离开家乡住山的，他们来山里只是要远离都市、改变环境，过一种简单的生活。即便是这样的山居者也令人敬佩，更不要说那些隐世的僧侣、学者、道医等。他们崇尚简单宁静的生活，不喜欢被打扰，不喜欢大山里这个唯一干净的世界也被污染，这种人生的状态和境界多么令人向往啊。

在第七次进山之前，王泽桐召集小组开了个讨论会。

王泽桐开门见山地说："寻访工作进行快两个月了，进山六次尚无所获，我想知道你们的信心还剩下多少？"

刘东方和秦浩对视一下，说道："信心未减，还是百分百。"

秦浩说："对，信心从未动摇过。"

王泽桐说："只有信心怕还不够，局里不可能让我们无休止地寻访调研下去。我们还要把寻访思路理一下，让接下来的寻访一步步靠近目标，还有中草药调研工作也要整理出一个翔实的报告。"

刘东方说："这个没问题，我们这六次进山，对秦岭野生中草药的调查颇有收获，对中草药的生长现状和变异有一些新的了解，还发现了几种以前未在册的新本草，我和秦浩已经着手写调研报告了。"

王泽桐说："好，那让我们梳理一下寻访郭老的思路。我觉得突破口还是要从山里的隐修者身上找，那么我们首先要对这些隐修者再多一些了解，多一些认识。"

秦浩说道："从我们接触到的隐修者来看，佛教、道教信徒占一部分；另一部分隐居终南山则是出于个人精神追求，对原有生活方式的一种颠覆，放弃原有安逸喧闹的生活，追逐安宁朴素。这两类隐修者有的是因为感情上的波澜，有那么点看破红尘的意思。还有一些人是生活中的困扰多得无法承受，进山是为躲避烦恼。这类生活型隐士大多是短期的，因为深山里的生活是极其艰难的，一般人很难承受。”

刘东方说：“不知你们是否注意到？咱们遇到的隐修者虽不多，但并不都是性格孤僻、行为古怪的样子，我觉得好些人身上充溢着简单、明快的特点，乐观、知足，就像比尔·波特《空谷幽兰》中所写的那样，是一群快乐、健康、和善的人。”

王泽桐对进山的经历也是颇为感怀：“是啊，若不是有这样一次真正走进秦岭的机会，我们恐怕一辈子都不会知道，比尔·波特《空谷幽兰》描绘的世界是真实的！就在离我们都市不足百里的地方有这样一个神秘的世界，在我们推窗可望的终南山里隐居着数千人！这些隐修者中有终身与青山为伴献身信仰的佛家、道家信徒，有归老山泉自得其乐的高人。当今回归本真的生活方式成为一种时尚，不断有更多的人加入隐修者的队伍。”

秦浩和刘东方还在思考的工夫，王泽桐问：“你们说说，郭老这个名贯秦地的中医、一个年逾古稀的老人，是因为什么进山修行的呢？”

秦浩说：“你和黄局不是都讲过嘛，主要是因为他儿子不肯传承他们家族的医学。民间中医主要的传承方式就是子承父业、代代相传，儿子不肯传承父亲的医术，对一个老中医来说是个不小的打击，他因此而伤心离家。”

刘东方说：“他们家的圈疗法不是有个传承推广中心吗？他儿子郭柏川带着这个团队还是在传承嘛。”

秦浩刚要争辩，王泽桐说：“他儿子当时不肯传承家族医业是主要原因，但也不完全是因为这个。我听郭柏川讲过，郭老在许多年前就与终南山青云观等道观的道长以及华莲寺等寺庙的住持有来往，可以说这进山修行的因素早就存在。水静和水清道长也说了，郭老住山是为了研究他的圈疗医术。我们要搞清楚郭老进山的真实目的，才能判断出郭老进山后会是什么样的一种状态，咱们应该怎样才能找到他。”

秦浩眼前一亮随口说道：“道医！像郭老这样身怀绝技的老中医走到哪里都少不了治病救人，他一定是一边云游修行，一边为人医病。”

刘东方赞同这个想法并补充道：“大医达到一定境界后，往往要在名山大川里修行悟道，才能抵达更高的境界。自古来的“医圣”“药王”都是这样的。比如华佗、扁鹊、孙思邈等莫不如是，郭老显然是为了修行悟道进山的。”

秦浩说：“对！这些大医修行的目的都是提升自己的医术，更好地治病救人，郭老也同样，不管在哪里都少不了给人瞧病。”

王泽桐说：“好，咱们要把住医者这条线索，找道人、僧人和山里居士打问他们求医治病的方法，打听道医的踪迹，寻着这条线索找寻郭老的下落。方向明确了，我们就会离目标越来越近。”

## 3

第七次进山是 10 月下旬的一个周末，这次出行是按计划的第四条线路——太白山黄松岭。目的地是岭北的梨花沟，这里风景优美，有不少隐修者隐居，而且，这一带交通条件好，汽车可以一直开到梨花沟。

中午时分，他们找到一个农家解决了午饭，然后沿山路往后山走。

季秋之际，天空蓝蓝，一片片薄薄的碎云彩飘在头顶。路的一边是陡峭的崖壁，一边是缓缓流淌的小溪，清亮泛绿的水淙淙响着，蜿蜒明澈，空旷的山谷因为这悦耳的水声有了几分灵气。路边，一簇簇野雏菊和打碗碗花在风中摇曳，那红的、黄的、紫的小花朵像一个个小精灵，在微风中吟唱。

“真美啊！比起都市里的水泥森林，这里简直是人间天堂啊！”走在最前的刘东方陶醉地举起双臂仰天长叹。

秦浩突然被路边石崖上的一丛花草吸引了，停下脚步打量着那一枝枝开着淡紫色花朵的植物：“王处你看，这一大片半枝莲长得这么繁茂!”说罢采下几枝小心地放入背囊。

上到山脊，刘东方忽然停下脚步抽抽鼻子，向路两侧打量着：“王处，秦浩，你们闻到什么味道了吗?”

这一说王、秦二人也感觉到一种特别的气味随风飘来，是一种植物发出的清香怡人的芬芳，嗅之立感醒脑提神。三人寻着味道飘来的方向望去，看见小路尽头的沟洼里，有一块较为平坦的开垦过的土地，里面绿油油地长着一些参差不齐的植物，秦浩停下脚步手指前方：“那里有一大片中草药，应该是中药材种植场!”

王泽桐向着秦浩瞅的地方打望，还在辨认之际，刘东方已经喊了起来：“藿香！只有成片的藿香才会有这么浓郁的香味!”

“我们过去看看吧，这里怎么有这么大一片药田?”秦浩急不可待地说。

三人沿一条隐隐的小路走到山梁的边缘，拐过一道梁子之后眼前出现了几块大小不一的药田，远远看见地里长着当归、党参、黄芪等中草药。王泽桐说：“看来是个中草药种植场，是哪个药商私人种的，你们可不要轻易采撷标本啊!”

能见到这样一处藏在深山里的几乎是野生环境里生长的中药材种植场，三人都少不了一番惊喜，尤其刘东方和秦浩，深山野岭里还能见到这么大片的药田，兴奋得几步冲进药田观赏起来。

秦浩把整个药田打量了一番："这块药田种了六七种草药，有当归、党参、柴胡、黄芪、生地、藿香。这块地所处的高度和湿度是最适合药材生长的，你看藿香都快有一人高了，香味这么浓郁。"

刘东方则像珠宝商见了珠宝一样，已经顾不得说话了，沿着地垄往前，左边看看，右边看看，不时惊叹着："天呐，这当归、党参、生地长得这么壮硕，这么齐整，全都是特级、一级！"

王泽桐看着两个学中药材的研究生喜滋滋的样子，心想今天有这一场"艳遇"，也是意外的收获啦。这几块药田大约有三亩多地，当归种得多一些，党参、柴胡、生地占有一亩地的样子，有半亩多地密匝匝地生长着一米多高的藿香。这块两峰之间的洼地，土地肥沃墒情好，药材长得格外壮硕。那一片灰色枝蔓缠绕在一起，争相开放白色五瓣花的是党参。当归苗子看起来很朴素，茎叶像萝卜缨子一样，头顶举着白色的碎花。黄芪伸展着锯齿形叶子，优雅地高举着一串串风信子一样的黄色花枝。齐膝高的柴胡枝叶茂盛，一团团满天星一样的碎花迎风摇摆。身材稍低一些的是生地，也不甘寂寞地举着紫色的毛茸茸的喇叭花。而那一片齐胸高的藿香长得茂密而旺盛，举着紫色的花串随风摇曳，把芬芳洒满山谷……

这个药材种植场在纯正中药材奇缺的今天尤其珍贵。

三人正看得兴起，忽然传来一声大喊，随之一个汉子急匆匆从山梁一侧向他们奔来。王泽桐明白了，这是药材种植场看守人，秋末到了收获时节，这么大的药材种植场一定是有人看守的。王泽桐向来人摆摆手招呼道："你好乡党！别急别急，我们路过这里看看药材。"

是个五十来岁的汉子，脸上带着几分怒气："这是人家药厂的药材基地，有啥看的，咋能随便进药田踩呢？"

王泽桐一面作揖，一面道歉："对不起对不起！这两个年轻人也是学中草药的，是你的同行，看见你种得这么好就想看看。"说着把秦浩和刘东方叫过来说道："把你们的包打开让这位老哥看看。"

秦浩和刘东方这才想起，身上背着偌大个背囊在人家药田里咋能不让人生疑呢，这瓜田李下的，遂尴尬地笑着打开包递到汉子眼前。刘东方把刚才在路上采撷的几株小柴胡、穿山龙、山参苗子和半枝莲拿出来让汉子看，显然与药田无关。汉子看过后敌意消除了，语气也温和多了："你们看着都是做要紧事的人，怎么对这些中草药这么看重呢?"

王泽桐说："我们做的就是中草药的事，他们两个还是专门学中草药的。"

汉子说："你们想收药材可不行，这是一个药厂自家的药材基地，我只是给人家看守的。"

王泽桐说："我们不收药材，我们是市里中医药管理局的。我想问你这是哪家药厂的基地?"

汉子呵呵笑着说："这药材基地可有历史了，怕是有二十多年了，你想，我小时我爹就帮着人家种草药、看守草药，他死了我又守了十来年了。"

王泽桐、秦浩和刘东方都惊呆了，这块药材基地竟然是有历史、有故事的，便你一言我一语地打问起来。

王泽桐问："你家两代人都给人家看守这块药材基地，可是这块地并不是很大呀，能挣多少钱？能维持生活吗?"

汉子说："谁说不大，你看，沟那边还有这么大一片，药材种一年就要让地歇两年，所以是几块地换着种，每年春天下种时人家还请专家来。"

刘东方问:“这里环境好适合各种药材生长，为什么只种这六七种?”

“一位老中医制药主要用这几种药材，所以长年就种这几样，再说药地四周长的也是一种药材啊，你们看这是啥?”

王泽桐和秦浩、刘东方这才注意到四周都是蓬勃的艾蒿。刘东方说：“真是不说不知道，一说吓一跳，你看这满坡的艾草，别看自生自灭不值钱，用处可大着呢！现在艾灸疗法越来越普遍，做艾绒、艾灸棒用量大得很!”

汉子说：“看来你们还真是行家，这满山的蒿子虽说不用栽，但也是要人务哩。这面坡的洼地特别能长蒿子，我们把其他的杂草灌木都清除了，只留下蒿子，端午前后要收几百捆，晾干运城里就是好药材。”

王泽桐眼前闪过爷爷在郭氏圈疗治病时用的那粗粗的艾香棒，心里咯噔一下，心想今天说不定有重大收获呢！听说郭氏圈疗有自己的药厂，而他家的艾灸梅花香是获得国家专利的，这块药材基地说不定就是郭氏圈疗的，那么，郭老很可能来过这里，这个乡党有可能知道郭老的行踪！便问道:“老大哥，这块药材基地的主人是一位姓郭的老中医，对不对?”

汉子惊愕地盯着王泽桐：“你咋知道这是郭老中医的药材基地?”

在这里竟然打听到了郭老中医的信息！秦浩和刘东方既惊愕又兴奋，瞪大眼睛瞅着这个从天而降的汉子。

王泽桐说：“郭老中医给我爷爷看过病，他家的中药就用这几种药材制成。”

汉子说：“以前郭老中医年年来，春季秋季都要来，给我们送钱、收药材都是他亲自来。这几年不见来了。”

王泽桐急忙问道：“今年来过没?”

汉子摇摇头：“没有。郭老中医好几年没来过了，他后人来过几次，大多都是药厂的人来。过一阵就要起药了，起完药后要在地里上浆、脱水，我得在地里守几天才能运回屋里晾干等药厂来人运走。也不知道郭老中医今年来不来，我好几年没见过他了。”

看来从这里得不到更多郭老的信息了，王泽桐说：“会来的，郭老中医要是来不了他后人也会来的，就像你们父子不也是一代代往下传嘛。”

和汉子告别后，王泽桐三人继续他们的路程。

刘东方道：“可惜呀，终于见到一个认识郭老的人，谁知他也几年没见过了。”

秦浩说：“王处，你怎么猜出这是郭老中医家的药材基地？”

“我是由郭老中医家传制剂想到的。他们家传的梅花香是咱们市民间中医药保护项目，还有他家的康宁膏也很有名，用当归做君药，这两种制剂都是有批号的正规产品，每年的生产量不小。再者，一种好的中药材制剂一定有好的药材。之前我曾听说过郭氏有自己的中草药基地，再加上这几种药材正是郭氏制剂最常用的几种，我就这么蒙了一下。”

刘东方说：“刚才药农讲郭家后人还管着这个基地，说明郭老的儿子郭柏川也很重视这块药田，郭氏中医的医术和中药都传承下来了。”

王泽桐说：“郭柏川本身是药师，自然知道药材的重要性。”接着又问刘东方：“你们药管处对民间中药材种植进行过调查，这样的纯天然种植基地我市还有没有？”

刘东方说：“有，但很少。市国药厂在药王山有一个规模较大的种植基地，那个种植基地我们去看过，其他有几处只是听说还没去看过。”

秦浩说：“王处，看过局里的调研报告，眼下的郭氏圈疗传承推广中心是个很小的民间中医药团队，没想到他们还有自己的药厂，还一直有着自己的药材基地。这个现象倒是很特殊。”

王泽桐感慨道："民间中医有很多现象我们都不清楚，眼下咱们对民间中医的了解还远远不够啊！"

离河谷渐渐远了，三人沿山脊梁往上攀爬，且行且聊，一路打听寻找隐修者。下午时，遇到几个居士或隐修者。他们一一询问，但没有获得任何有用的信息。

近黄昏时，王泽桐站在较高的一块岩石上四下打量了一遍，命令道："下山，返回梨花沟。今天我们的收获不小啊！发现了郭氏的中草药基地，离我们找到郭老又近了一步！"

刘东方说："王处不用给我们鼓劲，我俩丝毫没有泄气，再说这样的寻访本身就充满魅力，跑多少次也不会让人厌倦，也不会让人灰心丧气！"

秦浩也明白王泽桐是在给他们鼓劲，说道："是的，我也感觉离郭老越来越近了，我们在期限内一定能找到郭老！"

在局办公会上，王泽桐向黄局和苟书记汇报了调研寻访的情况，着重讲了秦岭北麓中草药调查的收获。苟书记对小组的工作很满意，当王泽桐提出希望调查小组能继续进山调研时，苟书记表示同意。之后，王泽桐又向黄局单独汇报了寻找郭老的进展。

黄茂奇说："这件事情本来就难度很大，你们七次进山能找到这些线索已是不易了。以郭老这样的道医，不会总在一个地方停留，很可能四处云游修炼医术。不过，他还是有可能再到终南山一带活动的，因为山里生活的人们病了总要找医生。"

王泽桐说："我们就是按照这个思路在寻找，我相信一定会找到郭老的。这段时间对郭氏圈疗的了解越来越深，与郭柏川一同去韩国的经历，还有我们在秦岭的所见所闻，都使我感觉到，郭氏圈疗这个特色疗法有着强大的生命力，是一项极有推广价值和普世价值的传统特色疗法，我们不能让这个技法被取缔或是失传。”

黄茂奇道：“不会的。你也说过，郭氏的这个诊疗法不会失传，也不会被取缔，它已经在老百姓中扎下根了！找到郭老，咱们要告诉他，圈疗法会更广泛地应用于大众医疗，需要他下山亲自给大家传授。”

“一定，我们一定会找到郭老的。”

“最近你们抓紧寻访调研吧，马上入冬了，山里越来越寒冷就不适宜进山了。”

王泽桐满怀信心地说：“我想用不了那么久，我总觉得我们快接近郭老了。”

# 第九章　南 山

## 1

第八次出行目标是翠云山。一路经过天池景区和山崩石景区等名胜风景区，三人几乎脚步不停地穿过。他们知道，在这些游客集中的风景区不会有什么有益的线索，他们的目的地是天池后的鹰嘴岩，那一片山岭岩石嶙峋，有很多天然石窟，有的隐修者就择窟而居，能见到隐修者就有可能获得郭老的信息。

越过景区之后，人烟渐渐稀少。偶尔遇到隐修者、居士，他们就问：有没有见到过给人医病的山里郎中？有没有听说过一位姓郭的老中医？人皆摇头。

在鹰嘴岩的一处石窟前，他们看到一位年长的居士靠在石上晒太阳，王泽桐轻轻走到跟前，看到他半闭着眼睛，便轻声问道："你好，我想打问一个人，他是个医生，也在山里隐修，不知您见过没有？"那人摇摇头。王泽桐再问："那你们住山的人病了怎么办？"

"住山的人很少生病。有点小病小灾自己就扛过去了，哪里去找医生？"

刘东方问："那要是有人病重了怎么办？总得找医求药啊？"

居士说："也有过。一些人患重病十天半月不见好，有的就进城求医；有的托人传话，就有医生把药带来，吃几次就好了；也有的医治不了死了，那是命数到了。”

王泽桐还不死心：“我们要找的就是一个住山的名老中医，是一位年近八十岁的老人，他到山里六年了。”

居士说：“越是名医越不好找，他们居无定所、四处云游，你们可以找苏道长问问。”

秦浩问道：“苏道长？在哪里能找到苏道长？”

居士道：“这个山梁后有一座道家养生馆，这几年才建的，挺红火，我听说那个年轻的道长姓苏，你们可以去找他问问。”

道家养生馆？听见这几个字三人皆面露喜色，谢过居士，按其指的方向往山梁攀去。望着只是在头顶的山梁，攀爬起来却足足用了一个多小时。

攀上陡峭的崖壁后，眼前豁然开朗，崖壁背后是一个由巨大岩石形成的平台，这平台上竟然建起了一座小楼！是一栋建立在山顶上的灰色小楼，看得出，小楼是近年才建起来的，还很新。王泽桐、秦浩和刘东方全愣住了，他们几乎不敢相信自己的眼睛！回头望望身后，岩石危耸，眼前横空出世的这栋既古朴又有现代风格的楼房让人心旷神怡。王泽桐示意两个伙伴噤声，轻步往前。走到山墙旁边，三人驻足探望：小楼只有三层高，石木结构，正门前建了个小小的庭院，院里耸立着一些奇伟俊秀的观赏石，花木巧布，一条小溪穿过院子，淙淙有声，离院子尚有几丈远已能感到一股清爽的微风带着清新之气扑面而来。

真是别有洞天啊！这一定就是居士说的道家养生馆了！没想到高山之上竟有这么一处地方！秦浩和刘东方同时望着王泽桐，眼神表示着同一个意思：咱们去看看吧，这样的机会怎么能错过？王泽桐的心思又何尝不是如此呢？一瞬之间，他们算是确认了眼神。王泽桐率先往庭院里迈进一步，两个小伙伴欣喜万分地跟上。

走进庭院后，只见几个身着黑色中式衣裤的女子沉静而轻盈地从外归来进入小楼，看那脚步看那身段都是训练有素。她们走过的小径主要是由终南山上特有的沉积岩石构成，石缝里和薄薄的泥土中有一丛丛小草和野花，也就是紫花地丁、蒲公英、矢车菊这一类普通的花草，在这远离尘嚣的世界里却显得格外清丽。

正陶醉间，一个男子从石径上健步走来，有人在其身后喊："苏道长！"男子又回过头和那人说了几句话然后走进小楼的庭院。

苏道长？王泽桐三人望着这个一步步向他们走来的方外之人不由惊愕。这个被称作苏道长的人看起来非常年轻，戴一副无边眼镜，短发，面容清癯，身材修长，上身着白色亚麻对襟衫，下身穿宽松灯笼裤，神采俊逸。他要是出现在大学校园，应该是一名年轻的教授；若是在都市街头，像东大街、小寨等繁华闹市，那完全是一个回头率极高的时尚"型男"，这么年轻、这么帅气，竟然是个道长？这位苏道长在这样的远离尘世的秦岭中自由生活，该是何等惬意、何等美妙啊！

再这么呆望就有点无礼了。王泽桐迎上去招呼："您好，苏道长！我们路经宝地，看到这么幽雅的环境不由流连，另外还想向您打听个事，打扰了。"

苏道长打量了他们几秒钟，面带微笑说道："不客气。我看你们也非普通游客，想必是有公务在身？我没猜错的话，你们所做的事情可能与中医药有关？"

三人惊讶不已，秦浩扶扶眼镜，愕然问道："苏道长您怎么知道？这太神奇了！"

王泽桐和刘东方都是同样的神色，等着苏道长的答复。

苏道长轻轻一笑："听我讲过之后你们就觉得一点也不神奇了。你们几位衣着、气质相近，应是在同一个单位工作，都是念过大学的。这两位更年轻些的背的这种包只有两种工作者用，一是昆虫学者装昆虫标本，二是植物学者用来装小型草本植物标本。而这位兄弟……"他指指秦浩手里攥着的一把本草，"有云雾草、苦参、独叶草、七叶一枝花，这些本草可不是一般人所能认识的。所以，你们几位应该是中医药工作者，再进一步说，你们还这么年轻，不像是临床医生，而应该是在中医药研究所或者卫生厅、中医药管理局一类的机关工作。"

这一番话把王泽桐三人彻底征服了，王泽桐忙举手作揖："佩服佩服！苏道长真是学识渊博、慧眼如炬，我们三个是市中医药管理局的，我叫王泽桐，他们俩是秦浩和刘东方，中医药学研究生。我们上山一方面是对终南山中草药分布、生长做一个调研，但最主要的是寻找一个人，希望得到您的指点。"

苏道长抬头望望太阳，说："我还有一个小时的空闲，可以陪你们聊聊。来吧，咱们就在庭院里坐会儿吧。"

庭院中央有一尊丈余见方的巨型青石，应该是天工所成，上大下小，高及膝上，形成一张天然巨型石几，几面光洁如玉，四周摆放了七八张树根制的小凳子。几人坐定，已有人奉上茶来。此时是正午刚过，太阳微微西偏，庭院内阳光可人。虽然已是深秋，庭院四周草木葳蕤，空气清香，令人惬意之极。

王泽桐端杯致谢，说道："苏道长，我们上山的目的是要找一位进山修行的老者，他曾是我市名老中医，六年前突然抛下家业独自进山，当时他已是七十三岁高龄。这六年间他儿子曾找过多次，其间只见过一次面，据说身体尚好。这位老中医研究发明了一种治疗肿瘤疾病的中医药外治特色疗法，救治过很多人。局里要求我们设法找到他，把他的外治技法传承下去。我们已经是第八次进山了。终南山这么大，不知怎么才能找到他。”

苏道长点点头表示听明白了，说：“这位老中医能在古稀之年独自进山，说明体质、心理状态都非常好。六年修行，想必他已经是个修为甚高的道医了。终南山虽大，但还是有迹可循的。到名山古刹寻访年长的高道和住持，他一定经常和这些人交流、共修。同时，医生走到哪里都少不了悬壶施医治病救人。”

“嗯，我们也是这样想的，已经寻访了几处寺观，下来我们再到几个重要的寺、观打听一下。另外，我们是想能多见一些隐修者，从他们医病的经历中也许能打听到线索。”王泽桐应道。

苏道长忽有所思，问道：“六年前是 2010 年，这个时期国家对传统中医药非常重视，颁布各种促进中医发展的利好政策法规，抢救民间中医技法的呼声也日渐高涨，这位老中医为什么会在这个时候进山修行？是有什么特别的原因吗？”

王泽桐道：“听说是因为家族传承方面的问题，另外我想也是医疗管理机构对民间中医的了解和关心不够，让老人寒了心才会在这个年纪抛家弃业进山隐修。”

苏道长摇头道：“对于一个年长的医者来说，传承固然是重要的事情，民间中医就是靠家传，靠子承父业代代相传的，后人不愿传承可能会刺伤他，让他伤心。至于你说的管理机构对民间中医的冷落以及世态的炎凉，一个有修为的老中医不会放在心上。我觉得还有一个重要原因你们可能忽略了，那就是很多老中医在达到一定的层面之后，需要到远离尘嚣的深山幽谷里修行悟道，才能解悟他心中的疑问，重新思考，达到一个更高的境界。就是说，这位老中医离家进山很可能是他期许已久的愿望，是他最想做的一件事。”

这一番话让王泽桐对这位年轻道长心中愈加敬佩，他在青云观听了水清和水静的讲述之后对郭老中医离家的事已经减轻了担忧和不安，现在听苏道长也这么说，更是彻底释怀了。心说，和这样的人交谈是一种极致的愉悦，苏道长说了他有一个小时的空闲，要抓紧时间和他好好谈谈。

秦浩已经急不可耐地插嘴道：“苏道长，我想请教几个问题好吗？”

苏道长微笑点头。秦浩虽学的是中医，却也是个哲学、文学爱好者，在这样一个难得的时机和环境里，面对一个高人怎么不说出一些心中的感慨和困惑呢？

“苏道长，您刚才说很多中医在达到一定的层面之后往往要到一个远离尘世的地方修行悟道，进而使修为和医术达到一个更高的层面，这就是说中医和道家似乎是密不可分的。我在读《黄帝内经》时，时常觉得它包含着许多道学思想和哲学命题，我在为古人的智慧惊叹之余，也在想：是不是要做一个好中医，首先要成为一个道家信徒或者说对道家学说有较深的研究？”

苏道长望着秦浩，脸上露出一个灿烂的笑容：“说得好！我在初读《黄帝内经》时也有过这样的想法。比如《内经》开篇黄帝问岐伯曰：‘余闻上古之人，春秋皆度百岁，而动作不衰；今时之人，年半百而动作皆衰者，时世异耶？人将失之耶？’岐伯对曰：‘上古之人，其知道者，法于阴阳，和于术数，食饮有节，起居有常，不妄作劳，故能形与神俱，而尽终其天年，度百岁乃去。今时之人不然也，以酒为浆，以妄为常，醉以入房，以欲竭其精，以耗散其真，不知持满，不时御神，务快其心，逆于生乐，起居无节，故半百而衰也。’这里说的‘道’其实并不深奥并不复杂，只是说让人们遵守自然法则，学会和坚持正确的生活方式，就可防患于未然了。有时候，‘道’不过是一些简单的规律甚至常识而已，人们却因贪欲和惰性背离了它，忽略了它。你们有没有觉得，这些话在今天更有用，更需要像警钟一样在耳边长鸣？”

王泽桐和秦浩、刘东方面面相觑，又同时点头。

苏道长接着说：“中国传统文化是华夏医学的重要源头。古时人们防病治病的理论探索受中国传统文化影响颇深，而中国传统文化的核心组成部分是儒释道思想和文化，其中道家与中医的渊源尤为深厚。《黄帝内经》不是讲一种技能，而是一种哲学思维和认识论、方法论，是以道为本，不修心、无道行则难以领悟。比如前几年传闻比较多的武当道长祝华英，研究经络数十年，他在打坐、闭关过程中感受到经络的存在和循行方式，依《内经》指引，对手三阴、手三阳、足三阴、足三阳十二经络内在机能进行体悟，通过自己的内视返观而领悟经络理论，并把所思、所得用以辨证施治。他认为，唯有通过静功亲身体验，才能领会到经脉运行的真实状态。这就是自古以来大医高道要在深山幽谷苦修若干年方能有所悟、有所获的原因。”

“为什么中医从起源上就与道家思想紧密相连呢？”

苏道长望了提问的刘东方一眼，略加思索，说道：“《道德经》曰：‘大象无形。’‘大象’为世间万物的本源，要解决根本问题须从本源入手。中医所云‘治病求本’，这个‘本’也指大象，中医通过阴阳、五行、经络、脏腑、神、气等学说来归纳分析人体运行规律，总结出第一要务就是对人体之本的异常状态做出诊断，使之恢复“阴平阳秘”的状态，从本源上来解决防病治病的问题。因此，中医的‘治病求本’是立足于道家‘大象无形’的理念之上的。”

王泽桐道：“在大学里初学中医时，首先令我震撼、令我倾倒的是传统中医的深奥和广博，也是这种深奥和广博使我生畏、使我却步，终究未能成为一个医生。”

苏道长望着敞开心扉的王泽桐笑道：“我和你的心路历程完全一致。有时，我反复想，古老中医到底有多深奥，有多广博？中医是以什么方式辨证施治的，为什么屡屡创造天方夜谭般的奇迹？说起来也就六个字：四诊、八纲、六经。然而每一个字都重若千钧，每一个字都如同一部天书。四诊：望闻问切。八纲：阴阳虚实表里寒热。六经：手足太阳经、明阳经、少阳经、太阴经、少阴经、厥阴经。至于气血、经络、穴位、藏象、五行、阴阳等学说，抽象、神秘、玄妙，其任何一项都堪比哥德巴赫猜想，一个好中医穷其一生所学也只能领悟岐黄学问之沧海一粟。”

秦浩问道：“为什么在进入科学技术高度发达的21世纪后，古老的传统中医却更加受到关注和热捧，甚至西方很多国家急切地派人来中国学习中医并在本土推行?”

苏道长不假思索地说道：“这是因为‘慢病时代’的到来。”

刘东方说：“‘慢病时代’似乎是21世纪以来才有的新名词。人类社会高速发展的今天，为什么会出现‘慢病’？而且冠之以‘时代’，说明它是人类普遍现象。这个‘慢病时代’是如何形成的呢?”

苏道长道：“是的，21世纪是一个全球性的‘慢病时代’。‘慢病’这个新名词可以这样理解：随着医学的发展，过去很多严重威胁人类生命的疾病逐渐被克服了，但，慢性病这个怪物却悄然增长、蔓延。人们内在生长失速，免疫力衰退，功能失调，生命失意，焦虑不安，主要的致病原因已不是生物学因素，而是生活方式和行为方式。”

“讲得真好!”秦浩和刘东方同时为苏道长的精彩论述喝彩。

苏道长继续说：“此时，中医药学独特的优势便体现出来了。中医药学的特点体现在精神的整体层面，靠经验的积累，取类比象，并且强调整体，强调多因素之间的相互联系，注重辨证施治，注重和患者的沟通和互动，判病治病以人为本，强调多层次作用的调节，强调三分治七分养，激活人体自愈能力，从根本上解病除症。”

王泽桐道：“对呀！正如德国汉学家曼福瑞德·波克特所言：‘中国在两千多年前就形成了完整的中医理论体系，是成熟的科学。’”

道长再次看了看日头的位置，接着说道：“回到刚才‘道’的话题。一个人明‘道’之后方能把握自己的情志，情志和则精神专直，魂魄不散，悔怒不起，五脏不受邪矣！我们生活在这个五彩缤纷的世界里，存在着形形色色的诱惑，这些诱惑其实就是侵犯和伤害人体，给人带来疾病的罪魁祸首，它们比六淫‘风寒湿暑燥火’更为凶猛。这就是在经济社会高度发达、物质丰富的今天，患‘慢病’之人越来越多的原因；也是越来越多的觉悟者走进深山做一个生活清苦的隐修者的原因。”

秦浩抓紧说出自己的疑惑：“中医的灵魂是阴阳学说、五行学说和经络学说，可是这些都是抽象的东西，尤其是经络，到科学高度发达的今天，还不能真正证实经络的物理存在，这常常使中医人捉襟长叹。”

秦浩继续说：“黄帝曰：‘余闻五疫之至，皆相染易，无问大小，病状相似，不施救疗，如何可得不相移易者?’岐伯曰：‘不相染者，正气存内，邪不可干。’我的导师讲过，这里所讲的正气不仅仅是指物质上、生理上的水谷精微之气，更重要的是情志上的正气，一种浩然正气，如果说物质上、生理上的正气多为先天而定，那么后一种浩然正气却是个人修为而来。进而论之，终南山上有这么多的隐修者宁愿放弃稳定舒适的生活，住山里过艰辛清苦的日子，还有您，一个学识渊博才华卓著的学者，在这大山里悟道传道，这种追求本身就是一种浩然正气，这种浩然正气比先天的正气更为重要!”

苏道长赞赏地对秦浩点头道：“对！这后一种正气更为重要，尤其是在今天这个经济发达的商品社会，人们不可能像古人那样简单淳朴，当今的人占有欲越来越强，就产生越来越多的不满足，痛苦也越来越多。觉悟的人明白了，再多的物质也不能满足人们无尽的欲望，不能带来人类内心的幸福感。于是，觉悟的人们开始反思：我们究竟需要什么，又忽略了什么，丢掉了什么?”

王泽桐心中为这一番话语叫好，也为秦浩和刘东方高兴。到底是刚出校门不久，满脑子所学所记都还在，不像自己经过十多年的时光，当初学的知识已经被现实中杂乱无章的生活纠结成一团乱麻了。

苏道长继续说：“我认识一些作家朋友和搞艺术的朋友，在读书和艺术创作的层面达到某种程度后竟然不约而同地喜欢上了中医，这是因为中医和其他学问一样，一定程度地具备了哲学性及思想性、文学性。《黄帝内经》这样的中医典籍就如《道德经》一样，不但有哲学的魅力、高深的思想境界，还有文学的魅力。你们一定也感觉到了，当我们捧读《黄帝内经》这本书的时候，那诗性美的文字常常让人不忍释卷。”

“是啊，正如维特根斯坦说的‘把精神说清楚是一个巨大的诱惑’，把说精神的文字看明白也是一个巨大的诱惑。”秦浩叹道。

“追求简单的生活是否意味着一个人从内心想做一个简单淳朴的人?就像终南山里这些隐修者。但简单淳朴的人就能获得幸福吗?”这一回是刘东方发问。

苏道长略一思索："你是指到终南山里隐修或住山的人？这样说吧，相对于社会来说，在终南山里修行只是极少的个别现象，不是大多数人能做到的，也不是要提倡的，但这是一种社会思潮的体现。这种现象散发着很多有益的信息，传播正确的观念，比如低碳、环保、少欲、仁爱等，这都是对社会有益的元素。比如，这座小小的道家养生馆，是几位居士集资修建的，原来设想几个人在此养病，修身悟道，我领着大家做些短期辟谷或养生课业，却没料到会有这么多人加入，只好以养生悟道学习班的形式排课，已排课到明年了。好了，现在学员们已在等我进行下午的课程了。"

苏道长站起身，看到王泽桐、秦浩、刘东方意犹未尽还有满心疑惑的样子，又做了一番最后的陈述："21 世纪是人性急剧异化的时代，信息泛滥、物质泛滥导致一些人心灵荒芜，形成普遍性的焦躁和焦虑的症状，这是迷失精神家园之后的必然结果。而中医不仅能治疗人体的疾病，还能医治人情志不调。同时，人们发现亲近自然可以让人找回自己的精神家园，重新整合自己的心灵。"

王泽桐和秦浩、刘东方同时向苏道长拱手致谢，苏道长拱手还礼，说道："你们为寻找一个民间中医如此跋山涉水不辞劳苦，心诚可化金，想必你们事成之日已不远了。"

"谢谢！"王泽桐目送苏道长向不远处的一个石台迈步而上。很快，苏道长的身影消失在石林中。秦浩和刘东方还是痴痴地望着那一片石林，王泽桐拍拍他俩的肩膀说："我看你们俩留下在此学道吧。"

秦浩这才醒过神来："王处，今天的奇遇实在是太棒了！"

刘东方说："读研时，我的导师也从来没有过这么精彩的演讲。这个道长太神奇了！"

秦浩打了个响指："太妙了，参加这个寻访小组是我离开学校以来最开心、最重要的经历!"

刘东方也眉飞色舞地说道："同感同感，严重同感！谢谢王处给我们这样的机会!"

王泽桐说："好啦！再不加紧赶路，天黑前回不到峪口，咱们今晚可就无处栖身了。"

三人离开小楼仅走了几十步，小路便拐入一块巨石背后，再回头竟是全然看不到那小楼的存在，刚刚的茶香和话语恍若梦中。王泽桐、秦浩和刘东方都回望山梁，心里暗暗称奇，感慨良多。

## 2

10月份的最后一个周末，王泽桐他们天色未明就出发了，目标是南五台。这是第八次进山。中草药调研和寻访工作已经持续了两个月，按计划到11月中旬必须告结，到那时，气候就不允许再上山了。渐渐地，王泽桐心也沉下来，他知道，必须走进隐修者的世界，必须怀着虔诚之心和那些隐修者融在一起，才有可能打听到郭老的行踪。

6点多时，他们登上喂子坪，已经置身于南峰的半山腰上了，往下看壑谷幽深，抬头望峰峦一座比一座高。太阳刚从东峰探出头，一抹朝阳照在石崖上，山谷里陡然间亮堂了！王泽桐抬头仰望，头顶碧空如洗，终南山诸峰郁郁葱葱。终南山之神用金秋的浓墨重彩，大片大片地涂抹出了大秦岭写意图。眼前的松柏氤氲着大团的苍绿，不远处的山梁、谷地上有一团团火焰般的红，那是枫树、栾树，还有亮红的槭树；有一团团鲜亮的明黄，是银杏；再往远处，是黛青色的原始森林……俯瞰山下，奔腾的渭河像一条细小而柔和的绸带，在群山间缠绕；而那庞大的都市此刻看起来如同一堆小小的积木，在雾霭里时隐时现。

王泽桐双手叉腰大声吟道：

太乙近天都，
连山接海隅。
白云回望合，
青霭入看无。

……

秦浩也是心潮澎湃，夸张地一挥手，大声说道：“此时此刻，王维这首《终南山》最合我们所处的环境和心情，王处先下手为强，我就跟一首李白的《望终南山，寄紫阁隐者》吧。”

他酝酿片刻，吟道：

出门见南山，
引领意无限。
秀色难为名，
苍翠日在眼。

……

王泽桐和刘东方同时鼓掌，在王泽桐和秦浩的注视下，刘东方上前一步站在石阶高处，大声吟道：

南山塞天地，
日月石上生。
高峰夜留景，
深谷昼未明。
山中人自正，

路险心亦平。

长风驱松柏，

声拂万壑清。

到此悔读书，

朝朝近浮名。

秦浩喝彩：“好个‘到此悔读书，朝朝近浮名’，孟郊游终南山时发此感慨，今日刘东方学士可是‘朝朝盼浮名’哦！”

刘东方闪身去打秦浩，秦浩躲在王泽桐身后笑道：“看看，说到要害处了吧？一说到浮名高兴得不要不要的！”

刘东方再抓秦浩，秦浩灵巧地躲闪。王泽桐拦住二人：“好啦好啦，我们赶路吧！”

三人虽说大学学的都是中医，但王泽桐也曾是个文学青年呢！而秦浩、刘东方更是痴迷文学，时有散文随笔在报刊、网络上发表。他们被眼前美景深深吸引了，一边指着身边的山水草木，一边兴奋地议论着。刘东方兴奋地把手指放进嘴里吹了一声长长的口哨，嘹亮的哨音在峭壁间回响，又戛然而止，大概是刘东方想到了这样会惊扰山里的隐修者吧。

越往上攀越，山崖越险要，风景也越加优美。三人且行且陶醉，有时从青藤蔓萝下弓腰钻过，有时抚壁仰望头顶一线天，不由惊叹大自然之神奇。转过一道石脊，忽有水声轰然入耳，匆忙寻望，只见对面的山坡上，如注山泉从峥嵘的岩石上直泻而下，好似白练高悬，飞溅起的水雾在悬崖峭壁上萦绕，仿若仙境。左边是刀削般的峭壁，右侧的山溪流水湍急、清澈碧蓝，不时有松鼠、野兔、野鸡从石缝草丛中突然出现。三人一会儿惊叹，一会儿欢笑不已。

攀行了两个小时，王泽桐下令休息，他掏出地图看了看：“我们快到目的地了，休息会儿还有一个多小时路程，到达后不停留就往东峡谷走，天黑前下到东沟寺才有投宿之处。”

刘东方分发食物和矿泉水后，大家各自找了个平稳的地方坐下来啃面包。王泽桐连吞几口感觉垫住饥了，便沿路边草丛一条几乎看不见的小道往崖壁前方走了一段。前面崖下隐约有个洞口的样子，洞口前搭了一个小小的茅棚——隐修者的茅棚！王泽桐脑海里闪过这个念头，心中一喜，又把旁边扫视了一番，左前方小路边有一片菜地，种着萝卜白菜什么的，说明这里有人生活，一定是隐修者的居住之处。王泽桐回身向两个队友挥了挥手，并示意不要声张，他们立刻悄悄地跟了过来。

王泽桐知道，隐修者大都在自己的住处周围开垦小块的土地，种植蔬菜，有面积稍大的土地甚至种粮食。他们依靠自己劳作获取部分食物，但生活所需的油盐、米面、衣被等，大都依靠周边山民的布施、山外亲友的接济或者是香客居士的供奉。

顺着菜地向前走了几十步就看到一间沿山洞搭建的小屋，屋门掩着并未挂锁。王泽桐叩了叩门无人应答，但心里依然高兴。门前这块菜地不小呢，萝卜白菜长得挺壮硕，说明有人照料，说明这间小屋里一定住有隐修者，在这里能遇到一名隐修者的话一定是个好兆头，说不定今天会有大的进展。他心想，今天一定要在这里等到隐修者回来。

实际上没有等多久，王泽桐他们刚吃完干粮歇了一会儿，一个身材瘦高的年轻人就出现了，看到自己小屋前坐了几个陌生人，他有点惊讶地止住脚步，狐疑地打量着。

“师父您好！我们走累了在这里歇会儿，打扰了。”王泽桐忙起身应道，一面歉意地鞠了一躬，一面打量着对方，心里暗暗惊讶，这个隐修者看起来很年轻，而且身材挺拔、相貌清雅，同之前那个道长一样，颜值也是很高的呢！

隐修者双手合十还礼后说道：“叫我智参吧，这是我师父给我起的法名。我比你们大不了几岁，担当不了什么师父。”

“您是佛学院毕业的吗？”王泽桐觉得眼前这个和自己基本同龄的人身上有一种定气。

智参摇头：“我是福建商学院毕业的。”

商学院毕业的，又这么年轻，怎么会成为一名隐修者？王泽桐、刘东方和秦浩无不吃惊。秦浩问：“商学院的？正是当老板的时候，怎么会到终南山当隐修者呢？你还这么年轻！”

刘东方也急切地问:“你来山里多久了？你怎么能守住这样的寂寞呢？”

面对一连串的提问，智参微笑答道：“我是2001年福建商学院本科毕业，在一个公司干了几年，后来自己又搞了个小公司，2014年初随一个年长的朋友来山里。”

王泽桐向智参简单介绍了自己和秦浩、刘东方，还有上山的目的。都是大学生，聊了一会儿很快就熟络了。

智参三十九岁，与王泽桐同龄，洒脱而健谈，问及出家的原因，智参毫不掩饰地简述了自己的人生之路。入山前他在南方一个省会城市拥有一家公司，事业有成，算是个不错的小金领。可是，不知什么原因，那种生活没给他带来快乐。生意场上的苦心经营、尔虞我诈，使生活中的一切都发生畸变，后来情感上的波澜加速了生活轨迹的演变，使他萌动了追寻《空谷幽兰》所描绘的那个世界的念头。前年春天，他带着一大堆对生命的疑惑毅然离开城市来到终南山，至今已经快三年了。

“我有一些困惑、一些向往，希望在这个安静的地方调整一下自己。”智参竭力表现得很轻松。

刘东方说：“你的家人呢？你走了老婆孩子怎么办？对不起啊，我这样问可能不合适。”刘东方及时表示歉意。

智参淡淡一笑：“没关系。我还没孩子，和老婆离婚后才出来的。”

秦浩问：“你会在这里住多久？你还这么年轻，不会就这么一直住下去吧？”

智参性格温和，他面带笑容不急不躁地说：“我不知道会住多久。眼下我感觉很舒适很愉快，但我知道我还会回到现实生活中，因为我还年轻，还有很多事情要做。”

智参说得轻松简单，但想必他的生命中一定有什么特殊的经历，这就不是短时间能讲的了。王泽桐有心往正题上引，问道：“一个人离开都市在荒山绝岭里生活，可不是件容易事，一定有一个艰难的过程吧，这个过程是很不容易适应的吧？”

智参点头：“是的，加入隐修者的队伍，第一课就是学会生存。特别是比较年轻的来自大都市的人，这个过程更是艰难。从物质丰富的城市环境突然置身一无所有的深山里，反差太强烈。在这里，钱是不太有用的，有时拿着钱什么也买不来；再说，如果用钱能解决所有问题，那又不叫隐修者了。”

秦浩说：“可是，仅仅能生活下去才是开始吧？隐修，隐修，修行才是更重要的事情，对吧？”

“对，但学会生存本身就是一种修行。当出家人有地方住下来，有饭吃了之后就要开始学经念佛做功课，要是能拜个师父，修行之路才算是稳定下来了。”

“可是，你们生活的物资从哪里来呢？粮食、蔬菜、食用油，这些东西去哪里买?”刘东方指指那一块菜地，“自己种的总是有限啊。”

“是，长期的隐修者不忘劳作，春种庄稼、夏采野果，秋收冬藏，年复一年。但这些远远不能解决生活所需，很多独自修行的隐修者依靠亲友的帮助或居士的供奉，定期会有人送点粮食、食用油等。还有一些人被住持和方丈收为弟子，可以在寺庙里做些抄经、布经等方面的工作，就无吃住之忧了。比如我从去年起被圆慧住持收为弟子，入佛院抄经，与众弟子一起随住持修功。”

“哦，你已经是隐修者世界的白领了。”秦浩打趣道，心中甚为佩服。

智参摆手道：“我只是尚未正式入佛门的净人，还没有剃度没有受戒，我还不清楚自己能在这条路上走多远。我平时住在莲花台，在那里学法，这里是我师兄住的地方，他半月前去外地讲学了，嘱我在这里住一个秋天看好这一畦菜，等他回来后我还回去莲花台住。”

谈话间，智参拉开了柴门，从里边拿出一个小凳子和两个小木墩放在门前，轻轻说道：“石头上凉。”柴门并没有挂锁，只是用一截木拐巧妙地别住，智参轻轻一拉就开了。

王泽桐一边道谢，一边打量柴门里面，刘东方和秦浩也没顾上坐，而是走进柴门好奇地打量着这间极其简陋的隐修者住处。踏入门里看到的是一个山洞，有六七平方米大，里面有一张床、一张小桌，一个粗陶的水瓮，小桌上放着一个保温杯和一摞书，没有电。

刘东方和秦浩退到门外对望一下，都看到了对方脸上的震撼。这就是隐修者生活的状态，智参已经在这样的环境中生活了三年！这样的方式过三年该是多么艰辛和不易啊！但为什么他们没有从智参的眼神里看到丝毫的痛苦。智参比他们大十来岁，依然那么年轻，那么神采飞扬。

智参有个特征——见人必笑，张嘴必笑，是那种发自内心的莞尔一笑。恬静的笑意和清澈的目光，都让人感觉到经过三年隐修，他不仅放下了焦虑，也找到了内心的宁静。

王泽桐问道：“你们在山上修行的人有病了怎么办？去哪里找医生呢?”

智参说:“山上人也常有生病的时候，一般的风寒感冒什么的自己就扛过去了，患重疾者会有人带话传向山里更深处，若有道医、佛医听到此消息自然会来施救，有的病人运气不好没遇上医生来，就只能是病情加重或是死去。”

听智参说起到“道医”，王泽桐赶紧把话题再往深处引：“听说终南山里有道医出没，他们医术高超，时常救人于危难，你见过吗?”

智参点头道:“是有，不过不容易遇见，他们以修道为主，常常是四处游历，要通过资深的隐修者带话才能找到。去年我师父病重了好长时间，就是一位医术高超的道医来给治好了，这位道医在终南山里很有名，人们称呼他为‘南山长者’。”

“南山长者?”王泽桐急忙问，“您说的这位南山长者多大年纪？他是什么时候进山修行的?”

智参说:“什么时候进山的不知道，年纪七十多快八十岁了，听说曾医好莫道长的癌症，他年长医术又高，很受隐修者的尊敬。但他有时去远方云游，有时在终南山一带隐修，找他很是不易。”

话说至此已然明了，王泽桐感觉自己的心跳陡然加速，咚咚地响了起来！天呐，为莫道长医过病，显然，南山长者很可能就是郭老，找到郭老啦！王泽桐克制住内心的激动再问:“您知道这位南山长者平时住在哪里吗？怎样能够见到他?”

智参道："南山长者居无定所，即便人在终南山一带，要找到他也很难。听我师父讲，南山长者医术修为极高，终南山方圆几百里，他常年四处奔波治病救人。华州、蓝田、周至等地有很多隐修者都受过他的医惠。我师父说他为人治病分文不收，有时遇到一些僧人、道人收不到供养吃用困难时，他还会拿出一些自带的兰茸参、苦参等相赠。听说那是些终南山上特有的名贵草药，拿到山下去，回来必有所获，因为每次只用一捧一掬便可换回可观的钱物。有的人居山多年也找不到这些药材，他却随采随用。去年我师父病重的消息经隐修者口口相传，南山长者翻了几座山来治好了病。师父想留他住一阵，他却悄然离去，不知去了哪座山。不过，前不久听说他立冬后要到南五台为圆觉住持医病，届时我师父也会前往。"

"太好啦！"王泽桐激动不已。按智参描述，基本可以肯定南山长者就是郭老！而且还得到了他近日要到南五台为住持医病的消息，可以说，找到郭老了！王泽桐向智参讲述了郭老在民间的名望，讲述了两个多月来寻找的艰辛，说他们一定要把握这个难得的机会，恳求智参帮助他们见到郭老，秦浩和刘东方也都站起身向智参又是鞠躬又是作揖的。

智参一边还礼，一边笑呵呵应道："明白了，南山长者若如期到了南五台，我一定想法子通知你们。但南山长者一向独行，肯不肯见你们就不好说了。

智参说得对，郭老已经入山六年了，连他唯一的儿子都不肯多见，怎么会见陌生人呢？王泽桐想了想，恳切地说道："这样，届时我们在附近等候，请你告诉他，北京的大国医傅维老先生有话带给他，他儿子郭柏川和市中医药管理局副局长前来看望他，想必他会答应见我们的。"

智参郑重点头。王泽桐道："这件事关系到南山长者发明的中医药外治绝技能否传承下去，也是关系我市民间中医传承发展的大事，请您一定给予帮助。”

智参摆手示意不必多言，说道：“届时怎么联系你们呢？”

王泽桐道：“是啊，你们出家人又不用手机……”想了想说，“这样吧，临近立冬时我们在附近找地方住下等候行吗？”

智参摇头：“深山行住不便，所说时间也只是个大概。这样吧，把你的手机号码留给我。”

王泽桐惊喜：“您有手机？”

“隐修者个人都不用手机。但寺庙里有一部公用电话，届时我找他们帮忙联系。”

这是最好的方法了。王泽桐留下名片，再次谢过智参。

离开智参，回到崖畔上，三人回望智参的洞居，却发现什么也看不见了，虽不足百步之遥，却只有雾岚飘飘。

秦浩仿佛才从梦中惊醒，睁大他那双眯缝眼，看看王泽桐，又看看刘东方，夸张地学着“小岳岳”的招牌动作捂着口鼻叹道：“天哪，我们找到了！我们真的找到‘郭圈圈’了！”

看着秦浩和刘东方兴奋地击掌相庆，王泽桐百感交集。真是踏破铁鞋无觅处，得来全不费工夫啊！无意中与智参相遇，竟然找到了郭老的行踪。想想再过十来天立冬之日就能见到郭老，他内心激动不已。

刘东方还是心有顾虑：“王处，你觉得智参讲的这个‘南山长者’肯定是郭老吗？”

王泽桐说：“虽不敢说是百分百，但十有八九。你们想啊，年龄相符，又为莫道长治过病，这两条就足以证明这个人就是郭老！”

刘东方道：“可是，别的道医也有可能为莫道长治过病啊！”

秦浩道："那也不怕，我们还有一道防线，南山长者立冬前后来南五台时，智参把我们的信息转告后，南山长者如果答应见我们，那就肯定无疑。"

王泽桐道："到立冬之日我们小组就顺利完成任务啦！现在，下山！"

## 3

电话是立冬前三天打来的，王泽桐一眼看到来电名是南五台几个字心就狂跳起来。智参语速快而简明："南山长者答应见你们，立冬这天上南五台，我在二道梁等你们。"接完电话，王泽桐立即向黄茂奇办公室跑去。路过苟书记办公室的时候，注意看了一眼，大门紧闭，悄无声息，因而他快步冲到黄茂奇面前："黄局，找到了！找到了！"

黄茂奇站起身望着王泽桐，惊喜地说道："好呀好呀，你这个泽桐总是给人带来惊喜！快坐下说。"

王泽桐："苟书记是外出了吗？"

黄茂奇明白王泽桐的用意，压低声音说："苟书记最近很忙，要去南亚几个国家考察，下个月才能回来。"

王泽桐急忙报告好消息："黄局，上次进山我们在南五台已经打听到了郭老的行踪，但还不确定，所以没向你汇报。刚才山上打来电话，说这位道医答应见我们，这就证明了他肯定就是郭老。根据一名隐修者的讲述，郭老身体状态很好，是终南山里很有名望的道医，我们后天就可以见到他啦！"

黄茂奇激动地踱步："太好了！真没想到你们竟然真的找到了，郭老先生山居了六年，今年应该是七十九岁了，这本身就是个传奇呀！告诉郭柏川了吗？明天早点去接他一同去南五台。”

王泽桐说：“我马上联系郭柏川。另外呀，黄局，我提议让秦浩和刘东方也一同去，寻访过程中这两个年轻人表现非常优秀，八进终南山，吃了不少苦，中草药调查工作也有很大的收获，现在终于找到郭老，怎能不让他们见一面呢？”

黄茂奇笑眯眯看着王泽桐：“你的提议理由很充分，我没有不同意的道理。不过呢，郭老已经独修多年，肯定不喜欢被打扰，见面时我们要注意细节，不要给郭老带来不便。见面时小秦和小刘就不要到郭老跟前了，远远地观望一下吧。”

王泽桐说：“黄局考虑得全面，我也想了这个问题，到时你和郭柏川与郭老交谈就行了，我们都在一旁等。”

黄茂奇摇头：“那可不行！你要和郭老见面并多沟通，最好能把郭老劝下山。”

立冬这天黎明时分，两个多月来连续挺进终南山的越野车再次向秦岭峡谷驶去。王泽桐坐在副驾驶位置，黄茂奇和郭柏川坐在中排，后排是秦浩和刘东方。黄茂奇情绪很高，几次夸奖王泽桐、秦浩和刘东方，说他们为市中医药发展立了一大功。后来就一直与郭柏川聊郭老，回忆他当年和郭老的交情，讲述郭老当年在秦西的医名。更多的是问郭老为什么会在七十多岁时进山修行，到底是什么事情使郭老在古稀之年扔下家业进山苦修。

郭柏川是个沉默寡言的人，除了反复说感谢没有多余话。问及他当年为什么不肯接父亲的班，不肯传承家学的事情，他的表情更显得沉重。

“都怪我，当年不听父亲的话，迟迟不肯接过父亲肩上的担子，伤了父亲的心，害得父亲在本该安享晚年的时候离家进山受罪。”

黄茂奇说：“我想啊，你父亲进山隐修也不完全因为这个，他是个胸有大志的高医，进山隐修主要是为了悟道，是为了在一个更高的层面修炼医术，你想想，他已经快八十岁的人了，还能在深山里独自生活，还能治病救人，这说明他身体特别健朗，还说明了这就是他想要的生活状态啊！”

“那也是因我而起，我对不起父亲，对不起列祖列宗啊！”

黄茂奇安慰道：“不用那么伤感，你现在不是把郭氏圈疗传承得很好嘛！那你当初为什么不愿接过父亲的医疗事业？请原谅我这样问，咱们基本是同龄人，这样问很不礼貌，但这个问题困惑我很多年了。”

郭柏川摇头苦笑道：“黄局呀，说实在的，我没学下父亲医病的本事，小时看父亲四处奔波治病救人只觉得做医生挺辛苦，那时跟着父亲选药碾药，学习熬药制药，也学了些家传技法。但刚一长大就下乡插队，在乡下整整五年，后来分配工作在外地又是十多年，调回秦西时我已成家。从十七八岁到三十多岁，我将近二十年没在父亲身边，也没有好好跟父亲学医。虽说我干中药师这一行也是从小得父亲的熏陶濡染，但要说接父亲的班传承家族医业我是万万不敢，因为我真没上过多少学，初中两年就没上过几节课，只能说是个小学文化。哪像小王、小秦他们这些年轻人，读大学读研究生，学啥干啥有基础、有能力，我不行啊！”

黄茂奇道：“那你为什么在父亲离家后又毅然辞职当起了传承人？”

“这时候我不做传承人就是大不孝了啊！”郭柏川苦笑着摇头。

黄茂奇拍拍郭柏川的肩膀，情绪振奋地说道：“逼上梁山，你干得也挺好嘛！这几年你跑了不少地方，把你们家族这个圈疗法推广普及到南北各地，进社区义诊救治了不少慢性病患者，这些情况局里是知道的。前不久国家中医药工作会议上，大国医大师傅老先生大讲特讲圈疗法，讲郭老先生当年在民间的影响和为他医病的经历，引起不小的轰动。这下，不光是咱们市里和省上，连国家中医药界都在关注郭家的圈疗法！咱们千方百计寻找你家老爷子，一是要让他知道这个消息，二是咱们局将要下功夫协助你们传承光大这项好疗法，这是咱们市中医界的一件大事！”

郭柏川容易激动却不善言谈，听了这番话眼圈看看红了，嗫嚅道：“谢谢，谢谢你们！”

黄局看到这个老实巴交的一直被局里认为不是医生的医者眼含热泪，也不由为之动容，在郭柏川的手背上拍了拍：“我们不配让你说谢谢！”

汽车沿河谷一路攀爬，十一点多到达远光寺。车不能再前行了，还需要徒步一个多小时才可到达南五台下的二道梁。下车后王泽桐向大家通报道：“车只能到这里，下来咱们要步行一个多小时到二道梁的清凉台，智参在那里等候我们，他会告诉我们和郭老先生见面的具体地方，他说的时间大约是两三点，我们应该在一点左右就到了，时间还早，黄局和郭大夫咱们慢慢走不用急。”

王泽桐和秦浩、刘东方在前带路，回忆自秋至冬一次次攀爬终南山的经历，感慨良多，一路说笑吟诗很是热闹，而黄局和郭柏川两个同龄人一路说着中医药的话题，也很投机。

南五台由清凉、文珠、现身、灵应、观音五座山峰构成，是终南山佛、道文化圣地和著名风景区，登五台要经过的枯树梁、犀牛石、湘子洞等都是风景绝佳之地。远远望去，五座山峰如笔架排列，山重水复，峰回路转，险峰秀岩，涓流如帛。一路上时时可见坐落在山峦沟壑间的寺、观院落，时时有悠扬的钟声随雾岚飘来。

一行五人沿石径向南五台攀爬。攀行了半个多钟头，已来到清凉寺下方。清凉寺在入台的东坡口上，抬头即可望见峻拔的清凉台。这一段路程海拔不算高，山路也不是十分陡峭，但有几处隘口也颇有险关重重的气象。

路过湘子洞时，王泽桐和秦浩、刘东方站在临崖而建的门洞前，身子贴紧崖壁，低头往下一望，只见绝壁千仞深壑无底，三人都觉身心悚然。王泽桐向黄茂奇和郭柏川喊了声路险慢点走，然后以手遮头钻进湘子洞，转眼出来时头发肩膀皆已淋湿。

刘东方笑道："王处也想归隐山林喽!"

王泽桐神秘一笑说道："归隐山林我做不到，但我知道韩湘子为什么要弃荣华进山学道了。"

刘东方一听这话不顾洞口如瀑的落水一头钻进去，片刻又急慌慌冲出来，一边拨拉头发上的水，一边埋怨道："骗人！里边什么也没有，只有几颗'地雷'!"

秦浩知道刘东方说的"地雷"是什么东西，便幸灾乐祸地嚷嚷："东方同学，你太有福气了，那可是韩湘子的'遗物'哦!"

看到黄局和郭柏川已经走到近前，王泽桐领头继续前行。过了湘子洞，山路渐渐宽畅起来，前面就是二道梁，清凉台已是遥遥在望。眼看就要见到郭老先生了，人人心头感触颇多，反而都不言语了。

攀上二道梁，远远地看见智参向他们招手。王泽桐知道出家人不喜欢交际，向黄局和郭柏川打了个招呼便独自迎向智参。

智参说："南山长者答应见你们，他这会儿在寺里和我师父说话，一会儿他会到观音峰的松台上等你们，看到他来后你们便自去。"说完，智参指指头顶高处，那里烟云缭绕，远远见几棵黛色的松柏，王泽桐再三向智参谢过道别。

听王泽桐讲了情况后，大家都很激动。郭柏川自上次见父亲又已经过去三年了，此刻心潮澎湃，眼睛都红了。黄局虽然一直安慰郭柏川，自己也感慨万分。秦浩和刘东方还在向智参挥手打招呼，王泽桐不时向那个豁口张望，等待着那一刻的来临。

约莫等了有半个多小时，王泽桐张望时，看到两峰之间的松台出现一个人影，激动地说："来了，郭老来了！黄局长，郭大夫，咱们上吧。"

五人快步往上攀去。

接近松台时黄局长问郭柏川："你看是郭老吗？"郭柏川一直望着那个身影，一边点头一边擦着泪水。从上次见面父亲严厉地说让他不要再到山上找，他就没有再进山找过，这几年数次动过进山看望父亲的念头，但一想起父亲严厉决绝的样子就放弃了。他一直忙于传承推广的事情，一年一年总是无止境地推广、传授、诊治病人，每一天都忙忙碌碌的，但每到夜深时总会想起父亲，一辈子辛劳奔波的父亲。父亲进山修行已经六年了，到大雪那天就是父亲七十九岁寿辰，却一直在深山里过着凄苦的生活，这是他心里的痛！也就是这份痛支撑着他终年四处奔波，日夜不停地传承推广圈疗……

黄茂奇感受到郭柏川的伤感，劝慰道："柏川，这次你好好劝劝你父亲回家吧！老人这么大年纪了，该回家颐养天年了。"

郭柏川点点头不再说话。

越往上山风越显凛冽，前方陡然一个豁口，四周是壁立的花岗岩，岩石缝里长出十几棵松柏，树都不算高大却大有年成，枝节并不繁茂，根须却遒劲发达，沿石缝攀缘，像一条条蟒蛇盘卧于岩石中。众人攀至松台，只见一位老人端坐在岩石上，双目平视着山谷对岸的岩坪，一身浅灰色的中式衣褂被山风吹起。

在离郭老十几步开外，黄茂奇抬手让大家止步，推了推郭柏川说："去吧，你先去问候老人。"然后与王泽桐随后跟上向郭老靠近，秦浩、刘东方留在原地观望。

郭柏川急步向父亲走去，见父亲那一身棉夹衣已经洗得发白，那是他与父亲三年前见面时带给父亲的。父亲侧身对着他们，郭柏川看到父亲的眉毛已经全白了，长长的白眉下那双眼睛更加平静安详。

近了，一步步临近郭老了。王泽桐眼望郭柏川，郭柏川红着眼圈微微点头，王泽桐知道他已经确认过了，这就是他父亲郭守正，这就是民间广为传颂的郭圈圈！看到老人瘦骨嶙峋的身影，王泽桐有些心惊肉跳的感觉。郭老进山已经六年，若不是自己碰巧走进郭氏圈疗中心，若不是大国医傅老先生问及郭圈圈，他们还不会有这一场寻访，还不会见到这个传奇般的老人。

郭柏川抬步轻轻走到父亲面前："父亲，柏川来看你了！你……身子好吧?"郭老回过头，眼望郭柏川和他身后的黄王二人，眉宇舒展，目光清澈，露出似有似无的笑容。郭柏川说："父亲，今天是市中医药管理局黄局长和医管处王处长来看你，他们找你很长时间了，黄局长说有人托他带话给你。"

郭老举目望向黄王二人，面容亲切和蔼。王泽桐和黄茂奇快步走到老人面前。黄茂奇心知郭老已进山多年，与凡人之间有很大的距离，便站在三步开外拱手道："郭老好，我叫黄茂奇，当年我刚到卫生局还是个小青年的时候就认识郭老您，有过几次交往，对郭老您的医术医德甚为敬佩。这些年是我们管理机构工作做得不好，没有好好保护发展民间中医，让郭老心寒了。"

郭老微微摇头："言重了！中医传至今日已历数千年，就像这些松柏一样，不会因一时的风霜干旱而枯萎的。"

黄茂奇说："郭老身体这么健朗，真好！到底是医道修为高深，我认识郭老还是三十年前，如今我都快入花甲之年了。"

郭老依然平淡，静静望着黄茂奇和王泽桐。黄茂奇知道隐修者不喜多话，便切入正题："9 月份国家中医药管理局召开了一次大规模会议，要求大力抢救传统民间中医技法，振兴中医药事业，我市已经全面推进这方面工作了。在会上，大国医傅维老先生和朱若春老先生都问到您，傅老先生在会上说：'郭守正的圈疗法是个了不得的发明，在当今这个慢病时代，这个疗法能医治很多人很多病。'郭老，您下山好吗？省上、市上都会努力创造条件，把郭氏圈疗这一岐黄瑰宝发扬光大！"

郭老一面向黄茂奇点头致谢，一面轻轻摆手止住他的话，面带笑容道："国家兴盛则中医兴，拜托你们大家了。"

黄茂奇知道想劝郭老下山已无可能，便说道："郭老，当前咱们市中医药工作百端待举，对民间中医的传承与发展非常重视。国家和咱们省市管理机构启动了很多以前没有做过的工作，恳求郭老对我们的工作指点一二。"说着把王泽桐拉到自己身前。

王泽桐鞠躬后说道："郭老，我是中医后来人小王。我们中医药管理局抢救民间中医特色疗法工作已经全面展开，郭氏圈疗特色疗法申遗工作也在进行中，我们会协助郭柏川把圈疗传承推广工作做好，让圈疗法给更多的患者带来福音，请你对我们的工作给予指导。"

郭老眼望黄王二人，面含微笑说道："有你们大家的努力，华夏中医一定会更好的传承发展，生生不息。老朽早已是方外之人，指导工作不敢当。老子告诉我们：'天地之间，其犹橐龠乎？虚而不屈，动而愈出。多言数穷，不如守中。'"言毕起身，双手合十，眼望远处。

王泽桐看到了，郭老听到傅维和朱若春这两个名字时眼睛一亮，但只是瞬间，那一丝亮光瞬间即逝，他双目望着更远的山上。郭老说的“天地之间，其犹橐龠乎”是老子《道德经》里的话，郭老此时讲这段话的深意还要慢慢体会，但王泽桐心里泛起中医药管理局成立以来的种种经历和自己到现在也没认清的民间中医药的种种现象，心中波涛起伏。

黄茂奇情知郭老是要和他们道别了，便与王泽桐一起轻轻后退一步，拱手向郭老别过。

郭柏川向父亲走近一步，低声喊道：“父亲！”

老人没有回头，迎风而立，眉目之中含着一种淡淡的笑意。郭柏川眼含热泪说道：“父亲，六年来我未敢懈怠，日日苦学，谨遵父嘱把郭氏疗法传授推广，现在全国各地已有一百多个加盟店，有成千上万的百姓学会了圈疗，很多慢性病患者可在自己家里用圈疗法自医自疗养生健体。”

郭守正终于回过头来看着郭柏川，目光清亮。郭柏川喉头一热，这是几年来第一次看到父亲这种熟悉的慈爱而温和的目光。

“柏川，你天性敦而不敏，少时又没念下书，但宅心仁厚不失本性。自小对家学耳濡目染也算是领略了几成，你传承家学治病救人我是放心的。中医博大精深又艰涩难懂，这是传承发展的难点，医界又有故弄玄虚以此牟利或沽名的倾向，给中医传承平添了许多阻碍。我这一生的努力就是要把郭氏外治法简单易化传承，让人能够一学就会，一用就灵，其中医理药理你可慢慢领悟。只要仁心不移救人不辍，只要按圈疗标准辨证施治，法于阴阳，和于术数，便能将祖辈家学传承下去。记住，你是第五代传人，郭氏圈疗还要一代代传下去。”

郭柏川点头：“我知道，这六年来，我对圈疗法领悟越来越深。我不善于宣传造势抢风头，也不会求利取金，所以未能将圈疗发展光大，但我切实感受到了圈疗法对诸多疑难杂症患者的作用，尤其适合那些贫寒百姓，我会在传承之路上坚持下去的。”

郭守正道：“济世良医多寂寞，为医者当安神定志，无欲无求，这方面我放心你。”

郭柏川道：“你孙子浩儿五年前到美国发展，现已开设医馆成家立业，你的重孙已经四岁了。”

郭守正颔首微笑。

“父亲，再过十多天就是你七十九岁寿辰，你身体虽还健朗，终究这么大年岁了，在山中已待了六年，回家吧……”

郭守正摆手阻止，自怀中掏出一卷文稿递给郭柏川，郭柏川双手捧着眼望父亲，郭守正说：“听黄局长说傅老先生还健在，他比我年长十多岁，该是鲐背之年了，把这个交给他。这是我六年来结合对人体经络的体悟和认识撰写的圈疗临证纲要和手法大全，你们看不懂，交给傅老先生或朱老先生便不负我。”

郭柏川郑重说道：“我记住了。我会去找傅老先生的，我还记得他来家和你彻夜长谈的情景。父亲，下次我来看你，带上你孙子和重孙的照片给你看，你孙子回来后我带他来看你好吧？”

郭守正轻轻摆手：“你好好教导他们便是。几日后我要去五台山、泰山，松云不知处。记住，华夏中医生生不息，代代相传，靠的是一代代医者的努力。去吧，他们在等你。”

郭柏川万分不舍地离开，走几步又回身凝望，父亲再次摆手：“去吧。”言毕，抬步向山上迈去。

下到二道梁后，郭柏川与黄茂奇、王泽桐、秦浩、刘东方一同回望松台，松枝轻摇，岩石陡立。郭守正走的那条山道向直插云天的高峰延伸，他的身影时隐时现，渐渐变小。五个人齐齐仰头凝望着峰峦之上，凝望着通向高处的山道，郭柏川、秦浩和刘东方不停地擦拭着泪水。

此刻，日光从西峰斜照过来，给郭守正的身影和他脚下的巉岩镀上了厚重的金色，天、山、人融合在一起，像一尊巨大的雕像。眼前白云缓慢地飘浮着，被山峰挂成碎絮，渐渐消散如烟。

黄局轻轻说："走吧，咱们下山。"

郭柏川惊愕于这次见到父亲的感受，内心深处的波涛一浪一浪起伏。六年来，一想起父亲的离家心就痛，一次次痛悔，久久不能原谅自己。这次和父亲晤面之后这个心结解开了，父亲并不是他想象的那样，独自生活在山野之中，凄风苦雨、无比艰难、孤苦伶仃；相反，父亲是愉快的、轻松的，甚至是他多年向往的一种状态。一个超凡脱俗心怀大爱的医者是没有痛苦的。现在是 2016 年 11 月 20 日，父亲马上七十九岁寿诞了，身体却还这么健康，往山上攀行的步履是那么轻捷有力，言谈时气息那么平稳。终南山的天地灵气日月精华成就了父亲的晚年，今后的日子完全不必为父亲担忧了，那么，接下来自己要全力做好父亲期望的事情。父亲还要远行，还要去五台山、泰山，不知什么时候还能再见面，但父亲一定知道自己所做的事，知道圈疗的传承与发展。

郭柏川按了按揣在怀里的那一卷文稿，父亲迎着晚霞往高处攀行的身影永远定格在他心里了。

一稿于 2019 年冬

二稿于 2020 年夏

三稿于 2021 年春

# 后　记

## 中医当归

### 1

归来吧，归来吧，有个声音在呼唤。

那是历史车轮隆隆向前的声音，是人类向往平安、呼唤健康的声音，那声音在天际回荡，回荡，汇成黄钟大吕的强音——中医当归！

“中医中药远古问世，圣哲济世万代流芳。”古老的中医似乎离我们很遥远，远到华夏文明的源头，古老而深邃。黄帝和岐伯坐在太阳下的山坡上一问一答讨论中医已经是五千年前的事，而《黄帝内经》一书的形成至今也两千年了。

然而中医离我们又是这么近，一直在我们身边，从来就没有离开过我们。先祖们一代代师承，一代代往下传，手手相授口口相传，穿越几千年时光，直到今天。中医有时候很深奥很复杂，让人觉得高不可攀；有时候很简单很微小，只是一句话，一个简单的动作，或是一个温馨的提示，甚至是一箪食一瓢饮。

就是这样，像水、像空气、像阳光，中医与我们的生活须臾不离，虽然，因其朴素和平凡，常常被忽视、被遗忘，甚至遭受无端的诋毁，却依然默默地维系着我们的生命和健康。

十年前，刘力红博士的《思考中医》引领我步入岐黄王国，按着书中的秘诀我进入了一个巨大的宝库，一个前所未有的令人惊喜的宝库！这是一个浩瀚的宇宙，这是一个神奇的迷宫，我流连其中，徜徉其中，深深为之陶醉……

在很长时间里，我惊讶于《黄帝内经》的深厚博大和文化魅力，尤其是被文字间流淌的诗性美强烈震撼强烈吸引——先祖的文字为什么这么优美呢？这是一部讲看病的书呀，为什么每一篇章、每一页文字都像诗、像词、又像赋，像优美的抒情诗，言简义丰、字字珠玑、美不胜收？

《黄帝内经》以取类比象的思维为逻辑起点，出入于儒、道文化，以阴阳平衡、五行生克、天人合一的自然法规为思辨依据，梳理归纳生理、病理、医理，其中还包含了丰厚的哲学、天文、地理等多方面学科知识，是一部集生理学、心理学、诊断学、治疗和药物学于一体的皇皇巨著，从世间万物到四季更迭，从天地运行到人类生命规律尽在其中。这是人类史上第一个完整的医学体系，其四诊、八纲、六经、阴阳、五行等学说，抽象，神秘，玄妙，每一项学说都堪比哥德巴赫猜想。

随着读书渐渐深入，我感觉到，有一种彩虹般的、若隐若现的、神奇的、被先贤们称之为“道”的非物质出现在我的心灵和脑海之中，更为强烈地吸引着我。这个“道”包含了有关人与自然、生命规律等诸多问题。大到宇宙、地球、人类，小到一个人的肢体以及肢体上的心脏、大脑。这个“道”始终像“橐龠”一样在一动一静的呼吸之中。这个

"道"无处不在却又难见真容，深奥却又简单，高高在上又朴素平凡，它渐渐摄去了我的魂魄。

"故阴阳四时者，万物之终始也，死生之本也。逆之则灾害生，从之则苛疾不起，是谓得道。"

我们得道了吗?

维特根斯坦说："把精神说清楚是一个巨大的诱惑。"同样，把说精神的文字看明白也是一个巨大的诱惑，我被深深地诱惑了。《黄帝内经》《伤寒杂病论》《难经》等等，我爱不释手地一部部读下去，一个驿站又一个驿站地往岐黄王国的深处靠近。这些经典里深奥而又清晰的哲学理念，以及中医先贤们所倡导的人生姿态使我听到了一声声遥远而亲切的呼唤，长久以来内心深处的许多疑惑在这里找到了答案。

《黄帝内经》的旨义不仅是教会人们学会治病、养生，还提醒人们秉承正确的生命理念和生活姿态。如岐伯所言："上古之人，其知道者，法于阴阳，和于术数，食饮有节，起居有常，不妄作劳，故能形与神俱，而尽终其天年，度百岁乃去。今时之人不然也，以酒为浆，以妄为常，醉以入房，以欲竭其精，以耗散其真，不知持满，不时御神，务快其心，逆于生乐，起居无节，故半百而衰也。"

一语中的！直到今天还有多少人被言中啊！人之百病皆由心生，多由贪、嗔、痴所致。一个人的正念、妄念生生不息，要经过读书开悟明心见性，方能正气内存；秉持正确的生活方式，方能身强体健。这就是传统中医的神奇之处，是《黄帝内经》精华所在。

传统中医讲究修身，讲究自身内观，就是说很多理论和方法要经过自身体验才能掌握，才能施用于人。这种智慧在传统典籍中闪耀着熠熠光芒，从《黄帝内经》到《神农本草经》《难经》《伤寒杂病论》等等，很多很多，成为华夏历史文化长廊里一颗颗闪光的明珠。

古代大医多为高道，如孙思邈、华佗、葛洪等，今之大医多为学富五车的国学家、道文化研究者，说明了要彻悟医理医道，要具备渊博的学识，要有非凡的定力和修为，才能接近老子所讲的那个道，才能辨识中医的奥秘。而道和医的结合才会形成深邃的思想，才能抵达那高远的境地。

在人的一生中，对中医药文化予以真切的关注，凝视，抛开一切，潜心驻足探究，陶醉其中并有所领悟，真的是一件极其快乐的事。在丰厚博大的中医文化面前，我还只是一个肤浅的初学者，一个漫游者，却也领会到了快乐，得到了恩惠。

“法于阴阳，和于术数”“正气内存，邪不可干”，感谢先祖，感谢中医。随着传统中医的理念渗透我的血脉，我越来越内心笃定，神魂安宁。

## 2

与《青囊》一样，这部小说还是写民间中医的。与《青囊》不同的是，这部小说的重点在于深度展示民间中医对传统中医精髓的承继与呵护，试图探讨在当今传承光大中医的热潮中，如何坚守传统中医精髓并弘扬之。

那么，什么是传统中医的精髓呢？我想应该是中医的内在规律和中医的核心思想，也就是中医所遵循的“道”。这个“道”是一个无形无象、无所不在的原理，或者说是一种必然性规律的揭示。中医就是建立在这种必然性关系之上的。认识不到这个规律，就不可能深刻理解中医。而认识和理解这个“道”，则要靠医者的学识、品行、修为，即“德”的修成，道为基，德为础，所以传统中医是以道德为前提，以治病救人、匡时济世为终极目标。

中医不是一门具体的技术，无法量化，无法测试。正如一位老中医所云：“它大而无外，小而无内，到哪儿去找它的对应体，用什么当它的参数呢?”比如传统中医的经络学说，认为经络依阴阳分布于人体，联络脏腑四通八达，气血赖以循行，是中医辨证施治的依据，是传统中医的灵魂。然而，直到今天，用现代科技手段也无法检测出经络的物理存在。

20世纪60年代，朝鲜有一位名叫金凤汉的中医学研究者，宣布研究经络有重大突破，他发现的“经络体”被命名为“凤汉管”，在国际医学界掀起轩然大波，为此决定在朝鲜召开国际医学现场会。然而，在开会前夕，金凤汉却跳楼自杀了。他以为自己离证实经络的存在只有一步之遥，却没想到无论如何也跨不出过这一步，依然无法证实经络的物理存在。在会议召开前的一个早晨，他站在楼顶仰望蓝天念叨着：“经络，凤汉管……经络，凤汉管……”，兀自跳下去了。

20世纪八九十年代，武当道医祝华英经多年修炼，闭关、辟谷十数载，结合返观内视身内机体内景，终于悟出了十二经脉运行的玄机。祝华英在内功状态胎息境界中发现并体证了人体十二经脉玄妙的运行规律，发现人体十二经脉的运行是阴阳双向、左右对立的，证实了李时珍在《奇经八脉考》中所说的：“内景隧道，唯返观者能照察之，其言必不谬。”

朱清时院士是一位拥有中国科学界最高荣誉的化学和自然科学家，在年过六旬后也被中国传统文化和古老中医“诱惑”了，转而潜心研究传统文化和中医学。2017 年，他在北京中医药大学开展题为“用身体观察真气和气脉”的讲座，并试图以现代科技手段证实经络的存在。他表示：“真气是神经元运行时的队列，真气和经络是可能存在的，但需要用新的方法来研究。”

我们都知道，以经络为基础的针灸、按摩、香灸等传统中医手法已沿用数千年，今天已为世界各民族所认同，并广泛应用于世界各国，那么，经络的存在还用质疑吗?

钱学森对此也做过较深入的剖析：“中医是顶级的生命科学，人类认识自然界之初，必然有一个自然哲学的阶段。中医理论中包含着人类智慧的珍宝。人体科学很需要这部分珍宝，要加以整理、提高，而绝不能丢掉。”

传统中医还有这样一个独有的特征：传统理论的经典性，传统理论历久弥新，经千年而不落伍。如《黄帝内经》和《伤寒杂病论》，这两部医学著作问世已有两千年的历史了，但至今仍是不可逾越的高山。一部《黄帝内经》从古到今有四百多位注家，注释《伤寒杂病论》的人更多，无数有才华、有学识的医家投身到这个“注经”的队列之中。“注经”就是解读、学习、传承；迄今，《黄帝内经》《伤寒杂病论》仍然被奉为中医理论至高无上的经典。

这是一个罕见的、极其怪异的现象，一种学科理论在长达近二十个世纪里少有突破和更新，它的正确性却不断在当代得到验证，科学技术的发展每前进一步，对传统中医的认识和验证就加深一步，当代最先进的科学技术手段与古老的传统中医理念常常殊途同归和谐共鸣。这种现象吸引着医者、学者不断地解读、探究传统中医学为什么会有这么强大的生命力。

是啊，站在当代科学立场上来看，这是一件不可思议的事情。一些国际著名的汉学家、医学家也纷纷加入这个“注经”的队伍，投入毕生精力研究中医，寻找答案。德国科学家、慕尼黑大学东亚研究所所长波克特在中国考察研究了二十年，编著了十多本中医药学专著，最后得出结论：“这是因为中医自古就形成了一套成熟的、有效的、始终如一的方法论，它可以不受现代科学的影响而独立治疗疾病。”

中医的主体在民间，中华医学的薪火是依靠一代代先贤良医以师带徒、父传子的形式传承下来的，而无处不在的中医药更是源自民间，因而，草根性和广普性是传统中医的又一个特性。有位老中医说过这样的话：“我们不能忘了中医是啥，不能忘了它的神魂。其实传统中医的精髓在于它是很简单的东西，是大众的东西，是穷人的东西，中医应该是窝头！而有些人想把它打造成珠宝，打造成奢侈品，这就背离了中医的初衷。”

“草根性”是中医十分重要的一个特性，就是说中医在民间，民间中医是中医的主体，是中医的拯救者，他们散存于小巷、乡镇、村野，以家传、师承、自学的方式传承中医，保持着中医的原汁原味。

中医的精髓还有一个重要的方面，那就是引导人们正确认识疾病，树立正确的医疗观、生死观，这一点在当前尤其重要。许多年来，一些错误观念形成的强大惯性，一直影响并左右着人们，引导人们走进对生命、疾病、医疗认识的误区。

比如说癌症，至今也是世界性的难题。当癌细胞在一个人体内变异、扩散，结瘤成痞，痞老花开一步步恶化的时候，癌细胞已经深藏于人的血液、肌肉、脏腑甚至骨骼里。医院常用的方法是手术和放化疗，表面上可以除掉或杀灭癌细胞，但同时也剿灭了人体健康的根本——免疫力。杀敌一万，自损八千，因而，治疗一次，患者向死亡迈进一步，直至钱财耗尽人方死。一个中晚期癌症患者通常会经过半年乃至一年两年的折腾，这个过程基本上是人体从患病到衰竭再死亡的周期，也是普通病人及其家属变卖家产四处借钱所能达到的最大限度。我们都知道，多数手术、放化疗都是无效的，只是让病人承受更多的痛苦而已，但人们却前仆后继地把这种悲剧重演。这种奇怪的现象一直在延续着，没有人质疑过，其实这是一个对生命对医疗认识的天大误会。

中医就不同。中医的思维是着眼整体治本求变，强调“上工治未”，除疾病于发作之前，强调从根本上恢复人的自愈力，并注重调节患者情志，医患同心，形成心理、生理、药物合力，增强抗病体能，这是一种理念，是一种境界，是中医精髓的一个重要方面。

有一位老中医大声疾呼：“振兴中医首先要改变观念，观念比治疗更重要，观念不对，治疗白费。”

化学学者李宁先教授六十岁时身患癌症，被各种治疗弄得死去活来，走投无路之际开始自学中医，十多年来他治好了自己的癌症还医好了常年卧床的老伴的沉疴顽疾，成为自学中医的“网红”。他说：“中医目前记载的天然药物达几千种，而且对每种药物的药性，如寒热特性、对人体的毒性、服药后在人体内的代谢走向（即归经），以及能治何种病症和效果、药物的合理用量范围、用药方法以及药物产地和加工保存的方法等等，构成了一个完整的、天然的、环保的、廉价的、有效的，能治疗人体各种疾病的药物体系。在人们意识到环保和低碳的重要性的今天，中药体系的天然性体现了中医多么超前的智慧啊！”

就是这样，中医对人体对疾病的认识和思考往往会引向对时空、生命、世间万物的认识和思考。中医理论中的阴阳、五行、天人合一、精气神、取类比象等等，无不根植于中国传统文化的土壤中。要进入岐黄王国成为一个济世良医，必须以中国传统文化的深厚修养作为根基，方能达到由意达悟、通神运微，使思维进入理论与临床高度统一的境界。

## 3

那么，究竟什么是传统中医的精髓？有位老中医总结了这样三点：以人为本悬壶济世的情怀；提倡未病先防的理念；着眼系统和整体把握人体各个部分，采用中草药内外兼治，并以食疗、怡情养性等多位一体的措施达到标本兼治的方法。

再具体一点，对于普通百姓来说，中医的精髓到底是什么？理论体系，医疗方法，还是医者仁心？好像都是，又不全是，或者说不仅仅是这些。有时候它是一种神秘的观念，有时候它是一种简单的方法或一个奇怪的偏方，有时只是一句话，不曾写入教材和医典，甚至很多人质疑不信，嗤之以鼻。但是，一个村落、一条小巷、一个家族，总会有人一代代薪火相传，承续至今，因为那些简单的方法在危急时刻却能救人性命。好的中医像水，像阳光，像窝头，简单而朴素，让每一个需要的人都可以无偿得到。任凭我们忽略它，忘记它，甚至不信任它，它总是不离不弃地守候在我们身边，默默地维系着我们的生命和健康。

是啊，中医的精髓，中医的魅力，最重要的体现就在这个方面。

我这样讲是由衷的，是有亲身体会的。

2018 年 8 日 31 日，我从内蒙古呼和浩特市回到西安。下飞机打车快到家时，小腹隐隐作痛，我想是路途劳顿引起不适很快就会过去吧。没想到刚一进家就开始剧烈疼痛，大半天水米未进的我不能坐、不能躺、不能进食，只能倚桌而立佝偻着腰身捂腹呻吟，整个人都不好了……

在我的饮食习惯里，惧怕两样东西——牛奶和孜然，闻到气味都过敏，而内蒙古人的餐桌上这两样东西却是必需品。在内蒙古的一周里我尽量躲避，但它们无处不在，主人的热情好客使我避之不及，头几天已经感到了不适，却没想到现在突然发生这么剧烈的疼痛。初学中医的我知道，这是肠胃气机逆乱功能失调，导致阵发性疼痛。

次日晨，疼痛依然，丝毫不减。我内心不是那么镇定了，已经两天没有进食却脘满腹胀，疼痛难耐。倘若是阑尾炎、盲肠炎什么的，那就不得不入院手术了，一生讳医忌药的我不得不硬撑着去药房买了止疼药。

第三天中午，我已经服了几次止疼药，但依然没有止住疼痛，而且还是不能进食，看来住院是躲不开了，我备好相关证件、洗漱用品准备去医院。一直关心我病情的妻子说她立刻买高铁票从北京赶回来，我没有阻止，因为如果做手术的话的确需要妻子回来照顾。但我还在做最后的努力，说等一会儿再确定，然后按摩足三里和下脘穴，但无效。

这时，妻子说她正在向微信圈里的一位老中医求方。对了，插叙一下：受我学中医的影响，我妻子也一直在接近中医，迷恋八卦象数疗法，加入了一个中医朋友圈。此刻她通过微信求助一位老中医，得到一串数字让我立刻念。

念数字能治病吗？我不忍拒绝妻子的好意，那就念几分钟后再去医院吧，但十分钟后必须出门，不可再延误了。

八卦象数疗法是以《易经》八卦和五行生克原理为依据，以相应的数字对应人体脏腑及各部位，针对病症念相应的数字达祛病除疾之目的。这个，让人觉得有点玄。我虽然打心眼里不是那么相信，还是一边念着，一边收拾物品准备出门。

念了不到十分钟，准备去医院的我停下了——奇迹发生，疼痛消失！

这是真的吗？怎么可能？我直起腰来走了几圈，按抚疼痛部位，再次确定：不疼了，真的不疼了！我打电话让妻子取消回西安的行程，同时煮方便面，吃了三天以来第一顿饭。

不可思议是吧？我也是这么想的。这怎么可能？也许是疼痛本来就该结束了，也许是头天吃的止疼药管用了？也许停一会儿再接着疼？我寻找各种理由，就是不肯相信念八卦象数止住疼痛的事实，这似乎是很多人的惯性思维。

总之，这场病就这样结束了，再也没有出现疼痛。究竟是什么原理呢？只能说初学中医的我懂得太少。

无独有偶，事隔不久，我目睹了一个老中医用极其简单的传统手法拯救一个婴儿的过程，这个案例更是让我惊叹传统中医的神奇。

几年来我一直追随一位年长的民间中医，他不是什么名医，甚至连医师证都没有，但他是他们这个家族特色疗法的传承人，他一生的使命就是用家传五代的外治技法为人祛病除疾，并四处奔波，到各地去展示、义诊，把家传的医疗技法传授于大众。2019年2月末，我目睹了他用微信语音救助一个长巨大肿瘤婴儿的过程，这件事给我留下至深的印象，甚至可以说是写这部小说就是这件事催化的。

福建某地有一个不足五个月的婴儿，长了一个巨大的神经母细胞瘤，这个肿瘤长在腹部，缠绕在腹主动脉上，影响婴儿的成长。孩子父母带孩子去医院看过之后，医院给的建议是做手术、放疗。五个月的孩子能承受放疗吗？谁都能想到放疗对孩子会带来什么样的危害，即便把瘤子除掉了，但是，如果放射物质对孩子骨髓、血液造成破坏，这孩子一辈子就完了！

惊慌的孩子父母没有同意手术放疗，而是四处求医寻求保守治疗方法。后来通过一个医生找到这位老中医，通话的那天正好我在场。当时，老中医从微信上看了医院出具的相关资料后，当即通过语音说："这么小的婴儿是绝不能考虑手术或放疗什么的，就连中医手法也要保守和慎重使用，我们家传的香灸、贴膏疗法暂且也不能用。孩子瘤体边缘清晰，没有发硬，颜色也浅，用轻柔的按摩应该能够延缓瘤体的生长。建议孩子母亲每天早上把漱口前的唾沫吐在掌中，然后反复轻轻揉搓瘤体周边和背部相对应的地方。"

孩子父母提出要来西安调理治疗，老中医说冬季不适宜带孩子外出奔波，待以后再看情况决定，这件事情就告一段落了。没想到事隔两个多月以后，2019年5月初的一天，那个寻医牵线的医生在微信里留下一段语音说要郑重向老中医致谢，否则自己良心不安。他心情激动地说了一番话，大意是这样的：那个婴儿的妈妈按照老中医说的方法，每天早上在掌中蘸着自己的唾沫给孩子揉搓，经过两个多月的调理已经大有好转，肿瘤颜色变浅了，缩小了一多半，由原来的十多厘米缩小到不足两厘米，吃奶和睡眠都有好转，身体发育趋于正常。

这个消息使人欣慰，这个襁褓中的婴儿向健康迈进了一步！若是盲目由医院手术、放疗，孩子的健康、孩子的未来会受到怎样的影响可想而知。老中医用语音回复说："不用谢，这是大多数中医都知道都会使用的简单方法，要谢就谢中医吧，是我们祖先创造的传统中医救了这个孩子。"

这件事使我深为震撼，也引起了我的深思。这算不上医案，连病人面都不曾见；也没有高深的医理药理，只是说了几句话，说让孩子母亲用漱口前的唾沫涂在手心按揉肿瘤的周边而已，怎么就把肿瘤消除了呢？我问老中医这是什么原理，老中医对我说这个孩子的肿瘤可能是母亲怀孕时体内宫寒瘀积造成的，用传统按摩手法驱寒化淤，促进气血循环，而母亲的唾液含有孩子生命基因的信息，含有母体免疫力，可扶助孩子自身的正气，扶正祛邪化解肿瘤，这是中医的常识。

通过这件事我明白了，中医调理治疗肿瘤时不是眼盯着瘤体，想着如何除掉肿瘤，而是着眼肿瘤出现的根源，想着怎么发挥人体自愈力让肿瘤自行消退不再生长。事后我常常想，若是那孩子做了手术接受放疗，成长的过程中会渐渐出现问题，一些可怕的疾病将会伴随他的一生，那会是怎样的结局？一个民间中医简单的几句话改变了这个孩子和这个家庭的命运，这是多么伟大的一件事啊！可是这件事又显得这么简单这么轻微，若不是那个联系者留下一段语音，若不是我恰好在场听到了，还有谁会知道这件事，会再记得这件事？

这，大概也是一种中医精髓的体现吧——举重若轻，救人于无形，越是修为高医术精的良医，越是简单质朴，所谓大道至简便是如此吧。

“天地之间，其犹橐龠乎？虚而不屈，动而愈出。多言数穷，不如守中。”

小说结尾时，郭守正老中医对中医药管理局的黄茂奇和王泽桐讲老子《道德经》里这段话的含义究竟是什么呢？传统中医的精髓是什么？我们在传承华夏中医的过程中忽略了什么，遗忘了什么？

在小巷深处的诊所里，在民间中医治病救人的路途上，我感受到了“橐龠”一呼一吸的力量，我能把这些表现出来吗？

感谢先祖，感谢中医。

华夏盛世，中医当归。

愚公于2021年春

# 致　谢

1. 本小说有关章节参考了某民间中医家族部分医疗技法，得到该家族传承人大力支持并签订了相关协议。在此致谢。

2. 小说中所写病案均为虚构。若与现实生活雷同，纯属巧合。

3. 本小说涉及中医专业知识较多，为保证引用、描述准确，写作期间邀请了中医专业人士给予指导和正误，得到专业人士大力相助，在此致谢。

愚公

2021 年 2 月